Hannah Herbst ist De

erfahrenste Mimikre

und hat als Beraterin

etliche Gewaltverbrec … uhrt.

Ausgerechnet, als sie nach einer Operation mit den Folgen eines Gedächtnisverlustes zu kämpfen hat, wird sie mit dem schrecklichsten Fall ihrer Karriere konfrontiert: Eine völlig unbescholtene Frau hat gestanden, ihre Familie bestialisch ermordet zu haben.
Es gibt ein Geständnisvideo, das Hannah Herbst schnellstens analysieren muss, um weiteres Blutvergießen zu verhindern.
Doch es gibt ein Problem:

**DIE MÖRDERIN IM VIDEO …
IST SIE SELBST.**

SEBASTIAN

FITZEK

PSYCHOTHRILLER

MIMIK

Mit fachlicher Beratung von Dirk Eilert,
des führenden Mimik- und Körpersprache-Experten
im deutschsprachigen Raum

Besuchen Sie uns im Internet:
www.droemer.de

Aus Verantwortung für die Umwelt hat sich die Verlagsgruppe Droemer Knaur zu einer nachhaltigen Buchproduktion verpflichtet. Der bewusste Umgang mit unseren Ressourcen, der Schutz unseres Klimas und der Natur gehören zu unseren obersten Unternehmenszielen. Gemeinsam mit unseren Partnern und Lieferanten setzen wir uns für eine klimaneutrale Buchproduktion ein, die den Erwerb von Klimazertifikaten zur Kompensation des CO_2-Ausstoßes einschließt. Weitere Informationen finden Sie unter: www.klimaneutralerverlag.de

Originalausgabe Oktober 2022
Droemer HC

Ein Imprint der Verlagsgruppe
Droemer Knaur GmbH & Co. KG, München

Ein Projekt der AVA International GmbH Autoren- und Verlagsagentur
www.ava-international.de
Redaktion: Regine Weisbrod
Covergestaltung: Zero Media
Satz: Adobe InDesign im Verlag
Druck und Bindung: CPI books GmbH, Leck
ISBN 978-3-426-28157-4

2 4 5 3 1

Für Regina Ziegler

Wir kennen uns nie ganz,
und über Nacht sind wir andre geworden,
schlechter oder besser.

Theodor Fontane

PROLOG

Mir ist kalt, Mama.«
»Das geht vorbei.«

Die Sechsjährige zitterte. Sie hätte eine Strumpfhose anziehen sollen, doch daheim war es so warm gewesen. Wieso konnte man sich vor dem Rausgehen immer so schlecht vorstellen, wie kalt es schon nach wenigen Minuten draußen werden konnte?

Besonders, wenn man sich lange nicht bewegt hatte.

»Können wir nach Hause?«

»Gefällt dir unser Ausflug nicht?«

»Es ist so hart auf den Steinen.«

»Das geht vorüber«, sagte ihre Mutter, doch das Mädchen bezweifelte es. Morgen hatte sie sicher überall blaue Flecken.

»Bleib einfach liegen.«

»Wie lange noch?«

»Bis ich es dir sage.«

Mamas Stimme klang zittrig, als würde sie selbst frieren, es aber nicht zugeben wollen. Wobei sie den ganzen Tag schon so seltsam geklungen hatte. Vielleicht war sie wieder im Krankenhaus gewesen und hatte schlechte Nachrichten bekommen. Beim ersten Mal, als sie für Wochen weg gewesen war und ihr die Haare ausfielen, hatte sie sich auch so komisch angehört. Als wäre sie wütend und traurig zugleich. Vielleicht spürte sie ja auch die Vibrationen, die sich auf Brustkorb und Stimmbänder übertrugen?

»Mama?«, fragte sie, als sie sich sicher war, dass die

Schwingungen, die ihren Körper erfassten, nicht nur Einbildung waren.

»Ja?«

»Ich höre ein komisches Geräusch.«

»Nicht beachten.«

Aber wieso denn nicht? Seit einer halben Stunde geschah nichts, außer dass sich die Arme und Beine am Körper immer fremder anfühlten, so kalt und taub waren sie. Sie wartete noch eine Weile, dann sagte sie: »Das Geräusch. Es wird lauter.«

»Hab keine Angst. Bleib einfach liegen.«

Mama nahm ihre Hand. Aber nicht so wie früher. Eher, wie man einen Gegenstand anfasst. Besitzergreifend.

Sie drehte sich in der Dunkelheit zu ihrer Mutter, die sie ihrerseits ansah. Mondlicht fiel in Mamas Augen, und sie meinte, sich in ihnen zu spiegeln. Im ersten Moment hätte die Kleine nicht sagen können, wovor sie mehr Angst hatte: vor dem, was sie im Gesicht ihrer Mutter sah. Oder vor dem, was sie sagte.

»Eins darfst du nie vergessen.«

»Was denn, Mama?«

»Du bist aus mir hervorgegangen. Mein eigen Fleisch und Blut.«

Die Kälte der Nacht bildete mit dem Frost in Mamas Augen eine verstörende Einheit. Das Mädchen wollte wegschauen, konnte aber nicht, als wären die Pupillen ihrer Mutter Magnete, die ihren Blick energisch anzogen.

»Wo ist deine Liebe hin?«, wollte sie fragen. *»Mit der du mich früher immer angesehen hast.«* Jetzt erinnerten sie die Augen ihrer Mutter an einen gefrorenen See.

Die Vibrationen lenkten sie ab. Sie wanderten jetzt durch ihren gesamten Körper, als ihre Mutter befahl: »Schließ die

Augen! Und was auch immer passiert, mach sie erst wieder auf, wenn ich es dir sage.«

Sie gehorchte ihr angsterfüllt. Denn sie hatte noch etwas im Blick ihrer Mutter gesehen, von dem sie sich ihr Leben lang würde abwenden wollen.

Sie lagen stumm nebeneinander, während das Geräusch lauter und die Vibrationen immer unangenehmer wurden.

Mit einem Mal sagte ihre Mama im Befehlston: »Aber vergiss niemals: Du und ich, wir sind gleich! Ein und dieselbe Person!«

Sie hatte die Worte gerufen, obwohl sie einander doch so nahe waren, aber das Geräusch und die Vibrationen zwangen sie dazu. Alles um sie herum klang mittlerweile so bedrohlich, dass das Mädchen sich der Anweisung ihrer Mutter widersetzte und die Augen öffnete. Sie sah in einen Himmel, der viel heller war als noch vor wenigen Minuten, als sie sich hier draußen hingelegt hatten.

»Mama?« Sie drehte sich zu ihr, konnte ihr Gesicht aber nicht mehr erkennen, so sehr wurde sie geblendet.

Sie wollte schreien und davonlaufen und weinen, und das alles gleichzeitig.

Doch für das meiste davon war es zu spät.

Sie war zu träge, um aufzustehen.

Die Kälte des Gleisbetts, in dem sie lag, hatte Arme und Beine gelähmt. Und die Scheinwerfer des durch die Dunkelheit auf sie zurasenden Güterzuges waren viel, viel zu nah.

KAPITEL 1

27 JAHRE SPÄTER
HANNAH HERBST

Ruhig.

Zu ruhig.

Um diese Zeit konnte Hannah das kindliche Gelächter und Gekreische normalerweise schon auf der Straße hören, zumindest wenn sie das Glück hatte, einen Parkplatz in der Nähe der Kita Zwergenwald zu finden. Manchmal musste sie mehrmals um den Block fahren, bis etwas frei wurde, obwohl die meisten Bewohner über eine Garage direkt auf ihrem Villengrundstück verfügten. Zur Stoßzeit aber, wenn die Fußballspieler zu den nahe gelegenen Sportplätzen drängten und die Schüler der benachbarten Waldorfschule auf ihr Elternshuttle warteten, konnte es sich im vornehmen Westend in zweiter Reihe stauen wie beim Lieferverkehr auf dem Kottbusser Damm. Heute aber hatte Hannah angekündigt, Paul früher abzuholen, und genoss daher die freie Auswahl an Parkmöglichkeiten direkt vor dem Flachdachbau des evangelischen Kindergartens.

Ungewöhnlich war auch, dass das Tor nicht richtig zugezogen war. Beunruhigt fasste Hannah sich an die Kehle. Etwas stimmte hier nicht, und dieses Etwas schien sich ihr mit kalten Fingern um den Hals zu legen.

Noch nie hatte sie ohne vorherige Eingabe eines PIN-Codes den Vorgarten der Kita betreten können. Jeder hielt sich an diese Sicherheitsvorkehrung und wartete beim

Rein- und Rausgehen, bis der Summer nicht mehr brummte und das Tor fest ins Schloss gefallen war, damit kein Kind auf die Straße rennen konnte.

Ob sie auf einem Ausflug sind?

Aber dann hätte Myrte, die Leiterin, doch etwas gesagt, als sie ihr am Morgen von dem großen Tag erzählt hatte. Sie wollten mit der gesamten Familie zu einer Ausstellungseröffnung von Richards neuen Bildern nach Dresden fahren. Dafür nahmen sie auch Kyra, Richards Tochter aus erster Ehe, etwas früher aus der Schule.

Stille, auch als sie die Tür zur Zwischendiele öffnete.

Hannah studierte im Windfang der Kita die Aushänge und fand einen Hinweis auf Wolf Schlagmann, den neuen Praktikanten, der von den Kindern »Wolle« genannt werden wollte. Neben seinem Foto hing ein Blatt mit der Ankündigung der Wiederaufnahme der musikalischen Früherziehung. Kita-Schwimmen war erst morgen. Für heute stand nichts Besonderes im Plan.

Hannah öffnete die nächste Tür, hinter der sich der Garderobenbereich befand. Für ein Dutzend Kleinkinder waren hier mehr oder weniger sorgsam die Jäckchen aufgehängt, die Wechselwäsche in den Fächern verstaut und die Schühchen darunter abgestellt.

Hier war es mit der Stille vorbei. Dennoch zog sich die unsichtbare Schlinge um ihren Hals noch stärker zu. Denn die Geräusche, die jetzt an ihr Ohr drangen, hatte Hannah noch nie zuvor in der Kita gehört. Sie passten auch nicht zu einem Ort, an dem Kinder fröhlich sein sollten. Sicher, es gab Wutanfälle, Heulkrämpfe und Tränen, wenn eines der Kinder stolperte und sich das Knie aufschlug zum Beispiel. Was aber sollte dieses ununterbrochene Zischen verursachen, das sich bei näherem Hinhören aus mindestens drei Ebenen zusammensetzte: Flüstern, Wimmern und Schluchzen?

Hannah ging durch den Garderobenbereich auf das Herzstück der Kita zu, öffnete eine allerletzte Tür und sah den wahnsinnigen Geiselnehmer etwa in der Sekunde, in der sie ihn auch hörte.

»Sagt mir, wer es war!«, schrie er. »Sonst bringe ich euch beide um!«

KAPITEL 2

Der vielleicht fünfundzwanzigjährige dürre Kerl stand in der Mitte des Mehrzweckraums, der zwischen den Gruppenräumen und der Küche lag. Um diese Zeit wurde er zum Mittagessen benutzt. Der Duft von Rosmarinkartoffeln und Kichererbsen hing in der Luft. Die Teller standen gefüllt auf den kleinen Tischchen. Die Kinder, die von ihnen hätten essen sollen, hockten jedoch beim Klavier, vor das sich Myrte und Anja gekauert hatten und am Boden kniend schützend die Arme um die Kleinen breiteten.

Daher das zischende Flüstern: »Seht nicht hin, schaut weg, seht zu Boden«, sagten sie den Kindern leise ins Ohr, während auch sie selbst es kaum wagten, hochzuschauen.

Der Geiselnehmer stand in der Mitte des Raums, an der Stelle, an der im Dezember immer ein Weihnachtsbaum aufgestellt wurde. Er hatte zwei Kinder in seiner Gewalt, beide jeweils mit einem Arm am Kragen gepackt.

Hirn-Schluckauf, so würde Hannah später ihrem Mann Richard das Pulsieren beschreiben, das sie in ihrem Kopf bei dem Anblick der lebensbedrohenden Gefahr spürte. Ein Gefühl, als würden sich Milliarden Zellen unter ihrer Schädeldecke in unregelmäßigen Abständen ruckartig verkrampfen und so den Gedankenfluss immer wieder unterbrechen.

Das Mädchen in der Gewalt des Täters war … *genau* … Samira, die Dunkelhaarige mit den strahlend grünen Augen, die immer eine Schleife im Haar trug. Heute eine rote, passend zu ihrem Mickey-Mouse-Kleidchen. Sie war es, die so herzzerreißend schluchzte und wimmerte.

Der Junge daneben war stumm, obwohl er es war, gegen dessen Schläfe der Waffenlauf des Geiselnehmers stieß. Anders als bei Samira musste Hannah hier nicht lange über den Vornamen nachdenken. Denn es war Paul. Ihr fünfjähriger Sohn.

KAPITEL 3

»O Gott!«, presste sie fast lautlos hervor, die unsichtbaren Hände um ihren Hals ließen ihr kaum noch Luft zum Atmen. Niemand nahm von ihr Notiz. Nicht die Erzieherinnen, nicht Paul, auch nicht der bewaffnete Geiselnehmer.

»Wer von euch hat diese Lügen erzählt?«, schrie er irgendwo in den Raum hinein.

Hannah hatte das Gefühl, als wollte sich ein Gedankenschwall förmlich aus ihrem Kopf herauspressen.

Ich kenne ihn. Habe ihn gerade erst gesehen.

Wolfs – »ihr könnt mich Wolle nennen« – Gesicht war zur Fratze verzerrt und hatte kaum noch etwas mit dem lächelnden Bewerbungsfoto gemein, das Hannah eben erst am Schwarzen Brett studiert hatte.

///

Die Online-News-Magazine würden schon in wenigen Stunden darüber schreiben, wofür die Zeitungen noch bis zum nächsten Tag brauchten: wie der »Kita-Killer« mit einer Waffe in den Kindergarten eingedrungen war, um sich dort wie ein Amokläufer zu benehmen.

Wer hat Angst vorm bösen Wolle?, würde sich ein Redakteur später nicht entblöden, in einer Titelüberschrift zu fragen.

Wolf »Wolle« Schlagmann war von einem der Kinder – man würde nie erfahren, von welchem – beschuldigt worden, beim Anschubsen auf der Schaukel betatscht worden zu sein. Das war bereits vor Tagen geschehen. Die Kindergartenleitung hatte den Praktikanten bis zur Klärung der Vorfälle suspendiert und unglücklicherweise nicht nur vergessen, den Steckbrief vom Schwarzen Brett zu nehmen, sondern ihm auch noch eine Nachricht auf die Mailbox gesprochen. Die war von Wolles hochschwangerer Frau abgehört worden. Da es in der Ehe ohnehin gerade kriselte, gab es einen Grund mehr, den werdenden Vater aus der gemeinsamen Wohnung zu schmeißen. Gleichzeitig verbreitete sie das Gerücht unter ihren Freunden, und es machte die Runde auf der Fachschule für Sozialpädagogik, an der Wolle seine Ausbildung absolvierte. Verlassen und verleumdet, wähnte er sich privat wie beruflich am Ende. Ob er sich einem Kind wirklich unsittlich genähert hatte, sollte sich niemals aufklären. Dass jemand mit einem derartigen Hang zu exzessiven Aggressionsschüben nie mehr beruflich in die Nähe von Kindern kommen sollte, stand jedoch völlig außer Frage. Er hatte ganz offensichtlich eine krankhafte gewalttätige Ader, und seine Wut machte ihn zudem blind und wahllos. Samira und Paul waren keine bewusst ausgesuchten Geiseln. Sie hatten lediglich das Pech gehabt, ihm als Erstes in die Arme zu laufen.

Paul.

Er starrte in Hannahs Richtung, aber durch sie hindurch. Wie betäubt. Sie winkte ihm, schüttelte den Kopf. Nicht zu stark, denn die Aufmerksamkeit des Geiselnehmers wollte sie um keinen Preis der Welt wecken.

Gut. Er sieht mich.

Hannah schaltete in einen nonverbalen Kommunikationsmodus. Ihre beste Freundin Telda hatte einmal gesagt, es käme der Telepathie gleich, wie sie mit Menschen, die ihr nahestanden, kommunizieren konnte, ohne dabei ihre Stimmbänder zu benutzen. Wobei es dafür auch einen sensiblen Gegenpart brauchte wie Paul, mit dem sie immer und immer wieder geübt hatte, seitdem er begonnen hatte, sich für den Beruf seiner Mutter zu interessieren.

»Ich beschütze dich!«, signalisierte sie ihm, indem sie zweimal hintereinander die Lider fest aufeinanderpresste und erst nach einer Sekunde wieder öffnete.

»Mami, was machst du eigentlich beruflich?«, hatte Paul vor etwa einem Jahr zum ersten Mal gefragt, und sie hatte geantwortet: *»Ich lese in Gesichtern.«*

Er hatte seine sommersprossige Nase vorgestreckt und schelmisch grinsend gefragt: *»Und? Was liest du in meinem?«*

»Freude, Neugierde … und dass dein Zimmer wieder ein Schlachtfeld ist!«

Da war Paul gerade vier Jahre alt geworden, und schon da hatte er es genauer wissen wollen. Und sie hatte es ihm genauer erklärt. Dass sie als Mimikresonanz-Expertin auf die geringsten Veränderungen in der Gesichtsmuskulatur achtete. Auf die Bewegungen von Lippen und Kinn, Augen und Nase, Brauen und Stirn. Mikroexpressionen, die man nicht steuern konnte, selbst wenn man es ausgiebig trainierte – und die schneller als ein Wimpernschlag wieder vorbei waren.

»So erkennst du, ob jemand lügt?«

»Oder ob er Angst hat, sich ekelt, Freude oder Trauer empfindet.«

Oder Hilflosigkeit, gekoppelt mit der Bereitschaft, anzugreifen. Wie Wolle gerade. Dem sie ansah, dass er glaubte, nichts mehr zu verlieren zu haben. Das waren die Gefährlichsten.

»*Mimirosentanz?*«, hatte Paulchen wiederholt. »*Wozu braucht man den Quatsch?*«

Er hatte gekichert, als sie ihm den Finger durchs T-Shirt in den Bauchnabel steckte und ihn als »Frechzwerg« betitelte. Sie tat das viel zu oft, einfach weil sie sein Prusten so niedlich fand, das sich noch immer wie ein Babyglucksen anhörte, hell und kieksend.

»*Ich arbeite unter anderem für die Polizei oder die Gerichte. Manchmal sind sie sich nicht sicher, ob ein Mensch wirklich böse ist. Dann bin ich dabei, wenn sie mit ihm reden, und achte darauf, ob der Ausdruck in seinem Gesicht zu dem passt, was er sagt oder macht.*«

Bei Wolle gab es keinen Zweifel. Bei ihm passten alle Anzeichen zusammen.

Die hochzuckenden Augenbrauen-Innenseiten: Hilflosigkeit. Der stechende Blick: Wut. Er stand kurz davor, zu explodieren. Kurz davor, mehrere Leben auf einmal zu beenden. Die Frage war nur, welches zuerst?

Pauls oder Samiras?

Sie musste handeln. Jetzt!

»Hey«, rief Hannah, und nun wurde sie bemerkt. Der Geiselnehmer sah kurz zu ihr hinüber, Paulchens Blick blieb länger an ihr haften.

Gut, gut so.

»Erinnere dich an das, was ich dir gezeigt habe!«, formte sie lautlos mit den Lippen und legte den Zeigefinger an ihre Schläfe. »Erinnere dich!«

Paul atmete schwer, aber er nickte. Las in ihren Augen, was sie ihm mitteilen wollte.

Richard hatte es für verfrüht gehalten, aber ihrer Meinung nach konnte man mit der Empathieförderung bei Kindern gar nicht früh genug beginnen. Nichts anderes war das Mimikstudium im Grunde – man lernte die Gefühle seines Gegenübers zu deuten, ohne dass dieses etwas sagen musste. Und so wie Richard Paul Fahrradfahren und Fotografieren beigebracht hatte, hatte Hannah ihn mit den Grundzügen der Körpersprache vertraut gemacht.

»*Was haben wir geübt?*«

Paul nickte wieder. Er hatte verstanden. Es in ihrem Blick gelesen. Hannah dankte Gott, dass sie so früh damit begonnen hatte, seine Sinne zu schärfen.

Sie zeigte auf ihre Augen, dann auf Wolle.

Ja, genau. Sieh ihn an! Schau nicht weg! Suche Blickkontakt!

Lektion 1: Aufrichtigkeit! Augenkontakt standhalten.

Das, womit man im Leben ihrer Meinung nach am weitesten kam, war die Wahrheit. Und die erkannte man bei Menschen nicht an ihren Worten, sondern an ihrer Mimik.

»*Nichts wirkt aufrichtiger, als einem Blick standzuhalten und dabei offen seine Gefühle zu zeigen*«, hatte sie Paul beigebracht.

Bei einem Gespräch mit einem Freund, später bei der Unterhaltung mit einer Lehrerin und dann, wenn es irgendwann so weit war, beim ersten Date. An all diese Situationen hatte Hannah bei Paulchens Schulungen gedacht. Nicht an einen Überlebenskampf in der Kita.

Ja, das ist gut. Genau so.

Ihr Herz klopfte in ihrem Brustkorb wie eine Faust gegen eine Zimmertür, als sie sah, dass Paul den Mann am Ärmel seines Hemdes zupfte.

»He?«

Wolle sah zu ihrem Sohn hinab. Die Pistole jetzt genau zwischen dessen Augen gerichtet. Und dennoch machte Paul keinen Fehler. Ihm gelang es, wozu Samira nicht in der Lage war. Deren Augen schwammen vor Tränen, ihr Körper wurde von ihren Schluchzern regelrecht durchgeschüttelt. Ein Laie, der so verblendet war wie Wolle, mochte das nicht allein als Todesangst und Hilflosigkeit, sondern als ein Zeichen von Schuldgefühlen deuten. Pauls Mimik hingegen ließ ihn so unschuldig wie einen Engel wirken. Traurig, ängstlich, aber ehrlich. Und da es dem Jungen gelang, dem hypnotisch stechenden Wutblick des verzweifelten, gewaltbereiten Mannes standzuhalten, traf dieser eine Entscheidung. Keine bewusste. Es war eher intuitiv, dass der Erzieher Paul Glauben schenkte, als er sagte: »Ich habe nichts gemacht, Wolle.«

Habe ich billigend ihren Tod in Kauf genommen?, fragte sich Hannah noch Jahre später, wenn sie daran zurückdachte. Hatte sie aktiv eine Triage vorgenommen? Ihr Kind mithilfe dessen, was sie über Mimik wusste, unschuldiger erscheinen lassen als das andere? Damit der Kelch an Paulchen vorüber und der Schuss nicht in seinen, sondern in den Kopf von Samira ging?

Denn gegen sie richtete sich von dieser Sekunde an Wolles gesamte Wut. Wolle ließ Paul los, der jedoch nicht weglief, obwohl Hannah ihn zu sich winkte. Dann zu sich schrie. Aber ihr Sohn blieb stehen. Fixierte jetzt nicht länger die Augen des Geiselnehmers, sondern dessen Pistole, deren Lauf nach einem kurzen Schwenk nun auf Samiras Schläfe lag.

Hannah hörte nicht, wie der Abzug sich löste. Auch keinen Schuss. Dennoch verbreitete sich auf einmal Blut auf dem Vinylboden.

Das sollte sich später klären. Auch woher das Taschenmesser kam, das Paul niemals aus Richards Schreibtischschubfach nehmen, geschweige denn mit in die Kita hätte bringen dürfen.

»Ich wollte mit Marek Holz schnitzen«, sollte Paul später zu Protokoll geben.

Stattdessen hatte er den ersten Moment genutzt, in dem sich Wolle nicht mehr für ihn interessierte, um ihm die Klinge in den Oberschenkel zu stechen. Und somit Samiras Leben in letzter Sekunde zu retten, die bereits zu Hause in Sicherheit war, als die Ärzte im Virchow noch um das Leben des Erziehers kämpften.

Das Vinyl des Kitabodens war leicht zu reinigen. Schon am nächsten Morgen deutete nichts mehr auf den geistig gestörten Täter hin, der beinahe ein Kind erschossen hätte.

Das Blut floss nur noch in Hannahs Erinnerungen.

Die schrecklichen Bilder verloren nach und nach ihre Intensität. Aber es sollte noch sieben Jahre dauern, bis Hannah von ihnen nicht mehr im Schlaf verfolgt wurde.

Und das auch nur, weil sie durch die Bilder eines noch sehr viel entsetzlicheren Albtraums ersetzt wurden, der sich in der Nacht vom zwölften auf den dreizehnten Oktober im Hause der Familie Herbst ereignete.

KAPITEL 4

SIEBEN JAHRE SPÄTER
HAUS DER FAMILIE HANNAH, RICHARD,
PAUL UND KYRA HERBST
12. AUF 13. OKTOBER

Ein Massenmörder sagte einmal, einen Menschen zu töten sei einfach. Mit der Tat zu leben wäre das Schwierige.

Mal sehen, ob das stimmt.

Der erste Stich, direkt ins Herz, kostete fast übermenschlich große Überwindung. Auch wenn es schnell vorbei war und Kyra gar nichts davon mitbekam. Nur ein letzter Seufzer der Fünfzehnjährigen.

Als Nächstes war der Vater an der Reihe. Er starb lauter. Doch die Stille, die nach dem letzten Atemzug einsetzte, war ohrenbetäubender als sein Todeskampf zuvor.

In der Dunkelheit des Schlafzimmers breitete sich der Geruch von Eisen aus. Verklebte die Flimmerhärchen in der Nase. Die Spuren des Mondlichts, die sich durch die Fensterflächen im ersten Stock verirrten, tauchten die Szenerie in einen quecksilbrigen Schein. Malten die Schatten tanzender Äste auf den hellen Teppich, der gierig das auf dem Weg zum Flur vom Messer tropfende Blut aufsaugte.

Wie lustig doch die Tür zum zweiten Kinderzimmer aussah. Mit grüner Tafelfolie beklebt, mit schwarzem Edding beschriftet:

Seit meinem 12. Geburtstag gilt das Anklopfgebot!
Gezeichnet: Paul

Also dann. Es ist schon spät, und Töten ist anstrengend. Ein herzhaftes Gähnen übertönte das leise Knarzen der sich langsam öffnenden Tür zum dunklen Kinderzimmer.

In dem sich das letzte Ziel für diese Nacht befand.

KAPITEL 5

13. OKTOBER
HEUTE

»Feuertote sind Rauchtote.«

Mit diesem Satz im Kopf wachte sie auf und begann unwillkürlich, die Luft stoßweise durch die Nase einzuatmen. Als wollte sie sich vergewissern, dass das Gebäude nicht in Flammen stand und der Qualm bereits in ihr Zimmer strömte.

Doch da war nichts. Da war kein Brandgeruch, kein Rauch bahnte sich seinen Weg durch den Spalt unter der Eingangstür rechts von ihr über den fadenscheinigen Teppich, der einst einmal cremefarben und hochflorig gewesen sein musste, jetzt aber wie ein schmutziger Fußabtreter aussah: grau und von vielen Füßen platt getreten.

»Bei einem Brand sterben die meisten Menschen nicht in den Flammen. Sie ersticken im giftigen Qualm.«

Nun denn, sie hatte eine vollkommen klare Sicht: auf die milchgläserne Lampe, die an eine alte Salatschüssel erinnerte, lieblos an die gespachtelte Decke geschraubt. Fleckig wie die Tagesdecke, auf der sie lag und die sich farblich kaum von den zugezogenen Vorhängen auf ihrer Seite unterschied. Manteldicke braune Stoffplanen, die kein Licht durchließen, sodass sie nicht wusste, ob es Nacht war oder die Vorhänge einfach nur extrem gut verdunkelten. *Vielleicht* – und das war nur einer von vielen Gedanken, die sie verstörten –, *vielleicht befinden sich auch gar keine Fenster dahinter?*

Vielleicht waren die Vorhänge nur eine Attrappe, so wie die Plastikorchideen in der Vase auf der Kommode. Der Fernseher daneben hingegen war echt. Er lief mit einem seltsam monotonen Grundrauschen, wobei sie ihn aktuell mehr als einzige Licht- denn als Informationsquelle wahrnahm. Sein Bildschirm war für den Abstand zum Bett zu klein dimensioniert. Um zu sehen, was auf ihm gezeigt wurde, hätte sie den Kopf heben müssen, wozu sie wohl gerade noch genügend Kraft aufgebracht hätte. Besser noch wäre es, wenn sie sich im Bett aufsetzte, allein für ihren verrücktspielenden Kreislauf. Doch das schaffte sie nicht. Aus dem einfachen Grund, weil die Kabelbinder, mit denen sie gefesselt war, ihr nicht genügend Bewegungsspielraum dafür ließen.

Das Kopfteil ihres Bettes war mit schmutzig grauem Kunstleder überzogen. Ein Edelstahlrohr bildete den Abschluss. Vielleicht aus optischen Gründen, vielleicht, damit auf dem Kopfende abgelegte Gegenstände nicht auf die Matratze herabfallen konnten. Wozu auch immer es ursprünglich gedacht gewesen war, irgendjemand hatte es jetzt genutzt, um sie daran zu fixieren, wobei er die Schlingen der Kabelbinder so fest zugezogen hatte, dass es ihr noch nicht einmal möglich war, die Hände am Rohr entlang seitlich zueinanderzuführen. Somit befand sie sich in einer liegenden Jesus-am-Kreuz-Position, wobei ihr Kopf auf der Matratze ruhte, während ihre Arme jeweils einen halben Meter über dem Oberkörper schwebten.

»Ein einziger in Flammen gesetzter Büropapierkorb kann mehrere Tausend Kubikmeter Rauch erzeugen.«

Offenbar lief im Fernsehen gerade ein Magazinbeitrag zum Thema Brandschutz in den eigenen vier Wänden. Es ging um Rauchmelder, die durchschnittliche Anfahrtszeit der Feuerwehr und das Phänomen, dass Menschen, die Feuer sahen, von den Flammen oft so fasziniert waren, dass sie wichtige Zeit damit vergeudeten, wie hypnotisiert die zerstörerische Gewalt zu bestaunen, anstatt sofort um Hilfe zu rufen.

»Hilfe!«, schrie sie nun auch. Wenn auch nur in ihren Gedanken. Sie strampelte mit ihren nicht fixierten Beinen die Tagesdecke zum Fußende, als würde das irgendeinen Sinn ergeben.

Aber was an dieser Situation war denn überhaupt sinnvoll?

Aufgewacht an einem ihr fremden Ort, gefesselt an ein ihr fremdes Bett in einer ihr unbekannten Umgebung, die so anonym und austauschbar eingerichtet war, dass es sich wahrscheinlich um ein billiges Hotelzimmer handelte. Mit einem klaren, völlig ungetrübten Blick auf die trostlose Ausstattung: eine stoffbezogene Stehlampe, dunkle Holzpaneele an den Wänden, ein Aquarell von einem Waldweg schief an der Wand neben einer Tür, die vermutlich zum Badezimmer führte. Sie sah alles, und doch fühlte sie sich so orientierungslos, als stünde sie inmitten einer giftigen Nebelwolke, die sich – und das war ein weiterer grauenhafter Gedanke – von nun an überallhin mit ihr mitbewegen würde, sollte sie sich jemals von ihren Fesseln befreien können. Denn der toxische Qualm füllte nicht ihre Umgebung, das war ihr klar, als sie die Augen schloss und sie sofort das Gefühl überkam, sich in sich selbst umherirrend zu verlieren. Der Nebel des Vergessens (wie sie ihn ab sofort nannte) befand sich in ihr selbst, flutete ihren Verstand.

Erstickt mein Bewusstsein!

Ein röchelndes, angsterfülltes Stöhnen löste sich aus ihrer staubtrockenen Kehle. Ein Ausdruck der schrecklichen Erkenntnis, dass sie nicht nur körperlich, sondern auch psychisch hilflos und ausgeliefert war.

Sie schloss die Augen und versuchte, sich zu erinnern, doch da war wieder nur der Nebel des Vergessens. Sie fühlte sich wie eine Autofahrerin, die im dichten Dunst immer langsamer fuhr, weil sie um sich herum alles nur noch andeutungsweise sah. Die Rücklichter der Vorausfahrenden, die schemenhaften Schatten an der Seite, die alles Mögliche sein konnten: Bäume, Leitplanken, liegen gebliebene Fahrzeuge. Man sah irgendetwas, aber wie sehr man sich auch anstrengte, wie energisch man die Augen zusammenkniff, man konnte nicht mehr als eine Ahnung erhaschen. Genau so erging es ihr auf ihrer Gedankenfahrt. Sie wusste, irgendwo in dem undurchdringlichen Qualm lagen ihre Erinnerungen daran, wer oder was sie war und wie sie hierhergekommen war, in diesem Zustand: barfuß, nur mit einem groben Baumwollnachthemd bekleidet, in ein Hotelzimmer verschleppt. Mit Schmerzen, die von irgendeinem Punkt ihres Körpers, den sie noch nicht lokalisiert hatte, in alle Richtungen ausstrahlten.

Und je mehr sie sich anstrengte, ihre Erinnerungen von der undurchdringlichen Nebelhülle zu befreien, desto weiter schien sich all das, was sie als Mensch definierte, von ihr zu entfernen: Name, Alter, Beruf, Familienstand, Herkunft …

Ich weiß nicht, wer, wo oder was ich bin, dachte sie, und wäre da nicht diese Stimme gewesen, die so angenehm und beruhigend aus dem Fernseher zu ihr sprach, hätte sie vermutlich den letzten Anker in der Realität verloren und wäre vollends auf die offene See des Vergessens getrieben.

»... unterbrechen wir das laufende Programm für eine Liveschaltung zur Pressekonferenz der Berliner Polizei.«

In der Pause, die der TV-Moderator ließ, hörte sie ein quietschendes Geräusch, wie wenn ein Wasserhahn zugedreht wurde. Im selben Atemzug erstarb das Rauschen, das doch nicht vom Fernseher herrührte.

Sie sah nach links zu der Tür, hinter der sie das Badezimmer vermutete. Dann versuchte sie, ihren Körper in dieselbe Richtung wie ihren Kopf zu drehen, musste aber schreiend aufgeben.

Schon die leichte Seitwärtsbewegung auf dem Bett hatte eine Stoßwelle gleißender, fiebriger Schmerzen ausgelöst, die von ihrer Leistengegend nach oben züngelten.

Verdammt, ich hab den Brandherd gefunden.

Links, über der Hüfte, unter dem Rippenbogen.

Hatten dort die Flammen ihren Ursprung, von dem der bewusstseinsvernebelnde Rauch bis in ihr Gehirn aufstieg?

Der Nebel des Vergessens?

Sie blickte an sich herab. Sah die Ausbeulung unter ihrem Nachthemd.

Was zum Teufel ...?

Es fühlte sich an wie eine klaffende Wunde, die Erhebung unter dem Nachthemd sprach dafür, dass sie mit einem Verband versorgt war. Ausreichend Schmerzmittel hatte man ihr offenbar aber nicht verabreicht. Allein sich wieder flach auf dem Bett auszustrecken tat höllisch weh.

»Guten Tag, meine Damen und Herren, danke, dass Sie so zahlreich gekommen sind. Eins vorweg: Sinn und Zweck dieser Pressekonferenz ist es nicht, die Bevölkerung zu verunsichern, dennoch sehen wir es als unsere Pflicht an, die Allgemeinheit vor Lutz Blankenthal zu warnen. Auch als der ›Chirurg‹ bekannt.«

Sie hob den Kopf und sah im Fernseher einen hageren

Mann mit eingefallenem Gesicht, unter ihm ein eingeblendeter Schriftzug: **Kriminalhauptkommissar Philipp Stoya.**

Okay, lesen kann ich also. Und ich stecke in dem verletzten Körper einer erwachsenen, auf ein Hotelbett gefesselten Frau, fasste sie die paar Bruchstücke zusammen, die sie bislang über sich in Erfahrung gebracht hatte.

»Gestern Abend gelang Blankenthal auf spektakuläre Weise die Flucht aus der Gefängnisklinik Buch in Pankow. Bei dem Siebenundfünfzigjährigen handelt es sich um einen höchst manipulativen, ergo sehr gefährlichen Täter, dem sich keiner – und das ist unsere ausdrückliche Bitte – in den Weg stellen sollte. Wenn Sie ihn sehen, spielen Sie nicht den Helden. Bringen Sie sich nicht in Gefahr, sondern rufen Sie sofort die Polizei. Hier eine Aufnahme von Blankenthal jüngeren Datums.«

Sie versuchte, sich an den gefesselten Händen rücklings so weit nach oben zu ziehen, dass sie zwar nicht aufrecht sitzen, wohl aber am Kopfteil des Bettrahmens angelehnt liegen konnte. Der durch diese erneute Positionsveränderung ausgelöste Schmerz war schier unerträglich. Er fühlte sich an, als hätten krallenartige Finger sich dort, wo sie das Pflaster vermutete, in die Haut gebohrt, um an dieser Stelle das Fleisch wie Packpapier mit bloßen Händen vom Körper zu reißen.

Immerhin hatte sie nicht das Bewusstsein verloren und nun einen besseren Blick auf das Foto des flüchtigen Täters, das – abgesehen von einer Spalte mit Aktienkursen am rechten Bildschirmrand – fast den gesamten Fernseher einnahm.

Sie sah nur den Kopf des Ausbrechers, aber würde der Porträtausschnitt sich vergrößern lassen, hätte sie sich nicht gewundert, wenn das Vollbild den Mittfünfziger auf einer Segeljacht stehend gezeigt hätte; die kräftigen Hände am Steuerrad, das markante, etwas zu große Kinn dem auffrischenden Wind entgegengestemmt, der ihm die grauen, im Nacken gelockten Haare aus der faltigen Denkerstirn blies. Hätte sie den Gesuchten allein anhand des Bildes mit drei Wörtern beschreiben müssen, wären es *seriös*, *sportlich* und *selbstbewusst*. Der leitende Ermittler der Berliner Mordkommission fand drei komplett gegensätzliche Bezeichnungen, wenngleich sie ebenfalls mit *S* begannen: »Lutz Blankenthal ist ein Schwerverbrecher, ein Soziopath und Sadist.«

Das Kameralivebild wechselte zu der Ansicht eines Konferenztisches, der in einem turnhallenähnlichen Saal auf einer Bühne vor mindestens zwei Dutzend Reportern stand.

»Er hat es geschafft, ohne jemals Abitur gemacht, geschweige denn Medizin studiert zu haben, mehrere Arztposten in unterschiedlichen Krankenhäusern zu beziehen, unter anderem als Chefchirurg einer Privatklinik in Potsdam. Er hat Dutzende von Experten getäuscht, vor allem aber seine Patienten, die ihm ihr Leben anvertraut und es teilweise verloren haben. Machen Sie nicht denselben Fehler und fallen auf sein charismatisches Auftreten und sein seriöses Äußeres herein. Hinter der sympathischen Fassade lauert ein hochgradig sadistischer Psychopath. Blankenthal empfindet Erregung an geöffneten Menschenkörpern. Er ist kein schelmischer Betrüger, der sich einen Doktortitel erschlichen und seine Vorgesetzten zum Narren gehalten hat. Blankenthal schneidet seine Opfer zum Vergnügen auf, zum Teil ohne Betäubung, nur um sich an dem Anblick ihres Innersten zu ergötzen.«

Sie schrie wieder auf. Diesmal nicht vor Schmerz, auch wenn sie bei den letzten Worten des Ermittlers das pulsierende Ziehen ihrer Wunde noch stärker gespürt hatte. Jetzt hatte sie der Schreck zusammenzucken lassen. Denn die

Tür zu ihrer Linken, hinter der es gerade noch geklappert hatte, öffnete sich, und es schob sich ein Schwall feuchtwarmer, nach Duschgel riechender Badezimmerluft in den Raum.

Und mit ihr ein Schatten. Nur schemenhaft erkennbar in dem bläulichen Licht, das vom Fernseher abstrahlte. Wo Kommissar Stoya gerade weiter referierte:

»Gestern wurde Blankenthal mit dem Verdacht auf Schlaganfall in die Gefängnisklinik eingeliefert, wobei wir davon ausgehen, dass er seine Symptome simuliert hat und in Wahrheit kerngesund ist. In der Klinik gelang es ihm, seine Bewacher und die behandelnde Ärztin zu überwältigen. Er brach einen Spind mit medizinischer Kleidung auf und verkleidete sich erneut als Chirurg. Auf die Umstände seiner daran anschließenden Flucht gehe ich gleich gesondert ein. Sie ist in jedem Fall ein Beweis seiner buchstäblich mörderischen Intelligenz.«

Das war der Moment, als ihr klar wurde, wer der Schatten war, der mit der feuchten Luft aus dem Bad seinen Weg an ihr Bett gefunden hatte. Ein frisch geduschter Mann, nur mit einem Laken um die Hüfte bekleidet, den man sich gut auf einer Hochseejacht vorstellen konnte, würde er nicht halb nackt, sondern in Segelklamotten vor ihr stehen.

»Leider muss ich Sie außerdem darüber informieren, dass der ›Chirurg‹ auf seiner Flucht noch eine weitere …«

Der Mann stellte den Fernseher mitten im Satz des Polizeibeamten leiser.

»Wer sind Sie?«, fragte sie, obwohl sie seinen Namen gerade erst mehrfach hintereinander im Fernsehen gehört hatte. Ihre Stimme klang halb krächzend, halb flüsternd. Sie fühlte, wie sich ihre Nasenflügel blähten, spürte eine erhöhte Muskelspannung am ganzen Körper. Zittern.

Typische Angstsignale, dachte sie unwillkürlich. Evolutionär bedingt, wie ihre feuchten Handinnenflächen, mit denen man als Steinzeitmensch auf der Flucht besser Halt an Felsen und Bäumen fand. *Mehr Grip. Deswegen befeuchten wir noch heute unsere Finger vorm Umblättern,* hörte sie ihre innere Stimme erklären.

Der Mann im Zimmer sagte derweil laut und deutlich: »Mein Name ist Lutz Blankenthal. Schön, dass Sie endlich aufgewacht sind. Dann können wir ja gleich beginnen, Frau Herbst.«

KAPITEL 6

Er schaltete den Fernseher ab. Dann bückte er sich vor dem Fußende des Bettes. Sie hörte das Geräusch eines Reißverschlusses.

Großer Gott, was hat er vor? Will er mich aufschneiden? Ohne Betäubung, so wie seine anderen Opfer?

Sie schloss die Augen. Stöhnte. Öffnete sie wieder, doch der Albtraum war nicht vorbei. Der »Chirurg« stand wieder vor ihr. Ohne Skalpell, dafür mit einer schwarzen Sporttasche in der Hand.

»Ich geh mich kurz umziehen«, sagte er.

Umziehen? Wofür?

Hatte er im Bad gerade ein perverses Desinfektionsritual hinter sich? Legte er jetzt seinen OP-Kittel an?

»Was, was … wollen Sie von mir?«

Bin ich die Ärztin, die er überwältigt hat? Frau Herbst?

»Wo bin ich?«

»In einem Hotelzimmer.«

Das sehe ich. Aber wieso? Wie bin ich hierhergekommen? Da sie ihr eigenes Überleben im Augenblick mehr interessierte als die Ursache dieses Wahnsinns, brüllte sie, so laut es ihre brüchige Stimme erlaubte: »Machen Sie mich los. Sofort!« Hilflos rüttelte sie an ihren Fesseln.

Blankenthal schüttelte energisch den Kopf. »Nein, das kann ich nicht.« Mit der Tasche in der Hand wandte er sich wieder Richtung Badezimmer.

O Gott, er ist wirklich wahnsinnig. Und ich bin ihm ausgeliefert, ohne zu wissen, wer ich überhaupt bin.

Mit einem Mal fühlte sie sich komplett kraftlos, als hätte allein der schwache Versuch, sich aufzubäumen, ihre letzten Reserven verbraucht. Aber wer wusste schon, was sie in den vergangenen Stunden alles hatte durchstehen müssen?

»Tun Sie mir nichts, bitte«, flehte sie ihn an.

Blankenthal blieb stehen. Für einen winzigen Moment fror seine komplette Mimik und Gestik ein. Ein Moment, den sie wie in Zeitlupe wahrnahm. Nur für den Bruchteil einer Sekunde wirkte der Mann wie erstarrt. *Freeze-Effekt – eine unbewusste Orientierungsreaktion,* hörte sie wieder ihre eigene Stimme und wunderte sich, weshalb ihr diese Details auffielen.

»Ich soll *Ihnen* nichts antun?«

Blankenthal löste sich aus der Starre und kam zu ihr zurück. Er beugte sich über sie. War ihr auf einmal so nah, dass sie das frische, nach Holz und Tabak duftende Eau de Toilette riechen konnte, das er im Bad aufgetragen haben musste.

»Ich glaube, Sie verstehen hier etwas falsch«, sagte er und blickte ihr tief in die Augen. Sie spiegelte sich in seinen von tiefblauer Regenbogenhaut umrandeten Pupillen. Leider war ihr Abbild zu klein, als dass sie sich selbst darin hätte erkennen können. Denn sogar daran hatte sie keine Erinnerung mehr: *Grundgütiger, ich weiß nicht einmal mehr, wie ich aussehe.*

»Bitte lösen Sie die Fesseln«, flehte sie, und mittlerweile war es ihr komplett gleichgültig, wie ängstlich und erbärmlich sie sich anhörte … *denn genau das bin ich: voller Angst und ohne Hoffnung auf Erbarmen.*

»Bitte, ich will nach Hause!«

Wo immer das auch ist.

»Das geht nicht. Ich kann Sie nicht losbinden«, widersprach Blankenthal erneut, wieder mit dieser seltsamen Klarheit in der Stimme.

»Aber wieso denn nicht?«

Hatte sie schon längst an der Abbruchkante gestanden, direkt auf der Klippe der Verzweiflung, gab seine Antwort ihr jetzt den letzten Stoß:

»Weil ich«, sagte Blankenthal, und seine Stimme wurde ernst und schwer, »weil ich viel zu große Angst vor Ihnen habe.«

KAPITEL 7

Vor mir?«

Wäre das eine Komödie gewesen, hätte die Geschichte eines Serientäters, der Angst vor seinem entführten Opfer hatte, vielleicht die Aussicht auf einen heiteren Kinoabend geboten. Nur leider war das kein Film, in dem sie steckte. Und ihre Wunde, die Schmerzen, die Fesseln und nicht zuletzt ihr kompletter Gedächtnisverlust ließen es hoffnungslos erscheinen, dass es für all das hier eine amüsante Erklärung geben könnte.

»Sie spielen mit mir?«, fragte sie. Wie die Katze, die die angeschleppte Maus als Ball missbrauchte und sie durch das Wohnzimmer stupste, bevor sie sie am Ende doch fraß.

»Wie bitte?« Blankenthal zog die buschigen, ebenfalls angegrauten Augenbrauen nach oben. Seine Augen weiteten sich. *Ein Signal echter Überraschung.*

»Das ist ein makabrer Scherz, ja?«, fragte sie ihn.

Er schüttelte den Kopf. »Ich verstehe nicht.«

Jetzt reicht's. Sie bäumte sich auf, drückte den Rücken durch, so weit es ihre Fesseln erlaubten. Für einen Moment spürte sie keine Schmerzen mehr, nur noch Wut: »Nein. ICH verstehe nicht. ICH bin IHNEN ausgeliefert.«

Einem Schwerverbrecher, Sadisten und Soziopathen.

»SIE haben Menschen getötet.«

Sie aufgeschlitzt.

»SIE haben mich verschleppt und sehr wahrscheinlich verletzt. SIE halten mich gefangen. Und jetzt behaupten Sie, dass Sie Angst vor mir haben?«

Erschöpft ließ sie den Kopf zurück auf die Matratze sinken. Langsam wurden ihre Arme taub. Ihr Herz schien Probleme zu haben, das Blut aus dem flach auf dem Bett liegenden Körper in die nach oben geketteten Extremitäten zu pumpen. Möglicherweise schnürten die Kabelbinder die Blutversorgung schon ab den Handgelenken ab.

»Sie sind hier eindeutig der Gestörte«, sprach sie weiter, die warnende innere Stimme ignorierend, die ihr riet, den offenbar Geisteskranken vor ihr nicht weiter zu reizen.

Doch obwohl sie ihn beleidigt hatte, wirkte Blankenthal keineswegs verärgert. Eher resigniert. Er nickte traurig und stellte die Tasche ab, in der sich hoffentlich Wechselwäsche befand, die er sich irgendwo nach dem Ausbruch organisiert hatte. Vielleicht war sie aber auch mit Skalpellen, Knochensägen und Wundklammern gefüllt.

»Es tut mir leid, dass Sie das Gerede über mich mitbekommen haben.« Blankenthal deutete zum Fernseher. Sie bemerkte, dass sein Körper perfekt trainiert war. Kein Gramm Fett zu viel, keine Rettungsringe, dafür stark ausgeprägte Bauch- und Brustmuskeln.

»Ich wollte wissen, was in den Nachrichten über uns läuft, und habe versäumt, den Fernseher auszuschalten, bevor ich duschen ging, Frau Herbst.«

Herbst.

Schon wieder dieser Nachname.

Er klang vertraut, und dennoch war sie sich unsicher. Vielleicht kannte sie ihn nur wegen der Jahreszeit, die er benannte. Vielleicht hieß sie wirklich so.

Herbst.

Daran konnte sie sich wie an so vieles nicht erinnern.

»Ich weiß nicht genau, was Sie über mich gehört haben,

aber es war vermutlich die Lüge, die sie alle über mich erzählen«, sagte Blankenthal.

Sie seufzte.

Unfassbar, dass ich diese Unterhaltung tatsächlich führe.

»Dann sind Sie nicht aus einer Gefängnisklinik ausgebrochen?«

»Das schon. Aber ich war zu Unrecht im Knast. Ich bin kein Perverser. Ich habe niemals einen unschuldigen Menschen absichtlich getötet.« Sein Blick wurde noch energischer. »Ganz im Unterschied zu Ihnen, Hannah Herbst!«

KAPITEL 8

Das war das erste von vielen Malen, dass sie sich wünschte, der Nebel des Vergessens würde nicht nur die Vergangenheit, sondern auch ihre Gegenwart ersticken.

»Ich?«

Blankenthal nickte.

»*Ich* habe getötet?«

»Was denken Sie denn, weshalb Sie in der Gefängnisklinik waren?«

»Weil ich die Ärztin bin, die Sie auf Ihrer Flucht überwältigt und vermutlich verletzt haben.«

»Wie bitte?« Blankenthal lachte ungläubig auf. »Wollen Sie mich veräppeln? Sie sind keine Ärztin. Und die Wunde, derentwegen Sie im Knast operiert werden sollten, haben Sie sich selbst zugefügt.«

»Sie erzählen kompletten Mist.«

»Wieso sollte ich?«

»Keine Ahnung, *Doktor*«, blaffte sie zurück und musste einen Hustenreiz unterdrücken. Jedes Wort brannte in ihrer ausgetrockneten Kehle. »Sie sind offiziell geisteskrank. Ich habe es eben in den Nachrichten gehört. Die ganze Nation weiß das.«

Er atmete tief aus. Eine Ader pochte an seiner Schläfe. »Sie sollten nicht glauben, was man in den Medien über mich erzählt.«

»Dann sind Sie also kein falscher Chirurg, der sich an geöffneten Menschenkörpern aufgeilt?«

»Um Himmels willen, nein. Ich bin ein Betrüger. Hier

bekenne ich mich schuldig. Ich habe nie studiert, dennoch verfüge ich über bessere Operationstechniken und einen größeren medizinischen Sachverstand als die meisten meiner offiziell promovierten Kollegen.«

»Aber Sie haben Menschen getötet!«

Er nickte traurig. »Die zwei Patienten haben es nicht anders verdient. Sie waren Gewaltverbrecher der schlimmsten Sorte. Offiziell eine Stütze der Gesellschaft, angesehene Bürger, aber ich habe vor der Operation mit ihren Frauen reden dürfen. Und ich habe die Wunden gesehen, die sie ihnen und ihren Kindern zugefügt haben. Also habe ich der Gesellschaft einen Dienst erwiesen, indem ich bei der Operation nicht die größte Sorgfalt walten ließ.« Blankenthals mächtiger Adamsapfel hüpfte schwer, als er schluckte. »Aber ich habe sie nicht wegen eines krankhaften Triebs oder Ähnlichem aufgeschnitten …« Er schluckte erneut. »Das war eine Lüge der Ermittler, die bewusst zu den Boulevardmedien durchgestochen wurde. Der junge Staatsanwalt wollte sich mit seinem ersten großen Fall auf meine Kosten profilieren. Er hat die Opfer zu Helden und mich zum Monster aufgebaut, um Profit aus einer spektakulären Verurteilung zu ziehen.«

»Und das soll ich Ihnen abnehmen?« Wäre sie dazu in der Lage gewesen, hätte sie ihm einen Vogel gezeigt.

»Wie sollte ich ausgerechnet Ihnen etwas vormachen, Frau Herbst?«

»Wie meinen Sie das?«

»Sie sind von uns beiden hier die Expertin. Selbst wenn ich es wollte, ich könnte Sie nicht anlügen.«

Sie spürte eine unangenehme Hitzewallung, so als hätte Blankenthal einen Heizstrahler auf sie gerichtet. »Ich verstehe nicht. Was für eine Expertin soll ich sein?«

Er zog die linke Augenbraue hoch und warf ihr einen misstrauischen Blick zu. Dabei trat er näher ans Bett, schaltete die Nachttischlampe ein und beugte sich über sie. »Sie können sich tatsächlich an nichts erinnern?«

»Nein!«

Er sah ihr mit einem so fokussierten Blick in die Augen, dass sie sich instinktiv wegdrehen musste.

»Hm«, grunzte er. »Könnte stimmen.«

»Was?«

Er bückte sich, um wenig später mit einem Klemmbrett in der Hand wieder aufzutauchen, das er seiner Tasche entnommen haben musste.

»Was ist das Letzte, woran Sie sich erinnern?«, hakte Blankenthal nach.

Schienen. Ein sich näherndes Licht. Rattern. Ein Gesicht … Mama?

»Ich, ich weiß nicht …«

Sie stocherte im Nebel des Vergessens, indem sie unter den Lidern die Augen bewegte, als scannte sie einen imaginären Raum ab, den Raum ihrer Erinnerungen. Ihr geistiger Blick traf dabei auf einzelne, zusammenhanglose Fragmente. Erinnerungen, die weit, weit zurückliegen mussten: *Steine im Gleisbett, eine Pferdestatue, deren Kopf ein Lampenschirm war, Blut auf einem Vinylboden, der Bauchnabel eines Kindes, den sie kitzelte, glucksendes Kichern …*

»Es ist alles so unklar.«

Er nickte, als überraschte ihn diese Antwort nicht sonderlich. Dann blätterte er die erste Seite von dem Klemmbrett nach hinten und begann von der folgenden abzulesen:

»›Anamnese von Hannah Herbst, vierzig Jahre alt, Adresse: Egestorffstraße 119 in 12307 Berlin. Keine Vorerkrankungen, keine regelmäßige Medikamenteneinnahme. Leidet nach eigenen Angaben an einer Betäubungsmittelunverträglichkeit, die bei der Geburt ihres Sohnes (Kaiserschnitt) festgestellt und bei einer Blinddarmoperation vor drei Jahren bestätigt wurde.‹ Sagt Ihnen das etwas?«

Nein.

»Was ist das für eine Akte?«

»Sie steckte an Ihrem Bett.«

»An welchem Bett?«

Blankenthal trat einen Schritt zurück und musterte sie eine Zeit lang, bevor er ihr die Frage beantwortete. »Noch mal: Sie wurden am Tag meines Ausbruchs in der Gefängnisklinik operiert, wegen einer selbst zugefügten Stichwunde, mit der Sie sich die Milz perforiert haben.« Blankenthal hob in einer entschuldigenden Geste beide Arme. »Glauben Sie mir. Hätte ich gewusst, wer Sie sind, hätte ich mir jemand anderen für meine Flucht ausgesucht.«

»UND WER BIN ICH, VERDAMMT?«

Der »Chirurg« trat wieder an das Bett heran, rüttelte an ihrer linken Hand, wohl um sich zu vergewissern, dass die Fesseln noch hielten.

»Sie waren meine Tarnung. Niemand kennt besser als ich die autoritäre Wirkung einer Uniform. Ich steckte im Kittel eines Chirurgen und trug Mundschutz und Haarmaske, als ich Sie aus dem Aufwachraum schob, in den Sie verbracht worden waren. Der Ausweis der Neuroradiologin, die ich vor dem MRT leider niederschlagen musste, öffnete mir alle Türen. Schließlich musste ich Sie nur noch in den Transporter schaffen, der Sie nach der OP zurück ins Frauengefängnis im Wedding bringen sollte.«

»Ich glaube Ihnen kein Wort.«

Er zuckte mit den Achseln.

»Glauben Sie, was Sie wollen. Ich sage die Wahrheit. Und die ist sehr plausibel, ganz im Gegensatz zu Ihrer Geschichte, Frau Herbst.«

Meine Geschichte? Was zum Teufel meint er damit schon wieder?

»Als ich Sie aus der Klinik schob, hab ich den Jungs vom Krankentransport glaubhaft versichert, dass ich als behandelnder Arzt mitfahren müsste, weil Sie auf die Betäubung schlecht reagiert hätten. War nicht sehr schwer, die Grünschnäbel zu überzeugen. Einige Kilometer von der Klinik entfernt schlug ich den Beifahrer mit dem Defibrillator bewusstlos und zwang seinen Kollegen zum Anhalten, bevor ich ihn ebenfalls ins Reich der Träume geschickt habe.«

»Wenn das stimmt, wieso haben Sie mich nicht zurückgelassen?«

Wie hat er es danach überhaupt geschafft, mich bewusstlos von A nach B zu transportieren?

Und wo war dieses B überhaupt?

In Berlin? Brandenburg? Belgien?

»Sie haben vollkommen recht. Eigentlich wollte ich alleine hierherflüchten«, erklärte er. »Doch die beiden vorne in der Fahrerkabine sprachen während der Fahrt über Sie. Und so erfuhr ich, was Sie getan haben, Frau Herbst.«

»Was?«

Blankenthal seufzte und nahm ein Smartphone in die Hand, das wohl neben dem Fernseher gelegen hatte. Er aktivierte den Bildschirm und kam näher an das Bett heran.

»Sie halten mich ja eh für einen Lügner. Am besten also, Sie sehen es mit eigenen Augen.«

KAPITEL 9

»Vernehmung von Hannah Herbst, Untersuchungsgefängnis Moabit, B.HH.789Z/19. Heute ist der 13. Oktober zweitausend …«

Das genaue Datum, das der Mann auf der Videoaufnahme im Handy sagte, verpasste sie, da ihre Gedanken abschweiften.

Ich wurde verhört? Weswegen?

»Die Befragung führt Kriminalhauptkommissar Fadil Matar.«

Auf dem Handy, das Blankenthal ihr in einem Abstand von zwanzig Zentimetern vor die Augen hielt, konnte sie nicht erkennen, ob der Beamte hinter oder neben der Kamera saß. Der Polizist hielt sich auf der Aufnahme unsichtbar im Hintergrund. In Thrillern (daran konnte sie sich aus irgendeinem Grund sehr gut erinnern) sah man bei Vernehmungsvideos sehr oft körnige Aufnahmen; lichtentsättigte Bilder, die an die Qualität von Überwachungskameras an Tankstellen erinnerten. Wohl, weil auf alt getrimmte Videos mit einem gruseligen Super-8-Effekt die Spannung verstärken sollten. Diese Aufnahme hingegen war erstklassig. Nur die Beleuchtung hätte etwas professioneller sein können. Dunkle Schatten lagen auf dem Gesicht der elendsmüden Frau, die ihre Ellenbogen auf einem schlichten Tisch mit mausgrauer Resopaloberfläche abstützte. Der Tisch stand vor einer geweißten Backsteinmauerwand.

Bin ich das? Sehe ich so aus?

Sie war versucht, den Blick abzuwenden. Die Frau zu betrachten löste in ihr ein Unbehagen aus, was nicht daran liegen konnte, dass sie eine besonders unangenehme Erscheinung war, im Gegenteil. Ihr Gesicht war vermutlich eines, das man unter normalen Umständen gerne ansah. Nicht, weil es besonders hübsch war, wohl aber, weil es freundlich wirkte. Die Augen waren von einem stechenden Blau, was sie als sehr außergewöhnlich empfand, bei dem haselnussbraunen Grundton der Haare. Sie fielen offen über die Schultern eines anthrazitfarbenen, geschäftsmäßig wirkenden Blazers, den sie über einer weißen Bluse mit Button-down-Kragen trug.

Obwohl ihre Frisur verschwitzt und zerzaust wirkte, war die regelmäßige Haarpflege unverkennbar. Der gewiss nicht billige Schnitt war so geschickt ausgeführt, dass die dezent aufgehellten Strähnen ihr Gesicht umschmeichelten, als wäre es ein von einem edlen Bilderrahmen umfasstes Gemälde. (Aus irgendeinem Grund schoss ihr die Vokabel »Balayage« durch den Kopf, was sie noch mehr verzweifeln ließ, weil sie sich anscheinend an banale Begriffe für eine Haarfärbetechnik erinnern konnte, nicht aber an den Namen ihrer Kinder, wenn sie denn welche hatte.)

»Beginnen wir mit Ihren Daten. Wie heißen Sie?«, wollte Matar wissen.

Die Frau räusperte sich. Dann sagte sie: »Ich bin Hannah Herbst, vierzig Jahre alt, wohnhaft in Berlin.«

Die Wucht, mit der sie die Erkenntnis traf, brachte sie auf dem Hotelbett zum Würgen. Bis jetzt war sie nicht überzeugt gewesen. Hatte sich gefragt, ob die etwas zu fragil wirkende Frau mit dem langen, schlanken Hals wirklich sie selbst sein konnte, auch wenn ihr einige Gesten dieser Person durchaus vertraut vorkamen. Wie die Angewohnheit, beim Nachdenken den Kopf leicht zur Seite zu neigen oder mit der rechten Hand nervös am linken Ringfinger zu zupfen. Doch nun gab es keinen Zweifel mehr.

Blankenthal hat recht.

Die Aufzeichnung klang etwas fremd, aber sie wusste, dass die meisten Menschen es seltsam fanden, wenn sie sich selbst auf einer Sprachaufnahme hörten. Daran aber, dass diese weiche und dennoch selbstbewusste Stimme ihre eigene war, gab es nichts zu rütteln.

Und dennoch …

Sie schloss die Augen.

Nein! Das bin nicht ich. Ich klinge wie diese Frau. Sie kommt mir auch bekannt vor, aber ich bin nicht sie, versuchte Hannah sich einzureden. Mehrfach wiederholte sie diesen Gedanken, wie ein Mantra, und tatsächlich gelang es ihr auf diesem Weg, eine gedankliche Distanz zu der Person im Geständnisvideo aufzubauen. Das machte es ihr möglich, die Augen wieder zu öffnen, obwohl sie eine unglaubliche Angst vor dem hatte, was sie wohl gleich gestehen würde. Bevor die Frau im Video aber wieder etwas sagte, wurde sie noch über ihre Rechte belehrt. Auf die Frage, ob sie die verstanden habe, antwortete sie gereizt:

»Natürlich. Hab ja wohl oft genug für die Polizei gearbeitet.«

Was meine ich damit? Bin ich Polizeibeamtin?

Sie sah am Handy vorbei zu Blankenthal hoch, der sich auf die Kante der Boxspringmatratze des Hotelbetts gesetzt hatte. Zum Glück hielt sein eng um die Hüften und Oberschenkel gewickeltes Badehandtuch, während er ihr weiterhin das Smartphone-Display vors Gesicht hielt. Dabei gab er ihr mit dem Zucken seiner Brauen zu verstehen, dass sie sich wieder auf das Video konzentrieren sollte, in dem der vernehmende Polizist sagte:

»Diese Aufnahme geschieht auf Ihren eigenen Wunsch, Frau Herbst.«

»Ohne Anwalt.«

»Weshalb verzichten Sie auf einen Rechtsbeistand?«

»Weil mir für juristische Spielchen die Zeit fehlt.«

»Können Sie das genauer erklären?«

»Ich leide unter einer seltenen Arzneimittelunverträglichkeit.«

»Die da wäre?«

»Betäubungsmittel lösen bei mir eine retrograde, global transiente Amnesie aus, für mindestens vierundzwanzig, maximal achtundvierzig Stunden. Das prozedurale Gedächtnis bleibt unangetastet.«

»Was heißt das auf Deutsch?«, fragte der Ermittler flapsig nach.

»Nun, ein Gedächtnisverlust infolge einer Anästhesie ist nicht unüblich, im Grunde sogar gewollt. Wer will sich schon gerne an eine OP erinnern? Nur dass bei mir die Betäubung nicht nur die Erinnerung rund um die Operation nimmt, sondern sich der Verlust meines Gedächtnisses auf sämtliche Ereignisse in der Vergangenheit bezieht. Allein die gelernten Fähigkeiten bleiben unangetastet. Ich werde auch nach der OP sofort in meiner Muttersprache sprechen können, lesen, schreiben, Fahrrad und Auto fahren …«

Im Moment kann ich nur eins, dachte Hannah, während sie sich selbst eine Erklärung für ihren traumatischen Zustand abgeben hörte. *Ich kann nur noch schreien.*

Und selbst das vermochte sie nicht, so sehr fühlte sie sich von ihrem eigenen Geständnis überfahren.

»Kurz: Wegen einer hormonellen Körperfunktionsstörung verliere ich nach Operationen mein Gedächtnis. Meine Langzeiterinnerungen werden mit der Zeit wieder aktiv werden, die Zeit unmittelbar vor der Betäubung aber bleibt auf Dauer verschwunden.«

»Das bedeutet, wenn Sie aus Ihrer anstehenden OP im Gefängnisklinikum Buch erwachen, werden Sie sich nie wieder an die Taten der letzten Stunden vor Ihrer Verhaftung erinnern?«

»Und auch nicht an diese Vernehmung hier, so ist es. Deshalb habe ich darum gebeten, dass meine Aussage per Video festgehalten wird.«

»Damit Sie sich quasi später selbst darüber aufklären können, was Sie heute getan haben?«

Die Hannah im Hotelzimmer konnte den Impuls nicht unterdrücken, wieder zu der Stelle zu schauen, wo sich der Wundverband unter ihrem Nachthemd abzeichnete.

»Sie müssen Ja oder Nein sagen«, forderte der Polizist seine Verdächtige auf.

»Ja«, hörte Hannah sich sagen.

»Gut. Schildern Sie jetzt bitte so genau wie möglich den Tathergang.«

Nein, tu das nicht. Bitte nicht.

»Hören Sie, ich habe schweinemäßige Schmerzen. Die Smarties, die mir bislang verabreicht wurden, können vielleicht Regelschmerzen lindern, aber ich fühl mich gerade, als würde ein Viehtreiber in meinem Bauch stecken. Sie verzeihen, wenn ich mich auf das Wesentliche beschränke.«

»Das da wäre?«

»Ich arbeite als Mimikresonanz-Expertin. Mein Job ist es, unter anderem winzige und in der Regel unwillentliche Ausdrücke im menschlichen Gesicht zu analysieren, um versteckte Emotionen zu entdecken. So wie eben die von Ihnen nicht kontrollierbare Kontraktion Ihrer linken Augenbraue, ausgelöst durch den seitlichen Anteil des primär limbisch gesteuerten Musculus frontalis, mit der Sie mir nonverbal zu verstehen gegeben haben, dass Sie skeptisch sind.«

Deswegen also …

»Ich bin nicht die Einzige, wohl aber die Beste meines Fachgebiets und berate häufig die Polizei in Situationen wie diesen. Nur dass ich dann mit auf Ihrer Seite des Tisches sitze und den Verdächtigen unter die Lupe nehme.«

… deswegen also habe ich diese Wahrnehmungen, dachte Hannah, während das Video weiterlief. *Deswegen wusste ich, was ein Freeze-Moment ist.*

»In letzter Zeit habe ich mich gemeinsam mit dem LKA immer mehr in den Fischermann-Fall verbissen.«

»Können Sie das erläutern?«

»Jeder kennt ihn. Er sucht sich ausschließlich Jungen. Bis jetzt hat er vier entführt. Zwei wurden aus bislang nicht bekannten Gründen wieder freigelassen. Zwei wurden tot auf stillgelegten Bahnhofsanlagen aufgefunden. Beide mit einer Kohlenmonoxidvergiftung als Todesursache. Laut Obduktionsbericht erstickten sie im Schlaf an den Gasen eines Holzkohlegrills.«

Sie machte eine Pause.

»Die Soko Fischermann, die ich beraten darf, trägt diesen Namen, weil der Täter wie ein Fischer seine Beute nach dem Fang wahlweise tötet oder zurück ins Leben wirft. Daher wird er vereinzelt auch der Catch-&-Release-Killer genannt.«

»Was hat das mit der Tat zu tun, die Sie heute begangen haben?«, hakte Matar nach.

»Wir ermitteln seit fast anderthalb Jahren und stochern wie mit einem Zahnstocher auf einer Müllkippe. Bei mehr als vierzig Verdächtigen wurde ich hinzugezogen. Ich sollte die Körpersprache während der Vernehmung analysieren. Sei es per Video oder live und in Farbe.«

»Ohne Erfolg.«

»Die Polizei hat keine Spur.«

»Und diese Belastung wurde zu groß für Sie?«

»Ich ertrag's nicht. Sehen Sie, da draußen werden jährlich mehrere Hunderttausend Kinder misshandelt, viele davon getötet, entführt, verbrannt, zu Tode geschüttelt. Noch viel mehr werden vergewaltigt … und dann gibt es diese Spielecke.«

»Was für eine Spielecke?«

Für einen kurzen Moment wanderte ihr Blick im Video zu dem unsichtbaren Fragensteller.

»Ich war kürzlich in der Rechtsmedizin. Hab meine beste Freundin zum Essen abholen wollen. Telda Sahms, sie arbeitet als Sektionsassistentin an der FU.«

»Und?«

»Telda bat mich, ihr zum Büro des Institutsleiters zu folgen, wo mich Professor Tsokos kennenlernen wollte. Auf dem Weg zu ihm, an den Sektionssälen vorbei, nahm der Gang eine Biege. Und hier war die Spielecke aufgebaut. Es sah aus wie im Wartezimmer eines Kinderarztes: kleine Hocker, eine Kreidetafel, Bücherkiste, der Teppich, auf dem man mit Spielzeugautos bunte Straßen nachfahren kann … Sie kennen das, wenn Sie Kinder haben.«

So wie ich?, dachte Hannah auf dem Hotelbett.

Die Hannah auf der Aufnahme schien um Fassung zu ringen.

Zuckender Kinnbuckel. Sicherer Hinweis auf einen unmittelbar bevorstehenden Tränenausbruch.

»Ich weiß noch, wie ich Telda spöttisch fragte: ›Das ist nicht euer Ernst, oder? Ihr parkt hier draußen nicht euren Nachwuchs, während ihr im Sektionssaal die Leichen öffnet?‹«

Das Video ruckelte, der Ton aber blieb glasklar.

»Dann blieb mir das Lachen im Hals stecken. Denn Telda antwortete: ›Nein. Die Ecke ist doch nicht für *unsere* Kinder.‹«

Im Hotelzimmer hielt Hannah die Luft an und versuchte sich an das zu erinnern, was sie offenbar selbst in dieser Vernehmung gesagt hatte.

»Die meisten glauben, Rechtsmediziner würden nur mit toten Menschen arbeiten. Aber die haben sehr viele lebende Patienten.

Menschen, bei denen geklärt werden muss, ob ihre Verletzung Folge eines Unfalls oder einer Straftat war. Tja, und in der Berliner Rechtsmedizin gibt es eine Extraabteilung, die sich nur mit Gewaltdelikten an Kindern beschäftigt. Die Gewaltschutzambulanz.«

»In Berlin-Moabit.«

»So ist es«, bestätigte Hannah Herbst die Nachfrage. »Es sind so viele. So viele Kinder, die Tag für Tag kommen. So viele Fälle, bei denen nicht klar ist, ob die Verbrennung des Babys nur ein Versehen war oder von einer absichtlich auf dem Rücken ausgedrückten Zigarette herrührt. Ob der Jochbeinbruch wirklich vom Klettern stammt oder von einer Faust im Gesicht der Vierjährigen. Verstehen Sie? Es sind so verdammt viele arme Kinder, dass man für sie eine eigene Spielecke braucht. Weil sie, wenn sie ankommen, warten müssen, bis sie dran sind. Denn da ist meistens schon eine kleine Seele vor ihnen im Behandlungszimmer und zeigt die gequetschten Zehen, den unterernährten Bauch oder das säureverletzte Auge.«

Eine Träne löste sich aus den Augenwinkeln der Befragten. Auch in der Gegenwart hätte Hannah am liebsten losgeheult, wobei sie nicht wusste, ob sie von der pointierten Schilderung ihres Video-Ebenbilds erschüttert war oder die Gesamtsituation sie einfach immer näher an den Rand eines Nervenzusammenbruchs brachte.

»Diese Spielecke hat also etwas in Ihnen ausgelöst«, stellte Matar fest.

»Danach war alles anders«, bestätigte Hannah. »Nachdem ich diese Ecke gesehen hatte, konnte ich nicht mehr so weitermachen. Wie heißt es so schön: Hat man erst mal die Wahrheit entdeckt, lässt sie sich nie wieder leugnen.«

»Welche Wahrheit haben Sie denn erkannt?«

»Die ganze Scheißsinnlosigkeit. Die Welt, in der wir leben, ist schlecht. Nicht lebenswert. Das Böse wird immer obsiegen. Ich meine, stellen Sie sich vor, Sie richten ein Fußballspiel aus. Die eine Mannschaft muss sich an die Regeln halten. Die andere kann mit Messern und Äxten aufs Spielfeld. Wer wird wohl gewinnen?«

Natürlich ging der Polizist nicht auf die rhetorische Frage ein.

»Es ist eine Lüge, wenn wir denken, ein gerettetes Kind würde einen Unterschied machen. Das tut es nicht. Wir können den Krieg nicht gewinnen. Wir sind verloren. Von der Sekunde unserer Geburt an kämpfen wir einen verlorenen Kampf.«

Sie ließ eine Pause, in der der Ermittler die alles entscheidende Frage stellte: »Was haben Sie getan, Frau Herbst?«

»Heute Nacht?«

Die Hannah in der Aufzeichnung richtete den Blick wieder direkt in die Kameralinse.

»Ich bin nach Hause. Nach der hundertsten erfolglosen Vernehmung eines Tatverdächtigen.«

»Sie waren verzweifelt?«

Hannah seufzte.

»Im Gegenteil. Ich fasste einen Plan, weil ich auf einmal alles so klar sah wie nie zuvor. Die Aussichtslosigkeit. Die ich noch jetzt in diesem Augenblick spüre, auch wenn ich wenigstens etwas geschafft habe.«

»Was meinen Sie konkret mit ›etwas geschafft‹?«

»Ich habe sie erlöst.«

Hannah hatte das Gefühl, als würde sie sich auf dem Bett zusammenkrümmen, obwohl sie sich gar nicht bewegte.

»Unsere Familie«, hörte sie sich sagen und schloss wieder einmal die Augen. Am liebsten hätte sie sich auch die Ohren zugehalten.

»Zuerst habe ich Kyra getötet, die Fünfzehnjährige.«

Nein, bitte nicht, nein.

»Richards Tochter aus erster Ehe. Sie hat nichts gespürt. Dann bin ich ins Schlafzimmer zu meinem Mann gegangen. Habe ihm mit dem Küchenmesser, mit dem ich schon Kyra erstach, die Kehle aufgeschnitten. Richards Todeskampf war lauter; so laut, dass ich Angst hatte, er würde Paulchen wecken.«

»Ihren Sohn?«

Das ist eine Lüge, dachte sie.

Ich lüge. Ich muss lügen. Es kann nicht anders sein …

»Das gemeinsame Kind von Richard und mir. Zwölf Jahre alt. Auch ihm wollte ich die Zukunft in unserer nicht lebenswerten Welt ersparen. Damit er niemals ein Opfer wird. Und auch seine Kinder und Kindeskinder nie in einer Spielecke auf den Rechtsmediziner warten müssen.«

Wieso mache ich das?, fragte sich Hannah. *Wieso gestehe ich freiwillig etwas, das ich nicht getan habe? Oder …*

Der Gedanke war noch schlimmer als die Angst davor, was Blankenthal mit ihr alles anstellen könnte.

… oder ist es vielleicht die Wahrheit? Bin ich eine kaltblütige Kindesmörderin?

Matar drängte sie, die Aussage fortzusetzen: »Was genau haben Sie mit Paul gemacht?«

KAPITEL 10

»Aus, stopp. Ich will das nicht sehen.«

Hannahs Speichel traf auf die Bildschirmoberfläche des Handys, so laut schrie sie Blankenthal an, der das Video anhielt.

»Sie sollten es besser bis zum Ende sehen.«

»Nein!«

Das ertrage ich nicht.

Hannah kniff die Augenlider fest aufeinander und meinte im Nebel des Vergessens drei kleine Lichter zu sehen.

Kyra, Paul, Richard.

Drei flackernde Kerzen, die ihr signalisierten, dass diese Namen tatsächlich eine Bedeutung in der Vergangenheit gehabt hatten. Aber ihr Verstand weigerte sich, dem Geständnis und damit ihren eigenen Worten zu glauben. Und so erloschen die Lichter wieder und erzeugten noch mehr erinnerungsverdrängenden Rauch.

Kyra, Paul, Richard?

Ihre größte Hoffnung im Moment war, dass es einen simplen Grund gab, weshalb sie sich an diese Namen nicht erinnern konnte. Einfach, weil es diese Menschen nicht gab. Weil diese Geschichte nur eine Ausgeburt des kranken Hirns von Blankenthal war. Sicher, das war sie selbst im Video gewesen. Ihre Stimme. Und vermutlich auch ihr Gesicht.

Mit dem aber etwas nicht stimmte, auch wenn sie nicht genau sagen konnte, was das war.

Meine Augen?

Dazu müsste sie es analysieren, am besten Bild für Bild.

War es eine Fälschung?

Wenn ja, eine nahezu perfekte.

Doch war heutzutage nicht alles möglich? Konnte das, was sie gesehen hatte, nicht das Ergebnis einer perfekten, computergenerierten Täuschung sein? *Deep-Fake,* an diesen Terminus meinte sie sich zu erinnern. Nicht aber daran, ein mordendes Monster zu sein.

Es kann nicht sein.

Aber was, wenn doch?

Sie versuchte, all das zu ignorieren, was dafürsprach, dass sie auf dem Video die Wahrheit gesagt hatte. Unter anderem die Frage, weshalb sich ein gesuchter Straftäter diese Mühe machte? Sie betäubt, verschleppt, gefesselt und ein Geständnis manipuliert haben sollte?

Das ergibt keinen Sinn.

Genauso wenig, wie eine Tat zu gestehen, die man nicht begangen hatte.

»Ich weiß vielleicht nicht, wer ich bin. Aber ich weiß, was ich *nicht* bin«, sagte sie mehr zu sich selbst als zu Blankenthal.

Ich bin keine Mörderin.

Vor die grauenhafte Wahl gestellt, ob sie lieber die Mutter sein wollte, die ihre Familie abgeschlachtet hatte, oder die kinderlose Frau, die von einem Wahnsinnigen entführt worden war – sie würde sich für die zweite Option entscheiden, selbst wenn das bedeutete, dass sie nur noch wenige qualerfüllte Stunden in seiner Gewalt zu leben hatte.

»Ich glaube Ihnen kein Wort«, wiederholte sie daher.

Blankenthal trat wieder näher ans Bett. Beugte sich über sie. So nah, dass sie ein einzelnes Nasenhaar aus dem rechten Nasenloch herauslugen sah.

»Sie haben es doch selbst gehört. Und mit eigenen Augen gesehen. Sie sind eine Körpersprache-Expertin. Schauen Sie mich an. Ich kann Sie nicht anlügen. Sie würden es durchschauen, wenn ich Ihnen nicht die Wahrheit sage.«

Nun musste Hannah sich doch bewegen, auch wenn es wehtat. Sie schüttelte energisch den Kopf. Erstmals spürte sie, dass ihre Haare wohl zu einem Zopf zusammengebunden waren, auf dem sie gelegen hatte und der jetzt infolge ihrer abrupten Bewegungen wie ein Pendel ausschlug.

Nein, nein, nein.

Es war paradox. So überzeugt sie davon war, dass sie wirklich dieses Geständnis auf Band gesprochen hatte, so sicher war sie sich, auch mit den folgenden Worten die Wahrheit zu sagen:

»Ich spüre es. Ich habe meine Familie NICHT getötet.«

Sie sah an sich hinab, deutete mit dem Kinn zu ihrer Wunde.

»Ich bin selbst ein Opfer!«

»Ach ja?«

Blankenthal musterte sie mit kalten Augen. Dann ließ er das Geständnisvideo weiterlaufen.

KAPITEL 11

»Was genau haben Sie mit Paul gemacht?«, fragte der Beamte ein weiteres Mal.

Abgeklärt, fast schon gleichgültig hörte Hannah sich sagen:

»Ich bin in sein Zimmer. Beugte mich mit dem Messer über sein Bettchen. Er lag neben seiner rostroten Gitarre, die wir ihm zum zwölften Geburtstag geschenkt haben und auf der er gerne auch im Bett spielte. Ich war leise. Aber er wurde dennoch wach. Paulchen ist einfach zu sensibel für diese Welt. So feinfühlig. Ich hab ihm auch die Grundzüge der Mimikresonanz beigebracht, wissen Sie. Wie man die Zeichen unseres Körpers liest, die wir willentlich nicht steuern können. Vielleicht hat er es in meinen Augen gesehen, als er seine geöffnet hat.«

»Ihren Willen, ihn wie die anderen zu töten.«

»Den Entschluss, ja.«

»Er hat sich gewehrt?«

»Er hat mir das Messer mit der Gitarre aus der Hand geschlagen. Sie ging zu Bruch. Ich nahm die B-Saite.«

»Um ihn zu strangulieren.«

»Ja …«

»Aber?«

Da war es.

Das erlösende Wort. Vier Buchstaben, zwei Silben, eine Hoffnung. *ABER …*

»Aber es ist mir nicht gelungen.«

»Gott sei Dank.« Tränen liefen Hannah die Wangen herab. Auch wenn sie sich nicht an Paul erinnern konnte, so

spürte sie eine grenzenlose Erleichterung, ihm kein Leid angetan zu haben. *Wenigstens ihm nicht.*

»Weil Sie es nicht übers Herz brachten?«, hakte Fadil nach.

»Weil ich abgelenkt wurde.«

»Von wem?«

»Nachbarn haben geklingelt, weil das Licht in meinem Wagen noch brannte.«

»Paul ist die Flucht gelungen?«

»Ich hab ihn oben im Zimmer eingeschlossen, wollte die Nachbarin unten abwimmeln. Die sah das Blut an meinen Händen und wollte den Notarzt rufen.«

»Und?«

»Das konnte ich nicht zulassen. Ich schlug die Haustür zu und rannte nach oben. Doch Paul …«

»Ja?«

»Er war fort. Aus dem Fenster, über das Dach. Zum Hintergarten. In die Nacht geflüchtet.«

Unwillkürlich fragte Hannah sich, wie kalt es draußen war. Welche Jahreszeit überhaupt herrschte. Was, wenn es Winter war und der arme Junge im Schlafanzug bei Eiseskälte durch einen Schneesturm hatte irren müssen?

Hab ich ihn am Ende womöglich doch noch auf dem Gewissen?

Der Ermittler im Geständnisvideo wollte derweil wissen, was sonst noch geschehen war.

»Ich war verzweifelt. Panisch. Habe versucht, mir das Leben zu nehmen, was mir nicht gelang, wie Sie sehen.«

»Sie wollten sich erstechen?«

»Mit dem Messer, ja.«

»Wieso so drastisch?«

»Sie meinen, wieso ich mir nicht die Pulsadern aufgeschnitten, sondern Harakiri versucht habe?«

Die Mutter im Video zeigte heftige Signale der Selbstverachtung.

»Ich hatte ja ohnehin vor, alles mit meinem Suizid zu beenden. Jetzt wollte ich mich zusätzlich für meine Inkompetenz bestrafen. Dass ich die Mission nicht vollendet und Paul nicht erlöst hatte. Ich stach mir in den Bauch. Aber nicht tief genug. Perforierte wohl nur die Milz, wie man mir sagte. Als ich wieder zu mir kam, war die Polizei im Haus und nahm mich fest. Die Wunde wurde oberflächlich versorgt, aber es gibt Komplikationen. Deswegen werde ich hoffentlich bald operiert.«

»Hoffentlich? Müssten Sie es nicht eher bedauern, dass man Ihr Leben verlängert, wo Sie es doch selbst beenden wollten?«

Hannah sah, wie die Geständige heftig nickte.

»Ja. Vor einer Stunde noch war ich stinkwütend. Doch jetzt, während wir reden, sehe ich es irgendwie als Zeichen, dass mir mein Selbstmord misslang.«

»Das Ihnen was gezeigt hat?«

»Ich bin noch nicht fertig. Meine Mission ist noch nicht erfüllt.«

»Und mit Mission meinen Sie …?«

»Paul. Ich muss ihn noch erlösen.«

In der Gegenwart fühlte Hannah sich zu keiner Regung mehr fähig. Als hätte die seelische Überlastung einen emotionalen Schutzschalter herausspringen lassen. Sie brauchte eine Weile, bis sie sich wieder neu orientiert und die schockierende Bedeutung der Worte begriffen hatte, die sie dennoch nicht glauben wollte. Nicht glauben *konnte.*

Habe ich gerade aller Welt verkündet, mein einziges noch lebendes Kind töten zu wollen?

Hannah merkte, dass es ihr immer schwerer fiel, das Video und damit vielleicht sich selbst zu betrachten.

»Na, dazu dürften Sie die nächsten Jahrzehnte wohl kaum mehr die Gelegenheit bekommen«, stellte Fadil fest. »Ganz abgesehen davon, dass Sie nicht wissen, wo Paul sich gerade versteckt hält, Frau Herbst.«

Hannah sah, wie sie auf der Aufnahme selbstsicher das Kinn hob.

»Nur weil Sie ihn nicht finden können, heißt das nicht, dass ich sein Versteck nicht kenne.«

»Wo?«, stellte Fadil Matar die letzte und einzig noch relevante Frage. »Wo ist Paul?«

»Das werde ich Ihnen wohl kaum verraten.«

KAPITEL 12

Die Aufnahme war mittlerweile zu Ende, auch wenn Blankenthal ihr noch immer das Telefon vor die Augen hielt. Dem grünen, im linken unteren Bildschirmrand mitlaufenden Timecode nach waren neun Minuten und vierunddreißig Sekunden verstrichen.

Nicht einmal zehn Minuten. Mehr hatte es nicht gebraucht, um Hannahs Überlebenswillen in der Gegenwart zu zerstören.

So will ich nicht existieren. Nicht im Bewusstsein dessen, was ich getan zu haben behaupte. Schlimmer: *Was ich noch tun will!*

»Nein.«

Ein einziges Wort. Das einzige, was sie noch herauszubringen imstande war. Und selbst diese eine Silbe fiel ihr schwer.

Sie versuchte es erneut: »Das ist eine Lüge.«

»Es sind Ihre eigenen Worte. Ausschnitte des Geständnisses laufen in jeder zweiten Nachrichtensendung rauf und runter. Das komplette Video hat schon vier Millionen Abrufe auf YouTube.«

War das möglich?

Bin ich eine Mutter? Habe ich Kinder? Hat Blankenthal nicht eben etwas von Kaiserschnitt vorgelesen?

Sie überlegte, ob es ihr gelänge, das Nachthemd so weit hochzustreifen, dass sie die Beweisnarbe sehen könnte.

Die sie möglicherweise ihrem Sohn verdankte.

Paul.

Dem Zwölfjährigen, den ich nicht kenne, aber ermorden will. Laut eigener Aussage …

In einer Empfindung, die einer akustischen Erinnerung gleichkam, hörte sie einen Jungen glucksend kichern. In der Gegenwart klebte ihr eine Haarsträhne an Schläfe und Wange und begann zu jucken. In dem Versuch, beides abzuschütteln, wackelte sie ergebnislos mit dem Kopf. Dann konzentrierte sie sich auf Blankenthals Blick, den sie ebenso intensiv erwidern wollte, wie er sie musterte.

Lektion 1: Aufrichtigkeit. Augenkontakt standhalten.

»Was wollen Sie von mir?«, fragte sie. »Sie sind selbst auf der Flucht. Was kümmert Sie, was ich getan haben soll?«

»Ich liebe Kinder. Ich verabscheue Menschen, die ihnen Gewalt antun.«

»Das tue ich auch!«, beschwor ihn Hannah, doch Blankenthal schien ihr gar nicht zuzuhören.

»Sie selbst haben gesagt, wir leben in einer nicht lebenswerten Welt, in der diejenigen, die Regeln befolgen, stets den Kürzeren ziehen«, monologisierte er. »Nun, ich habe nichts mehr zu verlieren. Ich muss mich an keine Vorschriften halten.«

Er hob die Tasche, deren Inhalt bedrohlich klirrte, als er sie erstmals heftigst schüttelte.

»Sie haben gesagt, Sie kennen Pauls Versteck. Und ich verfüge über andere Methoden als die, die in einem Rechtsstaat zulässig sind, um Ihnen die Zunge zu lockern.«

KAPITEL 13

Ein Teil von Hannahs unter Hochdruck arbeitendem Verstand wertete ihre Fesseln sogar als Glück im Unglück. Machten sie es ihr doch unmöglich, schreiend vom Bett zu springen und aus dem Hotelzimmer zu flüchten, nur um nach einigen Hundert Metern verzweifelt zu erkennen, dass sie dem Grauen keinen Millimeter weit entkommen war. Denn die Person, vor der sie sich gerade zu Tode ängstigte, war nicht allein Blankenthal. Sondern auch sie selbst.

Dennoch versuchte sie, die Handgelenke von den fest um sie gezurrten Kabelbindern zu befreien, kaum dass ihr Entführer sie allein gelassen hatte.

Hannah/Schlafzimmer

Hannah hatte noch die drohenden Worte Blankenthals im Ohr – »Ich bin gleich wieder zurück!« –, mit denen ihr Entführer im Bad verschwunden war. Jetzt hörte sie ihn husten.

Blankenthal/Badezimmer

Blankenthal musste husten. Schleim löste sich aus seiner Kehle, den er angewidert ins Waschbecken spuckte. Das Badezimmer war noch hässlicher als das Schlafzimmer, und das wollte schon etwas heißen. Für jemanden wie ihn, der es modern und komfortabel mochte, waren die grünen Waschbecken-Armaturen aus den Achtzigerjahren und die ockerfarbenen Vorleger vor der Toilette eine Zumutung.

Die Sporttasche mit dem bedrohlich klirrenden Inhalt hatte der Wahnsinnige mitgenommen.

Er stellte seine Tasche unter das Waschbecken. Immerhin war der Boden sauber, abgesehen von der Blutspur, die sich über die speckigen Kacheln bis um die Ecke des L-förmigen Raumes zur Duschkabine zog. Normalerweise hätte er die Sauerei sofort beseitigt, aber das musste warten. Zumal er sich nicht sicher war, wie viel Körperflüssigkeiten er noch in diesem Raum verteilen würde.

Hätte ihr Entführer seine Tasche neben dem Bett stehen gelassen, wäre es Hannah vielleicht möglich gewesen, darin mit dem bloßen Fuß nach Gegenständen zu tasten, die von dem verrückten »Chirurgen« für ihre Folter vorgesehen waren.

Blankenthal öffnete die Segeltuchtasche und grunzte zufrieden: Neben der Wechselwäsche und der gut gefüllten Brieftasche waren da noch weitere Kabelbinder, ein Teppichmesser sowie Haarfärbemittel und der Taser, der ihm heute schon nützlich gewesen war. Alles so, wie er es bestellt hatte.

Auch wenn Hannah nicht wusste, wie sie ein Skalpell oder – besser noch – eine Schere allein mit ihren Beinen in Position hätte bringen können, um damit die Plastikbänder durchzuschneiden. Sinnlos, jetzt darüber nachzudenken.

Blankenthal nahm die Wechselwäsche aus der Tasche, musste aber vor dem Anziehen auf die Toilette.

Im Schlafzimmer befand sich nichts in Hannahs Reichweite, was sich als Werkzeug oder Waffe würde umfunktionieren lassen. Selbst die Nachttischlampe war festgeschraubt, das winzige Leuchtmittel darin unerreichbar in seiner Fassung fixiert. Keine Chance, es in Scherben zu zertreten. Hannah drehte den Kopf und sah am Kopfteil des Bettes hoch zu dem Stahlrohr, an das sie gekettet war. Natürlich tat sie das Unsinnigste, was sie tun konnte. Mit größter Kraft rüttelte sie erneut daran.

Er erleichterte sich im Stehen in die Toilette und hielt kurz inne, da er meinte, ein Stöhnen gehört zu haben. *Und wennschon …* Hannah war gut gefesselt.

Mit dem einzigen Erfolg, dass die Stellen, in die sich das Plastik in ihre Haut gepresst hatte, fast so unerträglich schmerzten wie ihre Stichwunde an der Seite. Das Rohr saß bombenfest.

Die Nachbarzimmer, davon hatte er sich überzeugt, standen leer. Sie konnte Lärm machen, wie sie wollte. *Und dennoch …*

Dennoch hatte sie etwas gespürt, das für einen Moment die Schmerzen in den Hintergrund rücken ließ. Die Stange hatte keinen Zentimeter nachgegeben.

Wohl aber das Kopfteil selbst!

Ist das möglich?

Sie überprüfte den Verdacht, indem sie nicht länger die Arme nach unten zu reißen versuchte, sondern in die andere Richtung drückte.

Die Spülung rauschte ohrenbetäubend.

In dem Moment, in dem Hannah die Toilettenspülung hörte, packte sie das Stahlrohr, als wäre es eine Langhantel beim Bankdrücken, die sie auf dem Rücken liegend nach oben stemmen wollte.

Er drehte den Wasserhahn auf, um sich die Hände zu waschen. Gründlich, wie vor einer Operation, ließ er auch die Fingerzwischenräume, den Daumen, die Handoberflächen sowie die Unterarme nicht aus.

O Gott, ja, ja, ja. Es stimmt. Ich hab mich nicht geirrt.

Offenbar war das Kopfteil nur in das Untergestell des Bettes gesteckt und nicht mit der Wand verschraubt.

Denn es bewegte sich.

Wenn auch nur wenige Zentimeter, und auch die waren wieder verloren, sobald sie sich nicht mehr gegen die Stange stemmte.

Dabei summte er. Nach all der Zeit hinter Gittern fühl-

Hannah hörte Wasser rauschen. Okay, neuer Versuch. Anderer Plan. Sie holte tief Luft und zog beide Beine an. Als die Schmerzwelle, die wie erwartet von ihrer Zwerchfellregion nach oben schwappte, etwas versickert war, unterzog sie ihren verletzten Körper der nächsten Belastungsprobe. Sie stemmte die Hacken in die nachgiebige Matratze und versuchte, die Knie durchzudrücken. Zentimeter um Zentimeter.

Gleichzeitig presste sie den Rücken gegen das Kopfteil, das sich tatsächlich mit ihrem Körper nach oben bewegte.
Stück für Stück.
Es knirschte, Metall schabte auf Metall …

… dann überwand sie einen letzten Widerstand, bis das geschah, was sie im ersten Moment selbst kaum zu glauben vermochte.

te er sich endlich wieder voller Tatendrang.

Was ist das jetzt schon wieder?

Blankenthal meinte, ein Knirschen und Schaben gehört zu haben, und drehte den Wasserhahn ab. Stille.

Sie stand. Auf dem Bett. Das Kopfteil hing an ihren Armen und brachte sie gefährlich ins Wanken.

Da stimmt etwas nicht. Blankenthal schlüpfte in seine Unterwäsche.

Doch es war offenbar, der gesamten Ausstattung des Hotels entsprechend, von minderer Qualität und damit unerwartet leicht. Wie dick ausgepolstertes Styropor.

Er stieg in die Jogginghose. Zog sich das Oberteil und knöchelhohe Stiefel an. Im Schlafzimmer schien wieder alles ruhig zu sein. *Zu ruhig.*

Hannah gelang es, ohne Sturz vom Bett zu steigen. In diesem Moment öffnete sich die Badezimmertür und …

KAPITEL 14

HANNAH

Blankenthal stürmte heraus.

»Was zum …?«

»Ahhhhhh.«

Gleichermaßen blind vor Wut und Schmerz drehte Hannah sich um die eigene Achse und schlug dem »Chirurgen« das Kopfteil gegen dessen Körper. Blankenthal streckte geistesgegenwärtig beide Arme aus und griff, vermutlich reflexgesteuert, an die Kanten des Brettes, sodass Hannahs Schwung ein jähes Ende fand.

»Neeein!«, schrie sie noch auf, weil sie dachte, dass ihr Angriff damit gescheitert war, doch Blankenthals Reaktion hatte ihre Fluchtchancen unwillkürlich erhöht. Denn indem er das Kopfteil festhielt, erzeugte er eine gewaltige Gegenkraft. Hannah fühlte sich wie bei voller Fahrt ausgebremst und dadurch erst recht nach vorne gerissen. Mit der Folge, dass die einfachen Baumarktkabelbinder an ihrer schwächsten Stelle zerrissen.

Ich bin frei. Ich kann die Hände bewegen!

Von dem Gegengewicht befreit, kam nun auch Blankenthal ins Wanken und fiel rücklings ins Schlafzimmer, wobei das leichte, aber sperrige Kopfteil ihn zu Fall brachte und unter sich begrub.

Hannah stürzte derweil in die entgegengesetzte Richtung durch die offene Badezimmertür.

Ich bin frei!!!, dachte sie euphorisiert. Und ihre Glückssträhne hielt an. Ein Ärmel ihres Nachthemds hatte sich beim Stolpern im Knauf der Badezimmertür verheddert, die Blankenthal nach außen geöffnet hatte. Was zur Folge hatte, dass Hannah im Sturz die Tür automatisch zuriss.

»Miststück«, hörte sie ihn hinter sich brüllen, dann ein Geräusch, als trete er Pappkartons klein. Wahrscheinlich trampelte er gerade über das Sperrholz des Kopfteils, um zu ihr zu kommen …

… um die Badezimmertür aufzureißen. Um mich zurück aufs Bett zu zerren, um …

Panisch kroch Hannah auf die Tür zu, sah schon, wie der Knauf sich drehte, und schaffte es in allerletzter Sekunde, den Riegel vorzuschieben und Blankenthal auszuschließen.

Vorerst.

»Aufmachen!«, schrie ihr Entführer und schlug offenbar mit bloßen Fäusten auf das Türblatt, das seine Stimme dämpfte.

Auf keinen Fall.

Blankenthals Stimme wurde lauter, zu den Faustschlägen kamen Tritte hinzu. Die Tür, nur wenig massiver als das Kopfteil, zitterte bedrohlich instabil in ihrem Rahmen.

Hannah stützte sich auf den beigen, speckig glänzenden Fliesen ab. Sah Blut auf dem Boden.

Nur mit großer Mühe gelang es ihr, sich aufzurichten. Sie roch ihren eigenen Schweiß und das Blut, das durch den Verband hindurch ihr Nachthemd durchtränkte. Und das sich auch auf dem Boden vor ihr befand.

Großer Gott, habe ich schon so viel verloren?

Stöhnend sah sie sich um. Womit konnte sie die Tür verstärken?

Zuerst fiel ihr Blick auf die geöffnete Sporttasche, deren Inhalt sie auskippte. Unterhemden, Socken, ein Teppichmesser und eine Packung Kabelbinder fielen auf ein T-Shirt und gesellten sich dort zu dem restlichen Inhalt, den Blankenthal irgendwie auf seiner Flucht organisiert haben musste, wie Rasiercreme samt Rasierer, eine Deospraydose, Pflaster und …

Ein Taser?

Das Gerät lag wie ein Eiskratzer in der Hand und knisterte bedrohlich, als Hannah auf den Knopf drückte.

Wie eine Hornisse, die als Vorhut ihres Schwarms zuerst aus dem Nest fliegt.

Fast hätte sie den Elektroschocker vor Schreck fallen gelassen, als es von außen ohrenbetäubend gegen die Tür donnerte. Höchstwahrscheinlich warf sich Blankenthal mit dem Körper dagegen, und es war erstaunlich, als wie widerstandsfähig sich die Tür doch erwies und dem Ansturm noch immer standhielt.

Gut, ich bin bewaffnet.

Hannah drehte sich von der Tür weg und stolperte weiter in den verborgenen Winkel des Bades hinein. Auf Höhe der Toilette, die sich an der fensterlosen Außenwand befand, ging es nach rechts zur Dusche. Hannah spähte um die Ecke in der Hoffnung, eine Stange zu finden, mit der sich der Zugang verkeilen ließ.

Da sah sie das blutende Etwas.

KAPITEL 15

Für einen kurzen, irrationalen Moment glaubte sie, in einen Spiegel zu schauen (seltsamerweise schauderte sie alleine bei dem Gedanken daran), doch schnell wurde ihr klar, dass auch in billigen Hotelbadezimmern Spiegel niemals an dieser Stelle angebracht waren. In Kniehöhe, in einem nutzlosen Spalt, den die Handwerker zwischen Duschkabine und Außenwand gelassen hatten.

Nein!

Das, was sie vor Augen hatte, war nicht ihr Ebenbild.

Auch wenn sie sich genauso gequält fühlte, wie die Frau aussah, die dort reglos, mit blutverschmiertem Mund, auf den Fliesen hockte. Mit Kabelbindern an die Heizungsrippen gefesselt wie die, von denen sie sich befreit hatte.

O Gott, noch eine Geisel?

»Hey, hallo? Hören Sie mich?«

Keine Reaktion. Auch außerhalb des Badezimmers war es gefährlich ruhig geworden.

Die Ruhe vor dem Sturm?

Hannah kniete sich hin und tastete nach dem Puls der Bewusstlosen. Die vielleicht gar nicht bewusstlos war.

Denn sie spürte keinen Gegendruck unter den Fingern, die sie der vielleicht gleichaltrigen Frau mit der schwarzen Kurzhaarfrisur gegen die Halsschlagader drückte.

Und ich sehe auch keine Lebenszeichen.

Keine umherirrenden Augäpfel unter den geschlossenen Lidern. Keine zitternden Lippen, keine Bewegung des schmächtigen Oberkörpers.

Ist sie tot?

Sie registrierte das angenehme, frische Parfum, das im krassen Kontrast zu ihrem leblosen Körper stand. Sie trug halbhohe Schnürstiefel, enge Jeans und eine mit Blut besprenkelte weiße Bluse unter einer halb geöffneten blauen Steppjacke mit Reißverschluss.

Ist das hier ihr Zimmer?

Ja, klar. Blankenthal konnte hier ja kaum selbst eingecheckt haben. Alles sprach dafür, dass er hier eingedrungen war und die Frau überwältigt hatte.

Sie tastete nach ihrer Pulsader, konnte aber nichts spüren.

Um zu sehen, ob das Blut auf der Bluse eventuell von einer Wunde stammte, öffnete sie die Jacke vollständig und riss sie hektisch auf. Dabei fiel etwas aus der Seitentasche auf die Bodenfliesen, was Hannahs angstverzerrte Fantasie ihr erst als schwarze, bauchige Kakerlake vorspiegeln wollte, in Wahrheit aber ein Autoschlüssel war.

Reflexartig griff Hannah danach und drückte auf die Fernbedienung, als würde sich dadurch eine Tür zu einem Fluchtgefährt öffnen.

Als Nächstes überlegte sie, wie sie die im besten Fall schwer verletzte Frau von den Fesseln befreien und flach auf den Boden legen konnte, damit sie es mit Mund-zu-Mund-Beatmung oder Herzdruckmassage versuchen konnte.

Das Teppichmesser!, fiel ihr ein.

Sie schleppte sich an der Toilette vorbei … zurück zur Sporttasche, doch …

Moment mal!

Wie erstarrt hielt sie inne. Selbst wenn sie es gewollt hätte, hätte sie es nicht geschafft, ihren Blick von dem Gerät neben der Kloschüssel zu lösen.

Ein Telefon?

KAPITEL 16

Das Hotel musste in den Achtzigerjahren des letzten Jahrhunderts eingerichtet worden sein, wovon allein das froschgrüne Waschbecken zeugte sowie die dazu farblich passende Toilettenschüssel. Während man heute nur noch über Handy kommunizierte, galt es damals als modern, ein Festnetz neben dem Klo zu haben.

Hannah löste den kabelgebundenen Apparat aus einer roséfarbenen Plastikverschalung und presste ihn ans Ohr.

Freizeichen.

Unglaublich.

In dieser Sekunde ging es draußen wieder los. Blankenthal warf sich erneut gegen die Tür. Noch härter. Noch unerbittlicher. Die Scharniere in der Zarge waren bereits verbogen. Es war eine Frage der Zeit, dass sie vollends herausgerissen wurden.

Bald hat er mich wieder, und dann wird er mich töten, so wie die Frau neben der Dusche, bald …, dachte Hannah, während ihr gar nicht bewusst war, dass sie eine Nummer tippte. Weswegen sie vor Schreck aufschrie, als sie in einer kurzen Pause zwischen Blankenthals Angriffen auf die Tür plötzlich eine Stimme aus dem altertümlichen Festnetztelefon fragen hörte: »Hallo? Mit wem spreche ich bitte?«

»Hilfe, ich bin, ich … bitte …«

»Hannah, bist du das?«

KAPITEL 17

Hatte sie sich eben noch darüber gewundert, dass ihr Unbewusstes wie in Trance eine unbekannte Nummer gewählt hatte, fragte sie sich jetzt, woher sie die Stimme kannte.

»Ich bin Hannah Herbst, ja …«

Glaube ich jedenfalls …

»Ich, ich … brauche Hilfe …«

»Wo zum Teufel bist du?«

»In einem Hotel. Ich weiß nicht, ich …«

»Hannah, ich kann keine Nummer sehen. Von wo rufst du …?«

Das war das Letzte, was sie von ihrem Gesprächspartner hörte. Alles andere ging in dem Getöse unter, mit dem Blankenthal buchstäblich ins Badezimmer krachte.

Zuerst hatte sein Fuß den unteren Teil der Pressholztür eingetreten.

Daher die Pause. Er hat sich Stiefel angezogen.

Dann hatte er mit der Hand durch die gesplitterte Öffnung gegriffen und den Riegel gelöst. Wahrscheinlich hatte er sich dabei den Unterarm aufgerissen, und das war der Grund, weshalb die Hand, mit der er ihr das Telefon entriss, blutüberströmt war.

»WAS? FÄLLT? IHNEN? EIN?«

Zu jedem gebrüllten Wort trat er im Takt auf das Telefon, das er zu Boden geschmettert hatte, bis es in zahlreiche Einzelteile zerbrach.

Dann bückte er sich zu den Sachen, die verstreut auf dem Boden lagen, und griff nach dem Teppichmesser.

»Sie entkommen mir nicht«, sagte er, und seine Stimme klang schon etwas ruhiger, was sie in Hannahs Ohren allerdings noch bedrohlicher wirken ließ. Sie kniete auf den Fliesen, sah zu der toten Frau hinüber. Sah, wie sich Blankenthals kräftige Hand um den Griff des Messers schloss. Sie stand mit einem Ruck auf. Hörte sich selbst »Du kranker Mörder!« schreien. Und ließ die Hornisse aus dem Nest.

Doch sie war zu aufgeregt. Am liebsten hätte sie den Taser Blankenthal gegen die Brust gedrückt, direkt aufs Herz. Doch sie erwischte nur seinen Oberschenkel, der am leichtesten zugänglich war. Dann, als der »Chirurg« das Messer fallen gelassen hatte und zu Boden gesackt war, wollte sie nur noch fliehen. Keine Sekunde länger in Reichweite dieses verrückten Mörders bleiben, der zitternd am Boden neben der toten Frau lag.

Eilig stieg sie über den Körper ihres Entführers hinweg und taumelte durch das Schlafzimmer. Rüttelte an der verschlossenen Tür, glaubte sich schon unüberwindbar eingesperrt, bis sie merkte, dass sie von innen verriegelt war. Panisch, ohne jede weitere Vorsichtsmaßnahme, rannte sie nach draußen. Fort, nur raus aus diesem Zimmer!

Freiheit! Ich hab es geschafft!

Gierig sog sie die feuchte Luft ein und musste husten, weil sie sich an ihrem eigenen Atem verschluckt hatte.

Sie versuchte, sich ein schnelles Bild von ihrer Umgebung zu machen. Der Himmel über ihr sah aus wie eine abgasschmutzige Betonwand, und es regnete, wie so oft in Berlin.

Wenn ich denn überhaupt noch in Berlin bin.

Denn die von einem dichten Wald umrandete Motelanlage, in der sie sich offenbar befand, wirkte wie aus einem amerikanischen Highway-Film gefallen. Ein doppelstöckiger, hufeisenförmiger Flachdachbau mit Parkplätzen direkt vor den Zimmern. Selbst das flackernde Neonschild auf einem bestimmt zwanzig Meter hohen Mast war vorhanden. Mit der Aufschrift »Quality-Inn, ab 49 Euro die Nacht, inkl. Pay-TV« versuchte es die Gäste von der nahe gelegenen Autobahn anzulocken, deren Verkehr Hannah lauter rauschen hören konnte als das eigene Blut in den Ohren.

Hannah stand auf der Galerie vor den Zimmern der ersten Etage und beugte sich über die Balustrade.

Rechts unter ihr, an der äußersten Ecke des Hufeisenbaus, schien sich die Rezeption zu befinden. Es war das einzige erleuchtete Zimmer auf dieser Seite der offenbar nicht sehr gut besuchten Anlage. Nur drei Fahrzeuge und ein Motorrad standen auf dem Parkplatz des Motels, das bestimmt Platz für das Zehnfache an Gästen bot.

Soll ich mich bemerkbar machen? Bei der Rezeption um Hilfe bitten?

Es schien der nächstliegende Schritt zu sein, um dem Blankenthal-Albtraum ein Ende zu setzen.

Aber was, wenn sie wirklich eine gesuchte Mörderin war?

Dann war es auch der sichere Schritt in die Gefangenschaft.

Also Flucht?

Unschlüssig stieg sie von einem Bein aufs andere. Auch weil ihr langsam die Kälte in die Glieder kroch, der sie im Nachthemd nichts entgegenzusetzen hatte.

Am liebsten wäre sie mit einem der Autos da unten von diesem Ort des Grauens davongefahren, wohin auch immer.

Solange das Benzin reichte. Oder, besser noch, so lange, bis ihre Erinnerungen wiederkamen.

Doch wie sollte sie den Kombi, den Kleinwagen oder den SUV aufbrechen und starten?

Sie hielt noch immer den Taser in der rechten Hand, doch mit dem ließ sich kein Wagen kurzschließen.

Nur mit einem …

Moment mal!

Ihre Hand tastete nach der Tasche ihres Nachthemds. Ihre Finger strichen über die Ausbeulung.

O Gott …

Die Kakerlake!

Das, was ihr Gehirn in der Todesangst, in der sie sich im Badezimmer befunden hatte, zunächst als Ungeziefer visualisiert hatte, was aber in Wahrheit …

… ein Autoschlüssel ist.

Noch während sie, so schnell es barfuß und mit ihrer Wunde ging, zur Treppe eilte, zog sie die Fernbedienung hervor, die sie unbewusst eingesteckt haben musste.

So wie sie, ohne nachzudenken, die Nummer gewählt hatte, von dem Mann, den sie zwar kannte, an den sie sich aber nicht erinnerte.

Hannah streckte den Arm in Richtung Parkplatz und drückte auf den Mittelknopf des Schlüssels.

Piep-Piep.

Die Blinklichter des Kleinwagens flackerten auf. Gaben ihr ein Zeichen: »Hier bin ich. Dein Fluchtfahrzeug!«

Kurz darauf öffnete sie die Tür und ließ sich auf den Sitz fallen, der für eine Person eingestellt war, die kleiner war als sie.

Für die arme Frau, die tot im Badezimmer des Motels liegt.

Hatte Blankenthal sie auch noch ausgeraubt?

Das war das nächstliegende Szenario. Irgendwoher brauchte er ja das Geld für die Utensilien, die er aller Wahrscheinlichkeit nach im Baumarkt oder in einer Tankstelle besorgt hatte.

Während ich bewusstlos und gefesselt auf dem Bett eines Hotelzimmers lag, das eine Frau gemietet hat, die jetzt nicht mehr am Leben ist.

Hannah nahm sich vor, bei der nächsten Gelegenheit die Polizei über die Ermordete zu informieren, für die jede Erste-Hilfe-Maßnahme zu spät kommen würde.

Hannah klopfte ihre nackten, eiskalten Füße mit den Händen, um sie von dem Dreck und den Steinchen zu befreien, die sich ihr in die Sohle bohrten, als sie die Bremse durchtreten wollte. Dann drückte sie auf den Start-Knopf neben der Automatik des Wagens. Der Motor sprang an, ohne dass sie einen Schlüssel hätte in ein Zündschloss stecken müssen.

19.45 Uhr, verriet ihr die Uhr im Armaturenbrett.

Sie setzte zurück, schlug das Lenkrad ein und fuhr Richtung Ausfahrt dem Wald entgegen. Dabei fiel ihr Blick in den Rückspiegel, der so schräg verschoben war, dass sie ihr eigenes Gesicht sah. Erschrocken trat sie die Bremse durch und richtete den Spiegel neu aus.

Ich bin es. Ich bin es tatsächlich.

Sie hatte es nicht lange ausgehalten, sich selbst anzuschauen. Aber lange genug, um zu erkennen, dass die Frau im Spiegel mit derjenigen identisch war, die sie in dem Geständnisvideo gesehen hatte. Langer, schlanker Hals, dunkle, vielleicht schulterblattlange, zum Zopf gebundene Haare und stechend blaue Augen.

Sie trat wieder aufs Gas, ihre Unterarme noch immer

von Gänsehaut überzogen. Das Herz hämmerte in ihrem Brustkorb im Doppelschlag.

Und jetzt? Wohin soll ich fahren? Wo finde ich zu mir selbst?

Sie überlegte. Und während sie den Blinker nach rechts setzte, dem Hinweisschild folgend, das Borgsdorf, die A10 sowie die B96 ankündigte, hörte sie eine Stimme. Eine innere Stimme. Es war ihre eigene. Ganz offenbar war sie in der Lage, neue Erinnerungen zu sammeln, wenn schon die alten nicht wiederkommen wollten.

Und eine dieser neuen Erinnerungen war die an ihre Krankenakte, die ihr Blankenthal eben vorgelesen hatte:

»Anamnese von Hannah Herbst, vierzig Jahre alt, Adresse: Egestorffstraße 119 in 12307 Berlin.«

Nur wenige Sekunden später übernahm eine andere Stimme das Kommando. Die des Navigationssystems, das Hannah gerade programmiert hatte.

Und wenn in dem, was sie sich vorhin in dem Motelzimmer über sich selbst an Ungeheuerlichkeiten hatte sagen hören, auch nur ein Fünkchen Wahrheit steckte, dann würde sie in etwa einundfünfzig Minuten Fahrzeit an zwei Orten gleichzeitig ankommen: an ihrem Wohnsitz. Und am Tatort eines abscheulichen Verbrechens.

KAPITEL 18

Bürgerlich.

Das erste Wort, das ihr in den Sinn kam, als sie an der Nummer 119 vorbeifuhr. Ein Einfamilienhaus in einer Reihe von weiteren Einfamilienhäusern. Nicht gerade billig, ein Neubau und eher modern im Design, mit anthrazitfarbenen Fensterrahmen, weißem Putz und flachem Satteldach. Aber auch nicht so teuer und stilvoll wie die altehrwürdigen Villen in Lichterfelde West, die sie zu beiden Seiten der Drakestraße auf ihrem Weg gesehen hatte.

Lebe ich hier?

Nein. *Habe ich hier gelebt?*, änderte sich ihre Frage, so schnell und unmittelbar, als würde ihr Verstand über ein sofort einsetzendes Gedanken-Autokorrekturprogramm verfügen.

Der Neubau hob sich aus der Nachbarbebauung, die eher älter und renovierungsbedürftig aussah, deutlich ab. Aber strahlte er auch die besondere Aura eines Familienwohnsitzes aus, die jedes Mitglied der Familie bereits beim Betreten des Vorgartens spürte?

Ist das mein Heim?

Hannah konnte es weder mit Bestimmtheit ausschließen noch bestätigen, obwohl sie sich eingestehen musste, dass ihr die Gegend vertraut vorkam, in die sie ihre knapp einstündige Fahrt vom nördlichen Stadtrand bis zum fast südlichsten Punkt Berlins geführt hatte.

Sie hielt in etwa hundert Metern Entfernung an einer

Stelle, in der sich die Straße vor einem Waldstück zu einem Parkplatz verbreiterte.

Im Rückspiegel hatte sie Haus Nummer 119 im Blick, so gut es aus der Entfernung eben ging, denn hinter den Fenstern des würfelartigen Flachdachbaus war es komplett dunkel. Einzig eine Straßenlaterne sorgte für eine schwache Fassadenbeleuchtung.

Verlassen. Leer.

Und dennoch … sie hatte das Gefühl, schon einmal hier gewesen zu sein.

Doch was hatte das schon zu bedeuten?

So etwas Ähnliches hatte Hannah auf der Fahrt hierher mehrfach gespürt. Verschiedene Wahrzeichen Berlins hätte sie sogar beim Namen nennen können, wie den Funkturm und das raumschiffartige ICC, das sie kurz vor Halensee passierte. Doch nichts davon hatte eine konkrete Erinnerung ausgelöst. Nicht einmal die Stimme im Autoradio, als der Nachrichtensprecher mit der Absicht, Berlin und Brandenburg zur vollen Stunde auf den Punkt informieren zu wollen, den News-Block mit einer Personenbeschreibung der flüchtigen Hannah Herbst und Lutz Blankenthal begann.

Sie hatte den Sender sofort wieder abgeschaltet.

Aus Angst. Vor mir selbst.

Hannah ließ das Seitenfenster herunter und stellte den Motor ab. Die späte Abendluft kühlte ihre schweißnasse Stirn, mittlerweile eine permanente Kampf-Flucht-Reaktion ihres Körpers auf den Schmerz, der sich von der seitlichen Bauchhöhle ausgehend zu einem Flächenbrand entwickelt hatte.

Wenn ich jetzt die Augen schließe, schlafe ich vor Erschöpfung ein.

Hannah öffnete die Fahrertür, nachdem sie das Innenlicht ausgeschaltet hatte, um für neugierige Nachbarn nicht wie auf einem Präsentierteller zu sitzen. Sie streckte das linke Bein aus dem Wagen, um es etwas bequemer zu haben, und begann erstmals damit, ihre Wunde zu untersuchen.

Dazu schob sie das Nachthemd über die Leiste bis über den Wundverband, der im Licht der Straßenlaterne wie ein dreckiger Lappen aussah. Sachte löste sie die Klammer, mit der der Verband fixiert war, hob ihn an und atmete immer keuchender, je mehr sie das rostrote, schon längst nicht mehr weich wattierte Tupferstück von der Haut zog. Darunter legte sie eine Narbe frei, die einst bestimmt fachmännisch geklammert worden war, jetzt aber wie das Erstlingswerk eines Praktikanten wirkte.

Hannah sah, wie sich ihr Fleisch in Wellen wölbte, und natürlich Blut, das rinnsalartig die Krater zwischen den aneinanderstoßenden Hauträndern füllte.

Und diese Wunde soll ich mir selbst zugefügt haben?

Aus Verzweiflung über die nicht lebenswerte Welt, aus der ich meine Familie ermordet habe?

Dass sie wenigstens ein Kind hatte, bezeugte eine weitere, längst verheilte Kaiserschnittnarbe direkt über dem Bund ihres Slips.

Paul?

Das ergab alles keinen Sinn. Frauen neigten statistisch zu eher »weicheren« Suizidmethoden, und Hannah spürte, dass sie hier keine Ausnahme von der Regel darstellte. Wenn überhaupt, würde sie mit dem Gedanken spielen, Tabletten zu nehmen. Allein die Vorstellung, sich die Pulsadern in einer Badewanne aufzuschneiden, ließ sie erschauern. Und dann Harakiri?

Niemals.

Sie öffnete die Mittelkonsole, die zugleich die Armlehne des Sitzes war, und fand dort eine Packung Taschentücher, die sie sich alle auf einmal auf die Naht presste, bevor sie den Verband wieder fixierte. Dann nahm sie einen Schluck aus einer Colaflasche, die die Besitzerin des Wagens vor nicht allzu langer Zeit in den Getränkehalter gesteckt haben musste – ohne zu wissen, dass sie nicht mehr dazu kommen würde, sie in diesem Leben noch zu trinken.

Hannah wartete, bis sie vor Schmerzen nicht mehr hecheln musste, dann startete sie den Motor und setzte die Fahrt fort. Einmal um den Block herum mit der Absicht, das Haus *(mein Haus?)* ein zweites Mal zu passieren. Einfach um sicherzugehen, dass ihr kein Polizist oder Streifenwagen entgangen war, der den Tatort sicherte.

Wenn es denn wirklich einer war.

Schon als sie in die Parallelstraße bog, kam ihr eine andere Idee, und sie hielt an.

Stimmt. Das könnte klappen.

Laut Navigationsbildschirm stand sie an der richtigen Stelle.

Hannah stieg aus, unterdrückte einen Hustenreiz, aus Angst, die Wundnaht weiter aufzureißen. Dann betrat sie die Kieszufahrt eines Hammergrundstücks, deren Steinchen sich wie Legosteine unangenehm in ihre nackten Fußsohlen bohrten. Der Weg war zwar von knöchelhohen Außenlaternen gesäumt, die jedoch zu ihrer Erleichterung nicht über Bewegungsmelder gesteuert schienen. Sie konnte den Weg im wahrsten Sinne des Wortes unbehelligt im Dunkeln gehen, erst an dem Vorderhaus, dann an einem weiter hinten gelegenen Einfamilienbungalow vorbei, über die Wiese des Hintergartens bis zu einem windschiefen, hüfthohen Jägerzaun, der – wenn das Navi nicht gelogen hatte – an das Grundstück Egestorffstraße 119 grenzte.

Hannah war sich sicher, dass der Zaun vor ihrer Verletzung keine große Hürde für sie dargestellt hätte und sie vermutlich sogar drübergesprungen wäre. Jetzt musste sie erst einmal eine Pause machen und sich an den Spitzen festhalten, bevor sie es wagte, ganz langsam ein Bein nach dem anderen hinüberzusetzen.

Sie hielt kurz inne, horchte in sich hinein, ob sie etwas fühlte. Etwas, das ihr signalisierte, dass sie sich im Garten jenes Hauses befand, in dem sie laut ihrem eigenen Geständnis gelebt und getötet haben sollte.

Doch da war nichts. Nach dem Kies und der groben Wiese fühlte sich der kurz geschnittene Rasen unter ihren Füßen angenehm an. Der Garten, so viel konnte sie in dem Licht erahnen, das von der Beleuchtung des Nachbargrundstückes herüberfiel, war sehr viel gepflegter als der, durch den sie sich gerade eben gekämpft hatte. Klare Linien, kurz geschnittenes Gras, stabile Boxen für Sitzauflagen einer loungeartigen Möbelgarnitur auf einer gepflasterten Terrasse.

Hannah umrundete – und das versetzte ihr einen Stich – ein in den Rasen eingelassenes Trampolin.

Für die Kinder zum Spielen?

»Trampitom« schoss ihr durch den Kopf. War das eine Erinnerung? An die kleinkindlich niedliche Bezeichnung für das Sportgerät, die sie so oft von ihren eigenen Kindern gehört hatte, dass es in ihren erwachsenen Sprachgebrauch übergegangen war?

Ihr Weg endete vorläufig an einem beeindruckenden Wintergarten, dessen Vorderfront aus einer einzigen Schiebeglastür zu bestehen schien.

Und jetzt?

Sie hatte keine Ahnung, wie sie sich gewaltlos Eintritt zu dem Ort verschaffen sollte, an dem sie ihre Erinnerungen wiederzufinden hoffte.

Oder befürchtete.

Sie hatte nicht die geringste Eingebung, unter welchem Stein, auf welchem Vorsprung, in welchem Kübel oder in was sonst für einem Versteck eventuell ein Ersatzschlüssel verborgen sein könnte.

Was ein gutes Zeichen ist, dachte sie hoffnungsvoll. *Vielleicht erinnere ich mich nicht, weil es hier nichts zu erinnern gibt.*

Hannah ging nach rechts, wo sich an den Wintergarten ein einstöckiger, gemauerter Anbau anschloss.

Und stöhnte entsetzt auf.

Fast hätte sie bei dem Anblick der funkelnden Augen sogar geschrien.

KAPITEL 19

Die Berührung war ebenso unerwartet wie sanft, und vielleicht war es gerade das Sanfte gewesen, das sie so erschreckt hatte. Denn an harte, stechende Steine und kratzende Äste an den ausgekühlten Waden war sie mittlerweile geradezu gewöhnt. An das weiche Fell einer Katze aber nicht.

»Herrgott«, keuchte sie. »Wer bist du denn?«

Sie beugte sich zu dem Tier, das anschmiegsam ihre Nähe suchte.

»Kennen wir uns?«

Offensichtlich. Die grau getigerte, schon etwas älter wirkende Katze machte laut schnurrend einen Buckel, während sie ihr beinahe unter das Nachthemd kroch. Ihr Fell war kalt und klamm, offenbar war sie schon eine Weile draußen. Als Hannah ihr sanft hinter den Ohren das Köpfchen kraulte, unterbrach sie ihr Schnurren für ein zärtliches Miauen.

Ein Wiedererkennungsgruß?

»Ist das unser Heim?«, hörte sich Hannah selbst mit der Katze sprechen wie eine alte Frau, die außer mit ihren Tieren keine Sozialkontakte pflegt. »Willst du dort hinein?« Sie deutete auf das Haus, dann auf den Anbau neben dem Wintergarten. Vermutlich eine Garage. Hannah ging auf die kleine Seitentür darin zu, dabei hatte sie Mühe, nicht zu stolpern, weil die Katze ihr nicht von der Seite weichen wollte und ihr immer wieder zwischen die Beine lief.

Sosehr sie die Berührung genoss, so sehr ängstigte sie

sich davor, was es bedeutete, von dem Tier so wiedererkennend in Empfang genommen zu werden.

Ich bin hier zu Hause. Hier habe ich gelebt. Geliebt.

Getötet?

Dafür sprach das blaue Klebeband zwischen Rahmen und Türblatt des Garteneingangs. Der Polizeipräsident von Berlin mahnte darauf mit dem Aufdruck: »**Wer dieses Siegel beschädigt, ablöst oder unkenntlich macht oder den dadurch bewirkten Verschluss unwirksam werden lässt, macht sich nach § 136 StGB strafbar.**«

Siegelbruch. *Allem Anschein nach mein derzeit geringstes Problem,* dachte Hannah.

Über der Tür, vor der sie jetzt stand, schwebte eine Kamera. Als Nächstes entdeckte sie ein Eingabefeld am Türrahmen. Eine Nummerntastatur, mit der sich die Tür offenbar entriegeln ließ, und damit ein weiteres Zeichen, dass dieser Neubau sich von den Gebäuden in der Nachbarschaft unterschied. Er war nicht nur moderner und gepflegter, sondern höchstwahrscheinlich auch hightechgesichert.

Ich hab für die Polizei gearbeitet. War ich eine gefährdete Person? Hab ich besonderen Schutz benötigt?

»Na, wie lautet der Code?«, fragte sie die noch immer schmusende Katze zu ihren Füßen. Weder das stetige Schnurren noch das elektronische Zahlenschloss triggerte etwas in ihrem Verstand. Nichts brachte wenigstens eine Kerze zum Glimmen im Nebel des Vergessens. Dennoch streckte Hannah die rechte Hand aus, brachte die Finger vor das Eingabefeld.

Vielleicht gelingt es mir ja noch einmal? Vielleicht schaffe ich es, den Code intuitiv einzugeben, so wie ich im Badezimmer des Motels unbewusst eine mir anscheinend sehr gut bekannte Rufnummer wählte.

Blind tippte sie wahllos vier Zahlen ein.

Nichts.

Kein Summen, kein Klacken, die Tür blieb zu.

Gott sei Dank.

Ich kenn mich hier nicht aus. Ich war hier noch nie. Ich bin nicht Hannah Herbst, versuchte sie sich mantraähnlich zu beruhigen.

Die Katze an meinen Beinen ist einfach nur sehr zutraulich. Nichts weiter.

Sie öffnete die Augen und bereute es in der nächsten Sekunde. Denn ein winziges, quadratisches Kästchen auf dem Bedienfeld erregte jetzt ihre Aufmerksamkeit: eine briefmarkengroße Markierung unter der Tastatureingabe.

Lass es nicht funktionieren. Bitte, bitte lass es nicht funktionieren.

Hannah legte den Daumen vorsichtig auf den Fingerabdruckscanner.

Klack.

KAPITEL 20

Das Siegel riss mit einem leisen Schmatzen.

Die Katze schlüpfte als Erstes durch den Spalt in der Tür und verschwand in der dahinterliegenden Dunkelheit. Hannah folgte ihr zögerlich.

Mit dem Schritt über die Schwelle hatte sie erwartet, dass die Erinnerungen über sie hereinbrächen; sie wie Bücher aus einem umstürzenden Regal buchstäblich unter sich begraben würden. Doch als sie die Doppelgarage durch den Garteneingang betrat, geschah nichts, außer dass nach wenigen Metern automatisch die Beleuchtung anging. Ein mattes, gelbliches Nachtlicht glomm über der Scheuerleiste auf.

Hannah roch ein zitrushaltiges Reinigungsmittel und Diesel, passend zu dem blitzblank gewischten Fußboden und den hier abgestellten Wagen: einem schwarzen SUV und einem alten zweisitzigen Cabrio. Kein alltägliches Duftgemisch und kein allgegenwärtiger Anblick. Und noch immer nichts, was die Wiedergeburt ihres Gedächtnisses einleitete.

Hannah öffnete die Tür, die die Garage mit dem Haus verband. Erst die angenehm wohligen Temperaturen hier drinnen ließen sie spüren, wie frisch es draußen im Garten gewesen sein musste.

Hinter der Verbindungstür erwartete sie eine geräumige, halb offene Speisekammer, die direkt hinter die Küche verbaut war. Hier lagerten die Lebensmittel und Vorräte, die auf kurzem Weg von der Garage aus dem Wagen direkt hereingebracht werden konnten. Hannah fühlte einen Stich im Herzen, als sie die verschiedenen Packungen mit Frühstücksflocken im Regal vor sich stehen sah. Direkt daneben weitere Süßigkeiten wie Kinderschokolade, Capri-Sun, eine kleine Tonne mit Lollis, was alles selbstverständlich auch von Erwachsenen mit einer Vorliebe für Zucker konsumiert werden könnte. Aber die Mickey-Mouse-Kochbücher? Und ein zur Aufbewahrung von Dino-Plastikfiguren umfunktioniertes Einmachglas?

Alles Zeichen: Hier lebt eine Familie.

Nein, überschrieb das Autokorrekturprogramm erneut einen ihrer Gedanken.

Hier hat *eine Familie gelebt.*

Hannah ging um die Regalwand herum in eine offene Küche und stieß mit dem Fuß gegen eine Schale. Plötzlich stand sie in einer Pfütze. Sie sah nach unten. KASPAR stand sowohl auf dem Wassernapf, den sie umgetreten hatte, als auch auf der Futterschüssel daneben.

Also ein Kater.

Ihr Blick fiel auf einen Magnetstreifen über der Küchenarbeitsplatte neben dem Herd, an dem nach Größe geordnet von links nach rechts aufsteigend extrem scharf aussehende Messer hingen. Das drittletzte fehlte.

Hannah merkte erst, dass sie sich unwillkürlich an ihr Wundpflaster gefasst hatte, als die dadurch verursachten Schmerzen sie aufstöhnen ließen.

Okay, keine Zeit mehr verlieren.

Einerseits wollte sie sich mit eigenen Augen davon überzeugen, was in diesem Haus vorgefallen war. Andererseits graute sie sich vor nichts mehr, als in den ersten Stock zu gehen. Dankbar, zuvor noch den Kater mit Futter versorgen zu können, ging sie zurück in den Vorratsbereich. Dabei fiel ihr Blick auf eine rote, schuhkartongroße Box mit weißem Kreuz. Sie hing neben dem Sicherungskasten und war, wie Hannah erleichtert feststellte, vorbildlich geordnet mit Medikamenten gefüllt. Paracetamol, Diclofenac, Ibuprofen, sogar ein Fläschchen mit Codeintropfen. *Bingo.*

Sie entnahm dem Wandkasten die dringend benötigten Schmerzmittel, dabei fiel ihr ein kleines Notizbuch in die Hände.

»ERSTE ERINNERUNGSHILFE« stand auf der Vorderseite, in einer weiblich anmutenden, geschwungenen Handschrift, die vielleicht ihre eigene war.

Hab ich mir selbst eine Gebrauchsanweisung für den Fall einer Amnesie geschrieben?

Nachdem sie in einem der Regale das Katzenfutter gefunden hatte, trug sie das Büchlein gemeinsam mit dem Codein und der Paracetamol-Packung zurück in die Küche.

Kaum dass sie die geleeartige Masse in den Futternapf gekippt hatte, kam Kaspar auch schon in die Küche. Beim Fressen strich sie dem alten Kater übers Köpfchen.

»Du Armer, wirkst ganz verhungert«, flüsterte Hannah.

Wie ein Kater, um den sich länger niemand mehr gekümmert hat. *Seit den Morden?*

»Ich gönn mir auch was Feines.« Sie lächelte gequält und spülte mit einem gewaltigen Schluck Codein vier Paracetamol hinunter.

Mittlerweile hatten sich ihre Augen an das Nachtlicht gewöhnt, das sofort auch im Wohnzimmer anging, als sie es betrat.

Die Einrichtung war so modern wie das Haus selbst. An den Wänden hing abstrakte Kunst, große Flächen mit feinen, fast filigranen Linien auf der Leinwand. Am auffälligsten war die fast lebensgroße, mit Klavierlack überzogene Pferdestatue, die einen Lampenschirm auf dem Kopf trug.

So etwas habe ich gemocht?

Hannah schlich an einer extrem flachen Sofalandschaft vorbei, den Flur entlang zu den hinteren, zum Garten ausgerichteten Räumen. Sie öffnete die Tür zu einem Arbeitszimmer, in dem sich der puristische Einrichtungsstil fortsetzte. Ein Schreibtisch, ein kleines Einbauregal, ein Stuhl und eine Schreibtischlampe.

Hannah schloss die Tür, damit das Licht von der Straße aus nicht gesehen werden konnte, schaltete die Lampe an, setzte sich und schlug das Notizheft auf.

Als Erstes fiel ihr ein postkartengroßes Privatrezept in die Hände. *Paroxalon,* las sie den Namen des Medikaments ab, das Hannah Herbst von einem Dr. Gottfried Holländer verschrieben worden war.

Es war vor einigen Wochen ausgestellt worden und noch nicht eingelöst.

Die Hand, mit der sie das Rezept hielt, zitterte unwillkürlich.

Tremor, dachte sie. Eine verbreitete Nebenwirkung dieses Antidepressivums, das hauptsächlich für die Therapie von Angst-, Zwangsstörungen und Phobien eingesetzt wurde.

Das habe ich genommen?

Bin ich …

Sie traute sich die Wörter »psychisch« und »krank« noch nicht einmal zu denken. In der Hoffnung, endlich mehr Antworten als Fragen zu finden, begann sie die ersten Seiten des »Erinnerungsheftchens« zu lesen.

KAPITEL 21

Liebes Ich,

ich weiß, wie verwirrt du gerade bist. Hoffentlich hast du daran gedacht, dieses Heft mitzunehmen, solltest du ins Krankenhaus müssen, um dich operieren zu lassen. Dann hast du hier noch einmal die schriftliche Bestätigung von dir selbst: Ja, du leidest an einer seltenen Betäubungsmittelunverträglichkeit. Anfänglich verlierst du sogar dein Langzeitgedächtnis, aber keine Sorge, das kommt in wenigen Tagen wieder zurück. Nur an die Zeit kurz vor und nach der OP, fürchte ich, wirst du dich nie wieder erinnern. Aber das kann dein lieber Richard dir ja alles sagen.

Solltest du dir selbst nicht trauen (nach deinem Kaiserschnitt hattest du eine komplette Paranoia), hier zum Anfang einige Notfall-Vertrauensmenschen, die du kontaktieren kannst, um dir alles bestätigen zu lassen:

Zuerst natürlich Richard (wehe, der sitzt nicht eh an deinem Bett und bemuttert dich).

Dann dein Papa. Gottfried ist, nun ja, etwas seltsam, aber der Mensch auf der Welt, dem du bedingungslos vertrauen kannst.

Das Gleiche gilt für deine beste Freundin Telda. Du findest die Nummern in deinem Handy und zur Sicherheit auf der letzten Seite dieses Notizbuchs.

Hannah fasste sich an ihre bebende Unterlippe, die sich auch durch die Berührung nicht beruhigen lassen wollte. Laut ihren eigenen Zeilen war der Mensch, den sie von all ihren Vertrauten im Leben zuerst genannt hatte, mittlerweile nicht mehr am Leben. Weil sie ihn ermordet hatte.

Mit Tränen im Blick las sie weiter.

So, nun noch kurz zu dir:
Du arbeitest so viel, dass du neben der Familie kaum Zeit für Sozialkontakte hast, aber immerhin eine beste Freundin ist dir nach deiner Hochzeit noch geblieben. Telda. Und die hat für dich kurz vor der Trauung eine Kontaktanzeige bei einer Partnervermittlung geschaltet. Es war ein großer Spaß, all die Antworten von Männern zu lesen, die darauf geantwortet haben und dir nun nach dem Jawort zu Richard durch die Lappen gehen würden.
Die Anzeige lautete:

Schlanke, 27-jährige Schütze-Frau, deren BMI nicht immer bei Zimmertemperatur liegt, die in ihrem Kater Kaspar keinen Kinderersatz sieht und dennoch beim Anblick vollgesabberter Babylätzchen nicht vor Glück jauchzend die Hände zusammenschlägt, erkennt als Mimikresonanz-Expertin auf den ersten Blick, ob du wirklich interessiert an ihr bist oder heimlich deinen besten Kumpel anrufst, damit er dich aus diesem katastrophalen ersten Date rausboxt.
Tennis spielt sie schlecht, aber gerne, das gilt auch fürs Tanzen. Beim Sport mag sie außer Tennis alles, wobei man zuschauen kann, und ihre Koch-

künste sind ebenfalls ausbaufähig, dafür verdient sie ihr eigenes Geld und benötigt keinen Mann mit Helfersyndrom, der ihr die Welt zeigen will, die hat sie als Studentin schon intensiv bereist.

Sie weiß nie, was sie sucht, bevor sie es findet, dafür suchen andere Menschen ihre herzliche, fröhliche Nähe, es sei denn, sie ist hungrig und müde, dann hilft auch kein Snickers.

Wenn du sie daten willst, dann sei gewiss: Hannah ist keine Frau für eine Nacht. So viel Zeit hat sie nicht.

Das bist du, und an all das wirst du dich schon sehr bald wieder erinnern. Also, hab keine Angst. Alles wird gut!

Hannah hörte sich schluchzen.

Unter anderen Umständen hätte sie über diese launige Anzeige bestimmt gelacht, wenigstens gelächelt. Doch jetzt konnte sie nicht aufhören zu weinen.

Richard, Kaspar, Kinderwunsch.

Es gab mittlerweile nicht mehr den Hauch eines Zweifels daran, dass sie die Frau war, die wegen eines abscheulichen Verbrechens gesucht wurde.

Verdammt.

Sie wischte sich mit dem Ärmel über die Augen, schlug das Heft wieder zu und bemerkte, dass es etwas bauchig in der Mitte war. Sie blätterte zur Mitte und stieß auf einen zwischen die Seiten gelegten Zeitungsartikel.

BERLINER KÖPFE, lautete die Überschrift.

Heute: Hannah Herbst, Mimikresonanz-Expertin aus Lichtenrade

Rund um ein schmeichelhaftes Foto, das sie auf einem Bootssteg an einem zugefrorenen See zeigte, war ein mehrspaltiger Bericht gesetzt. Er begann mit den einleitenden Worten einer Redakteurin:

> Woche für Woche bitten wir interessante Menschen unserer interessanten Stadt, uns zu erzählen, was sie motiviert, sie antreibt oder, wie im heutigen Falle, dazu geführt hat, dass sie einen besonderen Beruf ergriffen haben. Dieses Mal hat Frau Dr. Hannah Herbst, 38, ihren Beitrag im Stile einer Erzählung verfasst. Die Körpersprache-Expertin meidet normalerweise die Öffentlichkeit, nicht zuletzt seitdem sie vor fünf Jahren von der Boulevardpresse als Heldin gefeiert wurde, die es allein mit nonverbaler Kommunikation geschafft hat, eine Geiselnahme in einer Kita zu beenden und alle anwesenden Kinder, inklusive ihres eigenen Sohnes Paul, aus der Gewalt eines geistig verwirrten Mitarbeiters zu befreien.

Die letzten Zeilen verliehen Hannah etwas Auftrieb. Sie war also eine Mutter, die ihren Sohn schon einmal aus Todesgefahr gerettet hatte. Sollte da der Anblick einer Spielecke in der Rechtsmedizin ausreichen, ihm Jahre später eigenhändig das Leben zu nehmen?

Hektisch begann sie, die von ihr selbst verfassten Zeilen des Artikels zu lesen, in der Hoffnung, weitere Anhaltspunkte zu finden, die das belegten, was sie im tiefsten Inneren zu spüren glaubte: *Ich bin unschuldig.*

Nicht ahnend, welcher innere Abgrund sich für sie beim Lesen auftun sollte.

Mimik – oder weshalb ich mich für die einzige Sprache interessiere, die wir alle sprechen, ohne sie jemals gelernt zu haben!

»Ich hatte es dir doch streng verboten!«

Es ist ärgerlicherweise dieser eine Satz, mit dem ich die erste Erinnerung an meinen Berufswunsch verbinde. Mein Vater sprach ihn kurz nach meinem zwölften Geburtstag, und seitdem begleitet er mich. Unhörbar und doch allgegenwärtig, wie ein kosmisches Hintergrundrauschen meines seelischen Urknalls. Je stiller die Welt um mich herum wird, umso lauter kann ich ihn hören.

Ich hatte nicht geplant, Papas Verbot zu umgehen. Ich wollte nur in den Garten, und normalerweise nahm ich dazu den Weg durch das Wohnzimmer und über die Terrasse. Bis heute kann ich mir nicht erklären, was mich dazu brachte, die Treppe zum Souterrain hinabzusteigen, um hier den Kellerausgang zu nutzen. Der helle, wohnliche Flur führte an den psychotherapeutischen Praxisräumen meines Vaters vorbei, und ich merkte zu spät, dass er gerade Patienten empfing. Die Tür zum Behandlungszimmer war verschlossen, vor ihr saß ein etwa gleichaltriges Mädchen und starrte auf die Ballerinas an ihren Füßen.

»Hallo, ich bin Hannah«, stellte ich mich vor. Sie

war hübsch, auf eine melancholische Art. Wäre sie ein Lied, wäre sie eine Ballade in Moll, dachte ich noch.

Zuerst gab es keine Reaktion, dann schüttelte sie den Kopf, als wollte sie sich von lästigen Gedanken befreien, und lächelte zurück. Ihren Namen sagte sie mir nicht, dafür verblüffte sie mich mit einer Beobachtung.

»In diesem Haus gibt es keine Spiegel«, sagte sie.

Was nicht ganz richtig war. In den oberen Badezimmern hingen welche, aber ich ging davon aus, dass das seltsame Mädchen nicht alle unsere Räume gesehen hatte. Und selbst wenn, hätte sie die Spiegel vielleicht übersehen, denn sie waren hinter hölzernen Fensterläden versteckt.

»Das liegt an meiner Spektrophobie«, sagte ich und war selbst über mein freimütiges Eingeständnis erstaunt. Außer mit meinem Vater hatte ich noch nie über meine irrationale Angst vor meinem eigenen Spiegelbild gesprochen.

»Du kannst dich selbst nicht sehen?«, fragte sie, und wieder war ich erstaunt; jetzt darüber, dass sie sich mit dieser seltenen Angststörung auskannte.

Ja. Das hängt mit meiner Mutter zusammen, hatte ich gedacht, aber nicht aussprechen können, weil sie mir mit einer Frage zuvorkam.

»Bist du deswegen hier in Behandlung?«, wollte sie wissen.

Ich klärte den Irrtum auf. »Ich wohne hier.«

»Dann bist du Hannah, die Tochter des Psychiaters«, stellte sie fest.

Ich nickte. »Papa sagt, es liegt daran, dass ich über zu viel Empathie verfüge. Manchmal kann ich Menschen verstehen, ohne dass wir miteinander reden. Wenn ich ihnen in die Augen schaue, dann ist es so, als ob ich ihre Seele betrachte.«

»Und deswegen hast du Angst, dich selbst anzuschauen? Du fürchtest dich vor dem, was du für Geheimnisse in deiner eigenen Seele entdeckst.«

Ich nickte, verblüfft darüber, wie dieses unbekannte Mädchen die Schlussfolgerungen mehrerer Sitzungen mit meinem Vater in wenigen Minuten einfach mal so zusammengefasst hatte.

Dann sagte sie etwas, was mir fast so viel Angst machte wie mein eigenes Spiegelbild: »Dann solltest du mir besser nicht tief in die Augen sehen.«

Mein Mund wurde trocken. »Weshalb?«

»Weil du etwas abgrundtief Böses darin erkennen könntest.«

Ich hatte das Gefühl, als wäre die Temperatur im Flur schlagartig um mehrere Grade gesunken. Gleichzeitig kam mir das Licht schummriger vor.

»Hast du denn etwas Schlimmes angestellt?«

»Noch nicht.«

Ich zeigte auf das Behandlungszimmer. »Sind deine Eltern deinetwegen hier?«

»Ja.«

Und dann lassen sie dich hier alleine sitzen?, dachte ich mir noch, aber das sollte sich gleich klären.

»Ich denke oft an schlimme Dinge, die ich tun will. Ich hoffe, dein Vater kann mir helfen.«

»Was für schlimme Sachen?«

»Darüber will ich nicht reden.«
Hm, du hast aber damit angefangen, wollte ich sagen, da öffnete sich die Tür des Patienten-WC, und eine sehr große, sehr schlanke Frau kam heraus, die ähnlich hohe Wangenknochen und fast die identische Haarfarbe wie das Mädchen hatte. Zweifellos ihre Mutter. Sofort streckte sich die Tochter nach ihr aus und kuschelte sich an sie, als sie sich neben sie setzte.
»Guten Tag.« Die Frau nickte mir zu, würdigte mich aber keines weiteren Blickes. Wie Menschen, die eigentlich keine Kinder mögen, was ich merkwürdig fand, hatte sie doch selbst eins in die Welt gesetzt. Ihre Tochter schmiegte sich an sie; ein normales, liebevolles Mutter-Kind-Bild, hätte ich mich nicht über die Warnung des Mädchens hinweggesetzt und ihr doch noch in die Augen geschaut. Bis heute denke ich oft an den Ausdruck, mit dem sie mich auf meinem Weg zum Gartenausgang verfolgte.
Ich hatte das Gefühl, einen verglühenden Stern in ihnen zu sehen. Es war, als ob etwas erlosch. Und da merkte ich wohl zum ersten Mal in aller Klarheit, was es bedeutet, wenn Worte und Mimik nicht zusammenpassen. Ihre Umarmung war zärtlich, der Kopf liebevoll an den Oberarm ihrer Mama gelehnt, doch ihr Blick sprach eine andere, angsterfüllte und völlig hoffnungslose Sprache.
»Lass mich nicht allein«, meinte ich sie flüstern zu hören, doch das war das, was ich tat.
Noch Stunden später, Papa hatte zum Abendessen

gerufen, dachte ich über die seltsame Begegnung nach, und ich brachte sie bei Tisch zur Sprache. Da fiel der Satz meines Vaters: »Ich hatte es dir doch streng verboten!«

»Ich weiß, ich soll nicht mit Patienten reden«, entschuldigte ich mich. »Aber ich wusste nicht, dass das Mädchen bei dir in Behandlung ist. Ich dachte, sie wartet auf ihre Eltern.«

»Woher weißt du, dass ich sie therapieren soll?«, wollte Papa wissen und stoppte die Bewegung, mit der er gerade eine Gabel zum Mund führte.

»Sie hat es mir gesagt.«

Das war der Moment in meinem Leben, in dem mir überdeutlich bewusst wurde, über welch besonderes Talent ich verfüge.

»Sie hat es gesagt?«, echote mein Vater. Ich hatte ihn ganz offensichtlich aus der Fassung gebracht. »Wie hat sie geklungen?«, fügte er hinzu, was ich eine eigentümliche Frage fand.

Doch ich dachte nach und stellte fest, dass ich mich eigenartigerweise nicht mehr an ihre Stimme erinnern konnte. Nur das Zucken der Brauen und Mundwinkel, die winzigen Kontraktionen im Gesicht. Den brunnentiefen, dunklen Schacht, den ich in ihren Augen gesehen hatte, wenn auch nur flüchtig.

»Wieso fragst du, Papa?«

»Weil es unmöglich ist, was du mir gerade erzählt hast, Hannah.«

»Das verstehe ich nicht.«

Und dann erklärte er es mir. »Schatz, das Mädchen leidet an Mutismus. Sie ist stumm. Ein Trauma hat ihr die Sprache geraubt, doch wir wissen nicht, was es ist, weil sie sich keinem anvertraut. Sie redet seit einem Jahr kein Wort mehr. Mit niemandem.«

Mit einer Ausnahme. Mit mir hatte sie geredet. Mir hatte sie sich anvertraut, womöglich einen Hilferuf abgesetzt.

Heute weiß ich, dass das Mutismus-Mädchen tatsächlich kein einziges Wort zu mir gesprochen und ich mich dennoch mit ihr unterhalten hatte. Was, wenn ich besser zugehört hätte und nicht gegangen wäre?

Naturtalent, nannten es meine späteren Lehrerinnen und Lehrer auf dem Forschungsgebiet der Mimikresonanz. Fluch, nenne ich es manchmal, wenn ich nachts wach liege und mich frage, was wohl aus dem Mädchen geworden ist, das ich niemals wiedergesehen habe. Ob sie etwas Böses getan hat? Und wenn, was sie damit wohl gemeint hatte?

Natürlich liegt es auf der Hand, weshalb ich mich so sehr für die unausgesprochene Sprache unseres Körpers interessiere.

Weil ich nie, nie wieder in eine Situation kommen will, in der ich einen Hilferuf hören, aber nicht auf ihn antworten kann. Weil ich nie wieder jemanden alleine lassen will.

Übrigens: Noch heute leide ich unter Spektrophobie. Sobald ich mein eigenes Selbst betrachte, bekomme ich Angst. Atemnot, Beklemmungen.

Alle Therapieversuche – von medikamentöser Einstellung, Einzelgesprächen, Selbsthilfesitzungen bis hin zur Hypnose – waren bislang erfolglos. Schlimmer noch: Je besser ich darin wurde, andere Menschen zu lesen, umso mehr scheiterte ich an mir selbst. Auch heute zucke ich vor einer Spiegelung in einer Glasscheibe zurück, weswegen alle unsere Fenster entspiegelt sind. So wie es Spiegel gibt, die man abdecken kann und die mein Mann und die Kinder benutzen, um die ich aber einen großen Bogen mache.

KAPITEL 22

Nachdenklich starrte Hannah auf die letzten Zeilen des Artikels. Las sie noch einmal.

Das erklärt so einiges.

Weshalb sie vorhin im Motel allein bei dem Gedanken an das Wort »Spiegel« erschaudert war. Warum sie Herzklopfen und Gänsehaut bekam, sogar auf die Bremse hatte treten müssen, als sie sich zufällig auf der Herfahrt in dem verschobenen Rückspiegel sah. Auch beim Anschauen des Geständnisvideos hatte sie extreme körperliche Reaktionen verspürt, was womöglich nicht allein am schrecklichen Inhalt gelegen hatte, sondern weil das Video im Grunde nichts anderes als ein Spiegel gewesen war, den Blankenthal ihr vorgehalten hatte. Das würde auch die Begründung dafür liefern, weshalb sie als Mimikexpertin so wenig auf ihre eigene Körpersprache geachtet hatte.

Weil ich Angst vor mir selbst habe.

Großer Gott. Hannah begriff, dass mit jeder Erkenntnis, die sie gewann, ihre Lage nur noch aussichtsloser wurde. Sie sah auf ihre von den Kabelbindern aufgeschürften Handgelenke. Zwar hatte sie es geschafft, die äußeren Fesseln abzustreifen. Doch nun musste sie lernen, dass ihre seelischen Ketten sehr viel fester saßen.

Und jetzt?

Sie faltete das Blatt zusammen und atmete tief aus. Versuchte, das Gefühl zurückzurufen, das sie beim Lesen des Anfangs empfunden hatte.

Ihre eigenen Zeilen hatten sie nämlich nicht nur verstört,

sondern auch berührt und ihr wenigstens für einen kurzen Moment genau das gegeben, wonach sie gesucht hatte: Hoffnung.

Ich bin empathisch, will Menschen helfen, sie nicht alleine lassen, fasste sie das Positive zusammen, das sie über sich gelernt hatte.

Wie passt das mit dem zusammen, was ich in dem Video gestanden habe?

Konnte jemand mit so viel Mitgefühl solche Schreckenstaten begehen?

Sie steckte den Artikel zurück ins Heft und legte es auf den Schreibtisch, der sehr aufgeräumt wirkte, nahezu asketisch. Ein schmales Telefon in einer Akkuladestation, zwei parallel ausgerichtete Bleistifte neben einem leeren Block und eine perlmuttartig schimmernde winzige Box, die sich als Visitenkartenbehältnis entpuppte. Hannah entnahm ihr eine Karte. Schwerer Karton, dezentes Grau, geschmackvoll erhabene Prägung:

Richard Herbst, Picture & Art

Ich bin … war mit einem Künstler verheiratet?

Hatte Richard etwa die seltsame Pferdestatue zu verantworten?

Sie drehte die Visitenkarte um. Auf ihr stand lediglich eine Handynummer.

Sie verglich sie mit der, die sie in ihrem Erinnerungsheft für Richard notiert hatte, und stellte fest, dass sie, abgesehen von der letzten Ziffer, identisch war. Vermutlich war das eine seine private und auf der Visitenkarte seine geschäftliche. Weder die eine noch die andere kam ihr bekannt vor, aber die Vorwahl löste einen Gedanken bei ihr aus.

0172 …

Hannah löste das Festnetztelefon aus der Ladestation.

Da sie ja ihr prozedurales Gedächtnis nicht verloren hatte, lag die Vermutung nahe, dass sie aus beruflichen Gründen schon öfter die Zahlenkombination 5500 benutzt hatte. Auf jeden Fall wusste sie, dass man damit eine Handymailbox auch von einem anderen Gerät aus abhören konnte. Man musste sie nur zwischen der Vorwahl und der Restnummer einfügen, was sie jetzt tat. *Und … tatsächlich …*

Eine computergenerierte Frauenstimme wiederholte die Handynummer und sagte dann: »Sie haben drei gespeicherte Nachrichten auf Ihrer Mailbox.« Hannah wollte schon enttäuscht wieder auflegen, als die Stimme ihr vorschlug: »Wenn Sie Ihre gespeicherten Nachrichten abhören wollen, drücken Sie bitte die Neun.«

KAPITEL 23

»Himmel, du hast dich ja furchtbar angehört, Schatz. Ich konnte kaum etwas verstehen, was ist denn passiert?«

Die Frau hatte nicht ihren Namen gesagt, und so vertraut und sinnlich, wie sie allein das Wort »Schatz« gesagt hatte, ging sie wohl davon aus, dass Richard nicht einmal eine Rufnummernerkennung brauchte, um zu wissen, wer ihm da gerade eine Nachricht hinterließ. Im Gegensatz zu Hannah. Die zweite Nachricht der Unbekannten, die sie etwas jünger als sich selbst schätzte, löste in ihr ein Wechselbad der Gefühle aus:

»Ich komm jetzt zu dir, okay? Ich kann dich nicht erreichen und mach mir große Sorgen. Hoffentlich bist du allein, und ich löse keine Ehekrise aus.«

Richard hat eine Affäre?

Meine Vertrauensperson Nummer 1?

Hannah fühlte sich elend und matt, aber nicht wegen des möglichen Betrugs an sich, sondern weil sie überhaupt nicht wusste, was sie davon halten sollte. Sicher wäre es angemessen, wütend oder verzweifelt, bestimmt aber traurig zu sein. Doch ein Mann, an den sie sich nicht erinnerte, konnte sie auch nicht verletzen. Und dieser Fakt flößte ihr mehr Angst ein als alles andere. Denn er bedeutete im Umkehrschluss, dass sie aller Wahrscheinlichkeit nach unter der Last der Schuld und Scham zusammenbrechen würde, sollten die Erinnerungen irgendwann vollständig zurückkehren. Bis dahin konnte sie sich noch an den Rettungsanker der Hoffnung klammern, die Anzeichen, dass ihr Geständnis der Wahrheit entsprach und sie tatsächlich eine Mörderin war, würden von ihr bislang nur fehlgedeutet. Dabei hatte ihr Richards Mailbox nun sogar noch ein ganz konkretes Mordmotiv geliefert: Eifersucht!

In der dritten Nachricht wurde die sinnliche Unbekannte ganz eindeutig:

»Und noch was, Schatz: Du weißt, wir sind seelenverwandt … Egal, was heute Nacht passiert ist, ich helfe dir. Wir stehen das gemeinsam durch.«

Hannah spielte die erste Nachricht noch einmal ab, um zu erfahren, wann sie aufgesprochen worden war.

Am 12. Oktober.

In der Mordnacht!

Sie griff zu dem Bleistift, um sich auf dem Block die Rufnummer der Anruferin zu notieren, wozu sie aber nicht mehr kam, weil ein unangenehmes Geräusch die Stille zerriss.

KAPITEL 24

Hannah brauchte mehrere Schrecksekunden, um zu realisieren, dass das vibrierende Piepen aus dem Wohnzimmer kam.

Die Alarmanlage?

Hab ich im Arbeitszimmer etwas ausgelöst?

Wenn, dann war es seltsam, dass das Klingeln von dem Sofa auszugehen schien, auf dem sich Kaspar niedergelassen hatte und gänzlich unbeeindruckt von dem Gebimmel friedlich weiterschlummerte. Es wurde lauter, je näher Hannah der Futonlandschaft kam und je tiefer sie sich bückte.

Unter großen Schmerzen (der Codein-Pillen-Mix wirkte mehr schlecht als recht) sank sie auf die Knie. Das niedrige Sofa bestand aus mehreren Elementen, die sich einzeln leicht verschieben ließen. Hannah drückte die Sitzfläche vor ihren Knien nach hinten und legte einen Steckdoseneinlass im Parkett frei. Sie öffnete die Klappe und starrte auf ein wild blinkendes Mobiltelefon.

Unsicher, was sie tun sollte, nahm sie es in die Hand.

SICHERHEITSDIENST las sie von dem grünlich illuminierten Display ab, was nur einen Schluss zuließ: Sie hatte beim Betreten des Hauses die Alarmanlage ausgelöst und musste die Leitstelle jetzt irgendwie abwimmeln.

»Hallo?«, fragte sie mit angstrauer Stimme.

»Global Sicherheit, guten Abend. Bei uns ging eine Störungsmeldung in der Zentrale ein.«

»Äh, ja, und?«

»Jemand hat im Arbeitszimmer den Bewegungsmelder

ausgelöst und danach nicht die notwendige PIN in die Basisstation eingegeben. Dadurch wurde der stumme Einbruchsalarm aktiviert.«

Wie ich es befürchtet habe.

»Wir haben uns an die Routine gehalten und es zuerst bei zwei anderen Handynummern versucht. Aber da ist niemand rangegangen.«

»Oh, verstehe. Ja, das war ich. Ich wohne hier. Tut mir leid, ich hab das mit der PIN einfach vergessen.«

»Das kommt hin und wieder vor. Also kein Einbruch bei Ihnen?«, fragte der Mann noch einmal zur Bestätigung.

»Nein.« Hannah brach der Schweiß aus.

»Gut, dann bräuchte ich zur Bestätigung bitte einmal das Codewort.«

»Äh, wie bitte?«

Nun wurde ihr abwechselnd heiß und kalt. Am liebsten hätte sie sich wie Kaspar auf der Couch zusammengekauert und still vor sich hin geweint. Sie war körperlich wie seelisch schon lange am Ende, und dennoch nahm die Überforderung von Minute zu Minute noch weiter zu.

»Das bei uns hinterlegte Passwort für die Sicherheitsabfrage.«

»Oh, ich fürchte, das hab ich vergessen.«

»Nun, in dem Fall tut es mir leid, aber dann muss ich die Polizei informieren.«

»Nein, bitte, tun Sie das nicht«, rief sie, viel zu laut und zu panisch, um bei dem Mann des Sicherheitsdiensts keinen Argwohn zu erregen.

»Ich habe keine Wahl. Das haben wir damals so verabredet. Tut mir sehr leid, aber ich habe nun einen kostenpflichtigen Polizeieinsatz in die Egestorffstraße 119 ausgelöst. Sie müssen sich bitte gleich bei den Beamten ausweisen.«

KAPITEL 25

Um Himmels willen, und jetzt?

Erst hatte Hannah wie panisch den Sicherheitsdienst weggedrückt. Jetzt starrte sie im Wohnzimmer auf das dunkle Display in ihren Händen.

Hilfe, was mach ich denn nur?

Sie überlegte kurz, ob sie es drauf ankommen und sich von den alarmierten Beamten verhaften lassen sollte. Doch dann würde man sie wegsperren, und sie hätte kaum noch eine Möglichkeit, etwas über sich selbst herauszufinden.

Was, wenn das alles eine Verschwörung war? Wenn niemand ein Interesse daran hätte, dass sie jemals wieder ihre Erinnerung fand? Wobei sie längst daran zweifelte, ob sie die überhaupt wiederbekommen wollte … Aber was, wenn man sie als Sündenbock auserkoren hatte und nach dem wahren Schuldigen überhaupt nicht mehr suchen würde? Dann würde sie sich freiwillig ans Messer liefern.

Nein, Hannah. Noch steckt etwas Kraft in dir. Nicht mehr viel, aber die musst du nutzen.

Um in diesem Haus also nicht wie eine Maus in der Falle zu sitzen, beschloss sie, es so schnell wie möglich wieder zu verlassen.

Aber nicht in diesem Aufzug. Halb nackt und barfuß.

Sie eilte die Treppe hinauf, wo sie die Kleiderschränke vermutete, und fand sie tatsächlich im Flur des ersten Stocks, der zu einer Seite als begehbarer Kleiderschrank ausgebaut war.

Hannah wollte eine der vorderen Schiebetüren aufziehen und hielt erstarrt inne. Die Front war mit einer doppelten Tür verkleidet, die sie aus Versehen einen Spalt geöffnet hatte. Für Sekundenbruchteile war ein Spiegel sichtbar geworden.

Tatsächlich.

Die Spiegel im Haus waren verdeckt, und sie bekam Schweißausbrüche allein bei dem Gedanken daran, sie freizulegen.

Behutsam öffnete sie die Schiebetür, ohne die Spiegelverkleidung noch einmal zu bewegen. Im ersten Abteil befanden sich Richards Anzüge und Hemden, ihre Kleidung hing auf der gegenüberliegenden Seite. Wahllos griff sie nach einem waldgrünen Overall. Ein bequemer Jumpsuit aus elastischer Baumwolle, der sich leicht überstreifen ließ und ihr wie angegossen passte, ebenso wie die Sportjacke und die weißen Sneakers, die sie einer Schublade entnahm.

Sie standen auf einer cremefarbenen, hutschachtelähnlichen Kartonage, die mit einer aufgemalten herzförmigen Schleife verziert war. Darauf stand:

Love-Box von Hannah & Richard

Hannah kniete sich hin, was ihr schon weniger Schmerzen bereitete als noch kurz zuvor; ein Zeichen wohl, dass der Codein-Paracetamol-Mix jetzt zu wirken begann.

Ihr Herz fühlte sich von einem Moment auf den anderen zehn Kilo schwerer an, als sie den Inhalt der Box begutachtete. Zuerst entnahm sie ihr ein schneeweißes Fotoalbum, das mit den Bildern einer Sommerhochzeit bestückt war.

Kroatien, Split, las sie die Unterschrift unter der Ablichtung des Paares, das im Moment des Jaworts unter dem Baldachin am Strand nur Augen füreinander hatte. Sie musste den Blick von dem Foto nicht abwenden, vermutlich, weil es nur ihr Profil einfing und somit keinem direkten Spiegelbild gleichkam.

Wie schön wir zusammen waren, dachte sie, und es zerriss ihr das Herz.

Unbewusst schaute sie auf ihre Hände. Dass sie keinen Ring trug, konnte mit der Operation in der Gefängnisklinik zu tun haben, vor der sie ihr vermutlich jeglichen Schmuck abgenommen hatten. Oder schon früher, bei der Einlieferung in den Knast.

Sie schob ein Bündel von Einladungskarten, Flugtickets, Prospekten und anderen Andenken zur Seite und stieß auf eine mit »Ehegelöbnis« beschriftete DVD.

Das Hochzeitsvideo!

Wäre sie ein Proband, den sie analysieren müsste, wäre diese Bewegtbildaufnahme aus früheren Zeiten ein wichtiger Fund gewesen. Eine Videosequenz ihrer *»nonverbalen Baseline«,* wie es unter Experten hieß. Wertvolles Vergleichsmaterial, mit dem man herausfinden konnte, an welchen Stellen sich ihre Mimik und Körpersprache im Geständnisvideo ungewöhnlich auffallend von dem im Hochzeitsvideo dokumentierten »Normalverhalten« unterschied. Obwohl Hannah nicht wusste, woher sie die Kraft finden sollte, sich dem Video-Spiegel zu stellen, steckte sie die Trauungs-DVD in die Bauchtasche ihres Overalls, in der sich schon das Handy und das Notizbuch befanden.

Okay, und jetzt raus hier, dachte sie und nahm sich vor, bei der Flucht durch die Garage alle im Erste-Hilfe-Kasten befindlichen Schmerzmittel mitzunehmen.

Bei ihrem Rückzug machte sie allerdings den Fehler, in die falsche Richtung zu schauen. Nach rechts, durch die Tür direkt neben der Treppe. In das Kinderzimmer hinein, das vom Mondlicht erleuchtet wie die Kulisse eines Horrorfilms strahlte.

KAPITEL 26

Paulchen? War das dein Bett?

Mit der zerwühlten Astronauten-Bettwäsche? Und dem Blutfleck darauf. Dem pfützenartigen großen Fleck und den vielen, *vielen* Spritzern an den Wänden, so als hätte jemand eine Traubensaftflasche direkt über den Kissen zerschlagen.

Großer Gott, das war mein Werk? Mein Wahn?

Aber wieso war hier so viel Blut, wenn sie ihn doch gar nicht erstochen hatte?

Die roten Flecken, die sich auch auf dem Teppich befanden, hatten ihren Blick derart magnetisch angezogen, dass sie das zerstörte Instrument erst mit einer gehörigen Zeitverzögerung bemerkte, obwohl es ganz offensichtlich auf halbem Weg zwischen Bett und Tür auf dem Boden lag.

Die rostrot lackierte akustische Gitarre war zerschmettert. Ein kleines gelbes Schildchen davor markierte sie eindeutig als Beweismittel.

»Ich nahm die B-Saite.«

»Um ihn zu strangulieren.«

»Ja.«

Mit Tränen in den Augen suchte sie nach weiteren Markierungen und fand sie überall: vor, auf, neben dem Bett. Bei der Wand, auf dem Teppich. Ganz offensichtlich hatte die Spurensicherung entschieden, den Tatortreiniger noch nicht zu bestellen und alle Beweismittel unverändert zu lassen, um sie zeitnah noch einmal direkt vor Ort in Augenschein nehmen zu können.

Und ich habe soeben hier erneut meine DNA verteilt.

Sie trat ans Fenster, um Pauls Fluchtweg nachzuvollziehen.

Habe ich nicht gesagt, er wäre durch den Hintergarten weggerannt?

Sie versuchte sich an die entsprechende Stelle im Geständnisvideo zu erinnern. Dabei begann ihr Herz noch schlimmer zu rasen, weil ihr klar wurde, dass sie nicht drum herumkommen würde, sich sehr bald schon ihr eigenes Geständnis noch einmal anschauen zu müssen, wenn sie das Rätsel um sich selbst lösen wollte.

Es war ein Albtraum im Albtraum. Hannah musste ihre Spektrophobie überwinden. Sich ihrer größten Furcht stellen, etwas abgrundtief Schlechtes in sich selbst zu erkennen, mit der großen Wahrscheinlichkeit, genau diese Urangst bestätigt zu bekommen.

Sie hielt sich am Fensterbrett fest und schloss die Augen. Erinnerte sich an ihre eigenen Worte, die sie zu dem Ermittler gesagt hatte:

»Er war fort. Aus dem Fenster, über das Dach. Zum Hintergarten. In die Nacht geflüchtet.«

So, oder so ähnlich, hatte sie es gesagt.

Aber …

… aber das Dach vor Pauls Zimmer ging zur Straße raus?

Sie sah durch die Scheibe, in der sie sich zu ihrer Erleichterung nicht spiegelte, nach draußen. Zu der Laterne, zwei Meter von der Grundstücksgrenze entfernt. Auf die offene Zufahrt, die Platz für zwei Autos neben einer Doppelgarage bot.

Wieso habe ich gesagt, er wäre nach hinten raus? Und überhaupt, wie kann ich das gesehen haben, wenn ich doch angeblich unten war, bei der Nachbarin, die mich durch ihr Klingeln gestört hat?

Paulchen!

Wo bist du? Was ist mit dir geschehen?

Sie hatte den Gedanken noch nicht zu Ende gedacht, da war ihr der Rückzug abgeschnitten. Die Chance zur Flucht vertan.

Asphalt knirschte unter breiten Autoreifen, als ein Fahrzeug in der Einfahrt vor dem Haus zum Stehen kam. Gleichzeitig sorgten die Signallichter eines Polizeiwagens für ein bläulich zuckendes Blitzlichtgewitter im Kinderzimmer.

KAPITEL 27

In einem letzten verzweifelten Versuch, ihre Freiheit zu retten, reagierte Hannah nicht auf das stürmische Klingeln an der Haustür. Stattdessen eilte sie eine schmale Wendeltreppe hinauf zu einem studioartigen Dachgeschoss, das im Wesentlichen aus einem großen, loftartigen Raum bestand.

Ein Schlüssel steckte innen in der Tür, und Hannah schloss hinter sich ab.

Sie schaltete das Licht an – und hatte das Gefühl, in dem Vorspann jenes Serienkillerfilms zu stehen, der sich den schrecklichen Taten in diesem Haus widmete.

Als Erstes fiel ihr die Korkwand ins Auge. So groß wie eine Tischtennisplatte stand sie auf Stahlfüßen vor der zum Garten ausgerichteten Fensterfront. Auf ihr hatte sich entweder ein überarbeiteter Ermittler oder ein Wahnsinniger ausgetobt und zahlreiche Zeitungsausschnitte, Polaroids, Stadtplanausschnitte, Vermisstenanzeigen, Suchmeldungen und Tatortfotos angepinnt, wovon einige mit roten Fäden verbunden waren.

Ist das meine Crazy Wall?, dachte sie, während das Haustürklingeln von mehreren rhythmischen Tönen in ein Dauerläuten überging.

Habe ich hier in den Nächten an diesem Fischermann-Fall gearbeitet?

Der Schreibtisch, den sie dazu benutzt haben musste, war kaum als Arbeitstisch zu erkennen, so überladen war er mit Akten und Büchern, die sich thematisch vor allem mit Zeugenbefragungen, Vernehmungstechniken, Körpersprache und Mimikresonanz zu beschäftigen schienen.

Hannah schob eine Akte beiseite, die mit **Vernehmung X786, Soko: Fischermann, Fadil Matar, polizeiliche Beratung Hannah Herbst** beschriftet war. Sie hatte auf einer Art Karteikasten gelegen, von dessen Deckel ihr der Titel in großen Lettern entgegensprang:

Hannah Herbst, Körpersprache entschlüsseln & verstehen. Die Mimikresonanz-Box für den professionellen Einsatz

Neben dem Schreibtisch stand ein Beistelltisch, vermutlich ein Computerplatz. Unter ihm lagen mehrere Kabel, die zum Teil noch mit der Steckdose verbunden waren, nicht aber mehr mit dem Desktop, dem Monitor oder einem Drucker.

Logisch.

Die Spurensicherung wird wohl alle Datenträger und technischen Geräte zur Auswertung mitgenommen haben.

Das Klingeln hatte aufgehört, und die Tatsache, dass sie keine weiteren Geräusche hörte, beunruhigte Hannah. Sie ging davon aus, dass sie in wenigen Sekunden Glas oder Holz splittern hören würde, wenn die Beamten sich unten gewaltsam Zutritt verschafften.

Bis dahin muss ich die Zeit nutzen, um so viel wie möglich über mich zu erfahren.

Hannah griff sich eine weitere Akte und schlug sie auf. Ein Zeugenprotokoll, offenbar von einem der Kinder, das entführt worden und glücklicherweise lebendig wieder aufgetaucht war. Sein Name: Ludwig Voscherau (elf Jahre). Neben dem Foto des Jungen mit dem hellen, sommersprossigen Gesicht fand Hannah Notizen in der Handschrift, in der sie die des Erinnerungshefts wiedererkannte.

Glaubhaft. Nonverbales Bewegungsverhalten kongruent mit Erzählstrang und Kontext.

Sie überflog die wesentlichen Bulletpoints von Ludwigs Aussage, die mit einem Textmarker hervorgehoben waren:

- Täter nie zu Gesicht bekommen
- Beim Einkaufen einem alten Mann die Sachen ins Auto getragen, dann Filmriss
- Keine Ahnung, wo er gewesen ist
- Wurde nicht misshandelt
- Musste sich mehrere Gesichtsfotos von Menschen ansehen. Manche lachten, manche sahen gequält aus. Oder weinten furchtbar.
- Musste dazu Fragen beantworten, die ihm schriftlich gestellt wurden, an die er sich aber nicht mehr so gut erinnerte. Es gab Antwortmöglichkeiten zum Ankreuzen.
- Niemand hat je mit ihm gesprochen, und er hat auch keinen Ton gesagt. Jede Kommunikation verlief schriftlich über ein iPad.

An dieser Stelle hatte sie handschriftlich vermerkt:

Fischermann macht Mimik-Test mit seinen Opfern. Ergebnis entscheidet über Leben und Tod. Aussage bestätigt Profiler-These vom narzisstischen Täter, der sich durch seinen Test legitimiert sieht, Gott zu spielen.

Die weitere Zusammenfassung der Aussage des überlebenden Jungen, der den Test offenbar bestanden hatte, lautete:

Wurde drei Tage nach der Entführung mit verbundenen Augen auf einem Waldparkplatz wieder ausgesetzt.

Müde ließ Hannah sich auf dem Schreibtischstuhl nieder.

Mein Kater heißt Kaspar. Mein Mann war Künstler. Ich trage Konfektionsgröße achtunddreißig, laufe zu Hause gern in einem bequemen Overall herum, leide unter Spektrophobie, und hier oben habe ich über einen Täter recherchiert, der offenbar einen Bilder-Test darüber entscheiden lässt, ob er seine Opfer laufen oder für immer verschwinden lässt, fasste sie die Erkenntnisse zusammen, die sie in den letzten Minuten seit Eintreffen in diesem Haus gewonnen hatte.

Und ich habe sehr oft mit dem Ermittler telefoniert, stellte sie fest, als ihr Blick auf das Protokoll fiel, auf dem neben dem Namen »Fadil Matar« eine Telefonnummer abgedruckt war, die ihr im Gegensatz zu der ihres Mannes sofort etwas sagte.

Sie kannte sie auswendig. Hatte sie vorhin im Motel, ohne darüber nachzudenken, reflexartig gewählt.

Wieso?

Hastig zog sie das Notizbuch aus ihrem Overall, schlug die letzte Seite auf – und tatsächlich … Obwohl vorne im Text der Name als Vertrauensperson nicht aufgeführt war, fand er sich weiter hinten in der Telefonliste.

Fadil Matar. Kollege und Freund.

Soll ich es wagen?

In der Vernehmung war er ausgesprochen feindselig gewesen, gar nicht wie ein Freund.

Und wir haben uns gesiezt. Andererseits …

Offenbar hatte ihr Unbewusstes im Rolodex ihres Verstands nach seinem Namen gesucht, als sie in größter Not gewesen war, bevor Blankenthal sie foltern oder ihr noch Schlimmeres antun konnte.

Sie griff nach dem Handy, tippte die ersten Ziffern ein, und sofort ergänzte das Telefon den Rest der Nummer. Auch in diesem Smartphone war Fadil als Favorit abgespeichert.

»Hallo, hier ist die Polizei. Ist da jemand?«, hörte sie auf einmal einen Mann von unten hochrufen, so unvermittelt, dass sie zusammenzuckte. Sie hatte nicht mitbekommen, wie die Haustür geöffnet worden war, aber vielleicht hatte sie den Garteneingang beim Hineingehen nicht richtig geschlossen?

»Sie haben ein polizeiliches Siegel gebrochen. Das ist eine Straftat. Wir wissen, dass Sie da oben sind. Kommen Sie mit erhobenen Händen herunter!«

Eine heisere, nasale Stimme. Was ihr an sonorer Autorität fehlte, machte der Beamte durch die Lautstärke seiner polternden Schritte wieder wett.

Eilig drückte sie auf das grüne Telefon-Zeichen.

Fadil nahm ab, als der Polizist die ersten Stufen nahm.

KAPITEL 28

»Wie kommst du an dieses Handy?«

Okay, jetzt duzt er mich. Wieso war das bei der Vernehmung anders? Stehen wir uns nun nahe oder nicht?

»Wo zum Teufel steckst du?«, fragte der Ermittler.

Sie ging zur Tür. Vergewisserte sich, dass sie wirklich abgeschlossen war.

»Ich, ich weiß nicht, ob ich Ihnen trauen kann«, sagte sie wahrheitsgemäß.

»Okay, das verstehe ich. Ist er noch bei dir?«

»Blankenthal?«

»Ja.«

»Nein.«

Sie hörte Fadil erleichtert ausatmen.

Was danach kam, war sehr viel schwerer zu verstehen, wurde es doch von massiven Faustschlägen gegen die Tür unterbrochen.

»Gut. Hör mir zu, Hannah. Ich beweise dir, dass ich auf deiner Seite stehe. Dein Plan, ihn anzulocken, hat offenbar funktioniert. Doch jetzt musst du dich in Sicherheit bringen.«

»Ich …«

Das hier soll mein Plan sein? Blankenthal anzulocken?

»Aufmachen!«, rief der heisere Polizist, während er an der Klinke rüttelte.

Zeitgleich sagte Matar: »Ich weiß, das kannst du jetzt nicht verstehen. Ich kenne dich. Ich weiß, was nach Operationen mit dir los ist. Darum verliere ich jetzt keine Zeit mit Erklärungen. Hör mir gut zu. Ich werde dich nicht überreden, mir zu sagen, wo du bist. Ich will mich auch mit dir an keinem geheimen Ort oder so treffen. Ich will, dass du das einzig Vernünftige tust. Das einzig Ungefährliche.«

»Ich soll mich stellen?«

Das Klopfen und Rütteln hatte aufgehört.

Nahm der Beamte Anlauf?

»Richtig. Nur tu mir einen Gefallen: Rede mit niemandem auf dem Revier auch nur ein einziges Wort. Warte, bis ich bei dir bin. Lass dich nicht unter Druck setzen. Ich bin der Einzige, der dir Glauben schenkt, verstehst du?«

»Nein, ich verstehe gar nichts.«

»Egal, tu es trotzdem. Ruf die Polizei.«

»Das muss ich nicht mehr«, sagte Hannah und legte auf.

Die Polizei war längst da, wie der Fußtritt gegen das Türblatt mit einem knirschend splitternden Geräusch bezeugte.

Also gut.

Sie beschloss, sich ihrem Schicksal zu fügen und damit Matars Anweisungen Folge zu leisten.

Sie konnte so nicht weitermachen. So krank und verletzt, wie sie war, hielt sie es keine zwei Stunden mehr ohne fremde Hilfe durch.

Die Tür erzitterte ein weiteres Mal und weckte die unangenehme Erinnerung an die vergleichbare Situation in dem Motelbadezimmer.

Hannah sah zur Fensterfront, fragte sich, ob sie vielleicht doch nicht aufgeben, sondern einen Sprung in den Garten wagen sollte, doch dieses Experiment ohne Knochenbrüche zu überstehen, war völlig unrealistisch.

»Ich komme raus!«, rief sie schließlich, bevor der Beamte sich ein weiteres, sicherlich letztes Mal gegen die Tür werfen konnte. »Aber Sie müssen sich etwas ansehen, bevor Sie mich verhaften. Bitte.«

»Keine Spielchen«, kam als Antwort von draußen. »Ich habe eine Waffe auf Sie gerichtet.«

Sie drehte den Schlüssel im Schloss. Sofort wurde die jetzt halb in den Angeln verklemmt hängende Tür aufgerissen. »Hände hoch!«

Hannah leistete anstandslos Folge, während sie von einer grellen Taschenlampe aus dem dunklen Treppenhaus heraus geblendet wurde.

»Ich rede nur mit Fadil Matar«, sagte sie.

»Und wen interessiert das?«, hörte sie den Polizisten sagen, dessen Stimme sich auf einmal komplett verändert hatte. Und der auch kein Polizist war, wie sie erkannte, als Lutz Blankenthal die Taschenlampe senkte und sich selbst ins Gesicht leuchtete.

KAPITEL 29

FADIL MATAR

Du kannst es nicht lassen, oder? Nicht einmal jetzt schaffst du es.« Ihre Stimme klang verständnisvoll, trotz ihrer Schmerzen. Doch es war ein ernüchtertes Verständnis, das war Fadil bewusst.

Simone fügte sich resigniert in ihr Schicksal, dass ihr Mann eine Geliebte hatte, von der er niemals im Leben loskommen würde.

»Es tut mir leid«, sagte Fadil bestimmt zum hunderttausendsten Mal in ihrer Ehe. Sie zuckte nicht einmal mehr die Achseln. Der einzige Trost für seine Frau mochte sein, dass ihre Nebenbuhlerin nicht aus Fleisch und Blut war, wobei für sie diese Form der Untreue womöglich sogar besser zu ertragen gewesen wäre. Denn ein Mensch schlief irgendwann einmal und gab wenigstens dann Ruhe. Das tat Fadil Matars Arbeit nie. Nicht einmal jetzt, da Simone ihn doch so sehr brauchte.

Schuldbewusst steckte er sein Handy weg.

»War das Hannah?«, fragte sie von ihrem Krankenbett aus, das er zu Beginn der Besuchszeit so vors Fenster gestellt hatte, dass sie einen direkten Blick in die Baumkronen der Linden im Klinikpark hatte. Das war vor Stunden gewesen. Jetzt war es längst dunkel, und die zum Teil schon entlaubten Bäume waren verschwunden, deren rostrote Blätter sich zu kleinen Hügeln auf den Gehwegen stauten.

Fadil nickte. »Sie hat mich angerufen.« Zum zweiten Mal schon.

»Weißt du, wo sie ist?«

»Nein, und ich bin mir nicht sicher, ob sie das selbst weiß. Sie schien verwirrt.«

Seine Frau leckte sich über die trockenen Lippen, was ihn dazu veranlasste, ihr den Labello vom Nachttisch zu reichen.

Sie wehrte kraftlos ab. »Glaubst du, sie hat das wirklich getan? All die Morde?«

»Sag du es mir!«, forderte Fadil seine Frau auf. »Du kennst sie auch.«

Fadil hatte Hannah seit Beginn ihrer Zusammenarbeit am Fischermann-Fall zweimal zum Essen mitgebracht. Er konnte sich noch gut daran erinnern, wie besorgt seine Frau vor dem ersten Zusammentreffen gewesen war, permanent unter der Beobachtung einer Mimikresonanz-Expertin zu stehen. »Was, wenn ich sie nicht leiden kann? Sie wird es mir von den Augenbrauen ablesen können.«

Am Ende war es ein wunderbarer Abend geworden, an dem Simone zum ersten Mal seit langer Zeit nicht an ihre Krankheit hatte denken müssen. Und als sie dann noch herausfanden, dass sie eine Zeit lang im selben Tennisverein gespielt hatten, aber sich dort nie über den Weg gelaufen waren, waren ihnen die Gesprächsthemen über gemeinsame Bekannte nicht mehr ausgegangen.

Dennoch schien seine Frau ihrem Geständnis glauben zu wollen. »Beim letzten Mal wirkte sie abgespannt und ausgelaugt.«

»Wenn das Symptome sind, die auf einen Mörder deuten, müsste ich die halbe Stadt vorsorglich einsperren.«

»Du glaubst also nicht, dass sie ihre Familie getötet hat?«

»Nein, auf keinen Fall.«

»Was macht dich so sicher?«

»Es passt nicht zu ihr. Ich kenne sie. Du hast sie zweimal gesehen. Ich habe die letzten anderthalb Jahre fast täglich Zeit mit ihr verbracht.«

Simone brachte es fertig zu lächeln. Gutmütig, verständnisvoll. Und traurig. »Das hast du mit mir auch.«

»Und?«

»Und dennoch weißt du nichts darüber, was ich wirklich denke.«

»Wie kannst du das sagen?«

Sie rollte mit ihren müden graugrünen Augen, in denen er sich früher so gerne gespiegelt hatte. Jetzt ließ sie ihn nicht mehr so nah an sich heran, weil sie Angst hatte, ihr schlechter Atem könnte ihn noch mehr abschrecken als ihr ausgemergelter Anblick. Für einen Moment erkannte er in ihnen den gleichen Ausdruck wie damals vor siebzehn Jahren, als er ihr auf einer Jordanienreise vor der Ruinenstätte Petra den Antrag gemacht und befürchtet hatte, sie würde ihm einen Vogel zeigen, weil sie seine Idee von einer gemeinsamen Zukunft einfach nur absurd fand. Und das war sie in gewisser Weise ja auch gewesen. Zumindest oberflächlich betrachtet hatten er, der aus einfachsten libanesischen Verhältnissen stammende Polizeianwärter, und sie, das behütete Kind eines millionenschweren Westberliner Bauunternehmers, nie zusammengepasst. Sie hatte das Geld, die Lebenserfahrung und die Umgangsformen, die man für Galadiners, Bälle und Philharmonie-Abende benötigte. Er war der grobschlächtige, praktisch veranlagte Neuköllner Einwandererjunge, dem Simones Vater mit Ach und Krach vielleicht einen Hilfsposten auf einer seiner Baustellen, jedoch niemals seine einzige Tochter anvertraut hätte. Am Ende hatte sie Ja gesagt und damit den Bruch mit ihrer Familie in Kauf genommen.

»Nun, machen wir den Test, Fadil. Habe ich Angst vor dem Tod?«

Er griff nach ihrer Hand. »Du wirst nicht sterben. Die OP wird gut laufen.«

»Mach dich nicht lächerlich.«

Sie sah zu dem Beistelltischchen, auf dem sich jene Medikamente stapelten, die sie ihr nicht spritzen konnten.

»Manchmal hasse ich es, dass wir ein Kind bekommen haben.«

»Wieso sagst du so etwas?«

Er suchte den Blickkontakt, doch sie wich ihm aus.

»Ist es nicht paradox? Im Internet regen sich besorgte Eltern auf, wenn andere Fotos vom Nachwuchs posten. ›*Wie kann man nur seine Kinder so zur Schau stellen? Das verletzt ihre Persönlichkeitsrechte!*‹ Gerade bei Babys tobt immer ein heftiger Shitstorm, denn die könnten ja nicht selbst entscheiden, ob sie das wollten oder nicht.«

»Ich weiß nicht, worauf du hinauswillst, Liebes.«

»Na ja, ein Foto ohne Einwilligung zu veröffentlichen löst allgemeine Empörung aus. Aber wir haben Damla in die Welt gesetzt.«

»Und?«

»Ohne sie zuvor zu fragen, ob sie überhaupt geboren werden will. Das ist doch der viel größere Eingriff.«

Fadil versuchte zu lachen, was ihm lediglich halbherzig gelang. Nur der Gedanke daran, dass ihre Dreijährige sicher und friedlich daheim in der Obhut der Babysitterin schlummerte und nichts von den dunklen Gedanken ihrer Mutter ahnte, machte ihm das Herz etwas leichter.

»Hättest du nicht Jura studiert, wärst du nie im Leben auf eine so abstruse Argumentationslinie gekommen«, sagte er bemüht lächelnd.

Sie zuckte mit den Achseln. »Es ist kein so abwegiger Gedanke, finde ich. In Indien hat ein Mann seine Eltern verklagt, weil sie ihn zur Welt gebracht haben. Er wurde nie gefragt, sie haben es einfach entschieden. Und nun muss er mit all dem Grauen auf der Erde leben. Mit verhungernden Kindern, der Klimakatastrophe, Kriegen, Zwangsprostitution und moderner Sklaverei …«

»Du solltest nicht an so etwas denken.«

»Woran denn dann? An die Mutter, die ihr Kind während des zweiten Lockdowns an den Schreibtisch gebunden und mit einem Gartenschlauch zu den Hausaufgaben geprügelt hat? Den Fall hattest doch du auf dem Tisch!«

Er nickte. Tatsächlich. Das Kind hatte nur einen Arm frei gehabt, um die Matheaufgaben zu lösen. Mit dem war es dem Jungen gelungen, die 110 zu wählen. Fadil hatte schon viele grauenhafte Geschichten in seinem an grauenhaften Geschichten wahrlich nicht armen Berufsalltag gehört. Diese hier wurde nur noch durch die Tatsache getoppt, dass die Mutter Deutschlehrerin gewesen war.

»Oder soll ich an den Mann denken, der mit seiner komatösen Großmutter …«

»Es reicht, Simone.« Unwirsch schnitt er ihr das Wort ab. »Das Leben ist lebenswert. Und du wirst die Operation und die Chemo durchstehen und wieder Freude an ihm finden.« Es klang selbst in seinen eigenen Ohren hohl und inhaltslos. Dagegen war der Klingelton seines Handys, das sich schon wieder meldete, die reinste Symphonie.

»Das Revier?«, fragte sie. Er hatte für unterschiedliche Anrufer unterschiedliche Rufzeichen angelegt, die sie in all den Jahren zu unterscheiden gelernt hatte.

Er nickte.

Simone seufzte. »Geh nur. Geh in dein ach so lebenswertes Leben. Ich muss mich jetzt ausruhen und schlafen. Und morgen früh kommst du zurück, um mir vielleicht noch zu sagen, ob du die Frau gefunden hast, die ihre Familie mit dem Messer abschlachtete …«

Sie gaben sich einen Kuss, wie immer, wenn sie sich verabschiedeten. In all den Jahren ihrer Ehe, selbst im größten Streit, hatten sie sich nie ohne eine Geste der Zuneigung und Zärtlichkeit voneinander getrennt.

///

Simone wartete noch eine Weile, um sicherzugehen, dass ihr Mann auch wirklich weg war und sie nicht mehr durch die geschlossene Tür hindurch hören konnte.

Dann wählte sie mit dem Festnetzapparat auf dem Nachttisch die Nummer, von der Fadil nichts wusste. Nichts wissen durfte.

»Wir können uns in einer halben Stunde treffen«, sagte sie dem Mann am anderen Ende, den sie auf den Tod nicht leiden konnte, den sie aber dringend brauchte, um das, was sie bereits seit Monaten plante, endlich zu vollenden.

»Nein, mein Mann ahnt nichts. Er ist abgelenkt. Und ja, ich hab das Geld. Sie können alles in die Wege leiten.«

KAPITEL 30

HANNAH

»Wusste ich es doch: Der Täter kommt immer zum Tatort zurück. Und die Täterin auch.« Blankenthal hatte Hannah einmal vor die Brust gestoßen, was dazu führte, dass sie rückwärts in das Arbeitszimmer zurückstolperte.

»Her damit!«, forderte er.

»Was?«

»Das Telefon in Ihrer Hand.«

Als wäre es eine Waffe und sie in einem Film, legte Hannah das Smartphone auf den Fußboden und kickte es mit dem Fuß in Blankenthals Richtung, der es aufhob und sofort einsteckte. Dann kam er näher. Blaue Funken stoben auf, als er den Taser in seiner Hand spielen ließ.

»Bitte, tun Sie mir nichts«, flehte sie ihn an, hilflos und überfordert zugleich.

War der Irre wirklich nur auf Verdacht hierhergekommen?

Tatsächlich hatte sie sich berechenbar, nahezu klischeehaft verhalten, indem sie die Stätte des Grauens noch einmal in Augenschein genommen hatte.

Wie zur Bestätigung sagte er: »Sie sind so durchschaubar, Frau Herbst. Aber wo sonst auch sollten Sie hingehen, wenn nicht hierher, um sich zu vergewissern, was Sie getan haben?«

»Bitte, ich wollte mich gerade der Polizei stellen. Lassen Sie mich gehen.«

Er strich sich nachdenklich eine graue Strähne aus der Stirn.

»Damit Sie sich danach auf Ihr Schweigerecht berufen, um sich nicht selbst zu belasten? Nein. Das kann und werde ich nicht zulassen.«

Seine selbstherrliche Art machte sie wütend, und die Wut verlieh Hannah unverhofft Kraft zum verbalen Gegenangriff. »Was soll das Schmierentheater? Für jemanden, der behauptet, hier nur zufällig reingerutscht zu sein, sind Sie seltsam engagiert.«

Er nickte. »Wenn Sie mich kennen würden, wüssten Sie, wieso.«

»Oh, ich weiß genug über Sie, um an Ihrem Verstand mehr zu zweifeln als an meinem eigenen.«

Seine Augen schienen ähnlich wütende Funken wie der Taser zu sprühen, als er mit ausgestrecktem Zeigefinger die Stimme hob: »Wagen Sie es nicht noch einmal, uns beide zu vergleichen. Sie haben nicht die geringste Ahnung!«

»Und Sie wissen nichts über mich.«

»Ach nein?« Er sah auf die Uhr. Augenscheinlich blieb ihm für die Geschichte, die er ihr erzählen wollte, noch ausreichend Zeit, auch wenn er sich beim Sprechen beeilte: »Sie denken, ich habe keine Vorstellung davon, wozu eine Frau wie Sie in der Lage ist? Dann hören Sie mal gut zu. Ich kannte eine Spielerin. Lisa war süchtig nach allem, was sich würfeln, mischen oder wetten ließ. Wenn sie nach einem durchzechten Wochenende montagmorgens um fünf die Haustür aufschloss, zwei Stunden bevor ihre Schicht am Postschalter begann, trug sie eine Sonnenbrille, so sehr war sie noch von den Lichtern der Glücksspielmaschinen geblendet. Sie hörte ihre kleinen Kinder nicht jammern, die hungrig vor den leeren Frühstücksschüsseln saßen, da ihr noch das Slotmachine-Gedingel in den Ohren klackerte. Es verging keine Nacht, in der sie nicht etwas setzte, kein Tag, an dem sie nicht etwas *ver*setzte. Selbst bei einem Tankstopp auf der Raststätte schaffte sie es nicht, an einem der Automaten vorbeizugehen.«

Er räusperte sich.

»Sie hatte Schulden, natürlich. Vor den Geldeintreibern versteckte sie ihren Körper, damit sie ihn ihr nicht brechen konnten. Vor dem Rest der Welt, insbesondere ihrer Chefin, versteckte sie ihre Morphiumsucht. Mit der betäubte sie sowohl ihre chronischen Rückenschmerzen als auch den Hass auf eine Welt, in der man als alleinerziehende Mutter weniger galt als die Katze aus der Sheba-Werbung.«

»Okay, das ist traurig, aber was hat das mit mir zu tun?«

»Abwarten.« Blankenthal machte eine unwirsche Handbewegung.

»Die Drogen trieben sie in wahnhafte Depressionen. Statt den Tennisspieler zu verfluchen, der ihr erst zwei Kinder angehängt hatte und sie dann für ein jüngeres Modell austauschte, begann sie sich selbst zu hassen. Irgendwann, als sie komplett pleite war, der Strom längst abgestellt war und die Zwangsräumung bevorstand, versuchte sie einen kalten Entzug. Sie hatte noch drei Morphinpflaster und etwas Hustensaft, aber sie ließ das alles unberührt.«

»Eine gute Entscheidung«, warf Hannah ein, während sie überlegte, ob es irgendeine Chance gab, die Unaufmerksamkeit auszunutzen und irgendwie an dem monologisierenden »Chirurgen« vorbeizukommen.

»Im Grunde ja. Was aber die wenigsten wissen: Bevor es besser wird, wird's im Leben oft schlimmer. Für eine erfolgreiche Transformation müssen wir meist durch das Tal der Tränen. Die Depressionen wurden heftiger. Mittlerweile konnte Lisa nirgends mehr anschreiben, selbst die schäbigsten Spielcasinos ließen sie nicht einmal mehr bis zur

Garderobe. Aber es gibt in Wedding ein Hinterhof-Casino, ›Last Vegas‹ genannt. Was für Junkies Crack ist, ist dieser Ort für Spieler. Die letzte Station vor dem Tod. Lisa klaute das Geld, das die Oma ihren Kindern zu Weihnachten geschenkt hatte. Es war nach Mitternacht, als sie die Kleinen alleine zurückließ; mit dem Inhalt der aufgebrochenen Spardose machte sie sich auf den Weg, ihre letzte Selbstachtung gleich mit zu verspielen.«

Blankenthal rieb sich mit dem Ärmel über die Stirn. Es wirkte, als strengte ihn die Erzählung körperlich an.

»Im ›Last Vegas‹ traf sie auf weiteren Abschaum. Einen durchgeknallten Unternehmer, der Geld wie Heu hatte, es aber liebte, in der Gosse auf Opferfang zu gehen. Hin und wieder sammelte er Minderjährige auf dem Kinderstrich ein, ließ Hepatitis-B-kranke Nutten in seinen Hotelsuiten für sich bis zur Bewusstlosigkeit tanzen oder nahm den Hoffnungslosesten aller Seelen das letzte Hemd ab.«

»So wie Lisa?«

»So wie Lisa. Mit ihr spielte er weiter, als sie schon gar nichts mehr hatte.«

Hannah ahnte, was jetzt kam. »Verlangte er ihren Körper als Einsatz?«

»Nicht ihren. Den ihrer Kinder.«

O Gott.

»Nein, nicht so, wie Sie denken«, korrigierte Blankenthal. »Sondern schlimmer.«

Was gibt es Schlimmeres als Missbrauch?, fragte sie sich.

Blankenthal erklärte es ihr: »Vor der letzten Runde, Lisa stand bei ihm schon mit utopischen viertausendfünfhundert Euro in der Kreide, sagte er den verhängnisvollen Satz: *›Mütter haben Leben gegeben. Also haben sie auch das Recht, es zu nehmen.‹*«

Hannah blinzelte verwirrt. Sie war mit einem Mal unendlich müde. Wollte nicht mehr weiterhören.

»Das Schwein pflanzte Lisa diesen Gedanken in ihr krankes Hirn, und er ließ sie nicht mehr los. Sein Einsatz war dem eines Teufels würdig. Er verlangte von ihr nicht mehr und nicht weniger, als das Leben ihrer Kinder zu beenden. Und ihres gleich mit.«

»O Gott. Hat sie etwa …?«

Blankenthals Augen wurden wässrig. »Sie ließ das Spiel entscheiden. Bei Schwarz würden ihre Kinder weiterleben. Rot wäre der Tod.«

»Das glaube ich nicht …«

»Aber so war es. Was soll ich sagen, Rot gewann.«

Himmel …

»Lisa ging nach Hause. Fest davon überzeugt, dass es keinen anderen Ausweg mehr gab. Erdrückende Schulden, verlassen von dem einzigen Mann, den sie je geliebt hatte, gebrainwasht von einem geistesgestörten Drecksack, der ihr klargemacht hatte, dass das Leben keinen Sinn, ihre Kinder keine Zukunft mehr besäßen. Dass ein schneller Tod besser wäre als ein langes, qualvolles Leben. Und dass sie als Mutter im Recht wäre, das zu beenden, was sie gegeben hatte. Also ja. Sie löste ihre Wettschulden ein.«

Langsam dämmerte Hannah, wieso Blankenthal so viel Anlauf genommen hatte, um ihr diese tragische Geschichte zu erzählen. Als Frau ohne Gedächtnis verfügte sie über kein emotionales Fundament, auf das er aufbauen konnte, um sie fühlen zu lassen, dass Mütter auch Monster sein konnten.

»Sie klebte die drei Morphinpflaster auf Violas kleinen Körper. Alle auf einmal. Das Mädchen lief blau an, atmete erst keuchend, dann röchelnd, dann gar nicht mehr. Dann war ihr Sohn dran. Doch für den Sechsjährigen war ja nun kein Gift mehr da. Also versuchte sie, ihn mit einer Vorhangkordel zu erwürgen.«

Hannah spürte, wie ihr die Tränen kamen, *und das war doch ein gutes Zeichen, oder?* Eine Frau, die empathisch auf diese entsetzliche Geschichte reagierte, war doch wohl nicht imstande, selbst so etwas Ähnliches zu tun. *Oder doch?*

Eine Frage drängte sich ihr auf: »Woher kennen Sie diese Geschichte in allen Details?«

So erwartbar die Antwort rückblickend betrachtet war, so unvermittelt traf sie Hannah: »Weil ich meiner Mutter Lisa diese Narben zu verdanken habe.«

Aus Blankenthals Mund klang »Mutter« wie ein vulgäres Schimpfwort. Er deutete auf seinen Hals, doch Hannah war zu perplex und das Licht im Studio zu trübe, um hier Spuren eines vor Jahrzehnten verübten Mordversuchs zu erkennen.

Deswegen also …

»Mama hat erst von mir abgelassen, als ich das Bewusstsein verlor. Sie dachte, dass ich mich einnässte, wäre ein sicheres Zeichen für meinen Tod. Danach hat sie sich erhängt. Die beste Tat ihres Lebens. Als ich wieder aufwachte, konnte ich mich eine halbe Ewigkeit nicht bewegen. Bis man mich fand, hatte ich schon Stunden auf ihre unter der Zimmerdecke baumelnde Leiche gestarrt.«

Deswegen dieser Hass auf mich. Diese Übermotivation …

Es war so offenkundig, dass Hannah selbst im Zustand der absoluten Erschöpfung und Überforderung alle Anzeichen einer tief sitzenden Verbitterung erkannte, die Blankenthal in jungen Jahren geprägt hatte.

»Nun, ich hab es überlebt. Ihre Tochter leider nicht, Frau

Herbst. Und deswegen bin ich zurückgekommen. Um das zu tun, was ich bei meiner Mutter nicht mehr erledigen konnte. Sie für ihre Taten zur Rechenschaft zu ziehen.«

Hannah schloss die Augen, presste die Lider verzweifelt aufeinander. Öffnete sie wieder und erkannte in Blankenthals Gesicht extremen Zorn: zusammengezogene Augenbrauen, hochgezogene Oberlider, den »stechenden« Blick.

Er macht das Hinckley-Face, dachte Hannah voller Grauen. Benannt nach John Hinckley, der auf US-Präsident Ronald Reagan schoss, war es als das typische Attentäter-Gesicht in die Geschichte der Mimikresonanz-Forschung eingegangen. Auch bei Blankenthal stand ein gewalttätiger Angriff kurz bevor.

Was Sinn ergab!

Blankenthal wäre als Kind einst beinahe selbst das Opfer eines erweiterten Suizids geworden.

Jetzt sieht er in mir eine Projektionsfläche für seinen Hass auf alle gewalttätigen Mütter dieser Welt.

»Ich habe niemanden ermordet«, versuchte Hannah erneut zu protestieren. Dabei brach ihr die Stimme, denn völlig unerwartet hatte sich der Nebel des Vergessens plötzlich zu einem Teil gelichtet und die Sicht auf etwas freigelegt, das sich wie die Erinnerung an eine Erinnerung anfühlte.

Sie sah sich über eine Straße gehen. Haustürschlüssel in der Hand. Licht brannte in den Kinderzimmern. Sie schloss die Tür auf. »Ich bin wieder da!«, hörte sie sich rufen. Kinderglucksen.

Dann versank alles wieder wie in einem Dampfbad in undurchdringlichen Schwaden. Konturen wurden zu Schemen, Schemen zu nichts. Geräusche zu Hall.

»Was?«, hörte sie einen Mann sagen. Nicht mehr in der

Vergangenheit, sondern direkt vor ihr. Sie wankte, blinzelte, suchte nach Orientierung. Sah, wie Blankenthal misstrauisch die Augenbrauen zusammenzog. »War das eine Erinnerung?«

Sie schüttelte etwas zu energisch den Kopf, ertappt bei einer Lüge.

»Oh, doch. Ich glaube, Sie kommen langsam zur Besinnung und erkennen Ihr tödliches Ich.«

»Nein.«

Blankenthal machte einen Ausfallschritt auf sie zu, und sie duckte sich aus Angst vor noch mehr Schmerzen.

Er packte sie am Arm und riss sie in seine Richtung. »Los, Beeilung. Der Polizist, den ich unten ausgeknockt habe, wird vermutlich schon bald vermisst werden. Sie müssen mir sagen, wo Paul ist.«

»Leiden Sie jetzt auch unter Amnesie? ICH WEISS ES NICHT!«

»Sie müssen nicht so schreien«, sagte Blankenthal ruhig. »Damit verhindern Sie auch nicht, was jetzt kommt.«

»Was denn um Himmels willen?«

»Rasch. Kommen Sie mit. Ich will etwas ausprobieren, um Ihrem Gedächtnis auf die Sprünge zu helfen.«

KAPITEL 31

SIMONE MATAR

»Wir hatten zweihundert gesagt«, log der schmächtige Typ, der so roch, als sei seine letzte Schicht einige Stunden zu lang und voller intensiver Notfälle gewesen.

Simone atmete durch den Mund, aber das nutzte nicht viel in dem fensterlosen Geräteraum. Die Kammer war mit Reinigungsgeräten, Putzmitteln und Wäschebehältnissen vollgestopft. Nirgendwo konnte man richtig Abstand halten. Simone stand dem müffelnden Anästhesieassistenten so nah, dass sie das Streuhaar erkennen konnte, mit dem er seine ausgedünnte Frisur aufzufüllen versuchte. Die braunen Baumwollfasern aus der Spraydose verteilten sich nicht nur auf den lichten Kopfhautstellen, sondern auch auf den Schultern eines kurzärmeligen hellblauen OP-Kittels.

»Hundertfünfzig Euro!«, protestierte sie und tat so, als wollte sie sich an dem Gauner vorbeidrängen und die Abstellkammer wieder verlassen.

Ein Bluff.

Sie war auf den Handel angewiesen.

»Warte mal!«, befahl ihr der Mann, der in einschlägigen Kreisen den Spitznamen »Pille« trug, weil er von jeder Sorte etwas aus der Klinikapotheke besorgen konnte.

Sie schüttelte die Hand ab, mit der er sie am Rucksack festhielt, den sie gerade eben noch hastig zusammengepackt hatte. Es war schon spät, die offizielle Besuchszeit wie die Visite längst durch, Schwestern und Pfleger machten eine erste Pause vor dem Sturm der Nacht. Auf den Fluren, über die sie hierhergeschlichen war, war ihr niemand entgegengekommen.

»Willst du das Zeug für dich, oder …?«, fragte Pille.

»Oder geht dich das einen Scheißdreck an?«, fauchte Simone.

Er zog eine Spritze und zwei Ampullen aus der Innentasche seines Kittels.

»Ich mein ja nur, damit kannst du eine ganze Kompanie ins Jenseits schießen. Das ist echt gutes Zeug.«

»Und du bekommst echt gute hundertfünfzig Euro.«

»Okay, hundertfünfzig«, lenkte er ein. »Wenn du mir dafür einen bläst.«

Ernsthaft?

Sie konnte nicht glauben, dass das mehr als ein schlechter Scherz war, aber die Augen der Mistmade wurden glasig, und er fasste sich tatsächlich lüstern in den Schritt.

Ist das zu fassen? Ich bin siebenunddreißig Jahre alt und sehe aus wie knapp das Doppelte. Seit meiner letzten Chemo bräuchte ich zwei Dosen Streuhaar mehr als dieser Widerling, und meinen Krankenhausgeruch kann kein Parfum mehr übertünchen. Aber gut, jeder so, wie er will …

»Okay«, willigte Simone ein und kniete sich hin.

»Wie, echt jetzt?« Das Grinsen des Ekelpakets wurde breiter, während er die Hosen runterließ. Es erstarb jäh, als er die Nadel spürte. Sie hatte vorhin den Infusionsschlauch entfernt, das Pflaster mit dem Zugang aber im Arm gelassen. Jetzt steckte die Infusionsnadel nicht mehr in der Ader ihrer Hand, sondern an einer sehr viel empfindlicheren Stelle. Direkt in der Harnröhre eines rasch erschlaffenden Gliedes.

»Na sieh mal einer an«, höhnte Simone. »Auf einmal ganz klein mit Hut.«

»Du Nutte, du …«

»Tz, tz, tz. Ich würde mich besser nicht bewegen«, mahnte sie.

»Hier!« Sie brachte mit ihren zuckenden Schultern den Rucksack auf ihrem Rücken zum Wackeln. »Steck das Zeug in die Außentaschen.«

»Du hast sie nicht mehr alle«, keuchte er, nachdem er die Spritzen und die Ampullen verstaut hatte.

Sie stimmte ihm zu. »Vor allem habe ich nichts mehr zu verlieren. Ich brauche nicht auf irgendein himmlisches Karma zu warten, das alles wieder ins Lot bringt. Wie du merkst, nehme ich die Dinge zu Lebzeiten lieber selbst in die Hand.«

»Du durchgeknallte Irre, du Hure …«

Kopfschüttelnd sah sie hoch zu ihm. »Meinst du, es ist sinnvoll, die Hand zu beißen, die einen quetscht?«

Sie schob die Nadel noch tiefer hinein.

»Nein, ja. Ist ja gut. Nimm die Scheiße, vergiss das Geld.«

»So klingst du schon besser.«

Sie drückte mit der anderen Hand die Hoden so fest, wie sie nur konnte, und nun ging Pille keuchend auf die Knie, rollte sich zur Seite und blieb in dieser gekrümmten Position neben ihr liegen.

Verzeih mir, dachte sie. Natürlich entschuldigte sie sich nicht bei dem Abschaum. Sondern bei Fadil. Ihrem geliebten Mann. Er achtete Recht und Ordnung, hielt sich an das Gesetz. Fadil hätte für ihr Verhalten kein Verständnis.

»Weißt du, was meine Mutter immer gesagt hat?«, fragte sie den röchelnden Anästhesieassistenten.

Pille stöhnte nur.

»Wir Frauen bringen Leben zur Welt. Wir sind die Einzigen, die es auch wieder nehmen dürfen.«

Damit zog sie die erste der beiden tödlichen Ampullen auf, die er gerade in ihrer Tasche platziert hatte.

»Das ist mein Credo auf den letzten Metern meines Lebens. Und daran halte ich mich heute Nacht.«

KAPITEL 32

HANNAH

Der Weg, den Blankenthal für sie vorgesehen hatte, endete nach nur wenigen Schritten bereits an der Tür vor dem Elternschlafzimmer eine Etage tiefer.

»Was soll ich damit?«, fragte Hannah, als ihr Entführer stehen blieb und ihr eine Kerze gab.

»Etwas Besseres habe ich auf die Schnelle nicht in Ihren Schubladen gefunden, Frau Herbst. Diese Attrappe muss reichen. Bitte halten Sie die Kerze wie ein Messer.«

»Wozu?«

»Sie wissen doch, wie das menschliche Gehirn Erinnerungen abspeichert?«

In Form von einzelnen Sinneseindrücken, die zu einem neuronalen Netzwerk verbunden werden, dachte sie, ohne es laut auszusprechen. Deswegen bewegten Menschen die Augen, wenn man sie etwa fragte, was sie zum Frühstück gegessen hatten. Sie riefen die Situation am Küchentisch wieder ab, memorierten die Müslischüssel und das Glas mit dem Orangensaft und setzten auf diese Weise die Erinnerung wieder zusammen.

»Dann wissen Sie auch, wie man verlorenen Erinnerungen auf die Sprünge helfen kann.«

»Mit der Memory-Methode«, sagte sie tonlos. Das half sogar bei der Suche nach dem verlegten Haustürschlüssel. Man versuchte, sich in die Position zu versetzen, in der man ihn zum letzten Mal in der Hand gehabt hatte. Zum Beispiel, indem man sich in den Flur stellte, exakt an die

Stelle, an der man ihn aus der Tasche nahm, den Blick auf genau die Gegenstände gerichtet, die man dabei ansah.

»Sie wollen, dass ich die Tat nachstelle?«

»So, wie Sie sie im Video gestanden haben.«

Blankenthal öffnete die Schlafzimmertür. Schob sie hinein. »Wie standen Sie vor dem Bett? So etwa?« Er schob ihr die Kerze wie einen Dolch in die Hand, drückte fest ihre Finger zusammen, hob ihren Arm.

Hannah war sein willenloser Spielball. Ihr einziger Protest bestand darin, dass sie die Augen geschlossen hielt. Doch selbst die öffnete sie jetzt, wo Blankenthal sie ganz nah an das Bett geführt hatte und es ihr befahl.

Sie ließ ihren Blick wandern, und es verschlug ihr den Atem. Nicht wegen der Lache eingetrockneten Blutes auf den zerwühlten Laken; noch sehr viel größer als die, die sie im Kinderzimmer gesehen hatte. Nicht wegen des allgegenwärtigen Eisengeruchs. Nicht weil sie genau an der Stelle stand, an der Richards Mörderin gestanden haben musste.

Der Versuch des Nachstellens schlug fehl.

Nichts davon triggerte eine Erinnerung.

Das geschah erst, als sie mit dem Versuch aufhörte, das Grauen nachzustellen. Als sie die Messerattrappe auf das Bett legte und zur Wand sah. Auf das blutbesprenkelte Bild über dem Ehebett. Das gerahmte, quadratische Foto zeigte ein Motiv, das erstmals eine Erinnerung auslöste, als der Schein von Blankenthals Taschenlampe darüberglitt.

Leider.

»Na, na, na, hinschauen«, wies er sie zurecht, als sie den Blick abwenden wollte.

Das kann ich nicht.

Sie schüttelte angestrengt den abgewendeten Kopf.

Das ertrage ich nicht.

Augenscheinlich hatte die Memory-Methode doch noch Erfolg, wenn auch nicht so, wie Blankenthal es sich vorgestellt hatte. Nicht der Blickwinkel, den sie angeblich bei der Tatausführung gehabt haben sollte, triggerte ihre Wahrnehmung. Es waren die Eindrücke, die sich über die Jahre tausendfach in ihr Gedächtnis gebrannt hatten, wenn sie denn hier gewohnt und geschlafen und unzählige Male auf das Bild geschaut haben musste. Bei seinem Anblick wurden zwar nicht die unmittelbaren Augenblicke der Tatausführung wieder lebendig, die lagen noch immer im Nebel des Vergessens. Dafür schien sich ihr Langzeitgedächtnis mehr und mehr in ihr Bewusstsein zurückzukämpfen. Denn Hannah hatte ihre Familie auf den Fotos erkannt. Den Mann im schwarzen Rollkragen, mit der Nase, die etwas zu groß war, um noch als markant zu gelten, der seine braungrauen Haare perfekt mit Wachs gestylt bewusst strubbelig trug und damit etwas jünger aussah, als er war. Neben ihm die beiden Kinder. Das Mädchen mit dem viel zu dick aufgetragenen schwarzen Kajal. Kyra, Richards Tochter aus erster Ehe, die sich Mühe gab, trotzig in die Kamera zu schauen.

Wasser, in dem sich die Sonne brach, die auf den Bootssteg fiel, auf dem die kleine Familie stand: *Richard, Kyra, Paul.*

Dem Jungen sah man an, wie unwohl er sich dabei fühlte, fotografiert zu werden, und vielleicht war es die Melancholie in seinen dunklen Augen, die Hannah in Tränen ausbrechen ließ.

Mein kleiner, blasser, sommersprossiger, verstrubbelter, viel zu ernster Paul, den sie meistens nur lachen hörte, wenn sie seinen Bauchnabel kitzelte.

Sie waren es. *Mein Mann. Meine Familie. Mein Kind.*

Noch bis vor wenigen Minuten hatte sie sich nicht erinnern können, dass es sie überhaupt gegeben hatte. Jetzt war es unvorstellbar, dass sie nicht mehr in ihrem Leben sein sollten.

»Ich war das nicht«, beschwor Hannah sich selbst. Vor Trauer kaum fähig zu reden.

»Ich fürchte doch«, hörte sie Blankenthal sagen. Er leuchtete ihr direkt ins Gesicht. Der helle Strahl brannte auf ihren tränennassen Wangen.

»Aber wieso?«

»Haben Sie Ihrem eigenen Geständnis nicht zugehört?«

Er forderte sie auf, die Augen wieder zu schließen und ruhig zu atmen. Dann sagte er mit tranceartiger Stimme: »Hören Sie mir jetzt gut zu. Ich sage Ihnen, was ich denke, wie es abgelaufen ist.«

Und mit diesen Worten begann Blankenthal seine detaillierte Schilderung, die so bildhaft war, dass Hannah das Gefühl hatte, die Ereignisse jener mörderischen Schicksalsnacht tatsächlich in diesem Moment noch einmal zu erleben.

Live und in grauenhaft roter Blutfarbe.

BLANKENTHALS THEORIE

Hannah lag wach. Richard neben ihr atmete tief und gleichmäßig. Wesentlich ruhiger als sie. Schlief den Schlaf des Ignoranten, der die Augen vor allem Unheil der Welt verschloss. Der selig verdrängte, während sie handeln musste.

Sie schlug die Daunendecke zur Seite, setzte sich auf die Bettkante und öffnete leise die Schublade ihres Nachttischs.

Die Klinge des japanischen Küchenmessers funkelte wie ein kostbares Schmuckstück, reflektierte das Mondlicht, das durch das gekippte Schlafzimmerfenster fiel.

Schon vor einigen Tagen hatte sie es vom Küchenbrett genommen und hier in der Nachttischschublade bereitgelegt. Seit dem Besuch bei Telda. Seitdem sie die Kinderspielecke in der Gewaltschutzambulanz gesehen und verstanden hatte, dass man eher den Regen am Fallen hindern als das Böse ausmerzen kann. Eine Pusteblume im Sturm ist leichter zu beschützen als die Kinder vor den Gefahren der Welt.

Wir haben sie nie gefragt, ob sie ins Leben wollen, *dachte Hannah, die sich beglückwünschte, dass es ihr gelungen war, die Tabletten abzusetzen, auch wenn ihr Psychiater dringend davon abgeraten hatte. Doch das Paroxalon hatte ihr den Blick verstellt, sie eingelullt und gelähmt. Jetzt, ohne Psychopharmaka im Blut, konnte sie handeln. Verantwortung übernehmen.*

Richard drehte sich zur Seite und streckte den Arm nach ihr auf die jetzt leere Betthälfte aus, von der sie längst aufgestanden war. Da sie Sorge hatte, dass er wach werden könnte, än-

derte sie die Reihenfolge und begann mit Kyra. Richards Tochter aus erster Ehe schlief zudem auf dem Rücken, wie sie sah, als sie das Kinderzimmer betrat, was es einfacher machte.

Den tiefen Schlaf hatte sie von ihrem Vater. Paulchen, der oft vom geringsten Geräusch geweckt wurde und dann ängstlich zu ihnen ins Bett krabbelte, kam eher nach ihr.

Hannah schlief nie sehr tief. Sie hasste den Kontrollverlust, den die Ohnmacht des Schlafes mit sich brachte, und hatte sich schon seit frühester Kindheit antrainiert, nur in kurzen Intervallen die Augen zu schließen.

»Es tut mir leid«, flüsterte Hannah und schloss die Augen. Sie wusste, sie würde schwach werden, wenn sie länger hinsah. Sie durfte sich von der noch unausgereiften Schönheit Kyras nicht ablenken lassen. Durfte nicht an die Jugend dieses intelligenten Mädchens denken, das gerade erst einen Mathematikwettbewerb ihrer Schule gewonnen hatte, und das, obwohl sie sich viel mehr mit Skateboardfahren als mit Zahlentheorie beschäftigte. Eine verheißungsvolle Zukunft hatte die Lehrerin Kyra in Aussicht gestellt und sie damit schamlos belogen.

»Als Erwachsene hätte sie es besser wissen müssen«, flüsterte Hannah weiter. Durch das Tor der Zukunft mochte hin und wieder ein Lichtstrahl der Hoffnung fallen, aber vor allem verschafften sich Dunkelheit, Kälte, Schmerzen und Leid Einlass, bis am Ende der unvermeidliche Tod eintrat.

Wir haben keine Wahl, wann wir das Leben beginnen, wohl aber, wann wir es beenden, *dachte Hannah und stieß zu.*

Nachdem sie sicher war, dass Kyras Brustkorb sich nicht mehr bewegte, zog sie die Klinge aus dem Herzen und ging zurück zu Richard.

Natürlich hätte sie gerne geweint, aber sie musste stark

sein. Für sie alle. Und zum Glück sparte sie ihre Kräfte, denn bei ihrem Mann lief es nicht so einfach.

Er wehrte sich, schlug um sich, was aber an der Situation nichts änderte, dass es auch für ihn keinen Weg zurück mehr gab, nachdem sie ihm mit einem einzigen Schnitt durch die Kehle die Luft- und Speiseröhre durchtrennt hatte. Keine Worte kamen mehr aus seinem Mund. Nur Gurgeln, Röcheln und Stöhnen. Und Blut.

Verdammt, wieso habe ich es nicht wie bei Kyra gemacht?

Vermutlich, weil sie den unbewusst in ihr schlummernden Wunsch, ihn leiden zu lassen, hatte ausleben wollen und der Stich ins Herz dafür zu gnädig gewesen wäre. Zu schnell ging. Für einen Drückeberger, der keine Verantwortung übernahm. Sie ganz alleine die Drecksarbeit machen ließ, ja, sie womöglich sogar davon abgehalten hätte. Das war der Grund, weshalb manche Menschen sich aus einem brennenden Hochhaus stürzten, während andere lieber im Treppenhaus erstickten. Die Mutigen wählten den eigenverantwortlichen Freitod. Die anderen blieben bis zu ihrem qualvollen Ende fremdbestimmt. Hofften selbst im Angesicht des Todes, dass jemand ihnen die Entscheidung abnahm.

Wie Richard, der nicht sah, dass das Haus ihres Lebens schon lange von Brandstiftern angesteckt war. Alle Türen und Fenster verschlossen, bis auf einen Notausgang, den sie jetzt wählte. Für sie alle, die in ihrer Familie zu schwach waren.

Wie Paul. Ihren Sonnenschein.

Natürlich hatte er es gehört. Papas Todeskampf war lauter gewesen als ein gegen das Fenster schlagender Ast oder ein hupendes Auto.

Weswegen er die Augen aufschlug, als sie an seinem Bett stand.

»Mami?«, rief er ängstlich. »Ist da Blut auf deiner Bluse? Und was ist da in deiner Hand …?«

»Hab keine Angst!«

Doch die hatte er.

»Mach die Augen zu, und öffne sie erst, wenn ich es dir sage!«

Doch das tat er nicht.

Obwohl noch so klein und unerfahren, begriff er instinktiv die Gefahr, in der er steckte. Und natürlich wehrte er sich. Wie ein Tier, das nicht wusste, dass der Einstich der Betäubungsspritze notwendig war, hatte Paul keine Ahnung, dass sie nur zu seinem Besten handelte.

Wenn sie ihm das Instrument aus der Hand zerrte.

Den Korpus gegen die Wand schlug.

Eine Saite, die sich gelöst hatte, vom Gitarrenhals riss.

Und Pauls Fehler ausnützte, der an ihr vorbeirannte und ihr nun den Rücken zuwandte. Viel zu langsam. Viel zu unbeholfen. Weshalb es ein Kinderspiel war, ihn einzuholen und ihm die Gitarrensaite als Schlinge um den Hals zu ziehen.

KAPITEL 33

Und dann klingelte die Nachbarin«, schloss Blankenthal lakonisch.

»Nein. Nein, nein.«

»Ich glaube doch.«

»Nein, so war es nicht.«

Blankenthal packte Hannahs rechten Arm und nahm sie in den Polizeigriff. »Bevor ich nach oben gegangen bin, habe ich mich umgesehen«, zischte er ihr von hinten ins Ohr. »Ich kann eins und eins zusammenzählen. Das fehlende Messer in der ansonsten so perfekt aufgeräumten Küche. Das Rezept auf dem Schreibtisch.«

Verdammt, dachte Hannah, während sie versuchte, dem Druck auf ihr Schultergelenk auszuweichen und diesen neuen, überdehnenden Schmerz erträglicher zu machen.

Das Erinnerungsheft steckte in ihrer Hosentasche. Das Rezept aber musste sie unten liegen gelassen haben.

»Dann die Gitarre und hier – die Blutspuren auf dem Teppich.«

Blankenthal deutete mit der Taschenlampe auf den Boden.

»Sie haben unten die Nachbarin abgewimmelt. Sind wieder hoch, zurück ins Schlafzimmer. Haben das Messer vom Boden genommen. Wollten sich selbst richten. So wie Sie es zu Protokoll gegeben haben.«

Er ließ sie los, und sie sank kraftlos auf die Knie.

»Nein, nein, nein. So war das alles nicht«, sagte sie, die Hand auf das Pflaster pressend, was aber nach all den erzwungenen Bewegungen eine schlechte Idee war. Sie stöhnte auf. Da kam ihr ein Gedanke. Vielleicht der letzte, der das Unausweichliche wenn auch nicht verhindern, so doch hinauszögern könnte.

»Warten Sie, ich kann es beweisen.« Sie sah zu ihm hoch.

»Was?«

Hannah stand auf. Langsam, damit er nicht dachte, sie würde eine Waffe hervorholen, zog sie ihre Jacke aus und löste das Oberteil des Overalls. Dass sie jetzt mit entblößten Brüsten halb nackt vor Blankenthal stand, machte ihr weit weniger aus, als erneut das Pflaster von ihrer Wundnarbe zu lösen.

»Sehen Sie sich das an.«

Blankenthal richtete den Strahl seiner Taschenlampe auf die blutige Verletzung. »Und?«, fragte er verwundert.

»Was sehen Sie?«

Er trat näher. »Die Wundverklammerung hat sich gelöst.«

»Was noch?«

»Einstich in der Milzregion. Circa zwei bis drei Zentimeter breite Klinge, die vermutlich etwa doppelt so tief eingedrungen ist.«

Etwa die Größe des fehlenden Küchenmessers.

»Was, wenn ich Ihnen sage, dass ich Linkshänderin bin?«

Er neigte den Kopf schief. »Hm.«

»Hätte ich mich dann nicht an der rechten Seite verletzt?«

Blankenthal zuckte mit den Achseln. »Nicht unbedingt. Möglicherweise waren Sie aufgeregt, hatten keine andere Hand frei.«

»Möglich ist alles. Aber ist es wahrscheinlich? Nein. Wahrscheinlicher ist es doch, dass der Stich von jemand anderem ausgeführt wurde. Von einem Rechtshänder, der vor mir gestanden hat.«

»Meinen Sie.«

»Ja, ich denke …«

Ein Schatten kam blitzschnell auf Hannah zugeflogen.

Reflexartig fing sie die Taschenlampe, die Blankenthal ihr gerade ohne Vorwarnung zugeworfen hatte.

»Mit links«, kommentierte er und nickte. »Schön, Sie haben mich nicht überzeugt. Aber ich gestehe, ich bin etwas irritiert.« Er kratzte sich nachdenklich am Hinterkopf.

»Bitte, lassen Sie mich hier zurück, damit mich die Polizei verhaftet.«

Blankenthal sah auf seine Armbanduhr. Hielt kurz inne und wägte ab. Das erkannte Hannah am Schürzen seiner Lippen, als würde er anfangen wollen zu pfeifen.

»Auf gar keinen Fall«, sagte er und machte damit ihre Hoffnungen zunichte, zu dem selbstgerechten Wahnsinnigen durchgedrungen zu sein. »Aber ich habe eine andere Idee.«

KAPITEL 34

Sie war wieder gefesselt. Diesmal waren die Kabelbinder noch fester angezogen und ließen ihren Armen, die sich im Bereich der Pulsadern berührten, keinerlei Spielraum. Derart fixiert kauerte Hannah wehr- und schutzlos auf den schwarzen Ledersitzen eines Geländewagens – in einer ähnlichen Position wie der Polizist, den Blankenthal getasert und bewusstlos auf dem Wohnzimmerfußboden zurückgelassen hatte. Zuvor hatte er Hannah auf den Beifahrersitz des massigen SUV gezwungen, den er in der Einfahrt ohne Skrupel direkt neben dem Polizeiauto geparkt hatte.

Beim Einsteigen war ihr die Hochzeits-DVD aus der Tasche ihres Jumpsuits gefallen. Blankenthal hatte sie kommentarlos an sich genommen. Vermutlich dachte er, sie habe sie als Erinnerungsstück mitnehmen wollen. Vielleicht aber wollte er nun wirklich keine Zeit mehr mit Unterhaltungen verlieren, bevor die Polizei noch jemanden hier rausschickte.

Das Ziel der Fahrt hatte Blankenthal natürlich nicht verraten. Momentan sah es so aus, als wollte er Berlin über die B101 Richtung Heinersdorf verlassen. Schon am Nahmitzer Damm hatte Hannah ihn gebeten anzuhalten, damit sie nach hinten wechseln und sich ausstrecken konnte. Anders waren die Schmerzen nicht zu ertragen. Zum Glück hatte Blankenthal sich vor ihrem überstürzten Aufbruch darauf eingelassen, die Medikamente aus dem Vorratsraum mitzunehmen. Ihre Linkshänder-Enthüllung schien ihn insgesamt etwas gnädiger gestimmt zu haben, weswegen er ihr sogar gestattet hatte, einen Schluck aus dem Codein-Fläschchen zu nehmen, bevor sie sich nach hinten legte. Ihre Fragen jedoch wollte er noch immer nicht beantworten.

»Was haben Sie vor?«

Welchen Plan hat dieses gestörte Hirn im Sinn, um herauszufinden, ob man mir trauen kann?

Obwohl sein Schweigen länger als eine Minute andauerte, gab sie es nicht auf, mit ihm ins Gespräch zu kommen. »Woher haben Sie diesen Wagen? Und wohin bringen Sie mich?«

»Aber ich habe eine andere Idee …«

Blankenthal sah stumm nach vorne auf die Fahrbahn. Statt ihr zu antworten, schaltete er das Autoradio an und zappte durch einige Musiksender, bis er auf einen Infokanal stieß, der gerade mit dem Verkehrsreport beschäftigt war.

Hannah merkte, wie das monotone Brummen des Motors und die sonore Moderatorenstimme sie einzulullen begannen. Ihre Augen wurden schwer, und das fühlte sich verdammt gut an, bestand doch die Hoffnung, dass sie im Schlaf keine Schmerzen mehr spürte. Daher war sie fast ärgerlich, als sie Blankenthal plötzlich sagen hörte: »Mrs Betty.«

»Wie?«

Er hatte den Infosender wieder leiser gestellt. Die Worte des Sprechers waren nur noch ein leises Murmeln, das in den Fahrgeräuschen unterging.

»Das ist natürlich nicht ihr richtiger Name. Ich nenne sie so, weil ihr so viele Betten gehören. Hotels, um genau zu sein.«

»Wieso sagen Sie mir das?« Sie gähnte.

»Weil Sie gefragt haben. Sie wollten wissen, woher ich

den Wagen habe. Von ihr. Unter anderem leitet Mrs Betty auch das Motel, in dem wir vorhin waren.«

Ah, okay. Sie konnte sich den Sinneswandel nicht erklären, nutzte aber die Gelegenheit, wenn Blankenthal jetzt offenbar doch bereit war, ihr zu antworten.

»Eine Komplizin?«

Sie sah im Rückspiegel, wie er den Kopf schüttelte. »Eine dankbare Patientin. Ich komme immer in einem ihrer Zimmer unter.«

»Hat sie Ihnen bei der Flucht geholfen?«

»Sie hat den Wagen dort abgestellt, wo ich es wollte, und mich mit Kleidung und dem Nötigsten versorgt.«

Okay, das erklärte, wie Blankenthal es gelungen war, sie, ohne Aufsehen zu erregen, in das Motelzimmer zu verschleppen.

Die Szenerie, wie der verrückte »Chirurg« den Krankentransport an einer von ihm vorherbestimmten Stelle zum Stehen brachte, um dort in sein Fluchtauto Richtung Motel zu starten, nahm immer mehr Konturen an. Allerdings warf Blankenthals Erklärung eine neue, höchst beunruhigende Frage auf: »Dann gehörte das Zimmer nicht der Frau, die Sie im Bad ermordet haben?«

Blankenthal setzte den Blinker und schien jemanden zu überholen. Den Fahrgeräuschen nach fuhren sie mit einer Geschwindigkeit von weit über hundert Kilometern pro Stunde, bewegten sich also weiter raus aus der Stadt.

»Ich habe keine Ahnung, wer sie ist. Und weshalb sie bei uns eingebrochen ist.«

»Eingebrochen?«, fragte sie.

»Ich bin nur kurz am Wagen gewesen, um meine Tasche zu holen, die ich beim ersten Gang nicht hab mitnehmen können, da ich ja mit Ihnen beschäftigt war. Als ich wiederkam, war ein Fenster geöffnet. Ich hatte es nicht kontrolliert, vielleicht war es nicht richtig verschlossen gewesen. Auf jeden Fall hat die Person, die dort eingestiegen war, versucht, Ihre Fesseln zu lösen und Sie zu befreien.«

Hannah musste schlucken. Die Vorstellung, dass die Tote im Bad ihr hatte helfen wollen, war entsetzlich. Offenbar hatte jemand Zivilcourage bewiesen und dafür mit dem Leben bezahlt.

»Sie sind ein Mörder«, stellte sie nun erneut fest, was Blankenthal dazu brachte, missbilligend mit der Zunge zu schnalzen.

»Die Unterhaltung wird mir etwas zu feindselig. Ich war nur so freundlich und hab mich auf die Konversation eingelassen, damit Sie nicht einschlafen. Aber wir beenden das Ganze jetzt besser, denn ich hab auch keine gesteigerte Lust, mich von Ihnen fortwährend beleidigen zu lassen.«

Wieso soll ich nicht einschlafen?

Er stellte das Radio wieder lauter, gerade rechtzeitig, als ein Beitrag über die steigenden Öl- und Gaspreise vor dem diesjährigen Winter endete und ein weiterer, etwas heiser klingender Moderator neue Informationen über den »dramatischsten Ausbruch aus einer Justizvollzugsanstalt der Berliner Nachkriegsgeschichte« ankündigte:

»Es wird erwartet, dass angesichts der schlampigen Sicherheitsbedingungen schon sehr bald Köpfe rollen werden. Die Leiterin der Gefängnisklinik Buch, Katharina Hillwerk, hat bereits die volle Verantwortung übernommen und ihren Rücktritt angeboten. Noch einmal zur Erinnerung: Die anerkannte Mimikresonanz-Expertin Hannah Herbst hatte vor ihrer Flucht folgendes Geständnis zu Video-Protokoll gegeben: …«

An dieser Stelle drehte Blankenthal noch lauter, sodass Hannah sich mit übersteuerter Stimme sagen hörte:

»Zuerst habe ich Kyra getötet, die Fünfzehnjährige. Richards Tochter aus erster Ehe. Sie hat nichts gespürt. Dann bin ich ins Schlafzimmer zu meinem Mann gegangen. Habe ihm mit dem Küchenmesser, mit dem ich schon Kyra erstach, die Kehle aufgeschnitten. Richards Todeskampf war lauter, so laut, dass ich Angst hatte, er würde Paulchen wecken. Das gemeinsame Kind von Richard und mir. Zwölf Jahre alt. Auch ihm wollte ich eine Zukunft in unserer nicht lebenswerten Welt ersparen.«

»Wäre ich ein Narziss, wäre ich jetzt sehr wütend«, befand Blankenthal, der das Radio wieder leiser gestellt hatte, vermutlich, als er begriffen hatte, dass es in dem Beitrag nicht um ihn selbst ging.

»Alle Welt redet nur über Sie und Ihr Geständnis. Dass ich der Drahtzieher dieser spektakulären Flucht bin, bleibt nahezu unerwähnt.«

Du bist *ein Narziss!*

Hannah legte sich wieder auf der Rückbank zurück.

Du sprichst zwar ruhig und gelassen, aber innerlich brodelt es in dir.

Ganz sicher sorgte ein massiver Minderwertigkeitskomplex für seine Allmachtsfantasien, in denen er als falscher Chirurg über Leben und Tod hatte entscheiden dürfen, ohne dazu befähigt zu sein. Und vermutlich war das auch der Grund, weswegen er sich in ihrem Fall zum Ermittler und Richter in einer Person aufspielte. In seiner verqueren, sich selbst überschätzenden Art hatte er jedes Maß verloren.

Diese Gedanken behielt Hannah für sich. Es hieß, man solle die Hand, die einen füttert, nicht beißen. Das galt ganz sicher umso mehr auch für die Hand, die einen zu foltern beabsichtigte, wenn man ihr nicht gab, was sie von einem verlangte.

»Wieso ist diese Mrs Betty Ihnen so hörig?«, versuchte Hannah, Blankenthals wiedergewonnene Lust am Reden nicht wieder versiegen zu lassen. Zwar war sie sich nicht sicher, was sie mit den Informationen, die er preisgab, anfangen sollte. Aber sie hoffte, dass es ihm umso schwerer fallen würde, ihr ein Leid anzutun, je mehr er sie als menschliches Individuum betrachtete. Und die einzige Möglichkeit, so etwas wie persönliche Nähe zu ihm herzustellen, war ein möglichst persönliches Gespräch.

»Haben Sie ihr das Leben gerettet?«

Er räusperte sich, zögerte, schließlich obsiegte offenbar der Drang, sich mit seinen Erfolgen zu brüsten. »Ihr nicht. Aber ihrem Mann. Sie ist mit einem Berliner Clanchef verheiratet, der sich nach einem Schusswechsel auf der Oranienburger nicht einfach im nächstbesten Krankenhaus behandeln lassen konnte.«

»Weswegen Sie das auf Mafia-Art auf dem Küchentisch erledigten?«

Sie konnte im Rückspiegel seine Augen aufblitzen sehen. »Ich habe einen privaten OP. Sie werden ihn kennenlernen.«

Seine Worte wirkten wie ein Brandbeschleuniger, den man in ein loderndes Feuer schüttete. Ihre ohnehin schon brennende Wunde fühlte sich auf einmal an, als hätte jemand ein glühendes Bügeleisen draufgepresst. Hannah stöhnte vor Schmerzen auf, aber auch vor Grauen.

»Er befindet sich im Dachgeschoss eines Altbaus. Deswegen will ich, dass Sie wach bleiben. Sonst muss ich Sie am Ende da hochtragen.«

»Was wollen Sie mir dort antun?«

»Nichts. Wenigstens nicht sofort. Zuerst will ich Ihnen helfen.«

Blankenthal musste bremsen, der Wagen wurde deutlich langsamer.

Sind wir schon da?

»Nehmen Sie es mir nicht übel, aber bislang war das, was Sie mit mir gemacht haben, so ziemlich das Gegenteil von Hilfe«, sagte Hannah.

»Ich tue das nicht um Ihretwillen, Frau Herbst.« Er suchte über den Rückspiegel den Blickkontakt. »Ich gebe zu, dass ich verwirrt bin. Eine Zeit lang dachte ich, Sie täuschen Ihre Amnesie nur sehr geschickt vor. Ihr Verhalten eben im Haus wirkte aber ausgesprochen echt. Die Gefühle kamen mir nicht gespielt vor. Zudem hat die Tatsache, dass Sie Linkshänderin sind, mich nachdenklich gestimmt. Aber …«

»Was?«

»Aber das heißt nicht, dass ich von Ihrer Unschuld überzeugt bin. Ich denke nur, dass Sie wirklich nicht wissen, wo Paul ist. Sie könnten dennoch eine Bedrohung für ihn darstellen.«

»Was bedeutet das jetzt für mich?«

»Dass ich Sie operieren werde.«

»Wie bitte?«

»Wir brauchen Zeit. Wird Ihre Wunde nicht versorgt, sterben Sie an einer Blutvergiftung, bevor Ihr Gedächtnismotor wieder anspringt.«

Sie hielt unbewusst den Atem an.

O Gott. Ich bin für ihn so etwas wie die Insassin einer Todeszelle, die erst einmal operiert werden muss, weil sie sonst zu krank ist für ihre Hinrichtung.

Hannah drehte den Kopf, starrte auf den Hebel in der Beifahrertür hinter sich.

»Kindersicherung«, hörte sie ihn von vorne sagen, denn

natürlich hatte er sie beobachtet, und ihre Fluchtgedanken waren in Anbetracht dessen, was er ihr gerade in Aussicht gestellt hatte, nicht schwer zu erraten gewesen.

»Hören Sie …«, versuchte Hannah es mit Logik, was angesichts ihrer surrealen Lage einigermaßen absurd war, »… wenn Sie mich erneut betäuben, geht das Ganze von vorne los. Ich verliere wieder mein Gedächtnis und bin noch weiter von der Wahrheit entfernt als im Augenblick.«

Der Wagen kam an einer Ampel zum Stehen, deren Lampe Blankenthals Profil in blutrotes Licht tauchte, als er sich zu ihr umdrehte: »Wer sagt denn, dass ich Sie bei Ihrer OP betäuben will, Frau Herbst?«

KAPITEL 35

IM MOTEL

Durst.

Ihr erster Gedanke, als sie zu sich kam.

Und ihr zweiter. Und dritter.

Sie hatte so einen grauenhaften Durst, als hätte sie mit Salzwasser gegurgelt oder einen halben Liter Sojasoße getrunken, und es sah nicht danach aus, als würde sie das Brennen in ihrer staubtrockenen Kehle schnell löschen können. Und das, obwohl sie nur wenige Zentimeter von einer Wasserquelle entfernt war. Genauer gesagt von der Dusche, neben der sie gefesselt hockte; an einen Heizkörper gebunden, der auch mit Wasser gefüllt war, das für sie ebenso unerreichbar war wie der Hahn über dem Waschbecken des Motelbadezimmers.

So eine verdammte Scheiße.

Sie schloss hustend die Augen. Schmeckte Blut. Die Erinnerungen setzten sofort ein, überfielen sie wie ein Platzregen.

Sie wusste sofort, wo und was ihr so Grauenhaftes zugestoßen war, dass sie für Stunden das Bewusstsein verloren hatte.

Dumm, so dumm bist du. Wie konntest du nur auf dich alleine gestellt nach deiner besten Freundin suchen?

Hannah.

Scheiße, du musstest mal wieder die Heldin spielen. Alles im Alleingang.

Das war der Hauptvorwurf, der ihr auch in der Arbeit

immer gemacht wurde. Sie war eine hervorragende Sektionsassistentin, aber sie hasste es, um Hilfe zu bitten. Nahm die Dinge lieber selbst in die Hand, schoss dabei häufig übers Ziel hinaus, etwa wenn sie eine Sektion in Abwesenheit des Professors einfach weiterführte, weil der gerade im Stress war. Was ihr schon einen negativen Eintrag in der Personalakte eingebracht hatte.

Telda Sahms. Kompetenzüberschreitung.

Was hatte sie sich nur dabei gedacht, als sie durch das offen stehende Fenster in das Motelzimmer eingestiegen war?

Ohne Waffe, ohne Werkzeug, hilflos an den Fesseln von Hannah gerüttelt hatte?

Die Wahrheit war: Sie hatte nichts gedacht. Sie war einfach von dem Gedanken beseelt gewesen, ihre beste Freundin aus den Fängen dieses Irren befreien zu können.

Nun, diesen Irrtum hatte sie beinahe mit dem Leben bezahlt.

Es war ein Glück, dass dieser Irre sie mit seinem Elektroschocker nicht ins Jenseits, sondern nur in eine Ohnmacht befördert hatte. Aus dem pulsierenden Pochen, das von ihrem Hinterkopf ausging, schloss sie, dass sie unsanft gestürzt war, was ihren komaartigen Zustand bestimmt verstärkt hatte.

Ihre Zunge schmerzte, sie schmeckte Blut. Sie konnte von Glück sagen, wenn sie sich nicht ein Teil beim Hinfallen abgebissen hatte. Ihr Kiefer jedenfalls schmerzte, als wäre sie in einen Boxkampf verwickelt gewesen, und einer ihrer Schneidezähne fühlte sich gesplittert an.

Ihr Nacken knackte, als sie ihn bewegte.

Sie sah sich um und wunderte sich über die auf den Fliesen verstreut liegenden Plastikstückchen.

Das Motel hatte nicht so ausgesehen, als ob es zu dieser Jahreszeit von vielen Gästen frequentiert wurde. Niemand wusste, dass sie hier war. *Was, wenn hier nicht täglich gereinigt wird?*

Dann würde sie umgeben von Wasser verdursten.

Erst jetzt bemerkte sie das zerstörte Telefon neben dem Toilettenbecken.

Bestimmt hatte der Psycho das Telefon zertreten, damit sie nach dem Aufwachen nicht Hilfe holen konnte.

Scheiße, und jetzt?

Ihr Blick streifte ein briefmarkengroßes, glänzendes Teil auf dem Fußboden. Es funkelte wie Salz in der Sonne.

Sie kniff die Augen zusammen.

Tatsache.

Wenn das Ding das war, wofür sie es hielt, gab es eine verschwindend geringe Chance, hier lebend rauszukommen.

KAPITEL 36

HANNAH

Für einen Moment war sie doch weggenickt, und als sie wieder aufwachte, bemerkte Hannah, dass sie nicht mehr fuhren und es deutlich heller um sie herum war, so als würde Blankenthals Wagen direkt unter Scheinwerfern parken. Dann hörte sie, wie die Fahrertür geöffnet und es sofort merklich kühler im Wageninneren wurde.

»Sie bleiben auf der Rückbank liegen und bewegen sich nicht, ist das klar?«

»Wohin gehen Sie?«

»Ich hab getankt und muss noch zahlen. Aber kommen Sie nicht auf dumme Ideen. Ich werde das Auto abschließen. Wenn Sie an der Tür rütteln, geht sofort der Alarm los, und ich bin schneller wieder bei Ihnen, als Sie ›Amnesie‹ sagen können.«

Die Tür schlug mit einem satten Rums zu. Blankenthal entfernte sich mit unhörbaren Schritten.

Er drehte sich nicht um, dennoch wartete Hannah, bis er durch die elektrischen Schiebetüren in dem Verkaufsraum hinter einem Zeitschriftenregal verschwunden war. Dann erst kletterte sie nach vorne, dabei gab sie sich keine Mühe, besonders leise zu sein. Sie brüllte ihren Schmerz aus voller Kehle hinaus, während sie sich auf den Beifahrersitz abrollte. Selbst wenn ihre Schreie durch den isolierten Kokon des Geländewagens den Weg nach draußen gefunden haben sollten – sie reichten garantiert nicht bis zu dem Lieferwagen drei Säulenreihen weiter (dem einzigen Auto neben ihnen hier draußen). Und erst recht nicht bis zum Tankstellenshop.

Zum Glück hatte Blankenthal ihre Arme nicht hinter dem Rücken gefesselt, sodass sie alles, was sich in Griffweite befand, mit den Fingern erreichen konnte.

Als Erstes öffnete Hannah das Handschuhfach, in dem sich aber nur das Garantieheft des SUV befand. Auch die Mittelkonsole war leer, bis auf eine alte FFP2-Maske und ein Fläschchen mit Desinfektionsgel.

Verdammt.

So unwahrscheinlich es auch war, so sehr hatte sie gehofft, dass Blankenthal das Handy, das er ihr abgenommen hatte, irgendwo im Wagen deponiert hatte. Aber auch in den Seitenfächern wurde sie nicht fündig.

Ihr Blick fiel auf das Lenkrad und brachte sie auf eine Idee.

Sie drückte auf das Telefon-Zeichen.

Nichts.

Blankenthals Handy, wenn er denn überhaupt eins hatte, war nicht eingeloggt. Und vermutlich hätte es ohnehin nichts genutzt, denn natürlich wäre es ihm nicht entgangen, wenn sie versucht hätte, über seinen Anschluss eine Verbindung aufzubauen.

Hannah sah zum Verkaufsraum der Tankstelle, in dem Blankenthal etwa drei Meter von der Kasse entfernt stand. Sicher war, er würde schon sehr bald zurück sein. Nur ein weiterer Kunde war vor ihm, vermutlich der Lieferwagenfahrer.

Mist.

Sie meinte, dass Blankenthal durch die Scheiben zu ihr herübersah, also tauchte sie schnell ab. Mit einer ebenso ruckartigen wie schmerzhaften Bewegung. Als sie wieder den Mut zum Auftauchen fasste, merkte sie, dass sie sich geirrt hatte. Blankenthal studierte lediglich den Inhalt einer Auslage.

Also gut. Ich habe nur eine Chance …

Hannah fasste neuen Mut und tippte auf das grün-bläulich illuminierte Display. Nach kurzer Suche fand sie das Zeichen für MEDIEN.

Hier scrollte sie eine Leiste hinunter, bis sie auf den Eintrag »Neues Telefon hinzufügen« stieß.

Die Chance war gering, aber vielleicht lag ihr Handy im Kofferraum. Und wenn Blankenthal es nicht ausgeschaltet hatte …

Tatsächlich.

Der Bordcomputer fand eine Datenquelle.

Herbst2

Richards Handy war also doch irgendwo im Wagen.

Sie drückte auf Aktivieren und sah erneut zur Tankstelle.

Der Schreck schoss ihr jäh und unvermittelt wie ein Hexenschuss in die Glieder, als sie den Schatten direkt auf sich zukommen sah. Beinahe hätte sie aufgeschrien, da wurde ihr klar, dass es nicht Blankenthal, sondern der Lieferwagenfahrer war, der zu seinem Van zurückging. Als er davonrollte, waren nur noch sie an der Tankstelle.

Ein Haken zeigte sich auf dem Display, und Hannah konnte ihr Glück kaum fassen. Sie hatte das Telefon eingeloggt. Jetzt musste sie nur noch das Eingabefeld für das Tastentelefon finden, und auch das gelang ihr schneller, als sie es in ihrer Aufregung für möglich gehalten hätte.

Komm, komm, komm …

Sekundenlang passierte gar nichts, und sie dachte schon,

das System würde nicht funktionieren, doch dann meldete sich eine Stimme über die Lautsprecher.

»Sie sprechen mit dem Notruf der Polizei.«

Ihre Stimme überschlug sich vor Aufregung. »Ja, hallo, hier ist Hannah Herbst. Ich brauche Hilfe.«

Blankenthal war zum Bezahlen vorgerückt und deutete auf etwas, was hinter dem Mitarbeiter an der Kasse stand.

Hoffentlich die Kaffeemaschine.

»Wo sind Sie gerade?«

»Ich, keine Ahnung. Können Sie das nicht sehen?«

»Nur ungefähr. Seit einer neuen Datenschutzrichtlinie werden GPS-Positionsdaten bei Notrufen nicht mehr automatisch mitgesendet. Wissen Sie nicht, wo Sie sich befinden?«

»An einer Tankstelle. Esso«, sagte Hannah schnell. »In einem nachtblauen oder schwarzen Range Rover.«

»Haben Sie das Kennzeichen?«

»Nein.«

»Aber Sie sind alleine im Wagen?«

»Ja.«

»Und können nicht aussteigen.«

Hannah starrte auf die Rücklichter des Vans, die sich von der Tankstelle entfernten. »Ich bin gefesselt und verletzt.«

»Ist der Wagen jünger als Baujahr 2018?«

»Was zum Teufel …?«

Sie sah zur Kasse. Der Tankwart stand mit dem Rücken zum Tresen, vor dem … *oh, nein* … Blankenthal verschwunden war. Hektisch suchte sie den Innenraum nach ihm ab und konnte ihn nicht mehr sehen. Allerdings trat er auch nicht durch die elektrischen Schiebetüren ins Freie.

War er auf dem Klo?

»Ich frage das deshalb, weil seit diesem Jahr in allen Neuwagen ein E-Call-System eingebaut sein muss.«

»Ein *was?*«

»Ein automatisches Notrufsystem. Der Schalter befindet sich in der Regel zwischen den Leseleuchten für Fahrer und Beifahrer im Fahrzeugdach.«

Hannah sah nach oben.

Tatsächlich.

»Um ihn zu aktivieren, müssen Sie einen Deckel mit dem Fingernagel anheben.«

»Okay.« Sie streckte die gefesselten Arme nach oben aus, fand die besagte Abdeckung. »Geöffnet.«

»Gut. Wenn Sie jetzt die darunterliegende Taste drücken, denkt das System, es gab einen Unfall, und dann baut sich automatisch ein Notruf auf, der alle Fahrzeugdaten samt Position übermittelt und …«

Der Faustschlag traf nicht sie selbst, sondern nur die Scheibe, trotzdem fühlte es sich an, als hätte Blankenthal ihr direkt gegen die Schläfe gedroschen. Als die erste Schrecksekunde vorbei und die Tür bereits aufgerissen war, glaubte sie als Nächstes zu spüren, dass ihr Gesicht verbrannte.

KAPITEL 37

Die Flüssigkeit fühlte sich an wie Säure, die ihr die Haut verätzte. Erst später wurde ihr klar, dass Blankenthal ihr den Inhalt eines Pappbechers ins Gesicht geschüttet hatte, und das, noch bevor sie den Notrufschalter hatte drücken können.

Zum Glück einen Latte macchiato und keinen kochend heißen schwarzen Kaffee, aber der Schreck und die Schmerzen reichten aus, sie für die nächsten Sekunden handlungsunfähig zu machen.

Als Nächstes hörte sie, wie die Tür wieder ins Schloss fiel und Blankenthal seelenruhig auf der anderen Seite einstieg, um sich hinter das Steuer zu setzen und die Verbindung zur 110 zu kappen. Sie hörte, wie die Zentralverriegelung zuschnappte.

»Schlechte Idee«, sagte er und startete den Motor.

Gottverdammte Kacke, fluchte Hannah und war versucht, sich die Haut vom Gesicht zu kratzen, so sehr brannte ihre Wange.

»Ganz schlechte Idee, mich zu ärgern.«

Sie spürte, wie die Reifen durchdrehten und sie viel zu schnell die Ausfahrt zur Landstraße hinausrasten. Da Hannah nicht die geringste Ahnung hatte, was sie sagen konnte, um Blankenthal zu beruhigen, hielt sie den Mund.

Im Gegensatz zu ihm: »Jetzt hab ich die Schnauze voll von den Spielchen, Frau Herbst. Ich bringe Sie in meinen OP, werde Sie, so gut es geht, zusammenflicken, und dann werde ich Ihnen nur eine einzige Frage stellen: Wo ist Paul?

Geben Sie mir darauf die falsche Antwort, führe ich Sie Ihrer gerechten Strafe zu.«

»Haben Sie irrer Psycho denn schon vergessen, dass ich mich an NICHTS ERINNERE?«

Sie wurde mit jedem Wort lauter, bis sie am Ende des Satzes brüllte.

Er schrie ebenso laut zurück: »Was ich Ihnen so nicht mehr abnehme. Vorhin, als Sie das Bild im Schlafzimmer sahen, haben Sie ganz eindeutig erkennend darauf reagiert. Ich denke, Sie ziehen eine Show ab. Sie haben ein perfektes Gedächtnis und halten mich und den Rest der Welt zum Narren. Das ist hier alles nur eine Finte.«

Speichel traf sie aus seinem Mund, sie war zu erregt, um sich daran zu stören. »Dann klären Sie mich auf: Wieso sollte ich das tun? Und welchen Sinn hätte es, mich selbst mit einem Geständnis zu belasten, wenn ich nachher versuche, die ganze Aussage mit einem vorgetäuschten Gedächtnisverlust wieder abzustreiten?«

Er nickte. An seinem Schläfen-Spot – eine von drei Stellen, an der die Pulswelle beim Menschen mit bloßem Auge beobachtet werden kann – sah sie, dass seine Herzfrequenz langsamer, er also ruhiger wurde.

»Eine gute Frage. Sie sind klug, das muss ich Ihnen lassen. Weiß der Geier, was Sie hier im Schilde führen. Ich jedenfalls gehe nicht mehr länger auf Ihre Spielchen ein. Sie haben jetzt schon zum zweiten Mal versucht, mich reinzulegen. Eine dritte Chance bekommen Sie nicht. Außerdem bin ich mir sicher, sobald ich Ihre Wunde säubere, wird Ihnen beim Anblick meines Skalpells schon die richtige Antwort einfallen.«

»Sie denken also wirklich, ich täusche meine Amnesie nur vor?« Hannah hob den Po etwas an und reichte Blankenthal das »Erinnerungsheft« aus ihrer Hosentasche, das er ihr – anders als das Handy – vorhin nicht abgenommen hatte.

»Dann hier, schauen Sie sich das bitte einmal an.«

»Was ist das?«, fragte er mit einem Seitenblick.

»Das habe ich bei mir zu Hause gefunden. Lesen Sie nur den Anfang.«

Blankenthal sah kurz in den Rückspiegel. Sie waren die Einzigen auf der Straße, weswegen er es wohl für ungefährlich hielt, kurz auf dem Standstreifen zu halten. Hier schaltete er die Leselampe über dem Fahrercockpit an und blätterte durch die ersten Seiten.

»Okay, was soll das beweisen?«, fragte er schließlich.

»Die Wahrheit. Ich habe diese Zeilen für mich selbst geschrieben. Es bestätigt noch mal das, was in meiner Krankenakte steht: Ich leide unter einer seltenen Arzneimittelunverträglichkeit. Es ist nicht das erste Mal, dass ich nach einer Betäubung mein Gedächtnis verliere.«

»Ach, auf einmal sagen Sie im Geständnisvideo also doch die Wahrheit?«

»In diesem Punkt schon, ja, aber …«

»Nichts aber.« Er blinzelte angestrengt. »Wieso sollte ich Ihnen auch nur noch ein Wort glauben, nachdem Sie mich wiederholt an der Nase herumführen wollten?« Er wedelte mit dem Heftchen. »Wer sagt mir, dass das hier nicht Teil Ihres kruden Plans ist, hinter den ich sehr bald kommen werde?«

Plan? Hatte das vorhin nicht schon dieser Fadil Matar gesagt?

»Dein Plan, ihn anzulocken, hat offenbar funktioniert. Doch jetzt musst du dich in Sicherheit bringen.«

Hannah faltete die Hände wie zum Gebet und streckte

sie Blankenthal entgegen. »Bitte, mein Langzeitgedächtnis scheint sich zu erholen. Geben Sie mir einfach Zeit, meine restlichen Erinnerungen wiederzufinden.«

»Zeit habe ich nicht. Auch ich werde gesucht, schon vergessen?« Er wedelte mit dem Heftchen. »Aber Ihr Tagebuch hier hat mich neugierig gemacht.«

Mit Entsetzen sah Hannah, wie Blankenthal nach hinten blätterte und danach auf den Touchscreen seines Armaturenbretts tippte.

»Was haben Sie vor?«

»Ihr Vater.«

»Was ist mit dem?«

»Wenn Paul sich tatsächlich irgendwo versteckt hält, dann vielleicht bei seinem Opa? Sie haben Glück.«

»Glück?«, wiederholte Hannah ein Wort, das sie so gar nicht mit ihrer derzeitigen Lage in Zusammenhang bringen konnte.

»Die Adresse, die Sie aufgeschrieben haben, liegt fast auf dem Weg zu mir. Also dann.« Er startete den Motor. »Statten wir Papa mal einen Besuch ab.«

KAPITEL 38

Die Einfahrt zu der Halbinsel im Südwesten Potsdams wirkte auf Ortsunkundige abschreckend, sah sie doch so aus, als führte sie an einem gemauerten Torbogen vorbei auf ein hochherrschaftliches Privatgelände. Dabei war Hermannswerder für die Öffentlichkeit frei zugänglich. In der Havel gelegen, ragte die Halbinsel in den Templiner See hinein und beherbergte unter anderem ein Hotel, ein evangelisches Gymnasium, eine Inselkirche, eine Fachhochschule, ein Wassersportzentrum und natürlich Eigenheime. Viele Wohlhabende hatten sich hier eines der begehrten Wassergrundstücke gesichert. Vor allem auf der Inselmitte gab es auch noch ältere Objekte, ohne Seeblick und ohne Luxusrenovierung. Häuser, denen man ansah, dass sie bereits vor der Wende einen Anstrich nötig gehabt hätten. So wie das in der Tornowstraße, in dessen Einfahrt Blankenthal den Geländewagen parkte.

»Hier soll mein Vater wohnen?«, fragte Hannah. Sie hatte keine Erinnerung an diesen Ort. Trostlos war das einzige Wort, das ihr in den Sinn kam, aber vielleicht lag das auch nur an der Uhrzeit und dem Wetter. Bei Sonnenschein betrachtet, mochte das relativ große, villenartige Gebäude womöglich sogar einladend wirken. Jetzt sah es kalt, leer und ungemütlich aus, trotz des angenehm geschwungenen Walmdachs und seiner riesigen Sprossenfenster, die in dem Klinkerbau wie große Augen wirkten.

»Das ist die Adresse aus dem Heft.«

Hannah hoffte, dass der Eintrag veraltet und ihr Vater

fortgezogen war. Schlimm genug, dass sie Blankenthals Willkür ausgeliefert war, sie musste nicht auch noch eine ihr nahestehende Person in diesen Albtraum mit hineinziehen. Wenn ihr Entführer keine Skrupel hatte, eine verletzte Frau zu verschleppen, zu fesseln und zu quälen, mochte sie sich nicht ausdenken, wozu er bei einem alten, bestimmt wehrlosen Mann in der Lage war.

»Wissen Sie, dass ich mal als Profiler bei der Polizei tätig war?«, fragte er.

»Wie bitte?«

»Ich hab mich mit gefälschten Zeugnissen dem LKA als Kriminalpsychologe angedient und der Behörde in einigen Fällen beratend zur Seite stehen dürfen. So wie Sie, wenn Sie als Mimikresonanz-Expertin im Auftrag des Staates die Körpersprache eines Verdächtigen analysieren, habe ich mich an Tatorten in die Seele der Täterinnen und Täter hineinversetzt.«

»Das ist nicht Ihr Ernst.«

Er lächelte. »Ich bekam Einblicke in die geheimsten Ermittlungsakten. Erinnern Sie sich an den Kalender-Killer?« Blankenthal griff sich an die Stirn. »Dumme Frage, Sie erinnern sich ja angeblich an gar nichts.«

Doch. Dass es vor einigen Jahren einen Serientäter gegeben hatte, der in die Schlafzimmer seiner weiblichen Opfer eindrang, um dort mit Blut das Datum ihres Todestags an die Wand zu malen, war ihr sehr wohl bekannt, auch wenn sie weder wusste, wieso ausgerechnet diese morbide Erinnerung bei ihr haften geblieben, noch, wie der Fall ausgegangen war.

»Ich hab die Beamten darauf gebracht, dass der Kalender-Killer den Frauen ein Ultimatum stellt. Und dass die Daten alle einen wichtigen Tag in der Geschichte des

Kampfes für Frauenrechte markieren, der Täter sich vermutlich also als Feminist sieht. Wie sich herausstellte, lag ich goldrichtig.«

Er nickte selbstgefällig. »Na ja, ich hab rechtzeitig aufgehört, bevor ich enttarnt wurde. Außerdem hat mich die Arbeit als Chirurg stets mehr erfüllt.«

Großer Gott. Nicht nur, dass Blankenthal sich an ihr für das Unrecht rächen wollte, das seine Mutter ihm angetan hatte. Jetzt wähnte er sich als »Profiler« auch noch handwerklich in der Lage, ihren »Fall« aufzuklären. Dazu passend klang er wie die Imitation eines TV-Kommissars, als er sagte: »Ich werde Ihrem Vater nur ein paar Fragen stellen.«

Er stieg aus dem Wagen und öffnete die Beifahrertür. Hannah hatte einige Mühe, mit den gefesselten Händen beim Ausstieg nicht das Gleichgewicht zu verlieren.

Als sie neben dem Wagen in der Einfahrt stand, schauderte sie. Einerseits wegen des frostigen Nieselregens, der ihr ins Gesicht wehte. Andererseits wegen der Klänge, die mit dem Wind vom Haus zu ihnen herübergetragen wurden.

»Unheimlich«, kommentierte selbst Blankenthal das Windspiel, das an dem hölzernen Vordach über der zum Hauseingang führenden Treppe hing. Metallstäbe, die vom Wind und Regen bewegt ein schauriges, leicht atonales Kinderlied anzudeuten schienen. In düsteren Molltönen, die sowohl zu dem Wetter als auch zu dem Haus passten, das dunkel vor ihnen stand.

»Ist er Psychiater oder Psychologe?«

»Wer?«

»Ihr Vater!«

Blankenthal war die Einfahrt zurück zu dem Jägerzaun

gegangen, der das Grundstück von einem schmalen Bürgersteig abgrenzte. Hier leuchtete er auf ein Schild, das an der Gartenpforte angebracht war.

»Dr. Gottfried Holländer, Psychotherapie«, las er ab. »Sprechstunden nach Vereinbarung.«

Holländer! Der Name auf dem Rezept.

Hannah hatte das Gefühl, den Hauch des eisigen Windes wie eine Ohrfeige zu spüren. Ihre Wange brannte, gleichzeitig wurde ihr mit jedem Atemzug kälter und kälter.

Mein Vater hat mir die Psychopharmaka verschrieben? In ihrem Heft hatte sie hinter den Kontaktdaten nur »Papa« vermerkt. Jetzt kannte sie seinen Namen. Und wusste, dass er Psychiater war. Psychologen konnten keine Rezepte ausstellen.

»Hier!«

Blankenthal war zu ihr zurückgekommen, hatte seine Regenjacke ausgezogen und legte sie Hannah so über die Arme, dass ihre Fesseln nicht mehr zu sehen waren.

»Sie meinen, das reicht aus, um sein Misstrauen zu zerstreuen, dass seine Tochter mitten in der Nacht mit einem Wildfremden unangekündigt vor der Haustür steht?«

»Nicht, wenn Sie mich reden lassen.«

»Was wollen Sie ihm denn sagen?«

»Abwarten.«

Sie folgte ihm die wenigen Stufen hinauf, die zur Haustür führten. Das Holz ächzte unter ihrem Gewicht empört auf. Gleichzeitig schallte der Ruf eines Kranichs wehklagend über den See. Vielleicht war es der Vogel, vielleicht das Holz, möglicherweise die Kombination beider Laute mit denen des Windspiels, die etwas in ihr triggerte, was den Nebel des Vergessens ein wenig lichtete.

»Hilfe!«, schluchzte sie auf und klammerte sich in ihrer

Not sowohl an das Geländer als auch an Blankenthal, der sie verwirrt ansah. Er konnte ja nicht ahnen, was gerade in ihr vorging.

Ich erinnere mich. Nicht an alles. Nicht an meine Taten, aber an mein Kind.

Paul.

Daran, wie er sich als Einjähriger immer die Hände vors Gesicht hielt, wenn er wollte, dass man ihn beim Versteckspielen suchte. Wie er jeden Joghurtlöffel anpustete, bevor er ihn sich in den Mund stecken ließ, weil er gesehen hatte, was seine Eltern taten, wenn sie eine heiße Suppe aßen. Wie er bitterlich weinte, weil er beim Laternenumzug von dieser bescheuerten Erzieherin ausgeschlossen wurde, nur weil er lachend »Vollkopp« zu seinem besten Freund gesagt hatte, und die dumme Gans dachte, es wäre »Vollidiot« gewesen. Und wieder dieses glucksende, helle Kinderkichern, wenn sie seinen Bauchnabel kitzelte. All diese Erinnerungen brachen völlig zusammenhanglos über sie herein. Gemeinsam mit denen an Kyra und Richard: wie sie zusammen im Kino waren und sich über das Ende des Films gestritten hatten, wie sie gemeinsam im Auto zu einem dämlichen Ballermann-Song trällerten, wie sie mit Richard auf Kreta Muscheln am Strand aß und über die Hamburger Witwe lästerte, die bei dreißig Grad in Pelzstola zum Büfett stakste.

Hilfe. Herr im Himmel, hilf mir, denn ich erinnere mich. Zumindest an etwas.

Doch die Bedeutung, die dieses »etwas« hatte, war grauenhaft.

»Was haben Sie?«, fragte Blankenthal, der in der Dunkelheit ganz sicher Probleme hatte, aus dem Gefühlschaos, das sich in ihrem Gesicht abzeichnen musste, schlau zu werden. Ihr fehlte der Atem zum Antworten. Den hatte ihr der Gedanke daran geraubt, dass es mehr als nur wahrscheinlich war, dass ebenjene Familie, an die sie sich erst seit wenigen Sekunden wieder erinnerte, tatsächlich nicht mehr am Leben war.

»O Gott!« Sie riss sich die Arme vors Gesicht, schluchzte in die Regenjacke hinein, in die sie den Kopf vergrub, und wünschte sich in den gnädigen Zustand der Ungewissheit zurück.

Doch dann war da der Gedanke an Paul. Der womöglich noch lebte. Sich irgendwo versteckt hielt. Vielleicht hier?

Sie versuchte, an ihn zu denken, bekam aber nur das Bild eines kleinen Mädchens vor ihr geistiges Auge. Das im Souterrain dieses Hauses saß. Vor den Praxisräumen ihres Vaters. Es war die Szenerie, die sie in dem Zeitungsartikel beschrieben hatte.

»Dann solltest du mir besser nicht tief in die Augen sehen.«

»Weshalb?«

»Weil du etwas abgrundtief Böses darin erkennen könntest.«

»Hast du denn etwas Schlimmes angestellt?«

»Noch nicht.«

Es war nicht alles wieder präsent, aber einiges absurd detailreich. Sie erinnerte sich an die Mücken, die sich in den Sommernächten weder von Autan noch von Papas dickem Zigarrenqualm beeindrucken ließen. Sie sah ihn vor sich, für jedes Lebensjahr eine Falte im Gesicht, die Hände rot geschrubbt nach der vielen Gartenarbeit, seiner Leidenschaft als Pensionär. Sah ihn in den zerschlissenen Cordhosen, die längst in die Altkleidersammlung gehörten und die er doch so gerne trug, wie er während der Sportschau ein frisches Leberwurstbrot mit gesalzener Butter zu einem

Bier aus der Flasche genoss. All das wusste sie plötzlich über ihren liebenswürdigen, oft charmanten, manchmal altersstarrsinnigen Vater, den sie so oft, mindestens einmal am Wochenende, besucht hatte. Oft ohne vorher anzurufen, denn sie wusste ja, wo sich der Schlüssel befand.

Instinktiv überprüfte sie diese Erinnerung, indem sie in das Windspiel fasste und von einem der Klangstäbe einen magnetisch an ihm haftenden Ersatzschlüssel löste.

Erst als Blankenthal »Gute Idee« sagte, begriff sie, was sie angerichtet hatte.

»So können wir Ihren werten Papa überraschen, bevor er auf dumme Gedanken kommt, nicht wahr?«

KAPITEL 39

Kaum dass sie den Windfang betreten hatten, schloss Blankenthal die Tür wieder hinter ihnen. Eine wohlige Wärme empfing sie. Sie ging von einem alten Rippenheizkörper aus, der neben einem Garderobenständer an der Wand hing. Es roch nach abgestandener Luft, was an den offen herumstehenden Schuhen liegen mochte.

Leise öffnete Blankenthal die Durchgangstür zum Treppenhaus.

Hannah überlegte, ob sie schreien und ihren Vater warnen sollte. Doch was würde passieren, wenn er von der Stimme seiner Tochter aus dem Schlaf gerissen wurde? Ganz sicher würde er ihr zu Hilfe kommen und Blankenthal in die Arme laufen.

Sie wusste – auch diese Erinnerung war wieder da –, er hatte kein Handy. Das einzige Telefon stand hier unten in der Diele. »Ruf die Polizei!« zu brüllen würde also auch nichts bringen.

»Was ist das?«, unterbrach Blankenthal flüsternd ihre Gedanken. Er legte eine Hand ans Ohr.

»Was?«

»Hören Sie es nicht?«

»Nein!«

Obwohl. Doch.

Es klang wie ein weiteres Glockenspiel, aber wesentlich sanfter und harmonischer als das, was da draußen vom Wind bewegt wurde. Plötzlich hatte sie eine Ahnung.

»Papa liebt Klangschalen«, sagte Hannah.

Sein Lieblingsstück war eine Originalmessingschale aus Tibet. Sie stand in seinem Arbeitszimmer auf einem kniehohen Tisch, direkt unter der Büchergalerie, die über eine kleine Wendeltreppe betreten werden konnte. Wenn ihr Vater die Schale mit Wasser füllte und die Kerze in ihrer Mitte anzündete, fingen mehrere in ihr schwimmende Schälchen an, sich von der Wärme der Kerze bewegt im Kreis zu drehen. Sobald sie aufeinandertrafen, erzeugten sie leise, gongähnliche Töne. Und exakt die hörten sie gerade.

»Er arbeitet noch«, vermutete Hannah, denn ihr Vater ging nie ins Bett, ohne sicher zu sein, die Kerze gelöscht zu haben.

»Wo?«, wollte Blankenthal flüsternd wissen.

Sie führte ihn den Flur entlang und blieb vor dem entsprechenden Zimmer stehen. Nicht dem ehemaligen Therapiezimmer, das lag eine Etage tiefer, sondern der Bibliothek, in der ihr Vater sich auch als Pensionär gerne in Fachbücher vertiefte.

Blankenthal bedeutete Hannah, still zu sein, und horchte in das zwielichtige Halbdunkel hinein, bevor er sachte die Klinke hinunterdrückte.

Hannah folgte ihrem Entführer, trat in das Arbeitszimmer, in dem sie schon als Kind staunend vor den riesigen Bücherwänden gestanden hatte. Damals waren ihr die Regale so hoch und ihr Vater so stark vorgekommen. Mit der Zeit hatten sich die Größenverhältnisse relativiert, und heute wusste sie, dass ihr alter Herr eher von kleinerem Wuchs war, wenn auch mit überdurchschnittlich großen Händen und Augen, die sie meist gutmütig angesehen hatten, selbst wenn sie als Kind etwas kaputt gemacht, als Teenager gelogen oder als Erwachsene eine Verabredung vergessen hatte. Jetzt, in dieser Sekunde, war der Blick, mit dem ihr Papa ihren überraschenden Besuch empfing, ein komplett anderer. In ihm lag keine Wärme mehr. Nur Schmerz, Trauer und Entsetzen. Er starrte sie an, wie man eine Kindesmörderin anstarren sollte: lieblos. Kalt.

»Wie konntest du nur?«, las Hannah in seinen Pupillen.

»Warum?«, schrie der Blick. Und: »Ich hab Angst!« Vor allen Dingen aber: »Es hat so wehgetan. Es tut mir immer noch so weh.«

All das konnte sie lesen, auch wenn sie das Gesicht ihres Vaters noch nie aus dieser Perspektive gesehen hatte.

Weil er nicht wie erwartet hinter seinem Schreibtisch saß. Sondern tot, in einer völlig verdrehten Haltung, mit dem aufgeplatzten Kopf in einer blutgefüllten Klangschale dalag.

KAPITEL 40

Gong.

Hannah musste würgen, schluckte die Galle, die ihr hochkam, wieder hinunter, würgte erneut, dann spürte sie einen kalten Hauch. Meinte, die Finger des Todes zu spüren, die nun auch sie holen würden, dabei stand nur das Fenster halb offen. Und so war es nicht die längst und für immer erloschene Kerze, sondern der Wind, der die Schälchen wie Schiffe auf einem Blutsee in der Klangschale gegeneinanderschlagen ließ.

Bitte nicht. Nein. Papa!

Überwältigt von ihren Gefühlen, vergaß sie ihren eigenen Schmerz.

Er musste von der Galerie gestoßen worden sein.

Sie wollte zu ihm rennen, der Schock aber lähmte sie. Sie trauerte um einen Menschen, den sie ihr Leben lang geliebt und an den sie sich erst vor wenigen Sekunden wieder erinnert hatte; und diese Trauer erdrückte sie regelrecht, nahm ihr die Luft zum Atmen, Denken und Handeln. Sie roch, sah, schmeckte und hörte nichts, fühlte nur noch.

Deshalb bekam sie zunächst auch gar nicht mit, was Blankenthal zu ihr sagte. Erst die dritte Wiederholung seiner Frage riss sie aus der Paralyse: »Was haben Sie getan?«

»Ich?« Als Zeichen von gleichzeitiger Angst und Trauer zitterte ihre Unterlippe.

»Natürlich Sie.«

Blankenthal fokussierte den Taschenlampenstrahl auf

etwas, was in der Klangschale unter dem Kopf ihres Vaters schwamm.

»Oder wonach sieht das für Sie aus?«

Sie riss sich aus der Starre. Trat zaghaft näher.

Ihre Augen weiteten sich. Hannah wurde noch schlechter. Denn, *Herr im Himmel.*

Da war ein Metalldraht.

Eine Gitarrensaite.

Sie ragte an dem Kinn der Leiche vorbei aus dem Blut hervor, fiel über den Schalenrand und endete an einem kleinen, abgesplitterten Stück Holz.

Rostrot lackiert, wie das Instrument, das Paul so gerne mit ins Bett genommen hatte.

KAPITEL 41

TELDA

Was, wenn der Irre zurückkommt?

Im Schlafzimmer des Motels war es ruhig, aber vielleicht hatte der Psycho, der sie im Badezimmer an den Heizkörper gefesselt hatte, ihre beste Freundin im Nachbarzimmer ja bereits ermordet. Und jetzt gönnte er sich ein Erholungsschläfchen, bevor er sich daranmachte, auch sie zu töten?

Von dem Gedanken aufgewühlt, wagte sie es kaum, zu atmen. Hatte bei jedem Rascheln ihrer Bluse Angst, ein Lebenszeichen auszusenden, das Hannahs Entführer entweder weckte oder anlockte.

Telda traute sich noch nicht einmal, sich zu räuspern, was vermutlich eine gute Entscheidung war, so weh, wie ihr der Hals alleine beim Schlucken tat. Durst, ein fast noch größerer Gegner als dieser wahnsinnige Entführer ihrer besten Freundin. Auf jeden Fall war er präsenter.

In diesem Moment hätte Telda ihr ganzes Vermögen für einen einzigen Schluck Wasser gegeben, auch wenn das bei einer Sektionsassistentin der Rechtsmedizin nicht besonders umfangreich war. Zweihundertzweiunddreißig Euro auf dem Girokonto, eine Rücklage von viertausend Euro für Unvorhergesehenes, aber immerhin ihr Eigenheim, ein renovierter ehemaliger Güterschuppen der Bahn, der jedoch zu achtzig Prozent der Bank gehörte.

All das würde sie ohne Zögern dem schenken, der ihr ein Glas mit Strohhalm reichte. Oder ihre Hände befreite.

Telda war so verzweifelt, sie hatte sogar daran gedacht, sich auf die Lippe zu beißen, um mit ihrem eigenen Blut wenigstens etwas Flüssigkeit zu trinken. Was natürlich in etwa so sinnvoll war, wie ein Elektroauto an den eigenen Zigarettenanzünder anzuschließen.

Dennoch konnte sie nicht länger einfach so verharren und abwarten. Nichtstun war noch nie ihre Stärke gewesen, erst recht nicht, wenn die Gefahr bestand, dass sie ernsthafte Schäden durch Abwarten erleiden würde.

Sie legte sich flach auf den Boden, rückte, so weit es ging, vom Heizkörper ab und streckte die Beine aus. Dann winkelte sie eines wieder an. Damit fungierte ihr Unterschenkel wie ein Kehrbesen, mit dem sie die Bruchstücke des Telefons zu sich heranschob.

Das Kratzen auf den Fliesen war ohrenbetäubend laut. Sie betete zu Gott, dass der Irre bereits über alle Berge war. Oder die Badezimmertür zugezogen hatte, sodass sie niemand hören konnte. Zumindest niemand, der ihr schaden wollte.

Was haben wir denn da?

Sie untersuchte die Telefontrümmer, die sie in ihre Reichweite gebracht hatte, unschlüssig, ob sie mit ihnen etwas anfangen konnte. Die Bruchstücke waren nicht scharfkantig genug und viel zu unhandlich, um mit ihnen die Fesseln zu lösen. Daher verfolgte sie einen anderen Plan.

Telda war handwerklich begabt, ihre Schnitte im Sektionssaal waren akkurat, wie mit einem Laser gezogen. Ihr technisches Verständnis hingegen beschränkte sich auf die Kenntnisse, wie man einen Staubsaugerbeutel oder den Kalkfilter in einer Kaffeemaschine wechselte. Nicht, wie man ein zu Brei getretenes Telefon reparierte.

Auf der anderen Seite liebte sie Puzzle. Das Einzige, was

sie vermisste, wenn sie an ihren Ex-Freund dachte. Ansonsten wünschte sie dem betrügerischen Weiberhelden sämtliche übertragbaren Geschlechtskrankheiten an den Hals, allen voran die Chlamydien, die er ihr als Mitgift aus einem Seitensprung angehängt hatte. Aber die Abende, an denen sie gemeinsam vor dem Fernseher Sushi gegessen und dabei die Sonnenblumen von van Gogh zusammengesetzt hatten, vermisste sie schmerzlich. Wie sie sich gefreut hatte, wenn ein völlig unpassend wirkendes Teilchen auf einmal an einer wichtigen Stelle den Anschluss hergestellt hatte.

»Bist du so ein Schlüsselstück?«, fragte sie den Mikrochip, den sie mit beiden Zeigefingern vom Boden aufgehoben hatte.

Wie beim Puzzeln ließ sie ihrer Intuition freien Lauf.

Wenn es überhaupt eine Stelle gab, an der das Teilchen passen konnte, dann war es in der Innenseite des Apparats selbst, dessen Überreste kläglich an dem immerhin noch intakten Kabel neben dem Klo baumelten. Auch das brachte sie in Position, zog es mit den Füßen zu sich heran, wobei es einige Male zurückflutschte. Nach einigen vergeblichen Versuchen hielt sie die Überreste des Telefongehäuses endlich zwischen beiden Händen, der Mikrochip war mittlerweile in ihren Mund gewandert.

Telda kniete sich hin. Presste stöhnend die Lippen aufeinander, auch wenn das den Schmerz nicht erträglicher machte. Doch es ging nicht anders, als den Druck ihres Körpergewichts auf den Kniescheiben auszuhalten, wenn sie sich mit den Überresten des Telefons beschäftigen wollte. Sie fühlte sich wie vor einem Modellbaukasten ohne Anleitung, bei dem die wichtigsten Bausteine fehlten oder kaputt waren.

Den Telefontorso zwischen die Oberschenkel geklemmt, schaffte sie es, den Chip zu platzieren. Als Nächstes verzwirbelte sie zwei lose Drähte. Was sie dann hörte, konnte sie im ersten Moment selbst kaum glauben.

»Ha!«

Ein Freizeichen!

Sie stöhnte euphorisch auf. Ohne Fesseln hätte sie jubelnd die Arme hochgerissen, wie ein Fußballfan beim entscheidenden Tor seiner Mannschaft. Jetzt aber musste sie aufpassen, bei aller Begeisterung über das Freizeichen, das Telefon nicht durch eine achtlose Bewegung wieder zum Verstummen zu bringen.

Und jetzt?

Das Tastaturfeld war noch immer Schrott. Selbst wenn sie sich hätte frei bewegen können und professionelles Werkzeug zur Verfügung gehabt hätte, war es unwiderruflich zerstört. Nur die unterste Zeile befand sich noch an Ort und Stelle. Mit dem Raute- und Hashtag-Symbol.

Sowie …

Telda drückte auf das Zeichen, das sie schon ewig nicht mehr bei einem Telefon auf einer Tastatur gesehen hatte. Zwei ineinandergreifende Ringe.

Sie hatte keine Ahnung, wer zuletzt dieses Telefon in den Händen gehabt hatte. Und sie sandte ein Stoßgebet zum Himmel, dass der- oder diejenige nicht die Zeitansage gewählt hatte, als sie ihre einzige Chance nutzte und auf Wahlwiederholung drückte und …

Nein.

Kein Rattern, kein Klackern, keine Abfolge digitaler Töne.

Telda hörte nichts.

Abgesehen von der knarrenden Tür. Im Schlafzimmer.

KAPITEL 42

HANNAH

Sie rannte hinaus. Raus aus diesem Arbeitszimmer des Todes, der Blutbibliothek, fort von dem zerschmetterten Leichnam ihres Vaters, raus in den Flur, wo sie aus ihren Sneakers zu rutschen drohte. Sie stolperte, wollte sich auf einem Sideboard abstützen, doch ihre gefesselten Hände griffen ins Leere. Der Schmerz beim Aufprall auf dem Parkett trieb sie an den Rand der Ohnmacht. Was der Sturz nicht vermocht hatte, schaffte Blankenthals harter Griff, mit dem er sie wieder hochriss. Sie hörte sich noch kurz aufschreien, dann verlor sie das Bewusstsein.

Als sie zu sich kam, lag sie im Wohnzimmer auf dem Sofa. Eine Stehlampe leuchtete ihr ins Gesicht. Ihr Entführer stand über ihr und musterte sie mit Abscheu. Seine Oberlippe zuckte. »Sieh mal einer an. Ich wollte Sie gerade ins Auto tragen. Umso besser. Sie sind wieder wach und können selbst gehen. Los.«

Er wollte sie hochziehen.

»Nein, halt, warten Sie.«

»Worauf?«

»Das ergibt doch keinen Sinn. Wieso sollte ich meinen Vater umbringen?«

»Wieso sollten Sie Ihre Familie lynchen?«, konterte er.

»Das ist doch … das ist …« Sie suchte nach Argumenten, diese absurde Anschuldigung zu entkräften. »Wann soll ich das denn getan haben? Ich wurde doch noch in meinem Haus verhaftet!«

»Vorher. Bevor Sie Ihre Familie abgeschlachtet haben.«

»Und was hat es dann mit der Gitarrensaite auf sich?«, verteidigte sie sich. »Pauls Instrument wurde erst in seinem Zimmer zerstört.«

»Was weiß ich? Vielleicht wollten Sie bewusst von sich ablenken. Immerhin gibt es weitere Beweise für Ihre Schuld.«

Sie stützte sich auf die Ellenbogen. »Um Himmels willen, welche denn?«

»Auf dem Schreibtisch lag ein Brief für Sie.«

Er zeigte ihr einen Umschlag, der mit »Hannah« beschriftet war.

»Ein Abschiedsbrief?«

»Sieht das bei Ihrem Vater nach einem Suizid aus?«, spottete Blankenthal. Sie meinte, den Anflug eines Lächelns auf seinen Lippen gesehen zu haben, wofür sie ihn noch mehr verachtete als ohnehin schon.

»Wir müssen die Polizei rufen. Mein Vater darf hier nicht länger so liegen.« Sie stand wankend auf.

»Polizei? Sind Sie sicher, dass Sie das wollen?«, fragte Blankenthal, befreite den letzten Brief ihres Vaters von seinem Umschlag und las vor:

Liebe Hannah,
ich mache mir Sorgen. Die Arbeit nimmt Dich viel zu sehr mit. Und seitdem Du mich seltener siehst als Dich selbst in einem Spiegel, hast Du, so scheint es mir, auch keinen kompetenten Gesprächspartner mehr, mit dem Du über Deine Probleme reden kannst.
Wie dem auch sei, ich habe getan, worum Du mich gebeten hast. Wenn Du diesen Sonntag wieder nicht

zum Essen kommen solltest, sende ich Dir diesen Brief samt Bilderrolle per Post, verbunden mit der dringlichen Bitte, Dir eine Auszeit zu nehmen und Abstand zu gewinnen. Wenn Du schon nicht mehr raus auf die Insel kommst, dann fahr irgendwo anders hin. Eigentlich müsste man Dich in den Zwangsurlaub schicken, bevor Deine Augenringe noch dunkler werden als meine, und die ähneln bereits einem Bergwerksstollen.

Ich habe Angst um Dich und Dein Seelenheil.

Mach keine Dummheiten und melde Dich!

Dein Dich liebender Vater

Gottfried

»Da haben Sie es«, schloss Blankenthal und faltete den Brief zusammen.

»Was?«, fragte Hannah, die sich kraftlos an der Sofalehne festhalten musste, so lange, bis sie das Gleichgewicht wiedergefunden hatte.

»Der Inhalt dieses Briefes passt zu Ihrem Geständnis. Ihr Vater beschreibt die Gefühlslage, die Sie zu den Morden trieb. Sie sind ausgebrannt. Die Arbeit hat Ihre Seele zerstört. Sie haben Ihre sozialen Kontakte abgebrochen.«

»Ein Burn-out macht niemanden zu einem Massenmörder«, widersprach sie.

Blankenthal sah sie an wie ein störrisches, uneinsichtiges Kind, bei dem man sich jedes weitere Wort der Erklärung sparen konnte. Er presste den linken Mundwinkel ein, ein deutliches Signal der Missachtung und emotionalen Distanzierung. Die kurze Schonzeit, die er ihr eingeräumt hatte, war vorbei, jetzt schien er sie nur noch loswerden zu wollen.

»Außerdem, was ist das für eine Papprolle, die er erwähnt hat?«, fragte sie.

Blankenthal bückte sich und hielt auf einmal eine Rolle in den Händen, von der Sorte, mit der man Plakate, Urkunden und andere Dokumente transportierte, die nicht geknickt werden durften.

»Sie lag neben dem Brief auf dem Schreibtisch.« Er entnahm ihr ein Bild, das auch für einen Laien als die Aufnahme eines menschlichen Gehirns erkennbar war.

Hannah überwand ihren Unwillen und trat näher an ihn heran.

»Ein Röntgenbild?«

»MRT, genauer gesagt.« Er hielt es vor die Glühlampe der Stehleuchte. »Jetzt will ich sie mir noch mal genauer anschauen.«

Die Initialen H. H. standen in der rechten oberen Ecke des Bildes, daneben das Datum der Untersuchung (es lag nicht einmal drei Wochen zurück) und eine Patientennummer.

H. H. = *Hannah Herbst?*

Das ist mein Kopf? Die Innenansicht meines Gehirns? Das Psychopharmaka benötigt, die mein Vater mir verschrieben hat und ich abgesetzt habe?

In der linken Ecke befanden sich ebenfalls Initialen, diesmal L. P.

Und wer soll das sein?

In der Rolle steckten weitere, kleinere Bilder, die Blankenthal nach und nach hervorzog, ausbreitete und ins Licht hielt. Sie schienen verschiedene Querschnitte und Vergrößerungen eines bestimmten Bereichs des Gehirns festzuhalten. Schwarz-Weiß-Aufnahmen, die teilweise an Bilder von Walnüssen erinnerten.

»Seltsam«, kommentierte er.

Hannah konnte sich auch keinen Reim darauf machen. Was hatte ihr Vater geschrieben?

Wie dem auch sei, ich habe getan, worum du mich gebeten hast.

Das ergab doch keinen Sinn!

»Wieso sollte ich meinen Vater bitten, mir diese Aufnahmen zu schicken?«, fragte sie Blankenthal.

»Das ist nicht das, was mich wundert.«

»Sondern?«

»Das sind Bilder des Mandelkerns.« Blankenthal tippte mit dem Finger auf eine bestimmte Stelle des größten MRT-Bildes.

»Die Amygdala?«

»Die Zentralstelle unserer unbewussten Angstreaktionen«, sagte er, was etwas zu kurz gegriffen war. Die Amygdala war als inneres Alarmzentrum nicht nur dafür zuständig, bei einer Bedrohung Angst- oder Fluchtreaktionen auszulösen, erinnerte sich Hannah. Sie spielte auch eine Schlüsselrolle bei der Erkennung emotionaler Signale. Menschen mit einer beschädigten Amygdala konnten zum Beispiel oft kein Mitleid empfinden.

»Und diese Aufnahmen hat mein Vater für mich besorgt?«

»Nein. Das war nicht sein Auftrag.« Blankenthal löste einen Notizzettel von der Rolle, der Hannah bislang verborgen geblieben war. Jetzt sah sie, dass auch ihn die winzige, akkurate Handschrift ihres Vaters zierte.

Diesmal glaubte sie, seine sanfte und dennoch Respekt einflößende Arztstimme zu hören, als Blankenthal die Worte ablas:

Liebe Hannah,
der Arzt, den ich für Dich ausfindig machen sollte, heißt Dr. Lennert Pfahl, Neuroradiologe bei Potsdam. Daher auch die Initialen L.P. auf den Bildern. Wenn herauskommt, dass er diese Aufnahmen ausgewertet hat, verliert er seine Approbation. Wenn er die überhaupt noch hat. Er ist eine zwielichtige Figur. Mensch, Hannah, wo bist Du da nur reingeraten?

»Das ist ja noch verrückter.« Hannah schüttelte den Kopf. »Wieso sollte ich meinen Vater beauftragen, den Neuroradiologen ausfindig zu machen, der mein eigenes Gehirn gescannt hat? Das war vor der Operation, da funktionierte mein Gedächtnis ja noch, und ich werde wohl gewusst haben, bei wem ich in der Röhre lag.«

Blankenthal ließ diese Frage unkommentiert, antwortete erst auf Hannahs nächste.

»Mein Vater hat recht: Wo bin ich hier reingeraten?«

»Die Nacht ist jung. Lassen Sie es uns herausfinden.«

Sie wich vor ihm zurück. »Nein, ich werde Ihnen nicht länger wie eine Marionette folgen«, protestierte sie, ahnend, was Blankenthal vorhatte, dem ihre nächtliche Irrfahrt durch den Wahnsinn zunehmend Freude zu bereiten schien. »Wir werden diesem ominösen Dr. Lennert Pfahl keinen Besuch abstatten.«

Blankenthal schob den Kiefer nach vorne. »Gut, dann eben nicht. Es ist eh sinnlos.«

Er packte sie so unvermittelt, dass ihr Herz für einen Schlag aussetzte. Seine großen Hände schlangen sich ihr wie eine Stahlmanschette um den Hals. Gleichzeitig riss Blankenthal sie nach oben, sodass sie dachte, er würde ihr sofort das Genick brechen. »Einen Moment lang habe ich tatsächlich gezweifelt. Die Nummer mit der Linkshänderin hat mich ins Grübeln gebracht. Ich wollte Ihre Wunde versorgen, damit wir etwas mehr Zeit haben, um die Wahrheit herauszufinden. Doch jetzt, da ich weiß, dass Sie auch Ihren Vater auf dem Gewissen haben, ist meine Geduld am Ende.« Sein Blick spießte sie förmlich auf, während er immer stärker zudrückte. »Ich will auch gar nicht mehr wissen, wo Paul sich versteckt hält. Sobald Sie nicht mehr atmen, ist Ihre Schuld gesühnt, und Sie können ihm nichts mehr antun.«

Sie hörte, wie ihre Hacken unkontrolliert gegen die Wohnzimmerwand schlugen, gegen die er sie drückte. Er riss die Oberlider noch weiter hoch. Seine Wut schäumte über wie ein Topf mit kochendem Wasser. Und da, buchstäblich beim letzten Atemzug, beim Blick in seine Augen, wurde es ihr auf einmal bewusst. Das, was sie bereits beim ersten Betrachten ihres angeblichen Geständnisvideos gestört hatte.

Nicht die Augen. Sondern …

»Aueeeenbauuuuu«, stieß sie die letzte Luft aus ihrer Lunge und trat nicht länger nach hinten aus. Sondern nach vorne. Mit aller Macht. Ihm zwischen die Beine.

Zwar ließ er sie nicht los, aber er krümmte sich und lockerte seinen Griff, was ihr wenigstens ermöglichte, etwas verständlicher zu keuchen.

»AUGENBRAUEN!!!«

Speichel tropfte ihr aus dem aufgerissenen Mund auf seine Hände.

»Augenbrauen?«, wiederholte Blankenthal verwirrt und vergaß für einen Moment, wieder fester zuzudrücken.

»Meine Brauen. Bitte. Ich muss sie noch einmal sehen.«

»Wieso?«

Sie hustete, rang nach Luft. Dann sagte sie das Undenkbare. Bat darum, etwas zu tun, wogegen sich jede Zelle ihres Körpers sträubte. Das sie aber tun musste, wenn sie nicht hier und jetzt durch die Hand dieses Irren sterben wollte.

»Das Geständnisvideo. Bitte. Lassen Sie es mich noch einmal anschauen. Mit meinen Augenbrauen stimmt etwas nicht. Ich kann beweisen, dass das eine Fälschung ist.«

KAPITEL 43

FADIL

»Was soll das heißen, sie ist weg?«

Es war kurz nach Mitternacht. Hannah war nicht auf dem Revier erschienen und hatte sich seit ihrem letzten Anruf von ihrem Zweithandy aus auch nicht mehr bei ihm gemeldet. Seine Rückrufe waren alle nach mehrmaligem Klingeln auf der Mailbox gelandet, und eine Ortungsabfrage vom Netzanbieter war bislang nicht beantwortet worden. Er hatte Hannahs Anrufe zu Protokoll gegeben und war danach kurz nach Hause gefahren. Die Babysitterin hatte noch eine Serie geschaut, Damla schlummerte tief und fest. Etwas, was ihm nicht vergönnt gewesen wäre, hätte er versucht, ein Auge zuzumachen, so aufgedreht, wie er war. Weshalb er am Ende doch wieder zurück in die Klinik fuhr, um bei seiner Frau zu sein.

Und jetzt das?

»Was genau hat das zu bedeuten?«, fragte er die Schwester, die gerade mit Simones Bett beschäftigt war. Sein Handy klingelte wieder einmal im falschen Moment, doch er ließ den Anruf vom Revier ins Leere laufen.

Auch wenn Simone im Moment gar nicht in der Lage war, ihm mit erschöpft traurigem Blick zu verstehen zu geben, wie störend sie die digitale Hundeleine fand, an der er seit so langer Zeit schon hing. Denn seine Frau war nicht mehr in ihrem Einzelzimmer, und wenn Fadil die Schwester gerade richtig verstanden hatte, befand sie sich noch nicht einmal mehr in der Klinik.

»Sie hat sich selbst entlassen?«

Mitten in der Nacht?

Er öffnete ihren Nachttisch. Leer. Wie der offen stehende Kleiderschrank.

»Nein. Sie ist einfach gegangen.«

»Wohin?«

Die Krankenschwester drehte sich kurz zu ihm und seufzte: »Glauben Sie wirklich, jemand, der sich den Zugang aus dem Arm zieht und heimlich seine Sachen aus dem Schrank holt, klopft beim Rausschleichen bei uns im Aufenthaltsraum an und sagt: ›*Hi Schwester Berit, ich bin dann mal weg. Wenn mein Mann fragt, sagen Sie ihm, wo er mich findet.*‹«

Unter normalen Umständen hätte Fadil über diese typische Berliner Kodderschnauzen-Antwort wenigstens gelächelt. Wieso sich mit einem höflichen *»Ich weiß es leider nicht«* begnügen, wenn man seinem Gesprächspartner verbal einen einschenken konnte? Aber die Tatsache, dass seine todkranke Frau einfach abgehauen war und damit die vielleicht letzte Chance auf eine lebensrettende OP in den Wind schlug, war alles andere als ein normaler Umstand. Es war eine Katastrophe. Er ging aus dem Zimmer auf den leeren Flur. Auf dem Weg zum Ausgang wählte er Simones Nummer, doch er hörte es nicht einmal klingeln. Eine Computerstimme meldete sich sofort, um ihn aufzuklären, dass der Teilnehmer momentan nicht erreichbar sei.

Gleichzeitig kündigte sich eine eingehende SMS bei ihm an. In der Hoffnung, eine Nachricht von Simone zu erhalten, riss er sich das Telefon wieder vom Ohr, doch es war eine SMS vom Revier.

Treffer! Hannah Herbst hat um 22:55 Uhr den Notruf gewählt. Anscheinend wird sie in einem SUV verschleppt. Anruf kam von einer Esso-Tankstelle bei Teltow. Adresse im Link unten. Bin auf dem Weg, die Videos zu sichern. Kommst du?

Notruf?

Fadil blieb vor den Fahrstühlen stehen. Nur zwei Schritte von ihm entfernt brummte ein alter Getränkeautomat so laut, als hätte er einen wütenden Bienenschwarm verschluckt. Der passende Klang zu den in seinem Kopf wild umherschwirrenden Gedanken.

Verschleppt?

Hannah hatte doch gesagt, dass Blankenthal nicht länger bei ihr war. Hatte sie jemand anders in seiner Gewalt?

Wenn ja, wer?

Sein Ermittlerhirn lief auf vollen Touren, was aber nicht ausreichend war, um zwei Fälle gleichzeitig im Kopf zu sortieren. Er drückte auf den Fahrstuhlknopf.

Natürlich lag ihm das Schicksal seiner Frau sehr viel mehr am Herzen als das von Hannah Herbst. Doch in Bezug auf Simone hatte er im Moment keinerlei Informationen, mit denen er hätte arbeiten können, weswegen sein Verstand sich vorerst auf das konzentrierte, was ihm an Fakten bezüglich Hannah zur Verfügung stand.

Notruf /// Tankstelle /// 22:55 Uhr /// Teltow.

Eine Stunde nach ihrem zweiten Anruf bei ihm schien sie noch an der Stadtgrenze gewesen zu sein, südwestlich von Berlin. Was dafür sprach, dass sie kurz vorher zu ihrem Haus gefahren war und dort ihr Zweithandy geholt hatte.

Verdammt, wie naheliegend.

Weshalb hatte er sich dort nicht auf die Lauer gelegt?

Die Antwort hatte sich bis vor Kurzem hier in dieser Klinik befunden: Simone. Weil er lieber an ihrem Bett gesessen hatte, als einsam und allein am Tatort auf Hannah zu warten.

Und nun sind beide wie vom Erdboden verschluckt.

Ein weiterer Anruf ging ein.

Fadil, Klinik	**Telda, Motel**
»Was gibt es denn?«, fragte er ärgerlich, ohne auf die Rufnummernerkennung geachtet zu haben.	
	»Hallo?« Gott sei Dank, die Wahlwiederholung hatte bei diesem Schrotttelefon endlich funktioniert.
Nicht das Revier. Nicht einmal jemand, den er kannte. »Wer ist da?«	
	»Telda. Telda Sahms. Wer sind Sie?«
Die Fahrstuhltür öffnete sich. So wie Fadils Mund, als er aufgeregt das Handy von einem Ohr zum anderen wechselte.	
	Ihre Hände zitterten so sehr, dass sie Angst hatte, irgendetwas im Inneren des kaputten Telefons könnte sich lösen und die Verbin-

dung wieder zum Abriss bringen.

»Moment, sind Sie Hannahs Freundin?«

»Genau die.«

O Gott. Endlich! »Mein Name ist Fadil Matar. Ich bin von der Mordkommission. Wir haben händeringend versucht, Sie zu erreichen.«

Telda kannte seinen Namen, sogar sein Gesicht. Hannah hatte oft von ihm und ihrem intensiven, nächtelangen Austausch über den Fischermann-Fall erzählt.

Da er nicht wollte, dass die Verbindung abriss, war er nicht in den Fahrstuhl gestiegen, dessen Türen sich gerade wieder schlossen.

»Ich, ich … ich bin gefangen.«

»Wie war das?«

»Im Bad. Er hat mich gefesselt. Scheiße …«

Im Hintergrund hörte Fadil ein Geräusch durch die Leitung, das einem Schuss ähnelte. Oder einer Fehlzündung.
»Was ist da los bei Ihnen?«

»Ich … ich weiß nicht. Ich bin nicht allein, bitte …«, sagte Telda mit zitternder Stimme. Sie kam nicht mehr dazu, den Satz zu vollenden.

Ein Besetztzeichen schnitt im entscheidenden Wort die letzte Silbe ab. Wodurch der Name des Gebäudes, in dem Telda gerade in Lebensgefahr zu schweben schien, auf schrecklich passende Weise verkürzt wurde: Fadil hörte nur noch: »Bitte kommen Sie schnell. Zimmer 217. Ins Qual…«

KAPITEL 44

TELDA

»…ity Inn. Bei Birkenwerder.«

Sie starrte auf das nutzlos gewordene Telefon in ihrer Hand.

Hatte dieser Fadil sie noch gehört? Oder war das Gespräch schon unterbrochen gewesen, als sie ihm den Namen des Motels und den Ort genannt hatte?

Was bist du nur für eine dumme Kuh!

Sie hatte kein Klingeln gehört, nur das Türknarren im Schlafzimmer, und dann war plötzlich jemand drangegangen. Nun hatte sie wichtige Gesprächszeit mit Nebensächlichkeiten verplempert, anstatt Fadil zu sagen, wo sie war. Und gerade als sie dazu ansetzte, war sie wegen eines Knalls so heftig zusammengezuckt, dass sie das Telefon schüttelte. Das hatte in dem kaputten Ding einen Draht oder Chip oder sonst was gelöst und dadurch die Rettungsleine zwischen ihr und Fadil durchtrennt.

Atemlos horchte Telda nach weiteren Geräuschen aus dem Schlafzimmer. Rechnete mit Schritten, auch wenn die vermutlich von dem alten Teppich gedämpft wurden. Sie wären die logische Konsequenz, nachdem die Zimmertür mit dem Klang eines Pistolenschusses ins Schloss geworfen worden war. So laut, dass es selbst der Polizist durch die Leitung hatte hören können.

War der Psycho, der sie außer Gefecht gesetzt hatte, verschwunden oder wieder zurückgekommen?

Hatte er Hannah mitgenommen oder zurückgelassen?

Oder war es jemand ganz anderes?

Telda konnte vor dem Fenster den Wind pfeifen hören. Womöglich war die Tür der Person – ob sie gerade kam oder gehen wollte – nur aus der Hand gefallen.

Einer Reinigungsfachkraft vielleicht, die rasch nach Trinkgeld auf dem Bett geschaut hatte, bevor sie später wiederkam?

Wie spät ist es eigentlich?

Hinter den Milchglasscheiben der Oberlichter schien es dunkel, was aber in dieser Jahreszeit alles bedeuten konnte: ein trüber Vormittag, früh einsetzende Nachmittagsfinsternis, Mitternacht.

Telda fühlte sich wie zwei Uhr morgens, nach drei durchwachten Nächten, aber auch das hatte wenig zu sagen. Bislang war es ihrem Körper zum Glück erspart geblieben, mit Tausenden von Volt in die Bewusstlosigkeit getasert zu werden. Sie hatte keine Erfahrungen mit den Nachwirkungen derart heftiger Stromstöße. Bis heute.

Telda spürte einen Lufthauch. Sie blickte hoch, zu dem Spiegel über dem Waschbecken. In der rechten, unteren Kante sah sie, wie sich die Badezimmertür bewegte. Und mit ihr ein Schatten, der langsam anwuchs, dunkler wurde, bis er wieder verschwand, nur um kurz danach in voller Größe direkt vor ihr zu stehen.

»Hilfe!«, schrie Telda. Wie ein Stück Treibholz trieb sie im Meer ihrer Angst. Völlig unkontrolliert. Alles und jedem ausgeliefert, dem sie begegnete.

Hätte der Mann, der plötzlich wie aus dem Nichts erschienen war, eine hektische Bewegung gemacht oder auch nur die Hand gehoben, hätte sie vermutlich weiter um ihr Leben geschrien. So aber ließ sie der sanfte Tonfall des Fremden abrupt verstummen.

»Nanu?«, sagte der Unbekannte kindlich erstaunt mit weit aufgerissenen Augen.

Wenn es die Bezeichnung Riesenbaby nicht schon geben würde, hätte sie für ihn erfunden werden müssen. Er war so groß, dass seine wild abstehenden Haare beinahe die Zimmerdecke berührten. Der Blaumann, in dem er steckte, musste eine Spezialanfertigung sein, von der Stange waren solche Übergrößen nicht erhältlich.

»Gott sei Dank«, keuchte Telda und streckte die gefesselten Arme in seine Richtung. »Helfen Sie mir.«

Der Hüne stellte einen Werkzeugkoffer ab, der in seinen Pranken so leicht wirkte wie in ihren Händen ein Luftballon.

»Oh, oh«, sagte er und wackelte übertrieben mit dem riesigen Kopf. »Das ist nicht gut.« Er sprach mit einer tiefen Bassstimme in einem verstörenden Kleinkind-Singsang. Der leicht debile Eindruck wurde von der nach unten geschobenen, fleischigen Unterlippe verstärkt.

»Wer sind Sie?«, entfuhr es Telda.

»Ich bin Gustav«, sagte er und klang seltsam stolz darauf. »Ich mache meinen Rundgang. Das ist mein Job. Zweimal pro Nacht dreh ich meine Runde. Seh nach dem Rechten. Das ist wegen der Sicherheit, weißt du. Und hier war die Tür nicht richtig zu. Und das Bett leer.«

»Okay, dann war da keiner mehr im Schlafzimmer?«, dachte Telda erleichtert und registrierte erst bei Gustavs Gegenfrage, dass sie laut gesprochen haben musste.

»In welchem Schlafzimmer?«, fragte das Riesenbaby und glotzte sie verständnislos an.

Sie biss sich verzweifelt auf die Lippe.

Das darf doch nicht wahr sein. Was habe ich verbrochen, dass mir der Himmel zu meiner Rettung einen Schwachsinnigen schickt?

»Hinter dir. Du bist gerade hindurchgegangen«, sagte sie, und Gustav drehte sich tatsächlich um, als müsste er sich erst erinnern.

Dann lächelte er wie ein stolzes Kind, das eine Belohnung erwartet. »Ach so, nein. Da war niemand. Sind alle fort. Das hab ich bei meinem Rundgang ja so komisch gefunden.«

»Gut, das ist dir ganz prima aufgefallen«, sagte Telda in dem Singsang, in dem man mit einem braven Hund spricht, bevor er sein Leckerli bekommt. »Aber jetzt befreie mich von den Fesseln, bitte.«

Er zögerte. »Ich weiß nicht, ob Mrs Betty das will.«

Hä?

»Wer zum Geier ist Mrs Betty?«

»Mrs Betty ist mein Boss. Sie sagt immer: ›Was du heute kannst besorgen, das tue, äh …‹«

Vergeblich suchte er nach dem Rest des Sprichworts.

Telda seufzte. »Okay, ich habe einen Vorschlag. Hast du ein Telefon?«

»Ja.«

»Wieso rufst du deinen Boss Mrs Betty nicht an und lässt mich mit ihr sprechen?«

Gustav wirkte alles andere als überzeugt. »Sie schläft jetzt. Ich mag sie nicht stören.«

»Bitte, du siehst doch, dass ich Hilfe brauche.«

»Ich … ich weiß nicht.«

»Was gibt es denn da zu überlegen?«, schrie Telda, die nicht mehr an sich halten konnte. Sofort bereute sie ihren gewitterartigen Gefühlsausbruch, als sie sah, dass Gustav sich wie unter Schlägen vor ihren Worten wegduckte.

»Tut mir leid, sorry, ich …«

»Gustav mag das nicht, wenn er angebrüllt wird.«

»Ich weiß, entschuldige, ich wollte nicht …«

»Du bist eine böse Frau.«

»Nein, ich wurde überfallen. Von einem bösen Mann. Ich bin verzweifelt …«

»Man schreit nicht«, befand Gustav und griff nach seinem Werkzeugkoffer.

»Halt, nein, bitte bleib hier.«

Er verschwand um die Ecke aus ihrem Blickfeld.

Nein, nein, nein, bitte …

Telda hörte, wie Gustav die Badezimmertür schloss.

»Nein, lass mich nicht allein, hallo!«

Im ersten Moment war ihr schlecht vor Angst, er könnte sie tatsächlich in ihrer Not alleine gelassen haben. Nicht sehr viel später schon bedauerte sie, dass er wieder zurückkam.

KAPITEL 45

HANNAH

Impulsgesteuert.

Wenn es ein Wort für den Wahnsinnigen an ihrer Seite gab, dann dieses. Blankenthal änderte von einer Sekunde auf die nächste seine Ziele. Wie ein Kleinkind, das beim Anblick einer frisch zubereiteten Milchflasche reflexhaft den Schnuller ausspuckt, nutzte er die Hände, mit denen er Hannah eben noch hatte töten wollen, jetzt dafür, sie zu stützen, als sie die Treppe hinunterging. Sie waren auf dem Weg in das Souterrain ihres Elternhauses, wo ihr Vater seine psychiatrische Praxis betrieben hatte.

»Die zweite Tür rechts«, sagte sie zu Blankenthal, der in diesem Moment mehr daran interessiert war zu erfahren, was Hannah auf dem Video an ihren Augenbrauen gesehen haben mochte, als ihr die darunterliegenden Augäpfel aus den Höhlen zu drücken.

Vorerst.

Hier unten roch es noch immer wie damals, nach Teppichreiniger und Zitrusduft. Auch wenn die unterste Etage ganz und gar nicht wie ein Keller wirkte, so konnte es gerade im Winter doch etwas feucht werden, und Hannahs Papa hatte stets Duftspender im Flur aufgestellt.

Auch die Stühle für die vor dem Therapiezimmer Wartenden standen noch so wie früher. Wenn Hannah die Augen schloss, dessen war sie sich sicher, würde sie sofort das Bild des stummen Mädchens wieder abrufen können, das vor sich selbst Angst hatte.

So wie ich in dieser Sekunde …

Hannah schauderte es allein bei dem Gedanken daran, was sie gleich zu tun beabsichtigte.

Ich brauche einen DVD-Player und einen Bildschirm, hatte sie Blankenthal erklärt, kurz nachdem er von ihr abgelassen hatte. Beides gab es im Therapiezimmer, in das sie ihrem Entführer jetzt folgte.

Es war erkennbar schon lange nicht mehr offiziell in Benutzung gewesen. Viele private Gegenstände, die früher hier nichts zu suchen gehabt hätten, bevölkerten die einst so aufgeräumten Regale. Ausrangierte Handys samt Kabel, ungeöffnete Weinflaschen, leere Fotorahmen, Krimskrams wie Schneekugeln, ein Tisch-Mobile und eine Packung Tennisbälle. Die entsprechenden Schläger lehnten an dem Sideboard an der Wand zum Garten, auf dem tatsächlich noch ein klobiger Röhrenfernseher stand. Kleider, die wohl für die Altkleidersammlung vorgesehen waren, lagen ordentlich gefaltet auf der aschgrauen Sofagarnitur. Darauf hatte Hannah wie so viele andere Patienten gesessen, als ihr Vater ihr im Alter von elf Jahren zum ersten Mal die Ursache ihrer Spiegelangst zu erklären versuchte.

»Du bist ein seltenes Geschöpf, Hannah. Du hast zu viel von dem, was die Welt braucht, um nicht zugrunde zu gehen. Aber zu wenig von dem Gegenmittel, damit du nicht an ihr zugrunde gehst.«

»Ich verstehe das nicht.«

»Lass mich versuchen, es dir zu erklären. Was denkst du, wenn du dieses Bild hier siehst?«

Er hatte ihr eine stilisierte Bleistiftzeichnung eines Mannes mit hoch- und zusammengezogenen Augenbrauen gezeigt, die, wie für diesen Ausdruck typisch, eine Wellenform bildeten.

»Der Mensch leidet. Er hat Angst.«

»Und du leidest mit ihm, richtig?«

Sie nickte.

»Das nennt man Empathie. Einfühlungsvermögen. Ohne sie ist die Welt ein kalter Ort. Und nun schau hier rein.«

Hannah wandte den Blick von dem Handspiegel ab, den ihr Vater hervorgezogen hatte.

»Siehst du. Du kannst es nicht.«

»Aber wieso?«

»Dir fehlt es an Selbstliebe.«

»Egoismus?«

»So nennt man es, wenn man zu viel davon hat. Ich rede von Impathie. Also von Selbsteinfühlungsvermögen.

Daran fehlt es dir, mein Schatz. Du fürchtest dich davor, dich selbst und deine Gefühle wirklich zu spüren. Was du an Empathie zu viel hast, fehlt dir an der für ein erfülltes, glückliches Leben ebenso wichtigen Impathie.«

»Aber wieso? Wieso kann ich mich nicht leiden?«, hatte sie damals von ihrem Vater wissen wollen.

»Da bin ich mir nicht sicher, liebe Hannah. Aber ich habe eine Theorie.«

»Welche?«

Sie erinnerte sich, als wäre es gestern gewesen, wie er ihre Hand genommen und ihr tief in die Augen gesehen hatte.

»Was war der letzte Satz, den deine Mutter in ihrem Leben zu dir gesagt hat?«

Hannah begann zu weinen, als sie die Frage beantwortete.

»Ihre Worte waren: Vergiss niemals. Du und ich, wir sind gleich. Ein und dieselbe Person.«

Als wir auf dem Gleisbett lagen. In der Kälte unserer letzten, gemeinsamen Nacht.

»Und was hast du zuvor in Mamas Augen gesehen?«

… kurz bevor sie von dem Güterzug erfasst wurde.

»Das Gegenteil von Licht«, hatte Hannah geantwortet.

Noch heute sah sie in ihren Albträumen den Zug auf sich zurasen. In letzter Sekunde hatte sie es geschafft, sich aus dem Gleisbett zu rollen, auf dem sie so lange gelegen hatte. Die Kälte hatte sie gelähmt. Um ein Haar wäre auch sie gestorben.

So wie Mama.

Und ihr Vater hatte resümiert: *»Du denkst, du hast etwas Teuflisches, Diabolisches in ihnen entdeckt, Hannah. Und weil Mama dir sagte, ihr wärt identisch, hast du Angst, dasselbe nun auch bei dir zu sehen. Aber du musst wissen, Hannah: Deine Mutter hatte einen Tumor, der sie verwandelte. Sie war nicht von Natur aus todessehnsüchtig oder gar böse. Die Krankheit hat ihr Wesen und ihre Mimik, die du bei anderen so gut lesen kannst, verändert. Das war nicht sie selbst, die sich umbringen wollte. Das war eine andere Person. Deine echte Mama hatte dich so, so lieb. Sie hätte niemals zugelassen, dass dir etwas zustößt. So schwer es mir zu sagen fällt, aber die Frau, die dich gebeten hat, sich zu ihr auf die Gleise zu legen, war eine Fremde. Du aber bist ein komplett eigenständiges Wesen, Hannah. Mit einer eigenen Seele, die es wert ist, von dir ergründet zu werden.«*

Kluge Worte, was?, schoss ihr in der Gegenwart eine kurze Zeile eines bekannten Deutschrap-Songs der Fantastischen Vier durch den Kopf. Sie hatten nicht die Kraft gehabt, das Trauma zu lösen, das sich tief in ihr limbisches System eingebrannt hatte. Die Angst vor ihrem Spiegelbild war bis heute geblieben.

Doch nun, hier und jetzt, galt es, sie zu überwinden.

»Sie haben die DVD?«, vergewisserte sich Hannah bei

Blankenthal. Ihre Stimme klang so trocken, wie ihr gequetschter Hals sich anfühlte.

Ihr Entführer reichte ihr die Disc, die mit »Ehegelöbnis« beschriftet war und die er ihr beim Einstieg in den SUV vor ihrem Haus abgenommen hatte.

Sie wollte danach greifen, um sie in den Player zu legen, der sich unter dem Fernseher im Sideboard befand, aber Blankenthal zog sie wieder weg und hob mahnend den Zeigefinger. »Das ist Ihre letzte Chance, Frau Herbst. Sollten Sie noch einmal versuchen, mich hinters Licht zu führen, war es das. Keine Fisimatenten mehr.«

Sie nickte. *Fisimatenten.* Der Verrückte war doch schon einige Jahre länger auf dieser Welt, dass er dieses vom Aussterben bedrohte Synonym für »Blödsinn« tatsächlich noch nutzte.

»Das ist kein Trick«, versprach sie. »Ich muss mich selbst analysieren.« Allein diesen Satz auszusprechen, bereitete ihr körperliche Schmerzen. Und sie wusste plötzlich: Wenn sie die Nacht überleben und die Wahrheit herausfinden wollte, war ihr Hochzeitsvideo nur die zweite Wahl. Sie musste etwas noch viel Schrecklicheres tun – sich noch einmal das Geständnisvideo ansehen, möglichst langsam, Bild für Bild. Es würde einem Blick in einen Spiegel gleichkommen, so ähnlich wie für einen Spinnenphobiker die Erfahrung, sich Taranteln übers Gesicht laufen zu lassen.

Ich muss meine eigene Mimik studieren.

Bestimmt war sie zeit ihres Lebens an dieser Angstexposition gescheitert, doch jetzt war der Druck, sich ihr zu stellen, überwältigend. Denn wohl noch nie hatte ihr Leben buchstäblich davon abgehangen.

Sollte ich es nicht schaffen, sollte ich erneut versagen, wird mein psychopathischer Begleiter mich umbringen.

Davon zeugte allein schon ihr schmerzender Kehlkopf. Hannah war sich sicher, dass Blankenthals Finger sichtbare Abdrücke auf ihrem Hals hinterlassen hatten.

»Wie soll diese Selbstanalyse vonstattengehen?«, wollte er jetzt wissen.

Sie schluckte schmerzhaft und fasste sich an die Kehle.

Ganz sicher nicht, indem ich einfach das Video starte und mir wie beim Sprung ins kalte Wasser einen Herzinfarkt hole.

Schon beim ersten Mal hatte sie kaum hinsehen können und extreme körperliche wie seelische Reaktionen gezeigt – und da war sie über weite Strecken noch davon ausgegangen, eine Fremde zu betrachten. Nun aber wusste sie, dass sie tatsächlich die Frau im Video war.

»*Vergiss niemals. Du und ich, wir sind gleich. Ein und dieselbe Person.*«

Wenn Hannah noch einmal eine gedankliche Distanz zu sich selbst aufbauen wollte, dann konnte das allenfalls klappen, wenn sie sich ablenkte. Mit extrem intensiven Reizen.

»Ich brauche Ihre Hilfe«, sagte sie daher zu Blankenthal.

»Was soll ich machen?«

»Sie müssen mir noch einmal Schmerzen zufügen.«

KAPITEL 46

Angst ist gut, dachte sie, während Blankenthal etwas unsicher auf seine Hände starrte, als zweifelte er daran, dass sie dazu imstande wären, worum sie ihn gerade gebeten hatte. Schon 1908 hatten die Psychologen Robert Yerkes und John Dillingham Dodson herausgefunden, dass der menschliche Geist unter mentaler Erregung, wie etwa Angst, leistungsfähiger war als in einem absolut furchtfreien Zustand. Schüler schrieben bessere Noten, wenn sie mit einer gewissen Grundanspannung in die Klausuren gingen. Künstler liefen unter Lampenfieber zu Höchstform auf.

Angst ist gut, versuchte Hannah sich deswegen weiter einzureden. Ihr Ziel musste es nicht sein, die Furcht vor dem Anblick des eigenen Ichs völlig zu verlieren. Sie durfte nur nicht zu extrem werden, wenn sie mit der Selbstanalyse begann. Wie so oft war es auch bei der Angst die Dosis, die das Gift machte. Und die in radikalen Situationen nach einem Gegengift verlangte.

»Wieso soll ich Ihnen wehtun?«, fragte Blankenthal irritiert.

»Schmerzen ziehen die Energie aus meiner Angst«, antwortete sie ihm, ohne zu wissen, ob sie mit dieser gewagten These richtiglag. Sie erhoffte sich im besten Fall, dass der erste, starke Schmerzimpuls sie ablenkte und die Erleichterung, die sich einstellte, wenn er nachließ, ihre Sinne schärfen würde. »Tun Sie bitte genau, was ich sage, wenn ich Sie darum bitte.«

Sie setzten sich nebeneinander auf die Couch.

»Hm.« Blankenthal sah nicht sehr überzeugt aus, folgte aber Hannahs Bitte, noch einmal das Geständnisvideo auf seinem Handy zu öffnen.

»Sechsundfünfzig Millionen Aufrufe«, las er staunend vor. »Da hat sich in den letzten Stunden was getan!«

Hannah nickte. Natürlich war die flüchtige Irre, die ihre Familie abschlachtete, der Hit im Netz. Bis am nächsten Morgen eine Schauspielerin »aus Versehen« ein Nacktfoto auf Instagram hochlud oder ein Hund auf drei Beinen zu einem Rap-Song tanzte.

»Soll ich es starten?«

Ihre Knie berührten sich, und sie zuckte vor Blankenthals Nähe regelrecht zurück.

»Erst wenn ich es Ihnen sage. Zuvor …«

»Was?«

»Drücken Sie bitte auf meine Wunde.«

»Wieso machen Sie das nicht selbst?«

Wegen des Überraschungseffekts, der die Ablenkung verstärkt.

»Ich darf nicht wissen, wann es passiert. Machen Sie es einfach, wann es Ihnen … Ahhhhh!«

Der Schweinehund hatte sie nicht einmal ausreden lassen und sehr viel kräftiger als nötig zugelangt. Es fühlte sich an, als hätte er ihrer Milz einen Fausthieb verpasst, exakt an der Stelle, wo sich der Verband befand.

Hannah wurde speiübel. Sie krümmte sich nach vorne, als wollte sie sich übergeben.

»Looos«, keuchte sie, und Blankenthal verstand zum Glück, was sie von ihm wollte.

Und startete das Video.

KAPITEL 47

TELDA

Als Gustav ins Motelbadezimmer zurückkam, war er ein anderer Mensch. Es war, als sei eine teuflische Macht in seinen Körper eingefahren. Telda hatte das Gefühl, in die glutschwelenden Augen eines Dämons zu blicken, der sich des minderbemittelten Handwerkers bemächtigt hatte.

»Was …?«, stöhnte sie fassungslos, wenn auch nur in Gedanken.

Gustavs debile Mimik war verschwunden, wie aus dem Gesicht gewischt mit einem Schwamm, der eine darunterliegende harte, unbarmherzige Seelenschicht des Handlangers freigelegt hatte.

»Scheiße, bei dir muss ich mich doch gar nicht verstellen«, sagte er in einem verächtlichen, spöttischen Ton, der zu seinem neuen, aggressiven Selbst passte.

Ein Ring aus Eis legte sich um Teldas Brustkorb. Ein zweiter schnürte ihr das vor Panik immer schneller rasende Herz ab.

»Ich hab den Job über die Behindertenquote bekommen. Mann, wie es mir langsam auf den Sack geht, immer den Kloppi zu spielen.« Er lachte.

»Bitte, hör mal …«, versuchte sie ihn zu unterbrechen, während sie realisierte, dass sich ihre Lage von einem aussichtslosen Zustand zu etwas noch sehr viel Schlimmerem verschlechtert hatte.

»Das Geile ist, niemand achtet darauf, was er sagt, wenn ein verbriefter Schwachkopf in der Nähe steht. Daher weiß ich auch, dass ihr hier alle gar nicht in dem Zimmer sein dürftet. Ihr werdet gesucht und dürft nicht zur Polizei, richtig? Tja, hört sich nach meinem Glückstag an.«

Telda schüttelte hektisch den Kopf, rüttelte ein weiteres erfolgloses Mal an ihren Fesseln, rieb sich das scharfkantige Plastik noch tiefer in die offen liegende Fleischwunde ihrer Handgelenke hinein.

»Du verstehst da was falsch«, sagte sie verzweifelt. »Ich bin hier zufällig reingeraten. Ich wollte meiner Freundin helfen, aber ich werde von niemandem gesucht.«

Gustav 2.0 legte den Kopf schief. »Oh, oh … das hättest du jetzt wohl besser nicht sagen sollen.«

»Wieso?«

»Wenn du zur Polizei gehen kannst, welchen Grund hätte ich dann noch, dich laufen zu lassen, sobald ich mit dir fertig bin?«

Gustav zog den Reißverschluss seines Blaumanns vor der Brust nach unten und begann sich lüstern grinsend vor Telda zu entkleiden.

KAPITEL 48

HANNAH

»Beginnen wir mit Ihren Daten. Wie heißen Sie?«

Fadil Matars Worte zum Anfang der Aufnahme gaben ihr das Startsignal zur Selbstanalyse. Hannah griff nach Blankenthals Arm. Zog ihn näher zu sich, sodass sie eine bessere Sicht auf das Handy hatte.

»Ich bin Hannah Herbst, vierzig Jahre alt, wohnhaft in Berlin.«

Wieder der Resopaltisch, wieder die Backsteinwand im Vernehmungszimmer. Wieder die Frau mit den dunklen Haaren in der Button-down-Kragen-Bluse. Nur sah Hannah diesmal alles wie durch eine regennasse Scheibe hindurch, was an den Tränen in ihren Augen lag. Dass die Person im Video sich ihr nur verschwommen zeigte, half ihr jedoch, sie mit einem seelischen Abstand zu betrachten. Ihr Mantra wechselte von *»Angst ist gut«* zu *»Das ist eine Fremde. Ich kenne sie nicht«*.

»Spulen Sie bitte vor«, keuchte sie, noch immer gekrümmt sitzend.

»Zu welcher Stelle?«

Hannah schloss die brennenden Augen, versuchte, sich daran zu erinnern, was ihr vorhin im Moment des nahen Todes durch den Kopf geschossen war. Gerade als sie den hasserfüllten, von dem Wunsch zu morden beseelten Ausdruck in Blankenthals Blick gesehen hatte, während er sie im Wohnzimmer im Würgegriff hatte.

»Zur Spielecke«, sagte sie, unsicher, ob das die richtige Szene war.

»Für die wartenden Kinder in der Gewaltschutzambulanz der Rechtsmedizin?«

»Genau. Kurz danach rede ich doch vom Zustand der Welt?«

Blankenthal hatte offenbar die Sequenz schon gefunden, denn Hannah hörte Matar im Video sagen:

»Diese Spielecke hat also etwas in Ihnen ausgelöst!«

Ihre Augenlider schienen plötzlich hundert Kilo schwer zu sein. Es kostete Hannah eine fast übernatürliche Kraft, sie offen zu halten, und das in dem Moment, als sie sagte:

»Die Welt, in der wir leben, ist schlecht. Nicht lebenswert. Das Böse wird immer obsiegen. Ich meine, stellen Sie sich vor, Sie richten ein Fußballspiel aus. Die eine Mannschaft muss sich an die Regeln halten. Die andere kann mit Messern und Äxten aufs Spielfeld. Wer wird wohl gewinnen? Es ist eine Lüge, wenn wir denken, ein gerettetes Kind würde einen Unterschied machen. Das tut es nicht. Wir können den Krieg nicht gewinnen. Wir sind verloren. Von der Sekunde unserer Geburt an kämpfen wir einen verlorenen Kampf.«

»STOPP!!!« Hannah schrie regelrecht.

»Was?«

»Da war es! Haben Sie es gesehen?«

»Was meinen Sie?« Blankenthal, dem vor Schreck fast das Telefon aus der Hand gerutscht wäre, kratzte sich irritiert an der Schläfe.

»Gehen Sie auf den letzten Satz zurück. Zu dem mit dem verlorenen Kampf. Achten Sie auf meine Augenbrauen.«

Er brauchte eine kurze Weile, dann sagte er: »Sieht für mich so aus, als würden Sie kurz die Innenseiten hochziehen.«

Gut. Es ist ihm aufgefallen!

»Ganz genau. Das ist eine Mikroexpression.«

»Das heißt, Sie können sie nicht steuern?«

»Richtig. Das geschieht unbewusst. Sie dauert nur zweihundert Millisekunden, so lang wie ein Wimpernschlag.«

Hannah fühlte sich regelrecht euphorisiert von dem, was sie herausgefunden hatte. »Mikroexpressionen deuten auf versteckte Emotionen hin, und die Art, wie ich die Augenbraue bewege, auf Trauer.«

»Passt doch. Sie trauern ja gerade um den Zustand der Welt.«

»Eben. Ich spreche ganz offen über das Elend. Wieso sende ich aber nur ein verstecktes Signal aus? Ich müsste doch ganz offen sichtbare Zeichen von Trauer zeigen. Doch die finden sich weder in meiner Stimme noch in Mimik oder Körpersprache.« Hannah schüttelte den Kopf. »Nein, das passt ganz und gar nicht zusammen.«

Blankenthal sah sie an. »Und was soll das Ihrer Meinung nach bedeuten?«

Dass mir der Zustand der Welt egal ist. Nicht ihn betrauere ich, sondern ich bin über etwas anderes verzweifelt. Etwas, was ich nicht offen eingestehen will. Nicht der Öffentlichkeit. Vielleicht nicht einmal mir selbst.

Sie überlegte, in welchem Umfang sie diese Gedanken Blankenthal anvertrauen konnte. Schließlich antwortete sie ihm: »Meine versteckte Mikroexpression beweist, dass ich in diesem Video nicht die Wahrheit sage, als ich über mein angebliches Mordmotiv rede.«

»Schön, dann haben Sie eben einen anderen Grund gehabt, Ihre Familie auszulöschen. Dann trauern Sie halt nicht um den verlorenen Kampf gegen das Böse. Vielleicht sind Sie nur wütend, weil es Ihnen nicht gelungen ist, Paul zu töten. Oder sich selbst.« Er sah auf seine Armbanduhr. »Es ist schon spät. Ich finde, Sie hatten jetzt Ihre Chance.«

Er stand auf und ging zu einem emaillierten Schrank

nahe der Ausgangstür. »Sind da die Medikamente Ihres Vaters drin?«

Hannah blinzelte verwirrt. »Wie? Was ... ähh, früher vielleicht. Was haben Sie vor?«

Er öffnete den Schrank, in dem sich teilweise leere, teilweise noch verschlossene Pappschachteln befanden. Eine nach der anderen nahm er in die Hand und warf sie nach kurzer Prüfung auf den Boden.

»Wonach suchen Sie?«

»Sieh mal einer an.«

Er drehte sich um und zeigte ihr ein Fläschchen mit einer durchsichtigen Flüssigkeit, das in seinen Seglerhänden nicht größer als eine Tintenpatrone wirkte.

»Was ist das?«

»Das werden Sie gleich merken.«

Er kam wieder näher, und sie konnte die Aufschrift auf der Ampulle lesen. *NovoRapid.*

Es schien, als wankte der Boden unter seinen Schritten, so sehr hatte Hannah auf einmal mit ihrem Gleichgewichtssinn zu kämpfen.

Ihr wurde noch schwindeliger, als er sie seelenruhig fragte: »Haben Sie Diabetes?«

»Nein. Aber mein Vater.«

»Wunderbar. Dann wird es nicht lange dauern, wenn ich Ihnen das alles auf einmal injiziere, bis Ihr Herz aufhört zu schlagen.«

Hannah streckte in einer Abwehrgeste die Hand nach ihm aus. »Bitte, ich stehe kurz davor, Ihnen zu beweisen, dass ich unschuldig bin.«

Er zuckte lakonisch die Achseln. »Nur zu. Reden Sie weiter. Sie haben exakt noch so lange, bis ich in dem Kuddelmuddel hier eine Spritze für Sie gefunden habe.«

KAPITEL 49

TELDA

Mittwoch. Heute ist doch nicht Mittwoch?

Telda verschluckte sich vor Angst und musste husten. Sie hatte impulsiv nach Luft geschnappt und Speichel in die Luftröhre bekommen, gerade als Gustav sich die Unterhose ausziehen wollte, auf der MITTWOCH quer über dem Eingriff stand. Großer Gott, ich werde von einem Kerl mit hellgrüner Wochentags-Unterwäsche vergewaltigt!

Weiterhin an den Heizkörper des Motelbadezimmers gefesselt, war ihr Husten so ziemlich das Einzige, was sie dem Angreifer entgegensetzen konnte. Und das war erstaunlicherweise höchst effektiv. Als wäre Gustav in eine Faust gelaufen, verzog er beim ersten Keuchen gequält das Gesicht, blieb stehen und wich beim zweiten sogar zurück.

»Hey, was stimmt denn nicht mit dir?«, fragte er, während Telda nach Luft rang.

Ihr Blick war tränenverschwommen, dafür funktionierte ihr Gehör einwandfrei. Gustavs Stimme klang besorgt, doch die Sorge galt eindeutig nicht ihr. Sondern ihm selbst.

Er klingt ängstlich. Wovor fürchtet er sich?

Telda blinzelte die Tränen weg und wollte Gustavs Gesicht sehen. Hannah hatte ihr beigebracht, dass Angst sich beim Menschen durch hochgerissene Oberlider oder zu einer Welle geformte Augenbrauen ausdrückte, wobei beide Merkmale auch gemeinsam auftreten konnten. Am Ende waren es allerdings nicht seine Augen, die ihr den entscheidenden Hinweis gaben, sondern seine Hände, die Gustav gerade in durchsichtige Latexhandschuhe zu quetschen versuchte. Telda sog noch mehr Luft ein, verschluckte sich erneut an ihrer Angst, weil sie im ersten Moment dachte, das Schwein wollte sie nach der Vergewaltigung nun auch noch töten, anders konnte sie sich die Chirurgen-Handschuhe nicht erklären. Dann jedoch sah sie seine Finger. Sie waren feuerrot, wie nach einer Schneeballschlacht ohne Handschuhe, zudem spröde und trocken. In Sekundenbruchteilen entwickelte Telda eine Theorie, die sowohl zu seiner Reaktion auf ihren Husten als auch zu den Händen passen würde. Und auf seine misstrauische Nachfrage: »Was stimmt denn nicht mit dir?«

Ihr gelang es, ihren Atem etwas zu beruhigen. Prustend antwortete sie: »Was glaubst du denn, weshalb ich hier bin?«

»Hä?«

»Gefesselt, in einem Hotelzimmer. Und du sollst die Sauerei wegmachen.«

»Verstehe ich nicht.«

Sie betete zu Gott, dass sie mit ihrer Theorie richtiglag. »Mann, dann ist dir deine Kloppi-Rolle aber in Fleisch und Blut übergegangen. *Ich* bin die Sauerei.«

Sie hustete wieder stärker, obwohl der Reiz schwächer geworden war.

»Du meinst …«

»Ich bin krank. Sie haben mich hier zurückgelassen.«

»Hä? Hast du nicht gerade gesagt, du hast deine Freundin gesucht und bist nur zufällig hier?«

Ja, verdammt, hab ich. Da hatte ich ja auch noch nicht gewusst, dass du mich vergewaltigen willst, du Arschloch.

»Ich hab sie gesucht, um sie zu warnen, dass ich sie vielleicht angesteckt habe«, improvisierte sie eine schwachsinnige Story zusammen. »Und dass sie auch infektiös ist.«

Gustav wurde so blass wie sein Latexhandschuh.

Er wich einen weiteren Schritt zurück, und jetzt war sie sich sicher. Gustav hatte einen Hygienefimmel. Wusch sich permanent die Hände, sodass die Haut sich gar nicht mehr beruhigen konnte. Vermutlich war er daher der beste Mann, um möglichst gründlich eine »Sauerei« zu beseitigen. Die Kehrseite der Medaille: Er hatte Angst vor Krankheiten. Vor Hautkontakt. Zog sich Handschuhe vor dem Sex an. Konnte es nicht ertragen, wenn jemand in seiner Gegenwart ansteckende Symptome zeigte. Was, wie es den Anschein hatte, Teldas Rettung war. Zumindest vor der Vergewaltigung.

»Krank? Was hast du denn?«

»Siehst du keine Nachrichten?«

Er schüttelte den Kopf. Diesmal verrieten ihr seine Augen, dass er auf den Bluff hereingefallen war.

»Dieses neue Virus, von dem sie überall sprechen. Sie haben mich hier festgebunden, als eine Art Zwangsquarantäne.«

»Du verarschst mich.«

Klar, was denkst du denn, du Idiot.

Gustav war vielleicht nicht debil, aber viel fehlte nicht zu dem, was er anderen vortäuschte, um möglichst unbehelligt durchs Leben zu kommen.

»Nein. Das ist kein Witz. Es hat mich voll erwischt.« Telda zog geräuschvoll die Nase hoch. »Also komm, mach schon.« Sie spreizte die Beine, hatte Angst, dass sie es damit übertrieb, setzte jedoch sogar noch einen drauf: »Aber benutz ein Kondom. Und einen Mundschutz. Ist nur in deinem Interesse.«

Er zeigte ihr einen Vogel. »Scheiße, dich fass ich noch nicht mal mit ’ner Abrissbirne an.«

Gustav packte Blaumann und Werkzeugkoffer und zog sich schnell aus ihrem Sichtfeld und aus dem Badezimmer.

Fast wollte Telda erleichtert ausatmen, da fiel ihr auf, wie schlecht durchdacht ihr in der Not gefasster Spontanplan war.

»Hey, wo gehst du hin?«, rief sie Gustav hinterher.

»So weit weg wie möglich«, rief er, schon im Schlafzimmer, wo er sich vermutlich hastig wieder anzog.

Scheiße. Erst vom Regen in die Traufe. Jetzt von der Sturm- in die Sintflut.

»Hör mal, ich brauch einen Krankenwagen. Ruf die 112, okay?«

»Einen Dreck werde ich. Hoffentlich hast du mich nicht schon verseucht.« Seine Stimme entfernte sich immer weiter von ihr.

»Nein, so schnell geht das nicht.«

Sie musste wieder husten, jetzt aber vor Panik.

Wenn er fort war, wie lange dauerte es, bis jemand anders kam? Sie fand? Sie rettete?

»Hey, hörst du mich? Gustav, bitte.« Sie flehte tatsächlich ihren abgewehrten Vergewaltiger an, wieder zurückzukommen.

Doch er kam nicht.

Im Gegensatz zu der anderen, quälenden und irgendwann vielleicht sogar tödlichen Gefahr, die sofort wieder zur Stelle war: Durst.

KAPITEL 50

HANNAH

Ich brauche Sie, Herr Blankenthal.«

Offensichtlich auf der Suche nach einer passenden Spritze für das Insulin blieb ihr Entführer auf halbem Weg zum Schreibtisch stehen und sah sie skeptisch an. »Wofür?«

»Setzen Sie sich zu mir, bitte. Wenn ich Ihnen meine Unschuld beweisen soll, müssen Sie mir bei der weiteren Analyse helfen.«

»Das ist doch schon wieder eine Lüge, Frau Herbst. Wie lange glauben Sie eigentlich, mir so etwas Hanebüchenes unterjubeln zu können?«

Fisimatenten. Kuddelmuddel. Und nun hanebüchen.

Das passt ja.

Der Mann, der sie umbringen wollte, hatte ganz offensichtlich ein Faible für tote Wörter.

»Meinen Sie, ich merke das nicht? Da läuft was nicht rund in Ihrem Kopf. Oder ist das auch nur so eine Show, dass Sie sich nicht selbst anschauen können?«

Am liebsten wäre Hannah aufgestanden, fürchtete aber, vor ihm kraftlos auf die Knie zu sinken.

»Nein, ist es nicht.«

Keine Show.

»Sie haben recht. Ich leide unter Spektrophobie. Ich habe Angst vor mir selbst. Das hängt mit einem Kindheitstrauma zusammen. Als meine Mutter sich das Leben nahm, sah ich kurz zuvor das absolut Böse in ihren Augen. Seitdem habe ich Angst, es auch bei mir zu erkennen.«

Er legte lachend den Kopf in den Nacken. »Das haben Sie sich jetzt doch wieder ausgedacht, um eine Verbindung zu mir aufzubauen. Weil ich Ihnen vorhin von meiner Mutter erzählt habe.«

Sie erstarrte.

Himmel, diese Parallele ist mir bei all dem Wahnsinn um mich herum gar nicht aufgefallen.

Zum ersten Mal kam Hannah der entsetzliche Gedanke, dass zwischen ihr und dem Psychopathen eine große Gemeinsamkeit herrschte.

»Aber vergiss niemals: Du und ich, wir sind gleich. Ein und dieselbe Person.«

»Bitte«, flehte sie noch einmal. »Helfen Sie mir, das Video zu analysieren. Was haben Sie denn zu verlieren?«

Er fuhr sich durch die Haare, sah noch einmal auf die Ampulle in seiner Hand, dann steckte er sie in seine Hosentasche und kam zu ihr zurück. »Also gut. Sie haben fünf Minuten. Dann suche ich weiter nach der Spritze. Oder überlege mir etwas anderes, wie ich die Sache hier mit Ihnen abkürze.«

Blankenthal setzte sich wieder, und erneut berührten sich ihre Knie. Ein verstörend unpassender Moment der Intimität, die auch ihm zuwider schien.

Hannah zeigte auf das Handy in seiner Hand. »Starten Sie das Video nach etwa einer Minute, wo ich von meinem Beruf erzähle.«

»Nein!« Er machte mit einem wedelnden Zeigefinger eine Verbotsgeste, so als wäre Hannah ein Kleinkind, das einen Klaps auf die Hand bekommt, wenn es im Supermarkt nicht sofort den Schokoriegel zurücklegt.

»Erst wenn Sie mir sagen, wonach Sie suchen. Hinterher können Sie mir viel erzählen. Ich will *vorher* wissen, wonach Sie Ausschau halten.«

Gut. Sehr gut. Soll er es selbst herausfinden. Dann weiß er, dass ich ihm hier nichts vormache.

»Achten Sie auf meine Augen. Auf meine Hände. Und auf mein Sprechtempo.«

Er zuckte die Achseln wie jemand, der sich nicht viel davon verspricht, einen Auftrag zu erledigen, jedoch keine Lust auf lange Diskussionen hat.

Als Hannah die Worte: »Ich arbeite als Mimikresonanz-Expertin«, hörte, zwang sie sich, wieder auf den Handybildschirm zu schauen.

»Mein Job ist es, unter anderem winzige und in der Regel unwillentliche Ausdrücke im menschlichen Gesicht zu analysieren, um versteckte Emotionen zu entdecken. So wie eben die von Ihnen nicht kontrollierbare Kontraktion Ihrer linken Augenbraue, ausgelöst durch den seitlichen Anteil des primär limbisch gesteuerten Musculus frontalis, mit der Sie mir nonverbal zu verstehen gegeben haben, dass Sie skeptisch sind.«

Diesmal stoppte Blankenthal das Video ohne Aufforderung.

»Okay, ich hab darauf geachtet. Hände, Augen, Sprache. Was jetzt?«

Hannah versuchte mit beiden Händen ihr linkes Knie zu fixieren. Es hatte in dem Moment zu zittern begonnen, in dem sie sich selbst in die Augen gesehen hatte.

Kurzatmig sagte sie: »Springen wir zu dem Abschnitt, in dem ich die eigentliche Tat gestehe. Und jetzt achten Sie bitte wieder darauf, wie schnell ich spreche, wie umfangreich ich gestikuliere und wie oft ich blinzele.«

Er nickte und tippte auf dem Bildschirm herum. Es dauerte etwas länger, schließlich hatte er die geforderte Szene gefunden.

»Zuerst habe ich Kyra getötet, die Fünfzehnjährige. Richards

Tochter aus erster Ehe. Sie hat nichts gespürt. Dann bin ich ins Schlafzimmer zu meinem Mann gegangen. Habe ihm mit dem Küchenmesser, mit dem ich schon Kyra erstach, die Kehle aufgeschnitten. Richards Todeskampf war lauter, so laut, dass ich Angst hatte, er würde Paulchen wecken.«

»Ihren Sohn?«

»Das gemeinsame Kind von Richard und mir. Zwölf Jahre alt. Auch ihm wollte ich die Zukunft in unserer nicht lebenswerten Welt ersparen. Damit er niemals ein Opfer wird. Und auch seine Kinder und Kindeskinder nie in einer Spielecke …«

»Bitte anhalten!«, keuchte Hannah. Weil sie es nicht länger ertrug – und weil es nicht länger notwendig war. Sie hatte gefunden, wonach sie gesucht hatte. Die Frage war nur: Hatte Blankenthal es ebenfalls entdeckt?

»Was ist Ihnen aufgefallen?«, fragte sie ihn.

Er traf sofort den Nagel auf den Kopf. »Sie haben im Geständnisteil langsamer gesprochen und weniger gestikuliert als in der Anfangsszene.«

Ja! Ja! Ja!!!

Am liebsten hätte sie in die Hände geklatscht. »Richtig. Und ich habe zudem seltener geblinzelt.«

»Und was soll das aussagen?«, fragte Blankenthal wenig beeindruckt.

Sie versuchte es ihm, so gut es ging, zu erklären. Wohl wissend, dass ihr Leben davon abhing. Er musste verstehen, was er selbst gerade mit eigenen Augen gesehen hatte. »Es heißt, dass ich lüge. Ich habe unter Garantie niemanden getötet.«

»Blödsinn.« Blankenthal stand wieder auf und machte sich auf den Weg zum Schreibtisch ihres Vaters.

Unweigerlich beeilte sich Hannah beim Sprechen. Ihre Worte rannten buchstäblich um ihr Leben. »Das ist kein

Blödsinn. Das ist Verhaltensforschung. Wenn wir uns, wie beim Lügen, mental anstrengen, verlangsamen sich unsere Körpersignale. Das können Sie nachvollziehen, wenn Sie einmal wild gestikulieren, während Sie das Alphabet aufsagen. Versuchen Sie das jedoch rückwärts von Z abwärts, dann sprechen Sie weniger mit den Händen, Ihre Sprache wird langsamer, und Sie blinzeln seltener.«

Er drehte sich zu ihr. »Okay, Sie mussten bei dem Geständnis also Ihre grauen Zellen anstrengen.«

»Ja, weil ich lüge. Eine Lüge kostet viel mehr Kraft als die Wahrheit. Ich lüge in dem Moment, als ich behaupte, ich hätte meine Familie getötet. Würde ich die Wahrheit sagen, wären Gestik und Mimik so wie in der ersten Passage, wo ich bei nachprüfbaren Fakten bleibe und von meinem Beruf erzähle. Das ist meine Basislinie. Mein Normalverhalten. So ist meine Körpersprache, wenn ich beim Sprechen überhaupt nicht nachdenken muss, weil ich die Wahrheit sage.«

Blankenthal öffnete die Schreibtischschublade. »Und Sie meinen, das hat mich jetzt überzeugt?«, fragte er, während er sie erfolglos durchwühlte.

Nein, wie auch. Sie haben ja keine Ahnung von Mimikresonanz.

»Worte können lügen. Die Sprache des Körpers nicht«, startete sie den letzten Versuch einer möglichst einfachen, auch für einen Laien nachvollziehbaren Erklärung. »Würde ich nur langsamer sprechen, weniger die Hände bewegen oder seltener blinzeln, wäre das wissenschaftlich nicht haltbar. Aber Gestik, Mimik und Sprache gemeinsam? Normalerweise sagen wir in der Mimikresonanz-Forschung, dass es drei Signale auf zwei Kanälen braucht, damit wir einen verlässlichen Hotspot haben. Einen sogenannten heißen Punkt, der anzeigt, dass hier etwas nicht stimmt. Hier haben wir drei Signale auf sogar drei Kanälen. Und dann ist da zusätzlich noch die Mikroexpression von Trauer, die wir entdeckt haben.«

Blankenthal sah sich um und entdeckte eine Tür, die, wie Hannah sich erinnerte, zu einem winzigen Bad führte.

»Hören Sie mir noch zu?«, fragte sie ihn, als er sie öffnete.

»Nein!«

Ihr Entführer blieb im Türrahmen stehen. Dem Geräusch nach öffnete er etwas, von dem Hannah wusste, dass es sich dort befand, obwohl sie es nie mit eigenen Augen gesehen hatte: den Spiegelschrank über dem Waschbecken. »Hab ich es mir doch gedacht!«

Blankenthal drehte sich wieder zu ihr. Triumphierend wedelte er mit einer verpackten Einwegspritze.

Ihr wurde wieder übel.

»Bitte, geben Sie mir noch eine letzte Chance«, flehte Hannah.

»Für noch mehr Mimik-Hokuspokus?«

»Das ist kein Hokuspokus, das ist Wissenschaft. Mir ist noch etwas aufgefallen. Lassen Sie es mich Ihnen wenigstens zeigen.«

Er löste die Spritze aus der Umverpackung. Leider hatte er im Spiegelschrank offenbar auch eine Kanüle gefunden.

»Schauen Sie sich auf dem Band an, was ich mache, als ich davon rede, wie ich Richards Tochter getötet haben soll.«

»Sie meinen, dass Sie sich die rechte Hand aufs Herz legen, wie bei einem Schwur?«

Verblüfft registrierte Hannah, dass Blankenthal sofort wusste, worauf sie anspielte.

»Das ist Ihnen aufgefallen?«

»Ja. Aber nur, weil Sie das auch sonst häufig machen, wenn wir miteinander reden, liebe Frau Herbst. Scheint eine Marotte von Ihnen zu sein. Wenn Sie ›ich‹ oder ›mir‹ sagen, deuten Sie ganz häufig auf sich selbst.«

»Aber doch nicht so wie in dem Geständnisvideo. Normalerweise deute ich mit dem Zeigefinger auf meinen Oberkörper. Das ist die europäische Standardgeste. Sich die Hand auf die Brust zu legen, ist eher ungewöhnlich.«

»Ja, mag sein. Zwei verschiedene Handbewegungen. Das beweist nichts.«

»Und ob. Menschen ändern solche intuitiv eingeübten Gesten nicht einfach so.«

Er steckte die Injektionsnadel auf die Spritze.

Sie redete noch schneller. »Ich benutze eine mir fremde Geste.«

Er bewegte sich auf sie zu. Steckte die Spritze durch den Deckel der Ampulle. »Wozu?«

»Ich denke nicht, dass das unbewusst geschieht. Es ist keine Mikroexpression.«

»Also machen Sie das mit Absicht?«

»Ja, um ein Zeichen zu geben.«

»Wem?«

»Ich leide unter Spektrophobie. Ich konnte nicht davon ausgehen, dass ich mir selbst ins Gesicht sehen würde.«

Es sei denn, ich musste damit rechnen, dazu gezwungen zu werden …

»Wem dann?«

Tatsächlich merkte Hannah, wie die Todesangst ihren Geist beflügelte. Die Spritze füllte sich mit Insulin.

»Ich bin mir nicht sicher, aber möglicherweise dem Täter!« Ein Schauer lief ihr über den Rücken, brachte ihren gesamten Körper zum Zittern.

So wie damals, als ich mit Mama auf den Gleisen lag.

»Ich gebe dem Täter ein Zeichen, indem ich ihn nachahme. Und nachahmen kann ich ihn nur, weil ich ihn kenne.«

»Ah, okay. Und wer ist es?«

»Daran kann ich mich noch nicht erinnern.«

Er stand so nah, dass sich ihre Knie wieder berührten.

»Und was wollen Sie ihm sagen, mit der Hand auf dem Herzen?«

»Das weiß ich auch noch nicht …«

»Enttäuschend«, hörte sie ihn noch flüstern. In einem letzten Aufbäumen war sie aufgestanden, aber es war zu spät.

Sie hatte das Gefühl, als würde Blankenthal ihr die Spritze direkt ins Auge jagen. Sie versuchte zu schreien, bekam aber keinen Ton mehr heraus. Ihr Mund hatte sich in einen Geysir verwandelt, aus dem ihre ganze Körperwärme heraussprudelte. Und während es in ihr (und um sie herum) immer kälter und kälter wurde, fielen aus einem dunklen, wahnhaften Himmel erschreckende Bilder auf sie herab. Setzten sich zu einem zusammenhängenden, traumgleichen Film von jener Nacht zusammen, in der ihre Seele schon einmal gestorben war.

KAPITEL 51

HANNAH
SCHICKSALSNACHT
ALBTRAUM-VISION, TEIL I

Klack.

Seitdem Hannah die Berliner Polizei und das LKA bei Zeugen- und Tätervernehmungen unterstützte, hatte sie gelernt, wie zufällig das Unheil in ein bis dato sorgenloses Leben einbrechen konnte. Der Fischermann-Fall hatte letztlich den Ausschlag gegeben, alles Menschenmögliche zu versuchen, um die Gefahr eines solchen Einbruchs, so gut es ging, zu minimieren. Das Familienheim in Lichtenrade sollte für die Kinder eine Burg der Sicherheit sein, die die verbrecherischen Subjekte draußen hielt. Ausgestattet mit elektronischen »Zugbrücken«, wie Glasbruchsensoren in allen Fenstern, Bewegungsmeldern in sämtlichen Räumen und eben Fingerabdrucksensoren an allen Eingangstüren, wie jener, den sie gerade berührt hatte.

Klack. Zutritt genehmigt.

Beim Eintreten sah sie auf die Uhr. Sie war, wie so oft, viel zu spät dran. Richard hatte für sie und die Kinder kochen wollen. Dippelappes, ihr Leibgericht, das sie bei einem Urlaub im Saarland kennen- und lieben gelernt hatte.

Sie hatte ihm versprochen, wenigstens an diesem Tag nicht zu spät nach Hause zu kommen, und nun hing der Geruch des Kartoffel-Schinken-Lauch-Auflaufs wie ein Vorwurf in der Luft, die Familie mal wieder versetzt und enttäuscht zu haben.

Und wofür?

Fadil hatte sie gebeten, eine neue Videoaussage zu studieren, die Polizeikollegen in NRW von einem potenziell Verdächtigen gemacht hatten. Ein Handelsreisender, der zu den jeweiligen Tatzeiten des Fischermanns immer in der Nähe Berlins gewesen war.

Hätte das nicht bis morgen warten können?

Jetzt war es kurz vor dreiundzwanzig Uhr, Richard hatte die Kinder also längst alleine ins Bett gebracht, wobei Kyra vielleicht noch heimlich über Kopfhörer durch ihre Spotify-Playlisten zappte oder YouTube-Videos sah. Es konnte auch vorkommen, dass Paulchen um diese Uhrzeit im Bett noch an seiner Gitarre zupfte, eine melancholische Eigenkomposition, die er in einer unermüdlichen Ausdauer immer aufs Neue wiederholte, dass es der Weißen Folter, für die Guantánamo berüchtigt war, schon manchmal recht nahekam.

Doch heute war es still im Hause Herbst, also schlief Paul wahrscheinlich schon, und Richard saß bestimmt vor seinem Laptop im Arbeitszimmer, um noch einmal den neuen Galerieprospekt durchzugehen.

Einige seiner Werke sollten in einer MoMa-Sonderausstellung in New York gezeigt werden; ein Ritterschlag für Richard, dessen verfremdete Landschaftsfotografien schon jetzt für ein halbes Vermögen gehandelt wurden. Auch das hatten sie mit dem Abendessen feiern wollen, stattdessen hatte Hannah ihm mal wieder zu verstehen gegeben, wessen Tätigkeit sie für wichtiger und relevanter hielt. Mit Kunst das Leben der Menschen schöner zu machen rangierte weit hinter ihrer Besessenheit, die Serie des Fischermanns endlich zu stoppen und den Tod weiterer Kinder zu verhindern.

So sah es zumindest Richard, und heute hatte sie kein Argument, ihm zu widersprechen.

»Ich bin wieder da!«, rief sie, leise, damit die Kinder sie oben nicht hören konnten. Laut genug, falls Richard noch unten war.

Hannah wollte den Sicherheitscode in das kleine Kästchen neben dem Garderobenschrank tippen, damit die Leitstelle, bei der ihre Alarmanlage aufgeschaltet war, keinen Polizeieinsatz auslöste, doch das war gar nicht nötig. Richard hatte den Alarm noch nicht aktiviert, selbst der Bewegungsmelder in seinem Arbeitszimmer, wo der Familientresor hinter einem Wandbild versteckt hing, war nicht scharf geschaltet.

Was dafür sprach, dass Richard noch am Schreibtisch saß.

Sie streifte ihre Pumps ab, streichelte Kaspar, der wie aus dem Nichts aufgetaucht war und ihr um die Beine schmeichelte, dann klopfte sie sanft an die Arbeitszimmertür. Keine Reaktion. Sie trat ein.

Hm.

Kein Richard. Obwohl das Schreibtischlicht noch brannte.

Sie überlegte, ob sie noch etwas essen sollte, bevor sie sich oben zu ihm legte. Andererseits wollte sie sich mit einem Kuss bei ihm entschuldigen, und vielleicht leistete Richard ihr ja Gesellschaft, wenn sie sich die Reste aufwärmte.

Leise stieg sie die Treppe hinauf.

Der Essensgeruch wurde dünner und von einem anderen Duft überlagert, der Hannah irritierte. Hatte Kyra etwa wieder starkes Nasenbluten bekommen, wozu sie leider bei Erkältung neigte? Heute früh hatte sie allerdings einen kerngesunden Eindruck gemacht. Und selbst wenn, das schlimmste Nasenbluten könnte niemals einen so intensiven Eisengeruch im gesamten oberen Bereich hervorrufen.

»Richard?«, fragte Hannah, nun nicht mehr irritiert, sondern ernsthaft besorgt.

Sie ging Richtung Schlafzimmer. Öffnete die Tür. Der fahle Schein des Flurlichts fiel ins Zimmer. Nicht genug, um die Dunkelheit aufzuhellen, die nur nach und nach ihre Geheimnisse preisgeben wollte.

»Richard?«

Er lag in einer ungewöhnlichen Rückenlage auf dem Bett ausgestreckt. Den Kopf auf dem Kissen nach hinten überstreckt. Hannah hatte Angst, das Licht anzumachen. Im besten Fall würde sie ihn wecken. Im schlimmsten Fall würde sie ihn nie wieder wecken können.

Der letzte Gedanke paralysierte sie.

Bitte, nein, lass ihm nichts zugestoßen sein. Lass ihn aus irgendeinem anderen Grund so reglos sein. So nach Blut riechen.

»Richard?«

Sie war sich nicht sicher, ob sie ihn hatte stöhnen hören.

Atmete er noch? Senkte und hob sich sein Brustkorb? Und wieso sah ihr vom Flurlicht geworfener Schatten so seltsam aus?

Hannah starrte auf ihre Silhouette auf dem Fußboden – und hätte am liebsten geschrien, wenn die Angst nun nicht auch noch ihre Zunge gelähmt hätte.

Der Schatten war zweigeteilt. Als ob noch jemand hinter ihr stünde.

Hannah riss sich herum, riss sich regelrecht aus der Paralyse und hatte gleichzeitig das surreale Gefühl, es zu ruckartig getan und sich deshalb zerrissen zu haben. Als wäre sie eine Papierpuppe, die sich vom Rumpf abwärts in zwei Hälften zerteilt hatte. So stark war der Schmerz.

Sie hustete, hatte das Gefühl, Blut zu spucken, der Eisengeruch wurde noch einmal intensiver, war sie der Quelle doch nun ganz nahe. Denn die Quelle war sie selbst!

»Es tut mir leid. Es tut mir so leid«, hörte sie den Killer hauchend flüstern.

Sie wankte. Innerlich und körperlich.

Die Klinge, die eben noch unter ihrem linken Rippenbogen gesteckt hatte, wurde von dem dunklen Schatten wieder herausgerissen, während sie auf die Knie sank.

Es tut ihm leid?

Neues, frisches, eigenes Blut tropfte von dem Messer auf den hellen Boden, auf dem sie in die Knie ging.

Das geht nie wieder raus, dachte Hannah, meinte damit jedoch nicht die Flecken aus dem Teppich, sondern die Verzweiflung aus ihrem Gemüt.

Hilflos streckte sie die Arme nach dem Mörder aus, der sich barfuß von ihr entfernte.

Eilig, als wollte er fliehen.

Hannah presste sich beide Hände auf die linke Seite.

Großer Gott, es passiert tatsächlich. Wir wurden überfallen. Verletzt und …

Sie schloss die Augen, und Richards verdrehter Körper zeigte sich ihr wieder.

O Gott, Paul. Kyra.

Was hatte man ihnen angetan?

Bitte, lass mich ihn gestört haben, bevor er …

Sie wollte das Unaussprechliche nicht einmal denken.

Bitte, lass es einen anderen Grund für die Stille geben!, flehte sie stumm.

Hannah versuchte aufzustehen und schaffte es mithilfe

einer Kommode, an der sie sich hochzog und festhielt. Hier musste sie eine Weile hechelnd warten. Bis der Schmerz nicht mehr so unerträglich war und sie die Kraft fand, zum Kinderzimmer zu schlurfen.

Zu der Tür jenes Zimmers, aus dem der Killer eben gekommen sein musste.

Um erneut auf die Knie zu sinken.

Auf ihnen nach vorne zu kriechen.

Zum Bett, in dem …

Paul, o Gott, … Paulchen!

KAPITEL 52

HANNAH
GEGENWART

Der Traum dauerte noch eine Weile an, bis sie schreiend wieder an die Oberfläche ihres Bewusstseins tauchte. Hannah schlug um sich, griff nach einem Rettungsring, den sie verzweifelt auf den Wellen des Meeres zu finden hoffte, in dem sie gerade unterging. Dabei stieß sie auf eine Hand, die sie packte und an der sie rüttelte. Sie hörte, wie sie lauter und lauter den Namen ihres Sohnes brüllte.

»Paul?«, fragte Blankenthal, als sie nach einer gefühlten Ewigkeit wieder ihre tatsächliche Umgebung wahrnahm.

Wieder im SUV ihres Entführers. Wieder auf einer Landstraße während einer neuen Fahrt durch die Nacht. Wieder mit kabelbindergefesselten Händen.

»Sie haben im Schlaf gesprochen«, sagte Blankenthal.

Sie brauchte eine ganze Weile, bis ihr Verstand wieder so weit aktiv war, dass sie ihre Gedanken aussprechen konnte. »Schlaf? Wollten Sie mich nicht umbringen?«

»Hab es mir anders überlegt.« Das klang so, als hätte er sich doch für ein anderes Getränk zum Essen entschieden.

Hannah fasste sich an den Hals.

»Hab die Spritze nicht benutzt, falls Sie sich das fragen.«

»Aber, wie …?«

Er warf ihr einen schiefen Blick zu. »Sie sind zu ruckartig aufgestanden und dadurch ohnmächtig geworden. Beim Fallen haben Sie das Hochzeitsvideo vom Couchtisch gerissen. Ich dachte, das ist vielleicht ein Zeichen.«

»Mich nicht zu ermorden?«

»Es mir anzusehen.« Er verdrehte belustigt die Augen. »Was für eine Schmonzette, echt. Als Sie sich am Strand von Split das Ehegelöbnis gaben, sagten Sie so etwas Schnulziges wie: ›Lieber Richard. Unser erstes Date war erst sechs Stunden alt, da warntest du mich: Wir dürfen uns auf keinen Fall verlieben.‹« Blankenthal verzog das Gesicht, als fügte ihm so viel Kitsch Zahnschmerzen zu. »›Da war es schon zu spät, denn ich hatte mich in den ersten zweihundert Millisekunden in dich verliebt. Beim ersten Wimpernschlag also.‹«

Er tat so, als wollte er sich einen Finger in den Rachen stecken. Das änderte nichts daran, dass Hannah einen Kloß im Hals verspürte. Ihre Worte rührten sie in vielfacher Hinsicht. Sie schienen die Kraft zu haben, das Nebelfeld des Vergessens zu lichten. Gleichzeitig stießen sie einen kleinen Kiesel der Trauer an, der, wenn er erst einmal auf dem Abhang ihrer Seele ins Rollen kam, zu einer alles unter sich begrabenden Lawine heranwachsen würde. *Richard!* Dem Mann, dem diese Worte galten, würde sie nie wieder so etwas Schönes sagen können. Ihn nie wieder halten, umarmen, berühren können. Wie ihren Vater. Ihre Kinder, ihre Familie?

»Sie haben die Wahrheit gesagt«, stellte Blankenthal fest, da fuhren sie gerade an einem Schild mit dem Hinweis vorbei, dass Berlin nur noch wenige Kilometer entfernt war. »Bei jedem ›ich‹ haben Sie während Ihrer Hochzeit immer nur mit dem Zeigefinger auf sich selbst gezeigt. Nie die Hand aufs Herz gelegt.«

»Also glauben Sie mir?«

Er drehte sich zu ihr. »Mir ist noch etwas an Ihrer Körpersprache aufgefallen.«

»Was?«

»Während Sie schliefen, habe ich mir ein weiteres Mal das Geständnis angesehen.«

»Und?«

»Moment, ich zeige es Ihnen.«

Er riss das Lenkrad herum und nahm in letzter Sekunde die Ausfahrt in einen holprigen Forstweg, der von der Landstraße abging. Sie fuhren tief in den Wald hinein, kamen neben einem Stapel geschlagener Baumstämme zum Stehen, und er schaltete den Motor aus.

»Was wird das hier?«, fragte Hannah.

Blankenthal patschte auf den Bildschirm des Bordcomputers.

Mrs Betty hatte sich nicht lumpen lassen. Das Fluchtfahrzeug, das sie für Blankenthal organisiert hatte, war technisch auf dem neuesten Stand. Mit nur wenigen Tatschern auf den Monitor hatte er sein Smartphone auf das Armaturendisplay gespiegelt.

1:09 Uhr las Hannah von der Instrumententafel ab. 4 Grad Außentemperatur. Die Standheizung lief weiter, vermochte aber nicht den Eisblock in ihrem Innersten zum Schmelzen zu bringen, als sie zusah, wie ihr Entführer erneut das Geständnisvideo aufrief. Sofort wandte sie sich ab. Doch allein die eigene Stimme zu hören war kaum erträglich. Die unsichtbaren Boxen waren qualitativ so hochwertig, dass Hannah jede einzelne Schwingung ihrer Stimmbänder zu hören glaubte. Vorhin war ihr verborgen geblieben, wie rau sie klang, jetzt löste alleine das Zuhören das Bedürfnis aus, sich räuspern zu wollen, was auch daher rühren mochte, dass ihr der Hals noch immer wie Feuer brannte.

»Da!« Blankenthal stoppte das Video, als sie gerade davon sprach, wie sie als Expertin die Polizei unterstützte.

»Ich seh mir das nicht an.«

»Das ist schade, denn es ist sehr interessant.«

»Worauf genau wollen Sie hinaus?«

»Jedes Mal, wenn Sie über den Fischermann-Fall sprechen, machen Sie das Gleiche.«

»*Was* mache ich?«

»Sie legen sich die Hand auf die Brust. Die gleiche Geste, wie wenn Sie im Geständnis ›ich‹ sagen oder ›mir‹ oder ›mich‹.«

»Ach ja?«

Das war Hannah entgangen, allerdings hatte sie sich vorhin kaum überwinden können, genauer hinzusehen.

»Ja. Und es gibt noch etwas sehr viel Auffälligeres.« Blankenthals Tonfall klang widerlich selbstverliebt. »Ich muss zugeben, Mimikresonanz macht mir Spaß, es könnte ein zukünftiges Betätigungsfeld von mir werden.«

»Was ist noch auffällig?«, hakte sie ungeduldig nach.

Blankenthal ließ sich nicht lange bitten, mit seiner Erkenntnis rauszurücken, auf die er offenbar sehr stolz war. »Sie haben in Ihrem Geständnis zweiunddreißigmal ›nicht‹ gesagt. Zweimal ›aufhören‹ und einmal ›nein‹.«

»Und?«

»Bei jeder dieser Negationen haben Sie den linken Zeigefinger bewegt!«

Er imitierte das, was er anscheinend in dem Video gesehen hatte, mit seinem Finger auf dem Lenkrad. »Mal haben Sie kaum merklich auf die Tischplatte getrommelt. Manchmal den Finger gut sichtbar angehoben.«

Hannah dachte nach. Das war eine »Achtung«-Geste. Wenn es stimmte, was Blankenthal sagte, dann wollte sie auf etwas aufmerksam machen.

Aber worauf?

Was wollte sie sich damit sagen?

»Vielleicht ist das ein weiterer Beweis«, überlegte sie laut.

»Wofür?«

»Ich will mir zu verstehen geben, dass der Inhalt meines Geständnisses falsch ist. Dass es *nicht* stimmt.«

Sie sah Blankenthal an, der mit ihrer Theorie sichtlich nicht einverstanden schien, so wie er sie mit einseitig hochgezogener Augenbraue skeptisch musterte.

»Oder dass Sie mit etwas aufhören und nicht weitermachen sollen.«

Hannah hatte auf einmal das unwirkliche Gefühl, als ob ihr die Haut, in der sie steckte, plötzlich zu klein war und am gesamten Körper spannte, so elektrisiert war sie von dem Gedanken, den sie jetzt äußerte: »Ich warne mich davor, dieses Video zu analysieren!«

Diese Erklärung überzeugte Blankenthal sichtlich noch weniger. »Was soll das für einen Sinn ergeben? Wie wir gerade merken, werden Sie einen Teufel tun, es sich freiwillig anzuschauen. Davor müssen Sie sich nicht warnen.«

»Doch«, widersprach sie. »Wenn ich davon ausgehen musste, dass ich irgendwann *gezwungen* bin, es mir anzusehen. Oder wenn ich Hilfe habe, es zu analysieren. So wie jetzt.«

Blankenthal nickte bedächtig. »Schön, lassen wir uns auf dieses Gedankenspiel ein. Weshalb sollen Sie das Video nicht anschauen? Wovor warnen Sie sich?«

»Ich schätze, wenn ich die Antwort darauf wüsste, wäre ich jetzt nicht in Ihrer Gefangenschaft«, sagte Hannah und klang dabei ebenso ratlos, wie sie sich fühlte.

Blankenthal schaltete den Motor wieder ein. Die Scheinwerfer des SUV flammten auf, und der Waldweg vor ihnen strahlte wie in gleißendes Sonnenlicht getaucht. Hannah jedoch tappte komplett im Dunkeln.

»Fischermann?«, fragte sie ihren Entführer.

»Wie bitte?«

»Ich habe mir bei dem Wort ›Fischermann‹ die Hand aufs Herz gelegt, sagten Sie eben?«

»So ist es.«

»Vielleicht geht es genau darum. Ich soll seinetwegen aufhören, mich mit meinem Geständnis intensiver zu beschäftigen.«

Sie rieb sich müde die Augen. »Vielleicht hatte ich eben doch mehr als nur einen Traum.«

»Wie kommen Sie darauf?«

»Er passt unheimlicherweise zu dem, was Sie gerade entschlüsselt haben.«

»Wie das?«

Sie gab ihm die kürzestmögliche Zusammenfassung von dem Anfang ihres Albtraums. »Ich bin nach Hause gekommen, da war meine Familie bereits tot. Ermordet von einem Einbrecher, den ich überrascht habe.«

»Lassen Sie mich raten, er hat Ihnen die Verletzung beigebracht und ist geflüchtet?«

»Ja.«

»Was hat das mit dem Fischermann-Fall zu tun?«, fragte Blankenthal.

»Dazu muss ich Ihnen erzählen, wie mein Traum weiterging.«

KAPITEL 53

HANNAH
SCHICKSALSNACHT
ALBTRAUM-VISION, TEIL II

»Was ist passiert?«, wollte Fadil wissen.

Nach ihrem Anruf hatte er keine zwanzig Minuten für die Halbstunden-Strecke von Tempelhof zu ihr nach Lichtenrade gebraucht. In der Zwischenzeit war sie nach unten gegangen, hatte sich einen Druckverband aus dem Erste-Hilfe-Kasten angelegt und versucht, nicht den Verstand zu verlieren, während sie ihren Schmerz und ihre Verzweiflung in das Sofakissen schrie, das sie sich vor das Gesicht presste.

Als Hannah ihm die Haustür öffnete, erkannte sie in Fadils Augen einen Ausdruck angespannter Nervosität, wie sie ihn noch nie zuvor bei dem erfahrenen Ermittler gesehen hatte.

»Sie sind tot«, sagte sie. Hannah spürte, dass sie wieder hysterisch zu werden drohte, und schlug sich selbst mehrfach mit der flachen Hand ins Gesicht.

Fadil stürmte nach oben und kam völlig verändert zurück. Trotz seines dunklen Teints wirkte er kreidebleich.

»Hast du ihren Puls gefühlt?«, wollte Hannah in einem letzten Anflug von Resthoffnung wissen. Fadil nickte. Seine Tränen waren ihr Antwort genug. Er führte Hannah zum Sofa, sank davor auf die Knie, hielt sich verzweifelt an ihren Beinen fest, dann löste er sich von ihr und zog sein Handy hervor.

»Nein, nicht«, stöhnte Hannah. »Zu niemandem ein Wort.«

»Wieso nicht?«, fragte er komplett verwirrt.

»Weil ich einen Plan habe. Hör ihn dir bitte an und lass mich ausreden, auch wenn es vollkommen wahnsinnig klingt.«

Während sie auf Fadil gewartet hatte, war ihr tatsächlich ein Gedanke gekommen, der einem Plan nahekam, und sie hatte die ersten Schritte zur Umsetzung bereits in die Wege geleitet. Er war idiotisch, irrsinnig und extrem gefährlich, und seine Erfolgschancen standen in keinem Verhältnis zum Risiko. Aber Hannah sah keine andere Möglichkeit als jene unter Schmerz und extremer Trauer geborene Idee.

»Nein, nein, da mache ich nicht mit«, protestierte Fadil, nachdem sie ihn eingeweiht hatte.

»Wieso nicht?«

»Das wird nicht funktionieren. Schon mal nicht, weil du verletzt bist. Du musst sofort ins Krankenhaus. Du könntest innere Blutungen haben oder eine Blutvergiftung bekommen. Wir haben keine Zeit für diesen kruden Plan.«

Hannah wischte sich Schweißperlen von der Stirn, die ihr Körper anscheinend produzierte, als weiteres Warnsignal neben den fast unerträglichen Wundschmerzen an ihrer Seite.

»Doch, haben wir. Ich kenne meinen Körper. Ich hab mir einen Druckverband angelegt und bin fürs Erste versorgt. Wir haben alle Zeit der Welt für das Video. Aber damit es glaubhaft wirkt, brauche ich dich. Es muss offiziell aussehen.«

Fadil fuhr sich hektisch durch seine dichten schwarzen Haare.

»Du stehst unter Schock. Sonst würdest du so etwas Aberwitziges niemals vorschlagen.«

»Ja, ich stehe unter Schock. Nur deshalb bin ich so ruhig. Wie ein Huhn, dem man den Kopf abgeschlagen hat und das danach trotzdem weiterrennt. Aber es rennt weiter, und das ist im Moment das Einzige, was zählt. Ich bin nicht nur kopflos, ich bin komplett entwurzelt. Ich habe nichts mehr zu verlieren.«

»Doch, du könntest in den nächsten Stunden auch noch dein eigenes Leben verlieren«, widersprach Fadil.

Bei der Antwort brach Hannahs Stimme: »Ja und? Was soll mir das denn jetzt noch wert sein? Jetzt, wo mir alles genommen wurde, was mir einmal wichtig war? Sind wir Freunde, Fadil?«, fragte sie ihn, als sie sah, wie er wieder zum Handy griff.

»Das sind wir.«

Sie streckte beide Hände nach ihm aus. »Wir fahren aufs Revier, und du nimmst mich auf. Ganz offiziell.«

»Das wird nicht klappen.«

»Das kannst du nicht wissen. Und eine andere Chance haben wir nicht, um den Fischermann anzulocken.«

Fadil deutete zur Treppe, die hoch auf die Blutetage führte. »Wir wissen doch noch nicht einmal, ob es der Fischermann war.«

Hannah stöhnte. »Wer sollte es denn sonst sein? Ich bin ihm mit meiner Arbeit zu nahe gekommen. Er wollte meine Familie und mich auslöschen.«

Fadil tigerte nervös vor dem Sofa auf und ab. Sie wusste, dass sie Unmögliches von ihm verlangte. Sein Vater hatte ihm eingebläut, dass man sich in Deutschland an Recht und Ordnung halten müsse, wenn man im Land bleiben will. Zwar hatte Fadil einen deutschen Pass, doch die Eltern hatten Angst, sie könnten wieder in den Libanon abgeschoben werden, wenn ihr Sohn mit dem Gesetz in Konflikt geriet.

»Schön, und was passiert deiner Meinung nach, wenn der Fischermann dein falsches Geständnis sieht, das wir, nehme ich an, in den sozialen Netzwerken verbreiten?«

Hannah hielt seine Hand fest. »Was haben wir bislang für ein Profil von dem Fischermann erstellt, Fadil? Er ist ein Narziss. Er spielt Gott. Lässt einen obskuren Test über Leben und Tod der von ihm entführten Kinder entscheiden.«

Fadil schüttelte ihre Hand ab. »Wie soll er dir das heimzahlen, wenn du im Knast sitzt? Und das wirst du, sobald die Ärzte dich wieder zusammengeflickt haben.«

Sie nickte, das hatte sie bedacht. »Das werden wir sehen. Ihr steckt mich in einen lockeren Vollzug bis zum Prozess, gewährt mir Freigang, Kaution, was weiß ich. Außerdem …«

»Was?«

»Ich bin ihm womöglich egal. Ich denke, er wird irgendetwas tun, um der Öffentlichkeit zu beweisen, dass nur er der Täter ist und ich die Trittbrettfahrerin. Und dabei macht er einen Fehler, und wir kriegen ihn.«

Sie richtete sich auf dem Sofa auf. Presste sich die Hand auf den Verband und biss sich auf die Zunge, um nicht laut loszuschreien. »Da sind wir uns in der Analyse doch einig gewesen, Fadil. Der Fischermann denkt, er erweist der Gesellschaft einen guten Dienst. Er spielt Gott, wenn er darüber entscheidet, wen er freilässt und wen er tötet. Auch wenn wir noch nicht komplett hinter sein Motiv gestiegen sind, wissen wir doch, was für ein gewalttätiger Egomane er sein muss.«

»Und den willst du anlocken?«

»Ja, will ich.«

Hannahs Kräfte schwanden. Sie hatte das Gefühl, dass sie dreimal so schnell atmen müsste, wenn sie nicht ohnmächtig werden oder ersticken wollte.

»Lass es uns versuchen«, bettelte sie Fadil an. »Mein Leben ist doch eh vorbei. Schlimmeres kann mir nicht mehr passieren.«

»Du bist von Sinnen.«

»Genau. Das bin ich. Also beeilen wir uns, bevor ich wieder klar denken kann und zu nichts mehr in der Lage sein werde, als nach einer Methode zu suchen, mein wertloses Leben so schnell wie möglich zu beenden.«

»Du wirst nicht sterben, das lasse ich nicht zu«, protestierte Fadil.

»Ich bin schon tot«, entgegnete sie matt. »Also lass uns das Video aufnehmen. Lass mich nicht umsonst gestorben sein.«

»Also gut.« Fadil fuhr sich mit beiden Händen durch die Haare.

»Aber vorher musst du es mir sagen. Was ist mit ihm passiert?«

»Mit Paulchen?«

Er nickte. »Wo ist er?«

KAPITEL 54

HANNAH
GEGENWART

Sie fuhren wieder durch die Nacht und hatten gerade beim ehemaligen Grenzübergang Dreilinden die Berliner Stadtgrenze hinter sich gelassen. Hannah konnte nicht mehr weiterreden, so sehr wurde sie von einem Heulkrampf geschüttelt. Es war, als wäre die Trauer ein Wesen, das ihren Körper in Beschlag genommen hatte und nun aus ihm mit einem Schwall von Tränen ausbrechen wollte.

Richard, ihr Vater, Kyra und … Paul!

So sicher, wie sie sich war, diese Menschen nicht ermordet zu haben, so sicher wusste sie, dass sie ihre Familie für immer verloren hatte.

Nicht zum ersten Mal wünschte sie sich die Nebelwand zurück, die ihr den Zugang zu sämtlichen Erinnerungen versperrt hatte. Als sie sich wieder gefangen hatte, warf Blankenthal ihr einen argwöhnischen Blick zu. »Das ist Ihre Version der Wahrheit?«

Hannah schüttelte den Kopf. »Wie oft denn noch? Es ist ein Traum. Nur ist er sehr viel plausibler als Ihre Theorie, in der ich die Mörderin bin.«

»So wie Sie es gestanden haben.«

»Auf dem Video, ja. Aber überlegen Sie, was wir beide bei der Video-Analyse alles herausgefunden haben. Ich verschweige etwas. Ich adaptiere das Verhalten des Täters. Und ich gebe mir ein Zeichen, das Video nicht weiter zu analysieren.«

»Verstehe ich nicht. Wieso?«

»Weil die Analyse zu dem Ergebnis kommt, dass ich auf gar keinen Fall die Täterin bin. Ich darf aber keine Zweifel streuen, wenn ich den Fischermann anlocken will.«

Wieder hatte sie unbewusst mit dem Zeigefinger auf sich gezeigt.

Blankenthal drehte sich zu ihr. »Nur damit ich es richtig verstehe: Der Fischermann, der eigentlich nur sauer auf Sie sein müsste, tötet am Ende alle Mitglieder Ihrer Familie außer Ihnen?«

Sie tastete nach ihrer Wunde.

Abwarten. Noch stehen die Chancen gar nicht so schlecht, dass auch ich die Nacht nicht überlebe.

Hannah hielt erschrocken die Luft an, als ihr Fadils Worte aus dem zweiten Telefonat in den Sinn kamen.

»Dein Plan, ihn anzulocken, hat offenbar funktioniert. Doch jetzt musst du dich in Sicherheit bringen.«

Vor dem Fischermann, der

- zu allem fähig war, wenn er sie heimsuchte,
- ein Psychopath war wie aus dem Lehrbuch.

So wie …

Sie wagte es kaum, zu Blankenthal zu schauen. Sein Gesicht wirkte im Licht der Armaturen wie in Blut getaucht. Sein stilles Lächeln hatte nichts Liebevolles. Die Hand am Lenkrad nichts Zärtliches. Und sein gesamtes Auftauchen – nach all dem, was sie heute mit ihm hatte durchleiden müssen – womöglich überhaupt nichts Zufälliges.

»Wohin fahren wir eigentlich?«, fragte sie ihn.

»Können Sie sich das nicht denken?« Er nahm eine Hand vom Lenkrad und begann mit dem Daumen beginnend an den Fingern abzuzählen. »Erstens: Sie haben gewaltige Probleme mit Ihrem Kopf. Zweitens: Sie leiden unter seltsamen Spiegelängsten und Amnesien. Drittens: Sie haben Ihre Psychopharmaka abgesetzt. Und viertens: Das Letzte, was Ihr Vater für Sie getan hat, war, den Radiologen ausfindig zu machen, der Sie und Ihr lädiertes Gehirn in die Röhre schob.«

»Pfahl«, sagte Hannah.

»Richtig.« Er spreizte den kleinen Finger ab. »Ergibt fünftens: Dr. Lennert Pfahl.«

Blankenthal wechselte auf die Überholspur. »Genießen Sie die Fahrt. Wir sind in zehn Minuten bei ihm.«

KAPITEL 55

Hannah kannte das Haus. Die Erinnerung daran musste also schon einige Zeit zurückliegen, lichtete sich das Nebelfeld des Vergessens bei ihr doch umso schneller, je tiefer es in die Vergangenheit reichte.

Kein Zweifel.

Sie war schon mehrfach an ihm vorbeigefahren. An dem roten Ziegeldach, um genau zu sein.

Oft hatte sie sich gefragt, wer in drei Teufels Namen es genehmigt hatte, ein Gebäude so dicht an der Autobahn zu errichten, dass eine der Dachkanten sogar durch den Zaun stach und direkt in den Standstreifen der A115 ragte. Immer wieder, wenn sie kurz vor dem ehemaligen Grenzübergang Dreilinden daran vorbeifuhr, hatte Hannah sich vorgenommen, eines Tages beim Zehlendorfer Kreuz die nächste Ausfahrt zu nehmen, um die Straße zu finden, in der dieses seltsame Haus stand, das sie so gerne einmal von vorne sehen würde. Denn soweit sie es bei Tempo achtzig erkennen konnte, wirkte es nicht wie ein technisches Bauwerk der Wasserwerke, eines Stromversorgers oder der Bundesbahn etwa. Sondern wie ein ganz normales Einfamilienhaus.

Sein eigenartiger Standort hatte immer wieder ihre Fantasie beflügelt. Als passionierte Krimileserin (auch das wusste sie jetzt wieder) malte sie sich oft aus, wie morbid es wäre, wenn sich grauenhafte Verbrechen ausgerechnet hinter einer Fassade abspielten, an der jeden Tag Zehntausende von Menschen ahnungslos vorbeifuhren.

Wer lebt in so einem Gebäude? Keine zwei Meter von der Avus entfernt, die Fenster in Höhe der vorbeirasenden Autos?

Seit zwei Minuten wusste sie es.

Dr. Lennert Pfahl, Neuroradiologe, stand auf dem emaillierten Schild an der Zufahrt in der Alemannenstraße, vor der Blankenthal gehalten hatte. Eine Trauerweide ragte über den Maschendrahtzaun des Grundstücks. Ihre Krone schien im Rauschen des Verkehrs der Stadtautobahn wie in Trance zu tanzen. Der stetige Lärm der Autobahn war selbst um diese Uhrzeit so penetrant, dass er das Quietschen übertönte, als Blankenthal das einfache Schloss des Gartenzauns aufdrückte.

Hannah sparte sich die Frage, weshalb sie nicht klingelten. Auch hier wollte ihr Entführer offensichtlich auf den Überraschungseffekt setzen.

»Was wollen wir hier?«

Sie hatte noch einmal einige Tropfen aus der Codein-Flasche und drei Paracetamol nehmen dürfen und jetzt wenigstens nicht mehr das Verlangen, permanent ihren Schmerz in die Welt zu schreien. Dafür plagte sie ein heftiger Juckreiz unter dem Wundverband.

»Hier können Sie die vielleicht letzte Chance wahrnehmen, die ich Ihnen gebe, Frau Herbst.«

Sie durchquerten einen riesigen, verwilderten Vorgarten, auf dessen Grundfläche das graue Satteldachhaus bestimmt viermal gepasst hätte. Rechts und links des schon lange nicht mehr vom Laub befreiten steinernen Gehwegs machte das Gelände einen sumpfartigen Eindruck, was in Anbetracht der Nähe zum Nikolassee nicht verwunderlich war.

»Und worin soll meine Chance bestehen?«

Blankenthal wedelte mit der Papprolle mit den MRT-Bildern, die er bei ihrem Vater gefunden hatte, in Richtung des Hauses, auf das sie sich zubewegten.

»Das Letzte, was Ihr alter Herr vor seinem gewaltsamen Tod erledigt hat, war, diese Adresse hier für Sie herauszusuchen. Kurz danach wurde er ermordet. Vermutlich von Ihnen, dessen bin ich mir zwar ziemlich sicher, jedoch kann ich es nicht mit hundertprozentiger Gewissheit sagen.«

Gut, er zweifelt. Wenn auch nicht stark, aber immerhin.

»Ich bin mir aber sehr, sehr sicher, dass diese Aufnahmen etwas mit seinem Tod zu tun haben. Irgendjemandem ist Ihr Vater zu nahegekommen. Betrachten Sie es als den letzten Strohhalm, an den Sie sich klammern können. Oder als letzten Sargnagel. Je nachdem, ob dieser Dr. Pfahl Sie gleich be- oder entlasten wird.«

Sie hatten die Haustür erreicht. Eine einfache Holztür, der Rahmen zerkratzt wie von einer Katze, die auf sich aufmerksam machen und hereingelassen werden wollte.

»Sie wissen nicht zufällig auch hier wieder, wo sich ein Zweitschlüssel befindet?«

Blankenthals Bemerkung war nicht ernst gemeint, trotzdem spürte Hannah, wie ihr bei dem Gedanken schlecht wurde, sie könnte vielleicht schon einmal hier gewesen sein und sich daran wie an so vieles nicht mehr erinnern.

Blankenthal rüttelte an dem Türknauf. Er grunzte zufrieden, weswegen Hannah dachte, er würde sich mit Schlössern dieser Art auskennen und aus den Untiefen seiner Jacke gleich ein Messer, eine Scheckkarte oder ein anderes Werkzeug holen. Tatsächlich aber ging er einen halben Schritt zurück und trat die Tür mit einem einzigen Tritt auf.

So viel zum Thema Überraschungseffekt.

Das Krachen und Splittern schien ohrenbetäubend. Jeder im Haus Anwesende musste davon alarmiert und aus dem Schlaf gerissen worden sein. Dennoch regte sich nichts im Inneren. Nirgendwo wurde Licht angeschaltet, niemand zeigte sich oder rief um Hilfe.

Aber vielleicht war Dr. Pfahl einfach klug genug, um sich irgendwo zu verstecken und heimlich die 110 zu wählen?

Hannah betete, dass dem so war, dann könnte sie sich endlich der Polizei stellen.

»Ein Raucherhaushalt!«, stellte Blankenthal fest und kräuselte voller Abscheu die Nase. Eine Digitaluhr auf einer Kommode warf ein bläuliches Nachtlicht in den schmalen Korridor, der sie in ein kleines Wohnzimmer führte. Hannah bemerkte ebenfalls den Geruch von kaltem Zigarettenqualm, Tabak und feuchtem Holz. Sie wurde kurzatmig, was sicher nicht nur an der schlechten Luft lag. Womöglich war es eine Standardreaktion ihres Körpers auf beengte Räume. Pfahls Wohnzimmer war so mit medizinischen Bücher- und Fachzeitschriftenstapeln vollgemüllt, dass es zwischen den teilweise bedrohlich schief stehenden Papierbergen nur einen kleinen Pfad gab, der durch das Zimmer zu den hinteren Räumen führte.

»Wie kalt es hier ist!«, sagte Hannah. Offenbar war die Heizung ausgefallen. Sie wünschte sich, die Arme um den Oberkörper schlagen zu können, was ihre Fesseln verhinderten. Als Nächstes wünschte sie sich, die Kraft zu haben, vor Blankenthal davonzulaufen, raus aus diesem Haus, raus aus der Gegenwart, weit, weit weg, am besten so weit weg, dass sie sich selbst und ihr grauenhaftes Leben zurückließ.

Denn im Schein von Blankenthals Handytaschenlampe konnte sie nicht nur ihren eigenen Atem sehen. Sondern auch die Leiche im hinteren Teil des Messie-Wohnzimmers, direkt vor dem schon lange erloschenen Kamin.

KAPITEL 56

Nicht schon wieder, dachte Hannah. *Bitte, nicht schon wieder eine Leiche!*

Blankenthal starrte ungerührt auf den zusammengekrümmten Körper. Er betätigte einen Lichtschalter an der Wohnzimmerwand. Schwefelgelbes Licht aus einer schmutzigen Deckenlampe verlieh der morbiden Szenerie etwas Unwirkliches, so als wäre sie aus der Zeit gefallen und alles Erlebte eine Rückblende wie in einem Film.

Nur dass es leider die Realität ist.

Ihr seltsamer Entführer stieß Pfahl mit dem Fuß in die Seite. »Hey, aufwachen!«

Blankenthal trat noch einmal zu. Etwas heftiger. Mit Erfolg.

Gott sei Dank, er bewegt sich.

Pfahl, wenn er es denn war, griff sich an den Kopf und öffnete sogar die Augen. Trotzdem sah er noch immer völlig leblos aus. Dieser Eindruck verstärkte sich, als er sich nach einer Weile erst in den Vierfüßlerstand hochdrückte, um anschließend mit dem Rücken gegen die Scheibe des Kamins gelehnt sitzen zu bleiben.

Ein lebendiger Toter, dachte Hannah.

Nicht nur die Haut des Gesichts war so blass wie bei einer Wasserleiche. Es schien, als wäre Pfahls gesamter Kopf aus weichem Wachs geformt, das vor den Augen von Hannah und Blankenthal zu schmelzen begonnen hatte.

Wie bei den berühmten Uhrenbildern Dalís war der obere Teil noch halbwegs symmetrisch, während die mittleren und unteren Partien förmlich zu Boden flossen. Seine Tränensäcke beulten sich nach unten aus, auch die Ohren hingen ihm wie bei einem Basset an den Seiten herab. Vor allem aber war der Unterkiefer so unnatürlich weit nach vorne geschoben, dass allein das Hinsehen schmerzhaft war.

»Dr. Pfahl?«, fragte Hannah, die sich am liebsten auf Augenhöhe zu ihm hingekniet hätte, aber das erlaubte ihre Wunde nicht. »Was ist passiert?«

»Das ist ja wohl offensichtlich«, antwortete Blankenthal für ihn.

»Wie?«

»Der Kerl ist opiumsüchtig.«

Hannah sah auf das knochige Häufchen Elend vor sich. Pfahl steckte in einem grauen Anzug, der viel zu groß schien. Er hatte einen Schuh verloren, den anderen trug er ohne Socken.

»Woran machen Sie das fest?«

»Abgesehen von seinem Zittern und den leeren Hustensaftflaschen?« Blankenthal deutete über die Bücherberge zu einer ebenfalls mit Aktenordnern und Zeitschriften überladenen Sitzgarnitur, vor der ein Umzugskarton als Beistelltisch fungierte. Auf ihm stapelten sich Medikamentenpackungen, leere Arzneimittelflaschen und Pillendosen und vieles mehr.

»An dem ausgerenkten Unterkiefer«, nannte Blankenthal das ausschlaggebende Symptom, das ihn zu seiner Diagnose geführt hatte. »Er hat zu intensiv gegähnt. Eine typische Folge des Morphinentzugs.«

Hannah meinte sich daran zu erinnern, von so etwas schon einmal gehört zu haben. »Okay, wenn das stimmt, braucht er Hilfe.«

»Schon dabei!« Blankenthal nahm auf Pfahls ausgestreckten Beinen Platz. Als er ihm mit Daumen und Zeigefinger den Mund aufdrückte, begann der Radiologe leise zu wimmern.

»Was haben Sie vor?«, fragte Hannah entsetzt, als sie sah, wie Blankenthals Daumen im rechten und linken Mundwinkel verschwanden.

»Ich will mich mit ihm unterhalten.«

»Indem Sie ihm zuvor den Kiefer brechen?«

Pfahl hob in einer schwachen Abwehrgeste beide Arme, die Blankenthal mühelos wieder herunterdrückte. Das neu erkorene Opfer des »Chirurgen« wimmerte. Ein dunkler Fleck breitete sich auf der Anzughose zwischen seinen Beinen aus.

»Hören Sie auf, ihn zu foltern!«, rief Hannah.

»Zuschauen und lernen«, erwiderte Blankenthal schulmeisterlich. »Sie müssen erst den Unterkiefer nach vorne …«, er stöhnte vor Anstrengung, »… und dann nach unten ziehen.«

Pfahl schrie sich die Seele aus dem Leib. Beim zweiten Mal, als Blankenthal die Prozedur wiederholte, sogar noch lauter, trotzdem hatte Hannah das Knacken gehört. Und tatsächlich saß nach diesen wenigen Handgriffen der Kiefer wieder an Ort und Stelle.

»Gut aufgepasst? Dann wissen Sie jetzt, wie Sie die Mandibula bei einer Kieferluxation wieder einrenken. Hey, hey …« Er gab Pfahl, der aussah, als wollte er wegdämmern, eine leichte Ohrfeige, die wohl genau richtig dosiert war. Sie reichte aus, um dem Mann einen weiteren Schrei zu entlocken, war aber nicht stark genug, um den Radiologen in die Ohnmacht zu schicken. Allerdings schien Pfahl jede Bewegung unendlich viel Kraft abzuverlangen. Sein

Kopf war ihm auf die Brust gesackt, er atmete flach, und die Augenlider flatterten.

Unglaublich. Er hat ihm wirklich geholfen.

Hannah stellte fest, dass es ihr umso schlechter gelang, aus ihrem Geiselnehmer schlau zu werden, je mehr Zeit sie mit ihm verbrachte.

»Wasser!«, befahl Blankenthal knapp.

Hannah ging den Bücher-Pfad des zugestellten Wohnzimmers zurück Richtung Haustür und entdeckte den Eingang zu einer kleinen Küchenzeile. Dreckiges Geschirr stapelte sich in der Spüle. Sie nahm sich das sauberste von den benutzten Gläsern, spülte es kurz aus und füllte es auf. Auf ihrem Rückweg spielte sie mit dem Gedanken, durch die Vordertür abzuhauen, aber das Haus lag so abseits, und sie war so geschwächt, dass Blankenthal sie spätestens am Gartenzaun wieder aufgegriffen hätte. Also bemühte sie sich, das Glas mit gefesselten Händen den Weg zurück zu balancieren. Blankenthal nahm es ihr ab und schüttete es dem Arzt ins Gesicht.

So viel dazu, dass ich es vorher gereinigt habe.

Der schüttelte sich wie ein nasser Pudel, hob den Kopf und schaffte es sogar, die Augen offen zu halten, während er mit schmerzverzerrtem Gesicht den Unterkiefer zu bewegen begann.

»Wer seid ihr?«, fragte er nach einer Weile. Er klang wie ein Zahnarztpatient nach einer zu starken Betäubung.

»Sie sollten sich ein, zwei Tage lang schonen. Nur Suppe, nichts Hartes essen«, riet ihm Blankenthal, der offenbar wieder ganz in seiner Rolle als Mediziner aufging. Er klang so autoritär wie ein Chefarzt bei seiner Visite. »Und ab sofort reden Sie nur, wenn Sie gefragt werden, okay, Dr. Pfahl?«

Der Radiologe, in dessen Haus sie eingebrochen waren,

hielt sich nicht an den Befehl. Zitternd und mit raschem Atem keuchte er: »Was wollt ihr von mir? Und wieso …«, er zeigte auf Hannahs Hände, »… ist die gefesselt?«

»Die Frage ist eher: Was haben wir Ihnen mitgebracht?«

Blankenthal zog das Codein-Fläschchen aus seiner Jackentasche. Pfahls Augen wurden groß, als er erkannte, was da in seiner Reichweite war. Er zitterte noch heftiger, während er mit halb geöffnetem Mund Blankenthal zuhörte.

»Lassen Sie mich raten. Sie haben keine Zulassung mehr, um sich selbst ein Rezept auszustellen. Jetzt ist Ihnen der Stoff ausgegangen, und Sie würden uns ganz sicher einige Fragen beantworten, wenn Sie danach das gesamte Codein auf einmal schlucken dürften. Als Bonus haben wir sogar noch Paracetamol mit im Gepäck. Sie wissen ja, wie sehr das die Wirkung verstärkt.«

»Was für Fragen?«, sagte Pfahl eilig, ohne auch nur eine Sekunde zu zögern. Dass einer der beiden Einbrecher offenbar eine Geisel war, interessierte ihn nicht mehr. Er hatte nur noch Augen für die Medikamente. Und gezwungenermaßen für die Papprolle, nach der Blankenthal wieder gegriffen hatte und aus der er nach und nach die MRT-Bilder entnahm.

»Erkennen Sie, was ich hier habe?«, fragte er.

Pfahl nickte bestätigend, und Hannahs Herz tat einen Sprung.

Ihr Vater hatte recht.

»Dann haben Sie diese Aufnahme gemacht?«, fragte sie.

Pfahl sah Hannah an, als hätte sie ihn gefragt, ob er durch die Zeit reisen könne.

»Kindchen, schau dich mal um«, sagte er so kraftlos, wie er eine »Vorhang frei!«-Geste mit dem rechten Arm ausführte, als wäre sein Wohnzimmer eine Bühne, und der

Star des Abends würde jeden Moment auftreten. »Sieht das für dich hier aus wie die Mayo-Klinik? Ich bin pleite. Hab mein Praxisinventar schon längst verkauft.«

Blankenthal und Hannah tauschten einen Blick. Es stand außer Frage, wofür Pfahl das Geld verbraucht hatte.

»Immerhin haben Sie noch das Haus«, stellte Blankenthal fest.

»Das gehört meiner Schwester. Fragen Sie nicht, wie tief ich bei der in der Kreide stehe.«

Vielleicht solltest du einfach weniger Drogen konsumieren, dachte Hannah. Aber wer war sie, einem anderen Ratschläge erteilen zu dürfen. Im Wettbewerb um den ersten Platz der gescheiterten Existenzen hätte sie nicht unbedingt sehr viel schlechtere Chancen als er.

»Wir haben einen Tipp bekommen, dass Sie diese MRT-Aufnahmen angefertigt haben«, sagte Blankenthal.

»Hoffentlich haben Sie dafür nichts bezahlt.«

»Aber es sind doch Ihre Initialen auf den Bildern?« Blankenthal hielt ihm die größte der Aufnahmen direkt vors unrasierte Gesicht.

Pfahl schlug das Bild weg. »Erst das Codein. Sonst kann ich nicht denken.«

Zu Hannahs Verwunderung reichte Blankenthal ihm das Fläschchen und den Blister mit den Schmerztabletten.

Ich hätte meinen Trumpf erst aus der Hand gegeben, nachdem ich Antworten bekommen habe.

Ihr Entführer schraubte dem verwahrlosten Radiologen sogar den Deckel auf, da dieser wegen seiner zitternden Finger dazu nicht in der Lage war. Sofort steckte Pfahl sich die Flasche in den Mund, spuckte die Tropfvorrichtung auf den Boden und schluckte den gesamten Inhalt zusammen mit vier Pillen Paracetamol auf ex.

Danach schloss er die Augen, aber nur für wenige Sekunden. Wenn das Mittel überhaupt schon einen Effekt haben konnte, dann allenfalls als Placebo. Dennoch wirkte seine Atmung ruhiger, und sein Zittern hatte etwas nachgelassen.

»Noch mal: Wieso stehen die Anfangsbuchstaben Ihres Namens auf den Aufnahmen?«, wollte Blankenthal wissen.

Pfahl schaffte es zu grinsen und entblößte dabei schiefe, aber erstaunlich intakte Zähne. »Wenn Sie nicht noch mehr Hustenblocker im Gepäck haben, fürchte ich, kann ich Ihnen nicht weiterhelfen.«

Siehst du! Hannah warf Blankenthal einen »Hab ich's doch gewusst«-Blick zu.

Der schien weiter unbekümmert und zog ein Portemonnaie hervor. »Reicht das, um die Zunge zu lösen?«

Er wedelte mit einem Hunderteuroschein vor Pfahls Gesicht.

Gierig griff der Radiologe nach dem Geld, aber Blankenthal war schneller und zog die Hand rechtzeitig wieder weg.

»Erst, wenn all unsere Fragen beantwortet sind.«

»Okay, okay …« Pfahl rieb sich den Kiefer und verzog das Gesicht. »Was wolltet ihr noch mal wissen?«

»Wenn Sie diese Aufnahmen nicht gemacht haben, wieso stehen dann Ihre Initialen drauf?«

L. P.

»Damit ich das Maul halte und niemandem verrate, dass ich die Bilder ausgewertet habe«, antwortete der Arzt.

Hannah kniff die Augen zusammen. »Das verstehe ich nicht.«

»Nein? Dann sind Sie ein medizinischer Laie. Mir war sofort klar, dass das illegal ist. Ich meine, wer beauftragt denn schon mich für eine MRT-Analyse, wenn er eine andere Wahl hat? Aber hey, ich bin alt und brauche das Geld. Und damit ich die Story nicht meistbietend verkaufe, haben die Auftraggeber sichergestellt, dass ich mich im Falle einer Anzeige selbst belaste.«

»Wieso sind die Aufnahmen illegal?«

»Das wissen Sie nicht?« Pfahls Blick wurde leer. Als wäre von einem Moment auf den anderen alle Hoffnung aus ihm verschwunden. »Es ist unrecht.«

»Was meinen Sie?«, fragte Hannah.

»Man darf derartige Untersuchungen nicht ohne genehmigten Ethik-Antrag durchführen«, sagte Pfahl leise, als wollte er es vor sich selbst nicht zugeben. »Erst recht nicht bei Patienten in diesem Alter.«

»In was für einem Alter?«, fragten Hannah und Blankenthal nahezu gleichzeitig.

»Oh, Mann, Sie beide haben wirklich gar keine Ahnung, womit Sie es zu tun haben, oder?«

Pfahl hob den Kopf und sah sie aus Augen an, die dem Tod noch näher schienen als in dem Moment, in dem er sie vorhin zum ersten Mal aufgeschlagen hatte: »Diese MRT-Bilder – das sind Gehirnscans von einem Kind.«

KAPITEL 57

Moment mal …«

Die MRT-Scans waren von Kinderhirnen?

Hannah nahm Blankenthal eine der Aufnahmen aus der Hand. Nun war sie es, die dem drogensüchtigen Radiologen das Bild vor die Nase hielt.

»… und was ist mit H. H.? Was haben diese Initialen zu bedeuten?«

Ich dachte, das wäre mein Kopf!

Wegen ihrer Fesseln konnte sie nicht das flexible Bild halten und gleichzeitig auf die entsprechende Ecke zeigen, in der sich die Anfangsbuchstaben ihres Namens befanden.

»Keine Ahnung.«

»Hannah Herbst«, half Blankenthal ihm auf die Sprünge.

»Wer soll das sein?«

»Die Dame vor Ihnen. Das sind ihre Initialen. Ihr Vater ist ein renommierter Psychiater, er hat herausgefunden, dass Sie etwas mit diesen Scans zu schaffen haben.«

»Ach, und da dachten Sie, brechen wir doch einfach bei dem alten Pfahl mal ein? Weil Sie der Meinung sind, das wäre Ihr Kopf?«

Der Arzt sah Hannah an und griff sich durch die geöffnete Knopfleiste seines Hemdes, um sich die Brust zu kratzen. »Fakt ist: Die Bilder sind nicht von Ihrem Gehirn, das steht schon mal fest. Obwohl interessant wäre zu wissen, wie Sie auf den Test reagieren, wo Sie doch offenbar weder vor Einbruch noch Erpressung zurückschrecken.«

»Was für ein Test?«

»Zusätzlich zu den Scans wurden den Kindern Bilder gezeigt.«

»Was für Bilder?«

»Fotos von Personen mit unterschiedlichen Gefühlszuständen«, sagte Pfahl. »Lachende, weinende, ängstliche, neutrale Menschen. Was weiß ich.«

Ein Mimik-Test?, dachte Hannah.

Sie musste an die Notizen denken, die sie in ihrem Arbeitszimmer in Lichtenrade gefunden hatte:

- Ludwig Voscherau, elf Jahre
- Wurde nicht misshandelt
- Musste sich mehrere Gesichts-Fotos von Menschen ansehen. Manche lachten, manche sahen gequält aus. Oder weinten furchtbar.

»Wurden zu den Bildern auch Fragen gestellt, während die Kinder im MRT lagen?«

Pfahl sah Hannah verblüfft an. Eben noch schien er wieder wegzudriften, aber diese für ihn offenbar unerwartete Wendung des Gesprächs rüttelte ihn noch einmal wach. »Woher wissen Sie von den Fragen?«

Weil es in meinen Notizen steht.

»In der Tat. Die Kinder mussten A/B-Fragen beantworten wie: ›Würdest du lieber hundert Konservendosen zur Pyramide aufstapeln oder eine rausziehen, um den Turm zum Einsturz zu bringen?‹« Er räusperte sich. »Aber das mit den Fragen geschah nicht während, sondern erst nach dem MRT. In einer zweiten Runde.«

»Was für eine zweite Runde?«, fragten Hannah und Blankenthal nahezu wort- und zeitgleich.

»Ich bin mir nicht sicher«, sagte Pfahl. »Ich hab mir das auch nur zusammengereimt. Mein Auftraggeber hat mir versichert, dass die MRT-Aufnahmen freiwillig geschahen, ich also nichts zu befürchten hätte. Er bot mir allerdings das Doppelte, wenn ich einen zweiten Scan durchführen würde, bei dem ebenjene Fragen gestellt würden. Das habe ich abgelehnt.«

»Ja, weil Sie die Geräte dazu nicht haben. Gewiss nicht, weil Sie so ein rechtschaffener Kerl sind«, sagte Blankenthal mit einem Gesichtsausdruck, als wollte er Pfahl gleich an die Gurgel.

Hannah war derweil in ihrer Gedankenwelt gefangen.

Der Fischermann macht einen Gehirnscan. Dieser Scan entscheidet nicht über Leben und Tod. Sondern, ob es zur Entführung kommt.

Zur zweiten Runde!

Bei der die Opfer einen Mimik-Test machen müssen.

Bilder. AB-Fragen.

Ein Versuch, der das Einfühlungsvermögen und Mitgefühl der Kinder testete. Ein Experiment, dessen Ergebnis schon wenig später einem Freispruch oder einem Todesurteil gleichkam.

Großer Gott …

Hannah hatte das Gefühl, das Rätsel um das Motiv des Fischermanns gelöst zu haben.

Das Atmen fiel ihr schwerer, ihre Handinnenflächen schwitzten wieder.

Angst. Flucht.

Am besten vor mir selbst.

Sie schloss die Augen.

Aber natürlich …

Von allen Erinnerungen, die langsam wieder zum Vorschein kamen, musste es natürlich ausgerechnet diese sein, die ihr auf schreckliche Weise vor Augen führte, dass sie den Fischermann verstand. Seine Motive sogar sehr gut nachvollziehen konnte.

Anders als die meisten Menschen auf diesem Planeten womöglich.

Aber die hatten nicht das erlebt, was ihr widerfahren war. Vor sieben Jahren.

KAPITEL 58

HANNAH
SIEBEN JAHRE ZUVOR

Margarete Zimwald liebte Weihnachten. Das war so offensichtlich wie die Tatsache, dass der Junge von Glück reden konnte, da draußen nicht erfroren zu sein. Bei Minusgraden, kurz nach Einbruch der Dunkelheit. Nur mit einem dünnen Parka und Turnschuhen bekleidet. Ohne Mütze, Schal oder Handschuhe.

»Wir haben einen Schneemann im Garten gebaut«, sagte Steffen. Das Gesicht des Elfjährigen hatte die Farbe eines gekochten Hummers angenommen. Er war zu lange in der Kälte gewesen, hatte seine Oma da draußen stundenlang gesucht, bevor die Nachbarn auf den weinenden Jungen am Straßenrand aufmerksam wurden.

Es war kurz vor achtzehn Uhr am dritten Advent. Hannah sah aus dem Wohnzimmer in den Garten, in dem so viele leuchtende Rentiere samt Schlitten und Weihnachtsfiguren standen, dass er wie ein Fußballfeld unter Flutlicht strahlte. Allein die mit drei verschiedenfarbigen Lichterketten geschmückte Tanne hätte ausgereicht, um den späten Nachmittag zum Tag zu machen.

Hannah war sich sicher, dass sich die betuchten Nachbarn in dieser Gegend die Münder über die »Weihnachts-Alte« zerrissen, nach dem Motto: je mehr Deko, desto Unterschicht. Sie kannte das böse Geläster von einem ihrer ersten Freunde an der Uni, der auch in Zehlendorf groß geworden und der Meinung war, funkelnde Rentiere, am Kamin hochkletternde Weihnachtsmänner, leuchtende Elfen und blinkende Lichterketten am Dachfirst gehörten nach Marzahn oder in die Gropiusstadt, aber ganz gewiss nicht hierher nach Wannsee. *Was für ein Snob.* Hannah fand es auch etwas übertrieben, bewunderte aber die Hingabe, mit der Margarete versuchte, sich die Adventszeit zu verschönern.

»Sie hat dich alleine gelassen?«, fragte Laura Klatt, die Beamtin, die Hannah heute bei ihrem Einsatz begleitete. Ihr Kollege Jürgen befragte draußen die Nachbarn, ob sie etwas gesehen hatten.

Steffen, der Elfjährige, an den die Frage der Polizistin gerichtet war, sah traurig in den Garten. Es schneite. Flocken, groß wie Daunenfedern, fielen auf den frisch gerollten, dreiteiligen Körper des Schneemanns, der noch unfertig wirkte. Die untere Hälfte war etwas wuchtig geraten, der Kopf hing etwas zur Seite.

»Omi wollte Zweige holen, für die Arme«, erklärte Steffen. Er sah zu Hannah, die nur zufällig bei der Befragung anwesend war. Der Leiter der Berliner Mordkommission war auf einen ihrer Artikel aufmerksam geworden, in dem sie über die typischen Fehleinschätzungen bei Zeugenbefragungen und Vernehmungen geschrieben hatte, und hatte sie gefragt, ob sie mit ihrer Expertise der Polizei beratend zur Seite stehen wolle. Sie hatten eine »Kennenlernphase« vereinbart, in der Hannah in so viele Bereiche der Einsatzarbeit hineinschnuppern wollte wie möglich. Heute begleitete sie einen Streifenwagen, der wegen eines »streunenden Kindes« ins vornehme Wannsee gerufen worden war.

»Wohin wollte deine Oma?«

»Kurz vor die Haustür.«

»Und sie kam nicht mehr wieder?«

Steffen schüttelte den Kopf. »Omi verläuft sich in letzter Zeit manchmal. Sie sagt, ihr Kopf ist wie eine Schneekugel.«

»Weißt du, was sie damit meint?«

»Wenn sie sich zu schnell bewegt, kommt alles durcheinander. Ich denke, sie bekommt so was wie Alzheimer.«

Hannah nickte. Steffen wusste also sehr genau, dass seine Großmutter ein ernstes gesundheitliches Problem hatte.

»Bist du hier zu Besuch?«, fragte Laura.

»Ich lebe hier.«

Hannah und die Polizistin tauschten einen verwunderten Blick aus. Ein Elfjähriger, alleine bei seiner dementen Oma?

»Meine Eltern wurden überfallen. Raubmord. Ich bin seit zwei Jahren Vollwaise. Omi hat mich bei sich aufgenommen.«

Der arme Junge. So, wie es aussah, stand ihm ein weiterer Umzug bevor. Dann vermutlich in ein Kinderheim. Falls sich keine Pflegefamilie fand, aber die waren chronisch Mangelware in Berlin.

»Hast du gesehen, in welche Richtung sie gegangen ist?«

»Nein, ich bin ja beim Schneemann geblieben. Aber als sie nicht zurückgekommen ist, bin ich mehrfach um den Block. Und auch anderswo. Hab sie überall gesucht.«

Was den Nachbarn dann als »Streunen« aufgefallen war.

Hannah stand auf, während die Beamtin die Befragung weiterführte. Sie sah sich um. Betrachtete die ordentlich nach Autoren aufgereihten Bücher in dem Wandregal. Fast alles Krimis und Thriller. Oma Margarete war also ein Spannungsfan. Menschen, die mit dieser Art Unterhaltungsliteratur nichts anzufangen wussten, hielten die Leserinnen und Leser solcher Bücher oft für blutdürstig oder gar abgestumpft. Sie konnten nicht begreifen, weshalb man in einer Welt, die doch in der Realität schon voller Schrecken war, nun auch noch die Freizeit mit erfundener Gewalt verbringen wollte. Sie irrten sich. Der Schrecken der realen Welt war oftmals deshalb so entsetzlich, weil einen die Schlagzeile der Zeitung oder die kurze Reportage im Fernsehen ratlos zurückließ. Krimis und Thriller beschäftigten sich mit den Motiven und versuchten, das Unbegreifliche erklärbar zu machen. Und sie hatten oft ein Happy End. Der größte Unterschied zum echten Leben.

Hannah trat an die Fensterfront zum Garten und bemühte sich, ihr eigenes Spiegelbild zu ignorieren.

Der Schneemann stand traurig und unvollkommen nahezu in der Mitte des Gartens. Wahrscheinlich würde er nie vollendet werden. Eine der angepappten Schneeschichten löste sich von seinem Gesicht. Während sie zu Boden glitt, kam ihr ein bizarrer Gedanke. »Wann habt ihr mit dem Bau des Schneemanns angefangen?«, fragte Hannah mit dem Rücken zu dem Jungen und der Polizistin.

»Keine Ahnung, wie spät ist es denn?«, fragte Steffen.

Hannah öffnete die Terrassentür und trat nach draußen. Es war kalt, viel zu kalt.

Und dennoch …

»Hey, was hast du?«, rief Laura hinter ihr her.

»Welche Temperatur haben wir?«, rief Hannah zurück.

»Keine Ahnung. Minus drei bis vier Grad etwa. Wieso ist das wichtig?«

So kalt. Und dennoch …

Sie ging zum Schneemann. Blieb vor ihm stehen. Und wartete.

Da! Da war es wieder. Aber wie war das möglich, wenn …?

Sie wischte über das Kopfteil des Schneemanns. Kratzte den Schnee weg. Stieß auf ein Stück Plastik. Eine Plane?

Hannah entfernte eines der Kohle-Augen. Und prallte schreiend zurück. Versuchte, sich irgendwo festzuhalten, doch da war nichts.

Nichts, außer der Erkenntnis, dass sie sich *nicht* geirrt hatte. Der Schneemann schmolz.

Trotz der Kälte.

Was die schwindende Körperwärme von innen noch nicht geschafft hatte, beschleunigten nun Hannahs bloße Hände, die zuerst die Wunden freikratzten.

Die Wunden, die sich dort befanden, wo Steffen die beiden Kohlestückchen eingesetzt hatte. Exakt an der Stelle, an der sich auch Margaretes Augen befunden hatten.

Bevor Steffen sie ihr ausgedrückt hatte. Nachdem er seine Oma in eine Plane gerollt und mit Schnee bedeckt hatte. Schicht um Schicht, bis sie vollständig verwandelt war.

»Oh, Scheiße, bist du gut.«

Sie fuhr herum. Sah Steffen. Direkt hinter ihr.

Er leckte sich über die Lippen. Sein feistes Grinsen ließ ihn um Jahre älter erscheinen. Auch seine Stimme schien plötzlich tiefer, hatte nichts Schüchternes und erst recht nichts Liebenswertes mehr.

»Okay, dann ist der Spaß wohl zu Ende. Packen wir sie wieder aus.«

Hannah war zu langsam. Auch Laura, die noch gar nicht so recht realisiert hatte, was sie da sah, stand zu weit weg, um zu verhindern, dass Steffen seiner zum Schneemann verwandelten Großmutter einen Tritt gab, sodass sie nach hinten umkippte.

Zu diesem Zeitpunkt hatte Margarete noch gelebt.

Sie starb erst zwei Stunden später an ihren Erfrierungen.

»Warum?«, hatte Hannah den Jungen noch im Garten gefragt. Und später, in der psychiatrischen Einrichtung, als sie bei der Befragung dabei sein durfte. »Wieso nur hast du das getan?«

Die Antwort, als Steffen sie dann endlich gab, würde Hannah ihr Lebtag nicht wieder vergessen. Sie lautete schlicht und grausam: »Warum nicht?«

KAPITEL 59

HANNAH
GEGENWART

»Wer ist Ihr Auftraggeber?«, hörte Hannah Blankenthal den alten Radiologen fragen.

»Wer ist der Fischermann?«, entfuhr es Hannah.

Sie hatte es gerade geschafft, sich aus dem Treibsand ihrer Erinnerungen herauszukämpfen, die ihr eines aufs Grausamste vor Augen geführt hatten: Nicht alle Kinder waren von Natur aus gut. Es gab Ausnahmen. Und diese versuchte der »Fischermann« zu finden. Und zu töten. Bevor sie selbst zu Mördern wurden.

»Der Fischermann?«, fragte Pfahl und klang nicht überrascht. Er musste es zumindest geahnt haben, sich im Auftrag dieses Serientäters mitschuldig gemacht zu haben. Vielleicht war ein Restzweifel geblieben. Jetzt hatte er durch sie die endgültige Bestätigung bekommen.

»Sie haben die Aufnahmen ausgewertet und dem Killer gesagt, welche Kinder Ihrer Meinung nach verhaltensauffällig sind. Weil sie beim Mimik-Test während des Scans ihrer Amygdala keine Zeichen von Empathie dem Leid anderer Menschen gegenüber zeigten.«

Pfahl nickte bei jedem Satz von Hannah.

»Wenn wir etwas sehen, das uns emotional berührt, werden bestimmte Bereiche im limbischen System besser durchblutet, was im bildgebenden Verfahren sichtbar gemacht werden kann«, erklärte Pfahl. »Bei einigen Probanden ist diese Reaktion der Amygdala jedoch ausgeblieben.«

»Und diese Kinder wurden dann wegen Ihrer Analyse getötet.«

Während die harmlosen Fische ins Wasser zurückgeschmissen wurden und weiterleben durften.

»Wer ist es? Für wen haben Sie gearbeitet?«, setzte Blankenthal dem Arzt weiter zu.

In Hannah stieg die schreckliche Angst auf, gleich ihren eigenen Namen als Antwort zu hören.

Pfahl verlangte einen weiteren Codein-Schluck, aber die Flasche war leer. Dann zweihundert Euro, wenn er noch mehr erzählen sollte. Blankenthal gab ihm den ersten Schein und hielt das weitere Geld erneut zurück.

Der Radiologe lallte jetzt, als hätte er zu viel getrunken. Er schien, als würde er jeden Moment in einen Zustand einer unruhigen, nervösen Ohnmacht abdriften. Dafür aber formulierte er inhaltlich erstaunlich sinnvoll und zusammenhängend, auch wenn er für die folgenden Sätze eine gefühlte Ewigkeit brauchte und manchmal wieder neu ansetzen musste.

»Ich hab den Auftraggeber nie zu Gesicht bekommen. Ich wurde immer via Telegram kontaktiert, also diesen Messenger-Dienst.«

Er rieb sich die Augen wie ein müdes Kind, das bald zu weinen beginnt, wenn es nicht rasch ins Bett gebracht wird. »Sobald ich die Nachricht gelesen hatte, wurde der Account deaktiviert. Darin stand die Adresse, von der ich die MRT-Scans abholen sollte. Auch diese wechselte von Mal zu Mal. Meist waren es elektronische Schließfächer in Einkaufszentren oder auf Bahnhöfen, für die ich nur einen Code brauchte, um sie zu öffnen. Die Ergebnisse meiner Untersuchungen habe ich dann zu einer verabredeten Uhrzeit zurückgemailt.«

»Lassen Sie mich raten. Auch das war ein Einmal-Account!«, sagte Blankenthal.

»Genau.«

Also eine Einbahnstraße ins Nichts. Unter gar keinen Umständen zurückzuverfolgen, dachte Hannah, auf der einen Seite erleichtert, auf der anderen Seite enttäuscht. Sosehr sie sich vor der Wahrheit fürchtete, so sehr wünschte sie sich endlich Gewissheit.

Völlig unerwartet sagte Pfahl jedoch: »Nur einmal war es anders. Ich glaube sogar, bei diesen Bildern hier.« Er zeigte mit einer apathischen Geste auf die Aufnahmen, die Blankenthal wieder an sich genommen hatte.

»Was war anders?«

In Erwartung des Geldsegens, vielleicht aber auch, weil es sein Gewissen entlastete, gab Pfahl noch immer bereitwillig Auskunft. »In diesem Fall sollte ich die Bilder nicht vernichten, sondern sie jemandem per Post zuschicken.«

»Wem?«, fragten Blankenthal und Hannah beinahe gleichzeitig.

»Einen Namen habe ich nicht bekommen. Nur eine Adresse.«

»Haben Sie die noch?«

Pfahl schluckte schwer. Seine Hände zitterten wieder. »Wenn ich sie Ihnen gebe, bin ich tot.«

Das bist du so oder so, dachte Hannah.

»Nicht, wenn niemand von Ihrer Rolle erfahren wird.« Blankenthal machte ihm falsche Hoffnungen.

Pfahl hustete. Sein Blick ging ins Leere. »Wie seid ihr noch mal auf mich gekommen?«, fragte er, und zum ersten Mal klang er nicht ängstlich, sondern eher fatalistisch. Als sei ihm gerade bewusst geworden, dass sein Leben, so armselig es auch war, für immer vorbei war. Denn er war aufgeflogen. Von nun an blieben ihm nicht einmal mehr seine illegalen Geschäfte.

»Durch meinen Vater«, sagte Hannah und wurde urplötzlich von einer so heftigen Trauer übermannt, dass sie zu ersticken glaubte. Für den Moment meinte sie, dass nicht viel fehlte, bis sie in der gleichen seelischen Verfassung war wie Pfahl, der so aussah, als würde er sich in sich selbst verlieren.

Doch der Radiologe schien sich noch einmal zusammenzureißen und die letzten Kräfte zu mobilisieren. Er versuchte sich hochzustemmen, kippte aber dabei um.

»Helfen Sie mir hoch.«

Blankenthal griff ihm unter die Arme und stützte ihn bis zum Eingang des Arbeitszimmers, vor dem sich eine Geruchswand wie ein unüberwindlicher Türsteher vor ihnen aufgebaut hatte.

Hannah konnte nicht anders und musste sich die Nase zuhalten, damit ihr wegen des Abfallgestanks nicht noch schlechter wurde. Soweit sie es von ihrer Position aus erkennen konnte, sah es im Arbeitszimmer noch schlimmer aus als im Rest des Hauses. Zwischen den Akten- und Bücherbergen stapelten sich halb leere Pizzakartons neben aufgeplatzten Müllsäcken. Auch der Schreibtisch war überladen, aber zumindest gab es Strom. Hannah hätte sich nicht gewundert, wenn die Ratten und Mäuse, die hier unter Garantie gezüchtet wurden, längst alle Kabel durchgebissen hätten.

Pfahl hatte sich wie ein Betrunkener durch den Raum bewegt, wankend und schlurfend, immer an ein Regal, auf einen Bücherstapel oder den Schreibtisch gestützt, hinter dem er jetzt saß.

Er fuhr den Laptop hoch. Tippte kurz etwas ein, dann öffnete er die Schublade unter der Arbeitsfläche.

»Sorry. Mein Passwort«, murmelte er.

Na, das kann dauern, wenn er es vergessen hat, dachte Hannah. In diesem Saustall dürfte er seine Notizen kaum wiederfinden. Überraschenderweise sagte er schon nach wenigen Sekunden: »Na bitte, da haben wir es ja.«

»Das Passwort?«

Er lächelte, und das war das Erste, was sie beunruhigte. »Nein, das habe ich schon lange. Auch die Adresse, nach der Sie gefragt haben.«

»Wonach haben Sie dann gesucht?«, fragte Blankenthal.

Scheiße. Er hat eine Waffe, durchzuckte es Hannah wie ein Blitz.

Sie sprang durch die Geruchswand ins Arbeitszimmer, rutschte auf irgendetwas Weichem und Nachgiebigem aus, als wäre sie auf einen Laubsack getreten, schob sich dennoch an den Hindernissen vorbei, so schnell es nur ging, um Pfahl zuvorzukommen. Was ihr bei aller Anstrengung und den damit verbundenen Schmerzen leider nicht gelang.

Der Radiologe war schneller.

»Geben Sie das Geld meiner Schwester«, sagte er noch.

Dann rammte er sich den Brieföffner, den er aus den Untiefen seiner Schublade hervorgekramt hatte, seitlich in den Hals, bevor Hannah in Reichweite war, um den Suizid zu verhindern.

KAPITEL 60

»Nein, nicht. Bitte nicht!«

Hannah presste die gefesselten Hände auf die Wunde, aber Pfahl hatte als Mediziner natürlich genug Erfahrung, um zu wissen, an welcher Stelle er am Hals eine Ader punktieren musste, wenn er erreichen wollte, dass der Blutfluss ohne professionelle Mittel nicht mehr zu stoppen war.

Im Todeskampf war der Arzt von seinem Stuhl gekippt und wie von Sinnen, als hätte er es sich anders überlegt, vom Schreibtisch weggekrochen. Dabei besudelte er die herumliegenden Bücher und Akten, die er wie eine Bugwelle vor sich herschob, bis er zwischen zwei Umzugskartons liegen blieb. Als Hannah ihn eingeholt und ihrer eigenen Verletzungen ungeachtet sich neben ihn gekniet hatte, war bereits alles zu spät. Pfahl hatte den Brieföffner wieder herausgezogen, um das Sterben weiter zu beschleunigen. Der Arzt hielt insgesamt nicht einmal zwei Minuten durch, bis der Boden von Blut regelrecht überschwemmt war und sein Herz aufgehört hatte zu schlagen.

»Du Scheißkerl. Wieso hast du nicht geholfen?«, schrie Hannah vom Boden zu Blankenthal hoch, Pfahls Kopf in ihrem Schoß. Der sah sie unbekümmert von seinem Platz hinter dem Schreibtisch an, an den er sich während des Todeskampfs des Radiologen gestellt hatte.

»Weil dem Mann nicht zu helfen war. In vielfältiger Hinsicht. Er war doch ohnehin schon mehr tot als lebendig, eine Überdosis nur noch eine Frage der Zeit. Schließlich scheint er einen Auftraggeber zu haben, der nicht mit sich spaßen lässt und ihn ohnehin umbringt, wenn er erfährt, dass sein Handlanger ihn verpfiffen hat.«

Hannah stand auf. Blut tropfte von ihren Händen, als hätte sie Pfahl gerade eigenhändig abgestochen.

»Schauen Sie mich nicht so an. Ich bin die, die ihn retten wollte.«

»Ja, ja, retten wollte«, äffte er sie nach. »Alles Teil der Show, die Sie heute Abend abziehen.«

Blankenthals Arroganz wirkte wie ein Brandbeschleuniger und entflammte Hannahs Wut mit enormer Kraft. »Ich zieh eine Show ab? Sie sind doch derjenige von uns beiden, der hier völlig unglaubwürdige Geschichten erzählt. Der mich angeblich wegen seiner Liebe zu Kindern entführt, weil er vorgibt, selbst einmal ein Opfer seiner Mutter geworden zu sein. Alles Lüge. Sie können mich nicht länger für dumm verkaufen, ich weiß Bescheid.«

»Ach ja?« Blankenthal lächelte süffisant. »Dann ist Ihnen also endlich mal ein Geistesblitz gekommen?«

Obwohl sie wusste, dass es ein Fehler war, ihren Entführer zu reizen, konnte sie nicht länger an sich halten und konfrontierte ihn mit dem Verdacht, der ihr vorhin im Auto bereits gekommen war: »Sie sind es …« Sie atmete tief ein. »*Sie* sind der Auftraggeber!«

Blankenthal lachte schallend auf. »Und wie, wenn ich fragen darf, kommen Sie zu diesem Schluss?«

»Weil …« Sie tat einen Schritt auf den Schreibtisch zu. »Derjenige, der diese irrsinnigen Psychotests macht, muss medizinisch halbwegs gebildet sein, sonst würde er sich nicht mit Hirnforschung auskennen und die Amygdala untersuchen.« Sie zeigte mit dem Zeigefinger auf ihn. »Eine Person mit Zugang zu neuroradiologischen Geräten, jedoch ohne Ausbildung«, ergänzte sie. »Sonst könnte sie die Aufnahmen ja selbst auswerten.«

»Ich sehe, worauf Sie hinauswollen.« Blankenthal nickte, als hielte er den Gedanken für gar nicht abwegig.

Einmal in Fahrt, war Hannah nicht mehr in ihrer Beweisführung zu bremsen: »Ich versuche, mit dem Geständnisvideo den Fischermann anzulocken. Und, voilà, Sie tauchen auf der Bildfläche auf! Entführen, fesseln und verschleppen mich. Treiben mich von einem Tatort zum nächsten, was allein ja schon höchst verdächtig ist. In Wahrheit wollen Sie mich als Sündenbock dastehen lassen und mir Ihre Taten unterjubeln. Zu denen Sie sowohl fachlich als auch körperlich sehr viel eher in der Lage sind als ich.«

Blankenthal nickte weiter. Er sah so aus, als würde er sich ihre Anschuldigungen ernsthaft durch den Kopf gehen lassen.

»Ich bin also der Fischermann, ja?«

Plötzlich veränderte sich seine Mimik. Sein Blick war klar und fokussiert, zeigte keinerlei Zeichen von mentaler Anstrengung, was auf eine Lüge hätte hinweisen können.

Von dem, was er jetzt sagte, schien er felsenfest überzeugt.

»Nur aus akademischem Interesse, Frau Herbst. Was für ein Interesse hätte ich daran, Kinder zu untersuchen, ob sie in Zukunft einmal zu Tätern werden? Ich konzentriere mich auf Mütter wie Sie, die in der Gegenwart ihr eigen Fleisch und Blut ermorden.«

»Oder Sie treffen Vorsorge dafür, dass Menschen erst gar nicht zu Eltern werden«, schrie Hannah ihm an den Kopf. Ihre Gedanken schienen ihr beim Sprechen immer plausibler zu werden. »Sie testen, ob Kinder die Anlage zu Psychopathen in sich tragen. Indem Sie diejenigen töten, die nach Ihrer wahnsinnigen Beweisführung böse sind, verhindern Sie weitere Kindsmorde in der Zukunft.«

Er schüttelte lachend den Kopf. »Gar nicht so schlecht. Und als Außenstehender würde ich mich mit Ihrer Argumentationskette vielleicht sogar einige Minuten lang auseinandersetzen. Nur dass Sie eines übersehen.«

»Was?«

Er faltete die Hände hinter dem Kopf und lehnte sich selbstsicher in Dr. Pfahls Sessel zurück. »Dass ich die letzten Monate im Knast war. Wann hätte ich die jüngsten Taten denn begehen sollen?«

Oh. *Verdammt.* Hannah blieb der Mund offen stehen. Das musste an den Schmerzen liegen und an den Mitteln, die sie dagegen intus hatte. Sie konnte nicht mehr klar denken. Wie hatte sie etwas so Offensichtliches übersehen können?

»Vielleicht …«, sie dachte beim Sprechen nach, weshalb sie sich verhaspelte und neu ansetzen musste, »… vielleicht haben Sie einen Komplizen?«

»Hm, ja. Möglich. Was denken Sie? Wohnt der etwa an der Adresse, zu der Dr. Pfahl die MRT-Bilder zurückschicken sollte?«

Hannah blinzelte. »Was haben Sie auf Pfahls Computer gefunden?«

Blankenthal drehte den Bildschirm zu ihr.

Unmöglich.

»Egestorffstraße 119«, las sie ab. »12307 Berlin.«

Einst ihr Zuhause.

Heute ein Friedhof.

»Tja, liebe Frau Herbst«, hörte sie Blankenthal mit frisch genährter Verachtung in der Stimme sagen, »so wie es mir scheint, verdichten sich heute Nacht alle Anzeichen, dass der Fischermann in Wahrheit eine Fischerfrau ist.«

KAPITEL 61

SIMONE

Friedvoll. Und unschuldig.

Egal wie nervig, quengelig oder cholerisch sie tagsüber sein konnten. Im Schlaf sahen sie alle wie Englein aus.

Kinder.

Als ob sie niemals den Teller Suppe absichtlich über dem Kopf der kleinen Schwester ausschütten würden oder einen Tobsuchtsanfall bekommen könnten, weil Mama ihnen die Gartenschere nicht mit ins Bett geben wollte.

Simone stand im Kinderzimmer vor dem Bett ihrer Dreijährigen. Damlas Lippen umfassten noch einen Schnuller, den man ihr schon längst hätte abgewöhnen sollen. Auf der anderen Seite, *wieso eigentlich?* Wieso interessierte man sich überhaupt für eine Schiefstellung der Zähne, wenn man in einigen Jahrzehnten ohnehin keine mehr hatte?

»Wir haben euch nicht gefragt, ob ihr hier überhaupt sein mögt. Ob ihr uns als Eltern wollt. Auf dieser Welt«, flüsterte sie und musste gähnen. Die Fahrt vom Krankenhaus zu ihrer Wohnung in Pankow hatte ihre letzten Kraftreserven aufgezehrt. Jetzt, da der Babysitter ausgelöst und gegangen war, fühlte sie sich nur noch schwach und krank und unendlich müde.

Todesmüde.

»Wie gerne hätte ich den Tod von dir ferngehalten. Die Trauer, die einen zerreißt, wenn man am Grab eines geliebten Menschen steht. Die Verzweiflung, wenn die eigenen

Schmerzen nie wieder weggehen wollen. All das haben wir dir verschwiegen.«

Damla drehte sich im Schlaf einmal um die Achse, wobei sie ihren Kuschelelefanten nicht losließ. Um sie nicht aufzuwecken, setzte Simone ihren Monolog nur noch in Gedanken fort. Wobei die Gedanken in ihrem Kopf so laut umherbrüllten, dass sie Angst hatte, Damla könnte sie trotzdem hören und weinend ihre großen, dunklen Augen aufschlagen.

Wir haben dir fröhliche Lieder vorgesungen und damit das Pfeifen des Teufels übertönt. Haben dir die Blumen am Wegesrand gezeigt, nicht aber den Abgrund nur wenige Schritte dahinter.

Gott hätte die Macht gehabt, das ewige paradiesische Leben auf Erden zu erschaffen, in dem alle zufrieden und glücklich sind, doch er hat sich für die Erfindung des Todes entschieden. *Was für ein Zyniker.*

Simone fühlte ein Zwicken im Kopf. Als hätten ihr knochige Finger mit viel zu langen, gezackten Nägeln das Gehirn malträtiert.

Nein, so geht es nicht weiter.

»Es tut mir leid«, sagte sie tränenblinzelnd.

Und zog die längst vorbereitete Spritze, die sie von dem Widerling im Krankenhaus besorgt hatte, aus der Innenseite ihres Mantels. Dann trat sie noch einen Schritt näher an das Bettchen und beugte sich darüber.

Gab Damla einen letzten Kuss und flüsterte: »Auf Wiedersehen, mein Schatz.«

Ein allerletztes Mal.

KAPITEL 62

FADIL

Nichts.

Kein Lebenszeichen von Simone. Ihr Handy war tot, sie hatte seine WhatsApp-Nachrichten nicht gelesen und auch nicht auf seine Mailboxnachrichten reagiert. Vor einer Dreiviertelstunde hatte er zu Hause nachgeschaut, aber nur den ahnungslosen Babysitter geweckt. Und jetzt stand er hier vor Zimmer 217, auch, um sich abzulenken und seine Gedanken auf ein anderes Gleis zu setzen.

Kommen Sie schnell. Ins Zimmer 217. Qual…

So viel hatte er noch verstanden, bevor die Verbindung zu Telda Sahms unterbrochen worden war.

Laut Google gab es in Berlin zwei Hotels und ein Motel, die mit Quality ein »Qual« im Namensanfang hatten. Die Hotels hatten Corona nicht überlebt, wie man den letzten Einträgen auf ihren veralteten Webseiten entnehmen konnte. Was sie im Grunde als Unterschlupf prädestinierte, zu dem der »Chirurg« nach seinem Ausbruch mit einer Geisel unbemerkt hätte fliehen können. Das Quality-Inn-Motel allerdings war dem Gefängnisklinikum Buch am nächsten.

»Kluge Täter neigen zu kurzen Fluchtwegen«, hatte Fadil von seinem Ausbilder gelernt. Unmittelbar nach einem Ausbruch war die Aufmerksamkeit in der Bevölkerung am höchsten, was Blankenthal natürlich klar war. Er mochte verrückt sein, aber er war hochintelligent und würde sich nicht ohne Not länger als nötig in der Öffentlichkeit aufhalten. Weswegen Fadil das Motel bei Birkenwalde als ersten Anlaufpunkt wählte. Und als er mit gezogener Dienstwaffe in der ersten Etage vor der Zimmertür 217 stand, wusste er, dass er sich richtig entschieden hatte.

Die Tür war nur angelehnt. Das Bett zerwühlt. Das Kopfteil abgerissen. Es lag beschädigt auf dem Teppich. Kabelbinderreste hingen an seinen Pfosten, wie Fadil auf seinem Weg zum Badezimmer registrierte.

»Telda?«

Er stieß mit dem Fuß die ebenfalls nur angelehnte Badezimmertür auf.

»Telda Sahms?«

Fadil sah in den Spiegel über dem Waschbecken, der ihm einen Blick in die rechte Ecke des L-förmigen Raums ermöglichte.

Nichts. Keine lauernde Gefahr in der Dusche. Wenigstens nicht in Augenhöhe.

»Hallo, ist da jemand?«

Sein Schuh zertrat ein Plastikteil. Fadil musste an Damlas Duplosteine denken, die ihm, wenn er sich morgens barfuß einen Kaffee aus der Küche holen wollte, immer wieder schmerzhaft den Streuradius deutlich machten, in dem sich seine Tochter durch die Pankower Wohnung bewegte.

»Telda?«

Er schnellte um die Ecke, richtete seine entsicherte Dienstwaffe auf den Boden, den einzig möglichen Punkt, wo jemand außerhalb des Spiegelblickfelds hätte kauern können.

Und da war sie.

»Scheiße«, fluchte er und steckte seine Waffe weg. »Hören Sie mich, geht es Ihnen gut?«

Was für eine bescheuerte Frage. Wie sollte es der Frau mit dem blutverschmierten Gesicht, die wie tot an den in ihr Fleisch schneidenden Fesseln an einem Rippenheizungskörper hing, denn bitte schön gehen?

Ein Wunder, dass es ihr gelungen war, Kontakt zu ihm aufzunehmen.

Himmel, was war hier nur passiert?

Fadils Knie knackten ungesund, als er in die Hocke ging und vorsichtig die Hand nach Telda ausstreckte. Ihr Brustkorb hob und senkte sich, was ein gutes Zeichen war. Besser als das Rollen ihrer Augäpfel unter den geschlossenen Lidern.

»Hey, durchhalten. Ich hole Hilfe«, sagte er, da ging eine Stoßwelle durch ihren Körper. Sie zuckte, als würde jemand Strom durch ihre Muskeln leiten.

»Ruhig, ganz ruhig, schhhhh«, sprach Fadil mit ihr wie zu seiner dreijährigen Tochter, wenn ein Albtraum sie jammernd in ihrem Bettchen aufstehen ließ. Er machte den Fehler, Telda anzufassen, die nach einer kurzen Phase der Entspannung die Augen aufschlug. Und panisch wurde.

»Was … was ist, nein …!«

Offenbar hatte sie Angst vor ihm.

»Hey, ich bin Polizist«, versuchte er sie zu beruhigen, drang aber nicht zu ihr durch. Es schien, als versuchte Telda sich vor ihm in der Wand zu verkriechen. Sie stemmte die Füße in den Boden, drückte sich von ihm weg. Als sie merkte, dass ihr das nicht gelang, trat sie mit den Beinen aus. »Hau ab, lass mich in Frieden!«

»Ganz ruhig. Ich bin Fadil Matar. Wir haben telefoniert.«

Er griff nach ihrem Fuß, wollte ihn festhalten, doch sie riss sich von ihm los und versuchte weiter zuzutreten.

»Aufhören, stopp! Ich bin Polizist. Ich will Ihnen helfen. Sie sind in Sicherheit.«

Er musste die Sätze noch ein halbes Dutzend Mal wiederholen, bis sie Wirkung erzielten.

»Was, wie?«

»Polizist. Sie sind in Sicherheit. Niemand wird Ihnen etwas tun.«

Telda sah ihm zum ersten Mal direkt in die Augen. Dann blickte sie sich um, als würde sie nicht nur ihn, sondern den gesamten Raum zum ersten Mal sehen.

»Fadil?«

Er nickte.

»Wie, wie … haben Sie mich gefunden?«

»Die Frage ist ja wohl eher: Was haben Sie hier zu suchen?«

Mit dem Taschenmesser, das er bei jedem Einsatz am Gürtel trug, schnitt er ihre Fesseln durch. Sie kroch auf allen vieren an ihm vorbei, um die Ecke zum Waschbecken, an dem sie sich hochzog. Kaum hatte sie den Hahn geöffnet, hing sie mit dem Kopf auch schon unter ihm, ließ sich den Strahl direkt in den Mund laufen.

»Tut mir leid. Ich bin fast umgekommen vor Durst.«

Das Wasser schien ihre Lebensgeister reaktiviert zu haben. Sie entschuldigte sich für einen Rülpser und fing gleich noch einmal an zu trinken. Als sie fertig war, wusch sie sich das Blut aus dem Gesicht und suchte im Waschbeckenspiegel Fadils Blick. »Danke.«

»Menschen zu retten ist mein Job«, sagte er. »Allerdings auch, Verdächtige zu befragen. Daher nochmals meine Frage: Was hat Sie in diese Lage gebracht?«

»Dummheit und Selbstüberschätzung.«

Telda bat, ins Schlafzimmer gehen zu dürfen, was Fadil

ihr erlaubte. Sie setzte sich aufs Bett. Er blieb vor ihr stehen und sah misstrauisch auf sie hinab.

»Ich hab mir Sorgen um Hannah gemacht«, sagte sie. »Sie hat mir gestern spät eine Nachricht auf die Mailbox gesprochen.«

»Was hat sie gesagt?«

»Sie bat mich, sofort rüberzukommen. Etwas Schlimmes sei passiert. Konkreter wurde sie nicht. Ich hab sofort zurückgerufen. Ein dringender Fall war spät eingeliefert worden. Ich war gerade erst raus aus der Rechtsmedizin, brauchte also noch mindestens eine halbe Stunde zu ihr.«

Sie rieb sich die Handgelenke. »Ich hab es auf ihren Handys versucht, aber sie ging an keines der beiden ran.«

Fadil nickte. So weit deckte sich ihre Aussage mit den Ermittlungen.

»Als ich dann bei ihr war, war die Polizei schon da. Ich wurde nicht reingelassen. Niemand sagte mir, was passiert war. Das hab ich erst am nächsten Tag im Radio gehört.« Ihr Blick wanderte zu dem zerstörten Kopfteil, das einzige sichtbare Zeichen eines Kampfes im Schlafzimmer.

»Da bin ich sofort zum Gefängnis. Wollte in Hannahs Nähe sein, ihr helfen. Aber als ich in Moabit ankam, sagte man mir, sie würde in Buch operiert. Also bin ich dorthin.«

Während Fadil auf der Suche nach weiteren Auffälligkeiten im Zimmer auf und ab ging, schilderte sie ihm, wie sie ohne Termin und Genehmigung nicht einmal an dem Pförtner der Gefängnisklinik vorbeidurfte.

»Dann aber hielt in der Ausfahrt ein Krankenwagen. Ich hörte, wie der Fahrer dem Pförtner etwas zurief, was so klang wie: ›Die Kindesmörderin ist durch. Wir bringen sie wieder zurück nach Moabit.‹«

»Also sind Sie dem Wagen gefolgt?« Fadil blieb vor dem kleinen Fernseher stehen.

»Bis er plötzlich von der Strecke abgebogen ist und irgendwo im Wald anhielt. Dann ist so ein älterer Typ ausgestiegen. Alt, aber sportlich. Er sah gar nicht so brutal aus, wie er sich später entpuppte.«

»Blankenthal«, sagte Fadil.

Telda registrierte es achselzuckend.

Logisch. Sie war die ganze Zeit hier in Gefangenschaft gewesen, hatte die Pressekonferenz der Polizei und die Nachrichten also nicht mitbekommen. Woher sollte sie den Namen des entflohenen Psychopathen kennen?

»Hannah war zu diesem Zeitpunkt noch bewusstlos. Er trug sie wie einen eingerollten Teppich über der Schulter zu einem Geländewagen.«

»Saß da jemand drin?«

»Nein. Die Schlüssel waren auf dem Reifen deponiert. Er nahm sie sich und fuhr alleine mit Hannah weiter.«

»Und Sie hinterher?«

»Bis hierhin ins Motel, ja.«

Fadil zog eine Augenbraue hoch. »Ihnen ist zu keinem Zeitpunkt die Idee gekommen, die Polizei zu rufen?«

Telda seufzte und nickte gleichzeitig. »Hannah ist meine beste Freundin. Sie kann die Taten, die sie gestanden hat, nicht begangen haben. Ich kenne sie. Dazu ist sie nicht fähig. Ich wollte sie nicht an die Polizei ausliefern.«

»Sondern sie lieber in der Gewalt eines Psychopathen lassen.«

Mit dieser Aussage hatte er anscheinend einen wunden Punkt getroffen. Wütend sprang sie vom Bett auf. »Zu dem Zeitpunkt wusste ich doch gar nicht, wie gefährlich er ist. Wie gesagt, dieser Blankenthal sah eher aus wie ein Fotomodell für Altherrenmode oder Immobilienfonds zur Altersvorsorge, wenn Sie verstehen, was ich meine.«

Sie sog geräuschvoll die Luft ein und stieß sie sofort wieder aus. »Aber ja, als er meine bewusstlose Freundin dann hier in dieses abgelegene Motel fuhr und aufs Zimmer trug, da war mir schon irgendwie klar, dass ich Hilfe bräuchte. Ich wollte nur sichergehen, dass das nicht alles vielleicht ein Plan von Hannah war, den ich irgendwie durchkreuzte. Also hab ich mich reingeschlichen, als ich sah, wie dieser Typ das Zimmer verließ. Ich dachte, ich hätte mehr Zeit.«

Fadil trat ans Fenster und zog den Vorhang einen Spalt auf. Der Stoff fühlte sich an wie laminiertes Papier.

»Wie sind Sie hier überhaupt reingekommen?«

»Er hatte das kleine Fenster links von Ihnen offen gelassen. Das ist so ein Schiebeding, sehen Sie ja selbst gerade. Kann man ganz leicht von außen hochziehen.«

Sie war ihm zum Fenster gefolgt, hielt aber gebührenden Abstand.

»Gott, sah Hannah schlecht aus. Sie trug noch das Krankenhausnachthemd von der OP. Und sie war an die Bettpfosten gefesselt.«

»Was geschah dann?«

»Warum fragen Sie das alles?«

»Ich will mir ein Bild von dem machen, was passiert ist. Aber keine Sorge, wir gehen gleich. Beantworten Sie mir nur noch diese Frage.«

»Okay.« Telda fuhr sich durch ihre verschwitzten und nun vom Wasserhahn befeuchteten Haare.

»Ich versuchte gerade vergeblich, mit bloßen Händen Hannahs Fesseln zu lösen, da kam er zurück. Lautlos hat er sich angeschlichen. Er muss einen Elektroschocker haben oder so etwas. Ich hab mich nicht einmal zu ihm umdrehen können, so schnell hat er mich getasert. Bin auf den Kopf gefallen, hab mir die Zunge blutig gebissen. Als ich wieder zu mir kam, hing ich an der Heizung dieses gottverfluchten Badezimmers.«

Fadil sah sich um. Suchte Kommode und Nachttische ab.

»Wo ist Ihr Handy?«

Sie zuckte ratlos die Achseln. »Wenn es hier nicht mehr rumliegt, hat es dieser Blankenthal wohl an sich genommen. Wie meine Fahrzeugschlüssel.« Sie trat ans Fenster und schob den Vorhang beiseite, um einen Blick auf den beleuchteten Parkplatz zu werfen.

»Shit. Mein Auto ist auch weg.«

»Wie ist Ihre Nummer?«, wollte Fadil wissen.

»Wie?«

»Ihre Handynummer. Kennen Sie sie auswendig?«

Telda sagte sie ihm, und er tippte sie sofort in sein Mobiltelefon. Ließ es läuten, konnte aber nirgends im Zimmer ein Klingeln oder Brummen lokalisieren.

»Hier ist es jedenfalls nicht«, sagte er und wollte gerade auflegen, da hörte er Blankenthals tiefe Stimme an seinem Ohr.

Hannah / Arbeitszimmer Dr. Pfahl

Fadil / Motel

»Wer ist denn da?«, fragte Blankenthal.
Hannah versuchte, sich daran zu erinnern, wo sie den melancholischen Klingelton des Handys schon einmal gehört hatte, das ihr Entführer eben aus der Tasche seiner Jacke gezogen hatte.

»Hallo?«
Fadil hielt sich ein Ohr zu. Die Verbindung schien sehr schlecht. Es rauschte wild. Trotzdem kam ihm die Stimme unheilvoll bekannt vor.
»Lutz Blankenthal? Sind Sie das?«

»Wer will das wissen?«

Treffer.
Was bedeutete, dass Telda in einem weiteren Punkt die Wahrheit zu sagen schien. Immerhin war Blankenthal im Besitz ihres Handys, alles sprach also dafür, dass er es ihr gewaltsam abgenommen hatte.

»Sind Sie noch dran?«, fragte Blankenthal. Sie waren

noch im Arbeitszimmer, in dem es jetzt ganz sicher auch noch nach Tod roch, was Hannah aber nicht mehr bewusst registrierte, zu lange hatte sie schon diesen Gestank aushalten müssen. Sie hatte sich kraftlos auf den Boden gesetzt, angelehnt an einen Stapel dicker Wälzer, und wollte nie wieder aufstehen.

»Äh ja. Mein Name ist Fadil Matar. Ich bin Ermittler der Mordkommission. Sie haben dieses Handy einer jungen Dame geklaut, die ich gerade in einem Motelzimmer von den Fesseln befreien musste, die Sie ihr angelegt haben.«

»Nur deshalb bin ich rangegangen. Um zu erfahren, ob es ihr denn gut geht!«, hörte Hannah Blankenthal sagen und fragte sich, wen er meinte.

»Den Umständen entsprechend. Wie geht es Hannah?«

»Könnte besser gehen, aber sie ist ja in kompetenten Arzthänden.«

»Was wollen Sie von ihr?«

»Gerechtigkeit. Sie ist eine Kindermörderin.«

Aha. Also geht es um mich. Obwohl Hannah das bewusst registrierte, fühlte sie sich dennoch wie eine Unbeteiligte beim Belauschen einer nicht für sie bestimmten Unterhaltung.

Gerechtigkeit?

Fadil überlegte, ob er das Motelzimmer verlassen sollte, damit Telda sich aus dem Gespräch keine Ermittlungsinterna zusammenreimen konnte. Aber sie nach allem, was ihr zugestoßen war, alleine zu lassen, erschien ihm auch keine kluge Option. »Gerechtigkeit ist unser Job. Überlassen Sie Hannah uns.«

»Klar, weil das Justizsystem ja so gut funktioniert, wie man an mir sieht. Ich hab Menschen mit meiner Operationskunst geholfen und sitze dafür ein, während hier draußen die Kriminellen unbehelligt zu Intensivtätern ausgebildet werden.«

»Hören Sie, noch ist in dieser Nacht niemand ernsthaft zu Schaden gekommen.« Fadil spürte den ungläubigen Blick in seinem Rücken, den ihm dieser Satz bei Telda einbrachte.

»Ich glaube, das würden einige Herrschaften anders sehen. Unter anderem der zu meinen Füßen.«
Hannah sah, wie Blankenthal in Richtung von Pfahls Leichnam schaute.

»Wenn Sie sich stellen, wird das strafmildernd berücksichtigt«, versprach Fadil, ohne es zu meinen.

»Und wenn ich mir bei meinem Stammcafé zehn Latte macchiato kaufe, gibt's den elften gratis. Wieso nur interessiert mich das eine genauso wenig wie Sie das andere?«

Er überlegte.
»Gut. Geben Sie mir wenigstens ein Lebenszeichen. Lassen Sie mich mit Hannah sprechen.«

»Wozu? Sie haben nichts, was Sie mir im Gegenzug offerieren könnten. Also nein, aber nein danke.«

Von diesem Moment an war nicht einmal mehr das Rauschen in der Leitung.

»Wer war das an meinem Handy?«, fragte Telda.

»Kommen Sie. Ich erkläre es Ihnen auf der Fahrt zum Revier.«

»Mitkommen!«, rief Blankenthal Hannah zu, kaum, dass er das Telefonat beendet hatte. Sie hörte, wie er mit seinem Autoschlüssel auf die Schreibtischplatte pochte.

»Bitte nicht«, sagte Hannah, die sich nicht in der Lage zu einer weiteren Fahrt sah. Geschweige denn, das Auto überhaupt erst zu erreichen. »Können wir es nicht gleich hier zu Ende bringen?«

Blankenthal schnalzte missbilligend mit der Zunge. »Wo denken Sie hin. Das ist ein wunderschön eindeutiger Suizid-Tatort hier. Den wollen wir doch nicht mit Ihrem Blut verhunzen, Frau Herbst.«

KAPITEL 63

Fadil überprüfte sein Handy nach neu eingegangenen Nachrichten, aber Simone hatte sich noch immer nicht gemeldet.

Enttäuscht hielt er für Telda die Tür des Motelzimmers auf.

Gefühlt waren die Temperaturen noch einmal in den Eiskeller gefallen, weswegen er ihr seinen Parka umgehängt hatte. Sein dicker Rollkragenpulli musste bis zum Auto reichen, das hoffentlich von der Herfahrt noch etwas warm war.

»War das der Irre?«, fragte Telda auf dem Weg die Treppe zum Parkplatz hinunter. »Blankenthal?«

»Ja. Aber Sie haben schon viel zu viel mitbekommen. Mehr werde ich Ihnen über den laufenden Stand der Ermittlungen leider nicht verraten können.«

»Das verstehe ich.«

Sie stiegen in Fadils VW. Telda zitterte, was vermutlich nicht allein an der Kälte lag, sondern gewiss auch dem Schock geschuldet war, dem Tod nur knapp entronnen zu sein. Fadil musste sie anschnallen, weil sie es alleine nicht schaffte. Dann reichte er ihr eine Wasserflasche. Dankbar hatte sie schon die Hälfte ausgetrunken, da hatten sie noch nicht einmal die Ausfahrt verlassen.

»Wie viel Zeit ist vergangen?« Sie wischte sich über den Mund. »Ich meine, wie lange ist Hannah schon in der Gewalt dieses Irren?«

»Zu lange.« Fadil blieb bewusst unbestimmt.

»Und noch länger hält sie das bestimmt nicht durch«, sagte sie zähneklappernd.

Fadil drehte die Heizung weiter hoch, aber im Moment kam nur kalte Luft aus den Düsen.

Telda presste mit den Händen ihre Knie zusammen, damit sie nicht weiter gegeneinanderschlugen.

»Hannah ist nicht nur meine beste, sie ist meine einzige Freundin. Was denken Sie, lebt sie noch?«

»Ich hoffe.«

Er setzte den Blinker zur Auffahrt auf die Schnellstraße Richtung Berlin.

»Shit. Solche Messerstiche können sich schnell zu einer Blutvergiftung auswachsen.«

Fadil beschleunigte und warf ihr aus den Augenwinkeln einen Blick zu. Der Motor jaulte wie ein getretener Hund. Der Wagen sollte dringend in die Inspektion, aber er hatte sich in den letzten Monaten fast ausschließlich mit dem Fischermann beschäftigt und darüber alle anderen Termine schleifen lassen.

»Sagen Sie mal, haben Sie irgendjemandem davon erzählt, dass Sie sich auf die Suche nach Hannah gemacht haben?«, fragte er. Außer mit einem offenbar kälteunempfindlichen Motorradfahrer mussten sie sich zu dieser nächtlichen Stunde mit niemandem die Straße teilen.

»Wem denn? Meine Eltern leben nicht mehr, und ich bin gerade Single.«

»Dann weiß also niemand, wo Sie sind?« Er überholte das Motorrad.

Telda lachte etwas beschämt. »Deswegen hatte ich ja so große Angst, in dem Motel zu verdursten, wenn mich tagelang keiner findet.«

»Also nein?«

Sie blinzelte. Er spürte ihren irritierten Blick.

»Nein. Niemand weiß, wo ich bin. Wieso fragen Sie?«

»Nur so«, antwortete er ihr und schlug zu.

Mit dem Knauf seiner Dienstwaffe.

Einmal, zweimal, gegen die Schläfe. Ihr Kopf knallte ein weiteres Mal gegen die Seitenscheibe, da war Telda Sahms bereits bewusstlos.

KAPITEL 64

HANNAH

Einmal hatte sie der Vernehmung eines Täters beiwohnen müssen, der seine Opfer lebendig begrub. Als ob das noch nicht entsetzlich genug gewesen wäre, hatte er sie zuvor gezwungen, ihr Grab selbst auszuheben.

Hannah hatte sich gefragt, ob sie dem Sadisten gehorcht oder sich nicht in der sicheren Erwartung des Todes widersetzt hätte, um sich die Demütigung vor dem unvermeidlichen Ende zu ersparen.

Aber die Hoffnung, das musste sie in dieser Sekunde gerade lernen, starb nicht nur zuletzt. Sie log einen auch bis zur letzten Sekunde an. Gaukelte einem vor, dass der Kelch vielleicht doch noch an einem vorübergehen könnte, obwohl es keinerlei Anzeichen dafür gab. Blankenthals Gesicht zeugte von nichts anderem als dem unbedingten Willen, zum Äußersten zu gehen und ihr das Leben zu nehmen, sobald es ihm beliebte. Und dennoch war sie ihm schon wieder in seinen Wagen gefolgt. Hatte sich neben ihn gesetzt, was einer fast übernatürlichen Leistung gleichkam.

Sie war am Ende. Es gab keine Mittel mehr, die ihr die Schmerzen nehmen könnten. Dr. Pfahl hatte das letzte Codein verbraucht. Sie ihren letzten Überlebenswillen mit ihrem letzten Gang zu Blankenthals SUV. Für ihre letzte Fahrt durch die Nacht.

Sie hörte, wie eine SMS einging. Blankenthal warf einen Blick auf ein goldfarbenes Handy, das eher zu einer jungen

Frau als zu einem alten Irren passte. Eben, als sie noch in Pfahls Arbeitszimmer gewesen waren, hatte es so seltsam geklingelt. Der traurig-melodische Klingelton war ihr auf eine eigentümliche Art und Weise bekannt vorgekommen.

»Sieh mal einer an!«, murmelte Blankenthal und steckte das Handy wieder weg. Sie ging nicht darauf ein. Starrte stur nach draußen ins nasskalte, dunkle Berlin. Sie waren irgendwo in Lichterfelde, fuhren Richtung Osten. Die Straßen waren so leer wie am Morgen des ersten Weihnachtsfeiertags. Hannah überlegte, ob sie sich aus dem Auto werfen und dem Ganzen ein Ende setzen sollte, aber vermutlich war hier vorne auch eine Art Kindersicherung aktiviert.

»Sind Sie eigentlich gar nicht neugierig?«, hörte sie Blankenthal fragen.

Nein. Ich bin tot. Ich will nichts mehr wissen. Nicht, wohin es jetzt wieder geht. Nicht, was Sie mit mir vorhaben, sobald wir angekommen sind.

»Interessiert es Sie gar nicht, wer mich vorhin angerufen hat?«

Nein. Ja. Vielleicht.

Hannah konnte nicht mehr klar denken. Es war bei dem Gespräch um sie gegangen, Blankenthal hatte sie als Kindesmörderin bezeichnet. Dass er Gerechtigkeit wolle. Aber es hatte auch nach einem Deal geklungen. Ein Geschäft, für das der Anrufende keine Gegenleistung habe.

»Es war Ihr Freund.«

Sie nahm den Kopf von der Scheibe des Seitenfensters, an das sie ihn gelehnt hatte.

»Welcher Freund?«

»Ihr Freund, der Kommissar.«

»Fadil Matar?«

»Ebenjener.«

Sie hatten den Hindenburgdamm hinter sich gelassen und überquerten den Teltowkanal am Barnackufer.

»Woher hat er Ihre Nummer?«, fragte Hannah verwirrt.

»Das ist nicht mein Handy. Es gehört mir nicht. Ich habe es der jungen Dame abgenommen, die Sie im Motelbadezimmer gesehen haben.«

»Ihr Mordopfer.«

Blankenthal lächelte überlegen: »Keineswegs, der geht es gut, sagt Fadil. Sie kennen sie übrigens.«

Hannah kratzte sich die Wange, die auf einmal brannte, als hätte Blankenthal sie geohrfeigt.

»Ich?«

»Es ist Ihre beste Freundin, Telda Sahms. Mir scheint, sie wollte Sie befreien. Gefällt mir. Mrs Betty hat auch so viel Courage, solche Freundinnen kann man gar nicht genug haben.«

O nein. Telda. Jetzt glühten Hannahs Wangen noch mehr, nun aber vor Scham. Die treue Seele hatte offenbar versucht, ihr zu helfen, und war diesem Wahnsinnigen in die Quere gekommen.

Und ich hab sie da einfach zurückgelassen. Keine Hilfe angefordert, als ich beim Gespräch mit Fadil die Gelegenheit dazu hatte.

»Was schreibt Telda?«

»Sie meinen die Nachricht, die eben kam. Die war nicht von ihr. Sie ist von Fadil. Ich muss schon sagen, Ihr Kollege schreibt sehr merkwürdig.«

Blankenthal zitierte die WhatsApp, ohne noch mal aufs Handy zu schauen: »Fahre zu Telda nach Hause. Warte dort auf Sie. Bringen Sie Hannah mit. Ich habe Ihnen im Austausch doch ein Geschäft vorzuschlagen.«

»Was meint er damit?«

»Finden wir es heraus«, sagte Blankenthal und hielt an einer Ampel kurz vor der Unterführung unter den Gleisen des S-Bahnhofs Lichterfelde Ost.

Obwohl ihr jede Bewegung neue Schweißtropfen auf die Stirn trieb, musste Hannah sich nach vorne beugen und das Heizungsgebläse abstellen. Ihr war so elend heiß, dass sie den Luftstrom im Gesicht nicht mehr ertrug. Dabei berührte sie aus Versehen das Display des Bordmonitors und aktivierte eine veränderte Ansicht des Navigationssystems, das Blankenthal für die Fahrt zu Telda programmiert hatte.

»Sorry«, murmelte sie, da kam ihr ein Gedanke. Eine Überlegung, die sie so sehr irritierte, dass sie das Gebläse vergaß. Die das Abstellen der Heizung sogar hinfällig werden ließ, denn von einer Sekunde auf die nächste waren ihre Hitzewallungen verschwunden. Ihre Wange glühte nicht mehr. Ihr war nur noch kalt und schlecht.

»Ähm …« Sie räusperte sich. Suchte nach einer Möglichkeit, ihre Frage möglichst unverfänglich zu stellen.

»War das alles, was Fadil geschrieben hat?«

»Ja.«

»Keine Nachricht an mich? Kein Hinweis oder so?«

»Hier. Schauen Sie selbst«, sagte Blankenthal und reagierte zum Glück genauso, wie sie es sich gewünscht, aber kaum zu hoffen gewagt hatte. Er spiegelte die Nachricht auf dem Bordmonitor.

Fahre zu Telda nach Hause. Warte dort auf Sie. Bringen Sie Hannah mit. Ich habe Ihnen im Austausch doch ein Geschäft vorzuschlagen.

Blankenthal hatte sie aus der Erinnerung komplett richtig zitiert.

Hannah wurde noch kälter. »Wohin fahren wir?«

»Sagte ich doch schon. Zu Telda. Auf dem Weg dorthin überlege ich mir, wie wir uns unbemerkt Ihrem Freund nähern können. Ich hab keine Lust, diesem Matar in eine Falle zu laufen. Aber neugierig hat mich Ihr Kollege schon gemacht, was er dafür zu tun bereit ist, dass ich Sie zu ihm bringe.«

Hannah sah ihn an. Suchte nach einer Erklärung, die ihr die Angst nahm. Und fand keine.

Denn – wie war das möglich?

Wenn es noch eines Beweises bedurft hatte, dass Blankenthal ein falsches Spiel spielte, hatte sie ihn eben selbst auf dem Display seines Armaturenbretts gelesen.

Fadils Nachricht.

Sie enthielt keine Adresse.

Ohne darüber nachzudenken, rutschte ihr die Frage heraus, auf die Blankenthal ihr keine Antwort gab: »Woher wissen Sie, wohin Sie fahren müssen?«

»Wie?«

»Telda. Wieso wissen Sie, wo sie wohnt?«

KAPITEL 65

Sie war wie ferngesteuert. Gegen jede Vernunft probierte sie es doch. Griff zu dem Hebel in der Tür. Versuchte, sie aufzureißen, gerade, als die Ampel auf Grün sprang.

Ja, ja, ja!

Keine Kindersicherung. Sofort bimmelte ein rhythmischer Alarm los, und irgendwo im Armaturenbrett blinkte bestimmt ein Warnzeichen, dass die Beifahrertür bei laufendem Motor geöffnet worden war. Leider zeigte sich kein Hinweissignal, dass Hannah sich auch abgeschnallt hätte.

Nein, nein, nein!

Denn das hatte sie in der Aufregung vergessen, weswegen es Blankenthal ein Leichtes war, sie an ihrem Gurt wieder zurückzureißen.

»Neeeeeein!« Hannahs Schrei ging in ein erbärmliches Husten über. Sie hatte es regelrecht hören können, wie ihre Wunde noch einmal weiter aufgerissen war, als Blankenthal sich über sie gebeugt und nun auch die Tür wieder zugezogen hatte. Dabei hatte er sich allerdings für einen Moment mit dem Ellenbogen auf der Hupe abgestützt und damit unfreiwillig auf sich aufmerksam gemacht. Hätte er das nicht getan, wären die drei Nachtschwärmer vermutlich ahnungslos weitergezogen. Lärmend, einen Stadion-Song krakeelend, jeder mit einer Bierflasche in der Hand auf dem Weg zur letzten oder ersten S-Bahn.

So aber hielten sie inne. Drei schmächtige, dunkel gekleidete Gestalten, alle in schwarzen, knöchelhohen Turnschuhen, Jeans und Fliegerjacke, alle mit raspelkurzen

Haaren. Auf den ersten Blick – und für weitere blieb Hannah keine Zeit – schienen sie sich nur in ihren Bärten zu unterscheiden. Einer trug einen Hipster-Vollbart, einer einen kleinen, zu einem Zopf gezogenen Pinsel am Kinn, der Dritte war glatt rasiert.

»Hey, alles okay?«, fragte der Pinsel. Er schrie, vielleicht, weil er einfach die Lautstärke beibehielt, in der er eben noch gegrölt hatte. Vielleicht war ihm aber auch trotz seines alkoholvernebelten Bewusstseins klar, dass ihn sonst niemand im Inneren eines nahezu schallgedämmten Vehikels hören konnte.

»Alles gut, alles okay!«, winkte Blankenthal lächelnd durch die Scheibe ab. Mittlerweile war die Ampel erneut auf Rot gesprungen. Das Trio kam misstrauisch näher. Offenbar hatten sie gesehen, wie Blankenthal die Tür zugerissen hatte, und sich über das Handgemenge gewundert.

»Wat'n da los bei euch beiden?«, rief der Bartlose.

Hannah versuchte zu schreien, was ihr eigentlich sehr leicht hätte fallen müssen, tasteten doch ihre Finger gerade die Stelle ab, wo das Wundpflaster verrutscht war und ihr Jumpsuit nun direkt auf der aufgerissenen Haut lag. Aber das Blut, das durch den Stoff suppte und ihre Finger benetzte, lenkte sie zu sehr ab.

»Alles okay bei uns«, versuchte Blankenthal noch einmal, die Situation zu deeskalieren. Und das eröffnete Hannah ihre einzige und letzte Chance.

Blitzschnell drückte sie auf einen Knopf in der Armlehne der Beifahrertür. Ließ das Fenster einen Spalt nach unten gleiten und schrie, so laut es ihr möglich war: »Hilfe! Er schlägt mich!«

Gleichzeitig zog sie sich die Finger einmal übers Gesicht und erzeugte damit den gewünschten Effekt. Die jungen

Männer reagierten auf die blutigen Streifen auf ihrer Stirn und Wange wie ein Stier auf ein rotes Tuch.

»Scheiße, Mann, dem Dreckskerl zeigen wir es.«

Blankenthal wollte anfahren, doch Hannah machte ihm einen Strich durch die Rechnung, indem sie auf den OFF-Knopf in der Mittelkonsole drückte, bevor ihr Entführer Gas gegeben hatte. Die Sekunde, die es brauchte, um den abgewürgten Wagen neu zu starten, nutzten die Jugendlichen, die sich gar nicht erst damit aufhielten, an der Fahrertür zu rütteln.

Hannah hörte Glas splittern. Die zersprungene Scheibe sah aus wie ein Spinnennetz. Ungefährliche Sicherheitsglassplitter rieselten in den Fußraum, die Blankenthal nichts anhaben konnten. Im Unterschied zu der zerbrochenen Bierflasche, mit der der Vollbärtige das Glas aus dem Rahmen geprügelt hatte.

Einer seiner Kumpel schaffte es, durch das zerstörte Fenster zu greifen und die Autotür von innen zu entriegeln, und damit war ihr Entführer geliefert. Mehrere Hände packten ihn, zogen ihn aus dem Wagen auf den Asphalt. Auf dem er sofort mit Fußtritten bearbeitet wurde. In den Magen, die Brust, gegen den Rücken.

Hannah sah, wie der Bartlose Anlauf nahm und mit dem Fuß auf den Kopf des am Boden liegenden Blankenthal zielte, als wäre er ein Fußball auf dem Elfmeterpunkt.

Ob er wirklich zugetreten hatte, konnte sie nicht mehr erkennen.

Da war sie bereits mit dem SUV, auf dessen Fahrerseite sie sich gekämpft hatte, mit durchdrehenden Reifen hinter der S-Bahn-Brücke abgebogen. Und Blankenthals zusammengeschlagener, regloser Körper aus ihrem Rückspiegel verschwunden.

KAPITEL 66

FADIL

Fadil parkte seinen VW direkt auf den Gleisen vor dem ehemaligen Güterschuppen, als der Anruf einging.

»Ich, ich hab es nicht geschafft«, sagte eine Frau mit einer Stimme, so zerbrechlich und kostbar wie antikes Porzellan.

Allah, du bist groß. Er schickte ein stummes Stoßgebet gen Himmel. »Wo bist du?«

»Ich wollte es tun, aber ich konnte nicht.«

Simone hatte geweint, und davon hatte sich ihre Stimme noch lange nicht wieder erholt. Die Schleimhäute in Mund und Nase waren geschwollen, die Augen sicherlich auch.

»*Was* wolltest du tun?«, fragte Fadil.

»Ich … stand an ihrem Bett. Bei Damla.«

Er stieg aus, einfach weil er etwas tun musste und nicht still sitzen bleiben konnte. Fadil legte sich die Hand auf die Brust. Das Atmen fiel ihm schwer, und das lag nicht an der klaren, kalten Luft hier draußen.

»Was wolltest du bei unserer Tochter?«

»Abschied nehmen.«

Der Satz schnitt ihm die Luft ab und ließ gleichzeitig sein Herz auf die Größe eines Medizinballs anwachsen. Er hatte das Gefühl, als ob es versuchte, alles Blut in einem Schwall durch seine Gefäße pumpen zu wollen.

»Wieso bist du nicht im Krankenhaus?«

Ihre Stimme zersplitterte. »Hast du nicht verstanden? Ich bin nach Hause. Wollte ein letztes Mal meine Tochter sehen. Du hättest mich davon abgehalten.«

Fadil steckte sich die freie Hand in die Hosentasche, damit wenigstens sie nicht zitterte. »Wovon denn abgehalten, Liebes?«

Es war eine Sache, es zu wissen. Eine andere, wenn Simone es schonungslos offen aussprach:

»Mich zu töten.«

Fadil lehnte sich mit dem Rücken an die Karosserie des Wagens. Sah nach oben in den klaren, kalten Sternenhimmel. Trat verzweifelt mit seiner Fußspitze ein Loch in den Schotter, während ihm ebenso wie seiner Frau die Tränen kamen.

Simone schluchzte: »Ich steh das nicht noch einmal durch. Nicht noch einmal diese Behandlung. Die OPs. Ich hab mir Mittel zur Sterbehilfe im Krankenhaus besorgt.«

Fadil riss sich vom Wagen los. »Ich komme. Bleib, wo du bist. Ich komme zu dir.«

»Du musst dich nicht beeilen. Ich kann es nicht. Ich habe Damla gesehen und wusste, dass ich es nicht übers Herz bringe.« Simone räusperte sich erfolglos, ihre Stimme blieb belegt, als sie hinzufügte: »Dir allein hätte ich das vielleicht noch antun können. Dir bleibt ja immer noch deine Arbeit.«

»Sag das nicht.«

»Aber unserer Tochter?«

Er gestikulierte wild, als stünde sie hier auf dem ehemaligen Bahngelände direkt vor ihm. »Wir reden über alles. Ich bin gleich daheim, okay?«

»Tu, was du tun musst, Liebling. Ich bin da.«

Sie hatte aufgelegt, doch er hielt noch eine Weile den Hörer am Ohr. Sah, wie die Kondenswolken seines Atems im Mondlicht aufstiegen, bevor sie sich in der Unendlichkeit der Nacht unwiederbringlich auflösten.

»Ich bin gleich bei dir, Simone«, flüsterte Fadil in die tote Verbindung. Erst danach schaffte er es, sich von dem Gespräch zu lösen.

Also dann.

Instinktiv folgte er seiner trainierten Ermittlerroutine und sah sich nach Zeugen um. Als er sich vergewissert hatte, dass niemand in der Nähe war, entsicherte er seine Dienstwaffe.

Mit gezogener Pistole öffnete er den Kofferraum, gerade als Telda in ihm langsam wieder zu sich kam.

KAPITEL 67

HANNAH

Es mochte Orte in Berlin geben, die auch bei Dunkelheit schön wirkten. Dieser hier zählte nicht dazu.

Wobei Hannah meinte, sich daran erinnern zu können, das Gelände schon einmal mit einem wesentlich besseren Gefühl betreten zu haben. In einem anderen, vorherigen Leben, das zu weiten Teilen noch tief in den Nebelschwaden des Vergessens verborgen lag.

Schotter knirschte unter den Breitreifen des SUV, als sie durch eine offen stehende Zufahrt zum Güterschuppen fuhr, zu dem das von Blankenthal programmierte Navi sie geführt hatte.

Ganz in der Nähe des Bahnhofs Lichtenrade.

Einen Katzensprung von mir entfernt.

Die Scheinwerfer des SUV waren die einzige künstliche Lichtquelle in unmittelbarer Nähe. Sie streiften elektrische Fackelleuchten, die in der Auffahrt Spalier standen, aber ebenso wenig angeschaltet waren wie die Lampen in dem Fenster des Güterschuppens.

Einst hatten vor dem Gebäude, auf das sie langsam zurollte, Züge gehalten und waren aus dem Inneren des Schuppens beladen worden. Heute war dieser Teil des aufgegebenen Bahnhofs längst verkauft und zu einem Einfamilienhaus umgebaut. Telda, jetzt fiel es ihr wieder ein, hatte jede freie Minute zwischen ihren Schichten im Sektionssaal selbst mit Hand angelegt, bis der senffarbene Klinkerbau von außen wie von innen wohnlich war. Mit einem neuen, gedämmten Ziegeldach, bodentiefen Sprossenfenstern und der Laderampe als begrünter Terrasse.

Ist das Fadils Wagen?

Hannah war sich nicht sicher, wie bei fast allem in dieser Nacht. Aber sie hoffte, dass ihre beiden engsten Vertrauten vor Ort waren und sie gemeinsam Licht ins Dunkel bringen konnten.

Hannah bückte sich nach einer gezackten Scherbe im Fußraum, die sich von den vielen kleinen Splittern der Fensterscheibe in Form, Farbe und Größe deutlich unterschied. Sie stammte von der Flasche, mit der das Fenster eingeschlagen worden war. Es kostete sie sehr viel mehr Mühe und Geschick, sie vom Boden zu klauben, als sich mit ihrer Hilfe von den Kabelbinderfesseln zu befreien.

Dann stieg sie aus, und ein Schauder erfasste sie, als sie die alte Gleisanlage sah. Telda hatte einen Teil der Schienen als Wegbegrenzung gelassen, ohne ahnen zu können, was für Assoziationen sie damit bei ihrer besten Freundin hervorrief, wenn Hannahs Füße auf die Steine zwischen den Gleisen traten.

»Mir ist kalt, Mama.«

»Das geht vorbei.«

»Es ist so hart auf den Steinen.«

»Schließ die Augen.«

Sie musste sich zwingen, in dem stetigen Rauschen des niemals schlafenden Verkehrs nicht das Geräusch eines herannahenden Zuges zu hören. Der ihre Mutter überrollt und einige Hundert Meter mit sich geschleift hatte.

Langsam, die Hand auf die Wunde gepresst, schleppte Hannah sich zur Stahltreppe, die auf die Rampe führte.

Der Weg nach oben dauerte quälend lange, da sie immer nur einen Fuß voran auf eine Stufe stellen konnte, um den anderen dann vorsichtig nachzuziehen. Als sie endlich oben angekommen war, merkte sie, dass sie sich geirrt hatte.

Es gab *doch* Licht im Haus, und das spornte sie an, die letzten Meter zu gehen.

Jemand war zu Hause!

Ganz hinten, dort, wo der schwache Schein durch das Sprossenfenster fiel. Aus der Küche. Wenn Hannah sich nicht irrte, war dort die gläserne Haustür in Reichweite, an die sie klopfen und die Fadil und Telda ihr öffnen konnten, um sie einzulassen und diesen Spuk hier zu beenden, indem sie ihr endlich die Wahrheit …

Nein …

Sie blieb erst stehen. Dann ging sie zurück. Wieder weg von der Scheibe, in der sie sich gespiegelt hatte, doch das war ausnahmsweise nicht die Ursache des in ihr ausgelösten Entsetzens.

Es war das Bild, das sich ihr hinter der Spiegelung gezeigt hatte.

Von Telda. In der Küche. Auf einem Stuhl.

Gefesselt – mit einem Strick, oder einem Kabel.

War das denkbar?

Nein, das war naturwissenschaftlich doch unmöglich. Oder doch?

Blankenthal kann doch nicht schneller als ich selbst gewesen sein. Wie hat er mich überholt, ist hier eingedrungen und hat Telda in seine Gewalt gebracht?

»Nein!«, sagte Hannah laut. Und ging wieder zurück. Um noch einmal durch die Scheibe zu schauen. Als sie sah, wer ihre Freundin in Schach hielt, presste sie sich die Hand auf den Mund, weil sie sonst geschrien hätte.

Fadil Matar.

Ihr Langzeitgedächtnis funktionierte mittlerweile wieder so gut, dass sein Anblick eine Flut von Erinnerungen an ihn triggerte. Nur keine, in der er sich so brutal verhielt wie jetzt. Mit einer Waffe in der Rechten. Die er Telda direkt zwischen die Augen drückte.

Großer Gott. Fadil? Der Leiter der Ermittlungen im Fischermann-Fall!

Er zog die Waffe wieder weg und versetzte Telda eine krachende Ohrfeige, die ihren Kopf zur Seite knicken ließ.

Hannah schloss die Augen.

War er selbst derjenige, nach dem er offiziell suchte?

Ja, das ergab einen logischen Sinn. Wenn auch einen pathologischen.

Ich habe mir mit dem Geständnis ein Zeichen gegeben.

Dass ich den Killer anlocke.

Dem ich zu nahgekommen bin.

So nah wie kein anderer, denn sie hatte ja Tag und Nacht mit Fadil zusammengearbeitet.

Deshalb haben wir den Täter nie gekriegt.

Deshalb wollte er mich samt meiner Familie aus dem Weg schaffen.

O Gott.

Hannah strauchelte und musste sich an einem Pfeiler festhalten, der das über die gesamte Rampe ragende Vordach stützte.

Was, wenn es wirklich so gewesen war, wie sie es geträumt hatte?

Wenn sie nach Hause gekommen und den Fischermann überrascht hatte? Und nach seiner Flucht Fadil angerufen und ihm das Geständnis vorgeschlagen hatte?

Dann habe ich den Mörder zum Helfer gemacht. Und ihn mit meinem Videogeständnis komplett entlastet.

Kein Wunder, dass Fadil ihre Entführung durch Blankenthal zugelassen hatte.

Ich habe mich selbst auf seine Schlachtbank gelegt.

Die Welt um Hannah begann sich zu drehen, obwohl sie starr und steif wie festgefroren hinter dem Pfeiler stand und darauf wartete, dass sich der Boden unter ihr auftun und sie für immer und ewig unendlich lange fallen würde, bis tief in die Hölle hinein.

Sie verschluckte sich beim Atmen. Hielt die Luft an. Versuchte, nicht zu hyperventilieren.

Reiß dich zusammen, schimpfte sie mit sich selbst, um den in ihr aufkeimenden Fluchtgedanken zu verjagen.

Du kannst deine beste Freundin nicht schon wieder im Stich lassen. Wie im Motel.

Hannah wollte zurück zum Wagen gehen. Den Notruf aktivieren, da hörte sie Telda aus der Küche schreien. Jämmerlich und in Todesangst.

Also drehte sie um.

Sah den Spalt in der Glastür, nur ein paar Schritte wieder zurück. Durch die Fadil eingedrungen sein musste und die er nicht wieder verschlossen hatte.

Hannah drückte sie nach innen auf und streifte ihre Schuhe ab. Barfuß schlich sie über den kalten Betonboden. Eine Holzkiste diente als dekorativer Ablagetisch in dem schmalen Flur, der zur Küche führte. Auf ihm stand eine lange Stabtaschenlampe in direkter Reichweite zu einem Sicherungskasten im Gemäuer. Sie griff sie sich und schlich weiter.

»Ich bring dich um!«, hörte sie Fadil einen Raum weiter brüllen.

Er klang wie ein Wahnsinniger. Hannah rechnete jeden Moment mit einem Schuss, und sie hatte der Waffe in Fadils Hand nichts als einen Lichtstrahl entgegenzusetzen! Vorsichtig spähte sie aus dem Flur um die Ecke in die offene Küche hinein.

Fadil stand hinter einem Küchenblock, über dem messingfarbene Töpfe und Pfannen hingen. Er befand sich direkt hinter Telda, die um ihr Leben weinte. Unfähig, ihre mit einem Stromkabel gefesselten Hände und Füße zu bewegen. Fadil hatte ihr den Lauf der Pistole direkt an den Kopf gesetzt.

»Bitte, hören Sie auf. Sie tun mir weh.«

»Das ist erst der Anfang!« Fadil packte den Holzstuhl, auf dem ihre Freundin gefesselt war, und schob ihn etwas von sich weg. Auf einen Abgrund zu, wie Hannah jetzt erst erkannte.

Wenn sie sich richtig erinnerte, gab es am Rand der Küche so etwas wie einen Kohleschacht. Eine untere Ebene des ehemaligen Güterschuppens, den Telda eine halbe Ewigkeit als Keller ausgebaut hatte.

»Ich schmeiß dich die Treppe runter.«

»Aber wieso denn? Was ist bloß in Sie gefahren?«

Der Ermittler stellte sich neben Teldas Stuhl. Packte ihn an der Lehne. Kippte ihn mit einer Hand nach vorne, sodass sie in das Bodenloch starrte.

Machte das Hinckley-Face.

Hannah wusste, es blieben ihr lediglich Sekunden. Und sie hatte nur eines auf ihrer Seite: die Wucht der Überraschung. Und die musste sie nutzen.

KAPITEL 68

Also trat sie in die Küche. Schaltete die Taschenlampe an und betete, dass Telda auf ihrem Stuhl den Schwerpunkt noch nicht überschritten hatte und nicht gleich nach vorne in den Abgrund stürzen würde.

»FADIL!«, brüllte sie.

Der schrak zusammen. Ließ den Stuhl los, der – Gott sei Dank – nach hinten zurückkippte und mit Telda sicher stehen blieb. Fadil hob wie erwartet seine Waffe. So, dass ihre Freundin nicht mehr in der Schusslinie war. Sondern Hannah selbst.

»Wer ist da?«, fragte er.

Sie leuchtete ihm weiter mit der Taschenlampe ins Gesicht. Der Strahl war intensiv, musste ihn also blenden, sodass er sie wahrscheinlich nur an der Stimme erkannt haben konnte.

»Hannah?«

Die letzte Silbe ihres Namens ging in ein Jaulen über. Denn Telda hatte die Chance genutzt und sich mit dem Stuhl zur Seite fallen lassen. Gegen Fadil. Der das Gleichgewicht verlor. Mit den Händen ruderte. Einen Schuss abgab, hoch in die Decke.

Und mit dem Putz, der auf ihn und Telda herabrieselte, fiel auch er.

Nach hinten.

Schlug mit dem Kopf gegen die Kante der Bodenluke.

Stürzte schreiend weiter. Tiefer und tiefer hinab. Jede einzelne, nachfedernde Stahlstufe, wie Hannah jetzt erkannte, als sie näher gekommen war und in den Kellerabgang starrte.

»Hannah?«, hörte sie Telda rufen. Erleichtert, euphorisch und hysterisch zugleich.

»Ich bin gleich bei dir«, versprach sie ihr.

»Wie hast du, was …?« Telda stammelte. »O Gott, beinahe …«

Ihre beste Freundin hustete am Boden, während Hannah eine Schublade nach der anderen aufriss, bis sie die Küchenschere gefunden hatte.

»Hier bin ich. Alles wird gut.«

Sie schnitt mit einiger Mühe die Verlängerungskabel an Teldas Knöcheln und Handgelenken durch. Hannah hätte sich am liebsten zu ihr gehockt, sie in die Arme genommen, doch sie wusste, dann wäre alles von ihr abgefallen. Jegliche positive Energie, die ihr gerade noch die Kraft verlieh, nicht zusammenzuklappen, wäre verschwunden, und sie wäre in der nächsten Sekunde ohnmächtig geworden.

Daher wartete sie, bis Telda sich aufgerappelt hatte und sie in die Arme schloss. Auch wenn das wehtat. Auch wenn der Stoff ihres Jumpsuits dadurch wie Schmirgelpapier auf ihrer offenen, blutenden Wunde arbeitete.

»Danke. Danke, dass du mich gerettet hast.«

Sie bat Telda, nicht ganz so fest zuzudrücken, die sofort mit erschrockener Miene zurückwich. »O Gott, ja. Deine Verletzung. Wie geht es dir?«

»Mir? Ich … beschissen.« Sie sah zu der Luke im Küchenboden und rieb sich die Handgelenke. »Was hatte das zu bedeuten?« Hannah sah sich nach einem Telefon um, um die Polizei zu rufen. »Was wollte Fadil von dir?«

»Ich habe keine Ahnung. Ich weiß es nicht.«

Hannah erstarrte. Endgültig. Diesmal, da war sie sich sicher, würde die Welt nicht noch einmal anfangen, sich wieder zu bewegen. Alles würde auf ewig so festgefroren, kalt und unerträglich bleiben, wie sie es in ihrem Innersten gerade fühlte.

Denn Telda hatte in ihrem letzten Satz zweimal »ich« gesagt.

Und sich dabei jedes Mal die Hand auf die Brust gelegt.

KAPITEL 69

Was hast du?«

Ihre Freundin hatte schon immer feine Antennen gehabt. Hannah hatte ihr auch einiges über Mimikresonanz beibringen können. In diesem Augenblick aber hätte wohl selbst der größte Ignorant bemerkt, wie Hannahs Körpersprache sich verändert hatte.

Stocksteif, die Gesichtszüge starr, die Augen mit einem Mal weit aufgerissen. Selbst ihre Lippen bewegten sich kaum, als sie »Du!« zwischen den Zähnen hervorpresste.

»Was meinst du?«

»*Du* bist in mein Haus eingedrungen. Hast meine Familie ermordet.«

»Halt, halt, halt mal. Stopp, Hannah. Drehst du jetzt völlig durch? Was ist denn auf einmal in dich gefahren?« Sie rieb sich ihre offenbar schwitzenden Hände an der blutbesprenkelten Bluse ab, die sie schon im Motel getragen hatte. »Lass es mich dir erklären. Du verstehst das falsch. Du erinnerst dich nicht, aber du hast mich angerufen. Wolltest, dass ich zu *dir* komme.«

»Weil ich nicht wusste, dass du kurz zuvor schon bei mir gewesen bist. Bei Kyra, Richard. Und Paul.«

Und auch bei meinem Vater?

»Nein!« Telda fuhr sich nervös durch ihre kurzen Haare, die danach wie elektrisch aufgeladen stehen blieben. »Ich kam von der Arbeit. Du hast mir auf die Mailbox gesprochen. Ich hab es unterwegs abgehört und dich nicht mehr erreicht.«

Diese Stimme. Warm, sinnlich. Glaubhaft.

Hannah hatte sie heute schon einmal gehört.

Aber wie war das möglich? Im Badezimmer war sie ja bewusstlos gewesen.

Jetzt weiß ich es!

Hannah erinnerte sich an die Sprachnachricht, die sie zu Hause im Arbeitszimmer abgehört hatte.

»Und noch was, Schatz: Du weißt, wir sind seelenverwandt … Egal, was heute Nacht passiert ist, ich helfe dir. Wir stehen das gemeinsam durch.«

»Du warst das auf dem Handy meines Mannes!«

Hatte sie ein Verhältnis mit Richard?

Teldas Gesicht zeigte alle Anzeichen von Unverständnis. »Richard hat kein Handy, er hasst die Dinger. Deshalb bist du sein Sekretariat, Hannah. Ich habe auf allen Kanälen versucht, dich zu erreichen. Auch auf dem Telefon, mit dem du die Anfragen für seine Ausstellungen koordinierst.«

»Erzähl keinen Scheiß«, fauchte Hannah. »Du hast doch von einer Ehekrise gesprochen, die du nicht auslösen willst.«

»Das war ein Scherz«, erklärte Telda und klang dabei irritierend glaubwürdig. »Richard reagiert allergisch, wenn wir uns spät nach der Arbeit noch verabreden. Er liebt dich sehr und will die Abende mit dir verbringen.«

Liebte. Vergangenheit. Weil du ihn ermordet hast, du Monster!

Mit geballten Fäusten ging Hannah einen Schritt auf Telda zu. Trat den umgekippten Stuhl wütend zur Seite.

»Wie sehr hast du über mich gelacht, als ich dir von meinem Plan erzählte? Den Mörder anzulocken, indem ich mich in einem Geständnis mit seinen Taten brüste?«

»Davon hab ich erst in den Nachrichten gehört. Deswegen hab ich dich doch gesucht, um herauszufinden, wer dich zu so einer Aussage zwingt. Der Typ, der das alles zu verantworten hat, liegt da unten!«

»Der Typ da …«, Hannah zeigte die steile Treppe hinunter, zum Fuße, wo Fadil unnatürlich verdreht und reglos am Boden lag, »… hat mir mit dem Video dabei helfen wollen, *dich* anzulocken. Und es hat funktioniert. Du bist gekommen. Bist mir sogar ins Motel gefolgt.«

»Wie Blankenthal«, entgegnete Telda. Sie hob beide Hände, zeigte ihr beschwichtigend die Innenflächen. »Sieh doch nur. Das ergibt alles keinen Sinn. Ich liebe dich. Ich liebe deine Familie.«

»Liebe? Dazu bist du gar nicht fähig.«

»Doch. Ich wollte dich retten. Nicht zerstören.«

Tränen rannen Telda über ihr nun schrecklich müde aussehendes Gesicht, und Hannah versuchte es. Sie versuchte es wirklich, aber bei Mikroexpressionen war man machtlos. Sie ließen sich nicht mit dem Willen steuern. Niemand konnte verhindern, dass sie die innersten Geheimnisse preisgaben, wenn man nur wusste, wie sie zu deuten waren. So wie bei Telda in dieser Sekunde der Wahrheit. In der Hannah sich nach allen Kräften bemühte, ein einziges Zeichen des Zweifelns oder Zögerns zu sehen oder irgendetwas anderes, was ihre einst beste Freundin der Lüge überführte. Doch da war nichts. Sie hatte bei den letzten Sätzen komplett die Wahrheit gesagt.

Hannah wankte.

»Aufpassen!«, schrie Telda auf einmal und packte sie.

Um ein Haar hätte Hannah das Gleichgewicht verloren und wäre in den Abgrund gestürzt, an dessen Kellergrund …

O Gott.

Hannah hielt sich an einem schmalen Geländer fest, während sie sich nach unten beugte.

»Was machst du?«, fragte Telda, als sie mit den Zehen zaghaft nach der ersten Stufe tastete.

»Wo ist seine Waffe?«, fragte Hannah.

»Wie?«

»Hat er sie beim Fallen bei sich gehabt?«

»Shit.«

Sie hatten ihn zu lange unbeobachtet gelassen.

Fadil war verschwunden.

KAPITEL 70

Tu das nicht!«

»Bleib hier.«

»Das ist zu gefährlich.«

Drei Warnungen von Telda. Hannah ignorierte sie alle.

Was sollte ihr heute noch passieren? Von einem flüchtenden Polizisten im Keller ihrer Freundin erschossen zu werden, war vielleicht sogar die barmherzigste, weil schnellste Lösung all ihrer irdischen Probleme.

Nachdem sie beinahe auf den letzten schmalen Stufen dieser elend schmalen Platzspartreppe ausgerutscht wäre, strauchelte sie nun durch einen gemauerten Kellergang. Ein Kabelbaum führte an der geweißten Decke entlang. Staub und Dreck fraßen sich in ihre nackten Fußsohlen auf dem Weg an mehreren Kellerverschlägen vorbei, wie sie sie aus Mehrparteienhäusern kannte. Vorsichtig stieß Hannah die groben Spanholztüren mit den Zehen auf, immer in der Angst, von dem Ermittler angesprungen zu werden. Aber dort lauerte er nicht.

Im ersten Verschlag standen Fahrräder und ein geschmückter Plastiktannenbaum. Der zweite war mit Elektroschrott und Umzugskartons gefüllt.

»Fadil?«, rief sie. Natürlich bekam sie keine Antwort. »Komm raus. Du entkommst hier nicht!«

Der Gang machte einen Knick, ähnlich wie der Flur in der Rechtsmedizin. Natürlich wartete hier unten keine Spielecke auf sie. Sondern Fadil.

Bis hierhin hatte er es noch geschafft, dann war er wohl

auf der Suche nach einem Hinterausgang endgültig zusammengebrochen. Vielleicht hatte er sich aber auch nur verschanzen und auf jeden schießen wollen, der sich zu ihm heruntertraute.

»Fadil?«

Hannah bückte sich nach dem Bewusstlosen, dessen Brustkorb sich kaum merklich noch bewegte, und nahm die Waffe an sich, die ihm aus der Hand gefallen war.

»Ich hab ihn gefunden«, rief sie hoch zu Telda. Auch sie gab keine Antwort. *Seltsam.*

Hannah meinte, Schritte über ihrem Kopf zu hören, war sich aber nicht sicher. War da noch jemand im Haus?

Sie ging zurück zur Treppe und überlegte, ob sie sich in einem der Verschläge verstecken sollte. Den, vor dem sie gerade stand, hatte sie noch nicht kontrolliert, weil er von außen mit einem Riegel abgeschlossen war, Fadil sich also niemals in ihn hätte hineinflüchten können.

Hannah legte den Riegel um und ärgerte sich über das laute Quietschgeräusch, das sie damit erzeugte. Andererseits hatte sie gerade aus voller Kehle nach ihrer besten Freundin gerufen. Die immer noch keine Antwort gab.

Stattdessen stapften Schritte die Stahltreppe herunter.

»Telda?«

Noch immer keine Antwort.

Schnell öffnete Hannah die Spanholztür und schlüpfte in den Verschlag. Als Erstes fiel ihr Blick auf ein Matratzenlager. Dann sah sie den Schreibtisch, auf dem eine Lampe stand, den Kopf auf einen Schulhefter ausgerichtet.

Die Schritte auf der Treppe wurden lauter.

Der Hefter aber beunruhigte Hannah aus irgendeinem Grund, den sie sich nicht erklären konnte, sehr viel mehr.

Sie schaltete die Schreibtischlampe an und schlug ihn auf. Löste das erste, lose Blatt aus ihm.

Grundgütiger ...

Die MRT-Aufnahme eines Gehirns flatterte wie ein vom Wind bewegtes, steifes Segel in ihrer Hand.

Sie leuchtete wieder auf den Hefter. Seite 2.

Allgemeine Fragen:

1. Du hast die Möglichkeit, mit deinen Freunden einen Schneemann zu bauen. Oder du darfst ihn umschmeißen, wenn alle fertig sind. Wofür entscheidest du dich?
2. Ein dreijähriges Kleinkind wacht nachts auf, und die Eltern sind nicht da. Sie sind bei Freunden in der Nachbarwohnung, aber das Babyfon funktioniert nicht. Das ängstliche Kind sucht Mama und Papa, geht zur Haustür raus und erfriert bei minus drei Grad im Schneesturm. Wer ist schuld? Das Kind? Die Eltern? Oder der Babyfon-Hersteller?
3. Ein Auto hat einen Unfall. An der Bushaltestelle stehen ...

Ihre Hände zitterten. Aus dem Hefter löste sich ein Foto. Ein Polaroid, das einen Jungen an ebenjenem Schreibtisch zeigte, als würde er gerade einen Test schreiben oder Prüfungsarbeiten lösen müssen.

Die zweite Runde.

Der Name des Elfjährigen stand mit Edding auf dem unteren Feld des Fotos, das für Beschriftungen vorgesehen war.

Ludwig Voscherau

Der Junge, der den »Fischermann-Test« bestanden hatte und freigelassen worden war.

Aber … wie war das möglich?

Sie sah sich um und entdeckte einen Holzkohlegrill.

Sie musste an den Obduktionsbericht denken, aus dem hervorging, dass alle Opfer des Fischermanns an einer Kohlenmonoxidvergiftung gestorben waren.

Ihr Blick wanderte wieder zu dem Matratzenlager. Dann zurück zum Grill.

Die Jungs. Im Schlaf erstickt.

Was hatte das alles hier zu suchen, wenn Fadil doch der Mörder war?, fragte sich Hannah, als die Tür aufging und der Fischermann den Verschlag betrat.

KAPITEL 71

Du?

»Du hättest das hier nicht sehen sollen.«

Hannah richtete die Pistole auf die Person aus, die unbewaffnet war und trotzdem ungerührt vor ihr stand.

»Wieso hast du es nicht auf sich beruhen lassen?«, fragte sie.

»Du bist der Fischermann!«

Die Frau, die sie für ihre beste Freundin gehalten hatte, nickte: »Das habe ich nie geleugnet, Hannah.«

O Gott. Sie war wahnsinnig. So sehr, dass sie selbst daran zu glauben schien, was sie sagte. Telda war so entrückt, dass sie womöglich sogar einen Lügendetektortest bestanden hätte, was auch immer sie sagte. Vor wenigen Minuten noch hatte sie glaubhaft versichert, niemals ihrer Familie ein Haar krümmen zu können.

Und jetzt gestand sie freimütig, eine Serienkillerin zu sein.

»Die Todesstrafe ist sinnlos, wenn die Täter erst einmal gemordet haben«, sagte Telda. »Ich sehe die Opfer jeden Tag auf dem Sektionstisch. Dann ist es zu spät.«

Natürlich. Als Sektionsassistentin hatte sie Zugang zu einem MRT in der Rechtsmedizin, in dem die Leichen gescannt werden konnten, damit man bei der Obduktion nichts übersah.

Zudem hatte Telda über die Gewaltschutzambulanz Kontakt zu Kindern.

»Aber … wie hast du es geschafft, dass deine Tests niemandem in der Rechtsmedizin aufgefallen sind?«, fragte Hannah in der Hoffnung, dass es doch alles ganz anders war. Dass Telda lachend ihren schlechten Scherz eingestehen würde. Stattdessen aber bestätigte sie die grauenhafte Wahrheit, indem sie Hannah eine schlüssige Antwort gab: »Rechtsmediziner sind Frühaufsteher. Die Arbeit beginnt um sieben Uhr morgens. Der Sektionssaal ist meistens schon mittags nicht mehr belegt. Oft war ich in der Gewaltschutzambulanz ab sechzehn Uhr alleine und ungestört. Nur zweimal die Woche wird das MRT von der psychiatrischen Fakultät genutzt, mit der wir aus Kostengründen eine Kooperationsvereinbarung haben. Deren Forschungsexperimente mit lebenden Patienten haben mich auf die Idee gebracht, auffällige Kinder in die Röhre zu schieben.«

»Während die Beamten, mit denen sie gekommen waren, draußen gewartet haben?«

Telda schüttelte den Kopf. »Du vergisst, dass sich jeder an uns wenden kann. Eine Mutter zum Beispiel, die den Verdacht ausräumen will, dass der Vater oder ein anderes Familienmitglied ihr Kind misshandelt hat.«

Und auf diese Fälle hatte Telda sich spezialisiert. Bezugspersonen, die aus Scham oder Angst mit niemandem über einen Termin in der Gewaltschutzambulanz reden würden.

»Du bist Sektionsassistentin und keine Ärztin«, warf Hannah fassungslos ein – noch immer auf der Suche nach einem Widerspruch, der ihre Freundin zwar als Lügnerin dastehen ließe, aber als Mörderin entlasten würde.

»Das wissen die Menschen doch nicht, die mir die Kinder bringen. Ich habe sie meistens auf Spielplätzen rekrutiert. Meine Probanden.«

Unfassbar. Telda klang stolz. Ihre Gestik und Mimik entsprach eins zu eins dem Täterprofil, das sie erstellt hatten: eine Narzisstin. Sie hielt sich für so schlau und überlegen, dass es sie nahezu zerfressen haben musste, all die Zeit mit niemandem über ihre Genialität sprechen zu können.

»Nirgends sonst kannst du Sozialverhalten so gut studieren wie auf den Klettergerüsten der Großstädte. Hier habe ich meine Visitenkarten verteilt, meistens an Mütter, deren Nachwuchs besonders wild war, dessen Knochen mit großen blauen Flecken übersät waren.«

Weil in diesen Fällen die Sorge der Eltern am größten war, der Bluterguss könnte doch keine normale Ursache haben.

»Wurde ich zurückgerufen, habe ich einen Mittwochstermin vereinbart. Da ist die Ambulanz nur in Notfällen besetzt. Niemand am Empfang, die Menschen waren froh, keinen Papierkram ausfüllen zu müssen. Sie hielten mich für eine Ärztin …«

»… nicht für eine Mörderin, die es gerade mal schaffte, das MRT anzuschalten, nicht aber, die Bilder zu analysieren. Dafür hattest du ja Pfahl!«

»Richtig«, bestätigte Telda. »Gegen ihn lief ein Strafverfahren wegen Drogenmissbrauchs. Er musste sich regelmäßigen Tests bei uns im Institut unterziehen. Ich hab ihn beim toxikologischen Screening kennengelernt und ihm ein Angebot gemacht.«

»Ein negativer Drogentest, damit er auf Bewährung bleibt, im Gegenzug für die Analyse der MRT-Bilder?«

»Sechs Tote«, sagte Telda deprimiert, als wäre das eine Antwort. »Das ist die Ausbeute einer ganz normalen Berliner Nacht. Die werden in die Rechtsmedizin eingeliefert. Sechs Opfer von Gewalttaten. Rechne das über die Jahre mal hoch. Die meisten Verbrechen könnten verhindert werden, wenn man die Täter vorher ausschalten würde,

Jahre bevor diese losziehen, um zu schlagen, zu vergewaltigen, zu morden.«

»Du bist völlig verrückt.«

»Nicht ich, Hannah. Nicht ich bin verrückt, sondern die armen Seelen, derer ich mich annehmen musste.« Sie verschränkte die Arme vor der Brust. »Mit den Jahren habe ich erkannt, dass es das Böse wirklich gibt. Nicht alle Kinder sind das Produkt ihrer Umwelt. Einige sind von Natur aus grausam und sadistisch.«

Bauen Schneemänner.

Mit ihrer Großmutter.

»Wer gibt dir das Recht?«

»Auszusortieren? Die Spreu vom Weizen zu trennen, bevor es zu spät ist? Bevor die Opfer auf unseren Sektionstischen liegen, ermordet von Psychopathen, die wir schon im Kindesalter hätten stoppen können?«

Telda zeigte auf den Hefter auf dem Schreibtisch. »Du willst es nicht hören, aber du weißt, dass meine Tests wissenschaftlich fundiert sind. Wenn die MRT-Auswertung ergab, dass die Amygdala verändert ist …«

»Hast du sie entführt.«

Zur zweiten Runde.

Ganz sicher mit gehörigem Zeitabstand, damit der Zusammenhang nicht auffiel.

»Ich habe sie nicht entführt, ich habe sie in meine Untersuchungsräume gebracht.«

In die Zelle. In deinem Keller.

»Psychisch gesunde Kinder zeigen beim Mimik-Test ein deutlich anderes Empathieverhalten, Ludwig hier zum Beispiel …«

»Halt die Fresse!«, unterbrach Hannah sie schreiend. »Niemand hat das Recht, Gott zu spielen.«

Telda nickte. Steckte die Hände in die Hosentaschen ihrer Jeans. »Deswegen habe ich nie mit dir darüber geredet. Weil du so denkst und dir nie die Hände für eine gute Sache schmutzig machen würdest. Du glaubst noch immer daran, dass Liebe alles regelt, oder? Und dass es nur die Umstände sind, die uns Menschen böse werden lassen.«

»Ganz genau. Niemand wird böse geboren. Auch bei dir muss irgendetwas passiert sein, Telda.«

Sie lachte traurig. »Wie kann man nur so ahnungslos sein? Gerade du müsstest wissen, dass es Mörder gibt, die grundlos Leid und Elend über andere bringen.«

»Und die glaubst du mit deinen wahnsinnigen Tests zu entlarven?«

»Ich tue der Gesellschaft einen Gefallen.«

Hannah hatte das Gefühl, gleich würgen zu müssen, so schlecht war ihr. »Du hast meine Nähe nur gesucht, um zu erfahren, wie nah Fadil und ich an dir dran waren.«

»Nein, das ist nicht wahr. Dafür kennen wir uns doch schon viel zu lange. Ich liebe dich wirklich. Du bist meine beste Freundin.«

Wieder sprachen alle Mimikresonanz-Signale dafür, dass Telda die Wahrheit sagte. Wie war das möglich?

»Deswegen bin ich noch einmal hier runtergekommen. Damit du weißt, wie leid mir das alles tut. Wie schwer es mir fällt. Es tut mir in der Seele weh, aber du hast mir keine Wahl gelassen. Ich werde nach oben gehen, die Luke schließen, und wenn eure Leichen gefunden werden, bin ich über alle Berge.«

Auch hieran glaubte sie wirklich. Zwei diametral entgegengesetzte Aussagen. Beide die Wahrheit. So wie das, was sie als Nächstes sagte: »Ich wollte dich wirklich aus den

Fängen Blankenthals befreien. Und sieh nur, wo wir gelandet sind.«

Sie schien sich zum Gehen wenden zu wollen.

»Was hast du mit Paul gemacht?« Hannahs Finger schwitzten, mit denen sie die Pistole hielt. Die Antwort traf sie wie der Rückstoß nach einer abgefeuerten Kugel.

»Ein Jammer das alles hier. Ich war noch gar nicht fertig mit ihm.«

Nein. Das ist nicht wahr.

»Du hast auch ihn getestet?«

Hannah sah sich in diesem Raum um, der kein Verschlag, sondern die Zelle war, in der ein verrückter Killer seine Opfer unterbrachte.

»Natürlich. Ich meine, du bist meine beste Freundin. Und ich war ihn so häufig babysitten. Wir müssen wissen, woran wir bei ihm sind.«

Telda wandte sich endgültig zum Gehen.

»Was machst du?«

Beinahe wehmütig sah sie in der Tür zu Hannah zurück. »Ich fürchte, wir werden uns nie wiedersehen.«

Hannah richtete Fadils Waffe, die sie im Laufe des Gesprächs etwas hatte sinken lassen, wieder aus. »Du bleibst schön hier!«

Telda seufzte. »Weißt du, was das Schöne an unserer Freundschaft war? Ich habe so viel über dich erfahren. Zum Beispiel, dass du niemals in der Lage wärst, einen Menschen zu töten.«

Hannah packte die Waffe jetzt mit beiden Händen, um den zitternden Lauf zu stabilisieren.

»Menschen können sich ändern.«

»Ach ja?«

Unerwarteterweise machte Telda tatsächlich einen

Schritt wieder auf sie zu. »Dann öffne mal die Schublade und lass uns einen kleinen Test machen.«

»Auf keinen Fall.«

»Bitte, tu es einfach. Ich verspreche dir, es wird dich nichts anspringen oder verletzen.«

»Auf dein Wort scheiße ich«, sagte Hannah, zog das Fach aber auf.

»Nimm ihn raus.«

Sie sah sofort, was sie meinte. Auf einigen Papieren und weiteren Röntgenaufnahmen lag ein Handspiegel, so groß wie ein Tischtennisschläger.

»Na los, schau rein. Trau dich. Ha! Hab ich es mir doch gedacht.«

Instinktiv war Hannah vor dem Spiegel zurückgewichen.

Telda seufzte. »Du schaffst es nicht. Du hast Angst, etwas Böses darin zu erkennen. Die Wahrheit aber ist: Du bist nicht deine Mutter. Du bist das Gegenteil. Du bist einfach nur gut. Du kannst niemandem ein Haar krümmen. Auch mir nicht, Hannah.«

Telda wünschte ihr tatsächlich »Leb wohl«, dann drehte sie sich um und ließ Hannah alleine in der Zelle zurück.

KAPITEL 72

»Hey, bleib stehen.«

Hannah war ihr gefolgt, wenn auch mit etwas Verzögerung. Telda war fast wieder bei der Treppe, als sie ihr hinterherbrüllte.

»Was denn noch?«

»Schau her!«

Zu Hannahs Erstaunen kostete es sie keine Überwindung mehr. Anders als vorhin in dem Behandlungszimmer ihres Vaters spürte sie weder Übelkeit noch Panik. Sie blickte in den Spiegel, der schwer und kühl in ihrer Hand lag. Sah ihr blutverschmiertes Gesicht. Ohne dass ihr schlecht wurde. Ohne dass sie schreiend auf die Knie sinken oder davonlaufen wollte.

»Und Menschen ändern sich doch«, sagte sie triumphierend und warf den Spiegel in Teldas Richtung. Wie ein Bumerang flog ein Schwall schrecklicher Erinnerungsbilder zu ihr zurück. Schnellte aus dem Nebelfeld des Vergessens hoch ans Licht und löste eine unendliche Traurigkeit in ihr aus.

Sie musste an das Blut in Richards Bett denken. An den Eisengeruch in Kyras Zimmer. An ihren Vater mit dem zerschmetterten Kopf in der Blutschale. An die zerbrochene Gitarre.

Und natürlich an Paul.

Paulchen, mein liebster kleiner Sohn!

»Du magst deine Phobie überwunden haben, aber nicht dein Wesen«, sagte Telda. Seelenruhig ging sie weiter Richtung Treppe.

»Wo ist Paul?«, schrie Hannah ihr hinterher. Die Waffe weiterhin auf sie gerichtet. »Wohin hast du ihn in dieser Nacht verschleppt?«

»Verschleppt?«

Telda blieb stehen. »Ich hab ihn nicht verschleppt. Das warst du.«

»Ich?«

»*Du* hast mich angerufen, ich soll zu dir kommen. Ich hab vergeblich versucht, dich zurückzurufen. Hab dir drei Nachrichten gesendet, als ich auf dem Weg zu dir war. Zehn Minuten später hast du mir noch eine zweite Nachricht gesendet. Eine Textnachricht.«

»Was stand drin?«

Telda zitierte sie, ohne auch nur eine Sekunde zu überlegen:

»Paulchen kommt die Nacht zu dir. Kümmere dich bitte um ihn.«

»Nein.«

»Oh, doch. *Du* hast ihn zu mir geschickt. Er ist weder weggelaufen noch in eurem Haus gestorben.«

Hannah stand kurz davor, sich zu übergeben.

Ich habe meinen Sohn zu seiner eigenen Mörderin geschickt?

»Er kannte den Weg. Du weißt es doch, ein Katzensprung selbst in der Nacht.«

»Was hast du mit ihm gemacht?«

»Wir haben sehr viel geredet, dann …«

»Was?«

Telda zögerte. »Glaub mir, das willst du nicht wissen.« Die Mörderin, die sich als vermeintlich beste Freundin in ihr Leben geschlichen hatte, um es ihr heute für immer zu nehmen, lachte nur selbstgefällig.

Mit einem letzten »Es tut mir leid, Hannah, dass alles so enden musste!« wollte sie sich für immer verabschieden und griff nach dem Treppengeländer, als sich der Schuss löste. Der erste von dem ganzen Magazin, das Hannah in Teldas Körper entleerte.

KAPITEL 73

Damit war es vorbei.

Ohne noch einmal einen Laut abzugeben, brach Telda vor ihr zusammen. Nur wenige Zentimeter von der ersten Stufe entfernt.

Dann war Schluss.

Hannahs Schüsse waren die letzte aktive Tat, zu der sie fähig gewesen war. Kälte breitete sich in ihr aus, und das war auf eine endgültige Art und Weise wohltuend. Ihr Schmerzempfinden fror ein, die Wunde pochte und brannte und glühte nicht mehr, wohl das sicherste Zeichen, dass hier und jetzt alles zu Ende ging.

Hannah hatte jeden Willen, jeden Antrieb verloren. Wollte es nicht einmal zu der Treppe mehr versuchen. Sie sank auf die Knie. Ihr gesamter Körper eine einzige Mikroexpression. Nicht mehr durch den freien Willen steuerbar. Eine Marionette des Todes.

Vor ihren geschlossenen Augen tanzten farbige Lichter. Sie kippte zur Seite in den Staub des Kellerflurs, und aus den Lichtern wurde eine bildhafte Nahtoderfahrung.

Sie sah, wie sie ihren kleinen Paul, damals, als sie noch in dieser engen Wohnung in Wilmersdorf gehaust hatten, auf der Ikea-Auflage über der Waschmaschine wickelte. Wie sie seinen Bauchnabel streichelte, weil er dann immer so herzhaft gluckste.

»Paulchen«, hörte sie sich in Gedanken sagen, zufrieden, dass ihre letzte Erinnerung auf Erden die an ihren kleinen Sohn sein würde.

»Mama«, rief er zurück. Von einem Ort in weiter, weiter Ferne, zu dem sie jetzt aufbrechen würde. »Wo bist du?«

»Ich bin gleich bei dir«, sagte sie stumm.

»Bitte, Mama, ich will hier nicht länger alleine sein.«

»Das wirst du nicht, mein Schatz. Ich lass dich nie wieder allein!«, dachte sie noch. Dann wurde alles schwarz.

KAPITEL 74

Der Mann sah nicht aus wie ein Gott. Auch nicht wie der Teufel oder der Tod selbst, auch wenn er Letzterem bestimmt näher war als dem Leben. Er wirkte blutleer, wie ein durstiger Vampir. Mit einem ungesunden, wächsernen Teint, der im krassen Gegensatz zu den dunklen Haaren stand, von denen einige Strähnen unter einem turbanartigen Kopfverband hervorlugten. Seinen mehrfach gebrochenen Arm trug er in der Schlinge, ein Bein war geschient.

»War es das mit uns?«, fragte sie die Gestalt auf Krücken, die wie ihre Umgebung nicht zu dem Szenario passen wollte, das Hannah für den Fall ihres Todes vorhergesehen hatte. Sie hatte immer geglaubt, sie würde auf einem Floß erwachen, das auf einem unendlichen Meer umhertrieb, bis ein Seelenschiff kam, das sie an den Ort ihrer schönsten Träume brachte. Nicht auf einem Krankenbett liegend mit dem Geräusch eines piepsenden Überwachungsmonitors im Ohr. Und einem Handy, zwei Meter entfernt, das in einem Stativ klemmte und mit der Kameraseite auf ihr Gesicht ausgerichtet war.

Immerhin, ihre Schmerzen waren so gut wie verschwunden, was sie dann doch zu der Frage verleitete: »Sind wir tot?«

»Nein«, antwortete der Mann, und an seiner Stimme erkannte sie ihn.

»Fadil?«

Er nickte, was ihm wie jede andere Körperbewegung

auch schwerzufallen schien. Hannah verstand nicht, wie er in diesem Zustand lächeln konnte.

Im Grunde verstand sie gar nichts mehr.

»Wie … wie haben wir es da rausgeschafft?«, fragte sie ihn.

»Mit sehr viel Glück und noch mehr Hilfe.«

»Hast du uns …?«

Er schüttelte den Kopf, langsam, vermutlich, weil ihn jede Bewegung schmerzte. »Ich war ohnmächtig, wie du.«

»Telda?«

»Nein.«

Sie sah in seinem Blick, dass sie dort unten im Keller gestorben war.

»Es war Notwehr«, urteilte Fadil, obwohl er vermutlich nicht bei Bewusstsein gewesen war, als sie abgedrückt hatte. Wieder. Und wieder. Und wieder.

Hannah wunderte sich, wie wenig Reue sie über ihre Tat empfand. Aber vielleicht kam das später noch. Vielleicht hielt der Schock für einige gnädige Momente all die negativen Gefühle zurück, die – dessen war sie sich sicher – sie irgendwann mit der Gewalt eines zerberstenden Staudamms überfluten würden. Allen voran die Trauer über den Verlust all dessen, wofür es sich im Leben zu atmen lohnte.

»Wer hat uns dann befreit?«

»Die Polizei. Sie kamen gerade noch rechtzeitig.«

»Woher wussten sie, wo wir waren?«

»Es gab einen klassischen Notruf. Jemand hat die 110 gewählt.«

»Aber wer …«

Fadil lächelte wieder. Es stand ihm gut. Besser als seine kranke Gesichtsfarbe. »Der Mann blieb anonym. Rief mit verstellter Stimme von einem öffentlichen Fernsprechapparat aus an. Ich hab mir die Aufzeichnung angehört, sie ist seltsam.«

»Wieso?«

»Er sagte der Leitstelle, dass auf einen Polizisten geschossen worden sei. Damit hatte sein Anruf natürlich oberste Priorität. Dann gab er die Adresse durch, und zuletzt meinte er noch: ›Beeilen Sie sich und sagen Sie Hannah, die Adresse ihrer Freundin stand in ihrem Erinnerungsheft. Die Fisimatenten mit den Halbstarken waren völlig unnötig.‹«

Nun lächelte Hannah auch.

Fisimatenten.

»Dieser Mistkerl«, sagte sie.

»Blankenthal?«

Sie nickte Fadil zu. »Hat er mich wirklich entführt?«

»Ja.«

»Aus der Gefängnisklinik?«

»Nachdem du ein Videogeständnis abgegeben hast.«

»Auf dem ich lüge, als ich behaupte, ich wäre eine Mörderin?«

Fadil zog sich einen Stuhl heran und ließ sich vorsichtig auf der Kante nieder. Seine Krücke lehnte er an die Matratze ihres Krankenbetts. Endlich sagte er das erlösende Wort: »Ja!«

Gott sei Dank.

»Aber …«

Sie spürte, wie Fadil nach ihrer Hand griff.

»Aber …?«

Wieder konnte sie es in seinen Augen lesen.

»Nicht alles in dem Video war gelogen.«

KAPITEL 75

Kyra, Richard, Paul. Meine Familie.

»Telda hat sie getötet!«, sagte Hannah tonlos. Der Staudamm begann zu bröckeln. Die Trauerflut war im Begriff, sich ihren Weg zu bahnen.

In diesem Moment schaute ein Arzt – oder Pfleger (Hannah konnte sich darauf nicht konzentrieren) – zur Tür herein und sagte: »Gleich geht's los, Frau Herbst.«

»Womit?«

»Mit der OP.«

Aha. Also hatte man ihre Milz noch nicht versorgt.

Logisch. Sonst würde ich mich ja nicht mehr an den Wahnsinn der letzten Nacht erinnern können!

Der Arzt, vermutlich doch eher ein Pfleger, trat näher. Sein Umfang war doppelt so groß wie der von Fadil, er kam jedoch nicht annähernd an die Körpergröße des Ermittlers heran. Er fummelte an einem Tropf herum.

»Sie haben schon etwas gegen die Schmerzen bekommen. Das hier wird Sie beruhigen und schläfrig machen.«

Noch müder?

»In wenigen Minuten hole ich Sie dann für den OP.«

Der Mann entfernte sich auf knautschenden Sohlen. Die Tür fiel hinter ihm wieder zu. Hannah zeigte auf das Handy im Stativ: »Deshalb die Kamera?«

Fadil nickte. »Ich zeichne alles auf, damit du es dir später ansehen kannst. Wir müssen ja davon ausgehen, dass die Anästhesie wieder eine Amnesie bei dir auslösen wird. Aber diesmal bleiben wir bei der Wahrheit, okay?«

Die Wahrheit war, dass sie eigentlich nur eine einzige Frage stellen wollte, nun aber merkte, wie groß ihre Angst vor der Antwort war. Für den Augenblick war sie glücklich, dass Fadil einen längeren Monolog hielt.

»Um deine Frage zu beantworten: Telda hat alle getötet, ja. Die Kinder, die sie in ihrem Wahn für gefährlich hielt. Und alle, die ihr bei ihrer Mission in die Quere kamen. Sie ist der Fischermann. Die Spurensicherung hat im Keller eindeutige Beweise gefunden.«

Scans der Gehirne. Tests. Den Hefter. Hannah musste an den Verschlag denken, an den Gang, in dem sie beinahe gestorben wäre.

»Du hast sie in jener Mordnacht gestört. Bestimmt dachte sie, der Messerstich wäre ausreichend gewesen, dich zu töten. Anders kann ich es mir nicht erklären, weshalb sie dich zurückgelassen hat.«

Hannah nickte.

Wie überrascht sie gewesen sein musste, als ich ihr eine Nachricht schickte, in der ich ausgerechnet sie um Hilfe bat.

»Du hast mich angerufen. Ich kam und sah die Leichen im Obergeschoss.«

Fadils Stimme bebte. Die grauenhaften Eindrücke waren noch zu frisch. Selbst für einen hartgesottenen Ermittler, der vermutlich geglaubt hatte, in seiner Dienstzeit schon alles gesehen zu haben. »Du warst nicht mehr du selbst, Hannah. Logisch. Du hattest alles verloren. Du sagtest, dein Leben hätte nur noch einen einzigen Sinn: den Mörder deiner Familie zu überführen. Du wolltest ihn aus seiner Deckung locken, indem du dich mit seinen Taten brüstest.«

Hannah griff sich an den Kopf. Ihr Mund war trocken, vermutlich von den Mitteln, die sie ihr gegeben hatten. Sie fragte sich, wie verzweifelt sie gewesen sein musste, so einen verrückten Plan auszuhecken.

»Dein Fake-Geständnis sollte den Täter irremachen. Er kannte ja die Wahrheit, und du hast gehofft, der Fischermann würde nicht ruhig bleiben können und es irgendwem erzählen müssen. Am besten der Öffentlichkeit, den Medien.«

Also doch. Es war genauso wie in ihrem Traum, und Fadil bestätigte es ihr.

»Ich hab versucht, dich davon abzuhalten. Du hast nicht hören wollen, dass das Wahnsinn ist. Hast gefleht und gebettelt und warst so überzeugend, dass ich am Ende wirklich gedacht habe, es könnte eine Chance sein.«

Es war nicht so, dass seine Schilderungen den Nebel des Vergessens komplett ausradierten, aber Hannah spürte, dass von allen Versionen der Wahrheit diese die wenigsten Fragen offenließ und die meisten Beweise sich zu einem plausiblen Gesamtbild zusammenfügten. Darüber hinaus spürte sie noch etwas anderes.

Hannah registrierte in Fadils Mimik lächelnde Augen und einen zur Seite geneigten Kopf.

Ein klares Zeichen für ein ehrliches Interesse am Gegenüber, das über reine Sympathie hinausging.

Ein Gefühl, das – darauf wettete sie – ihm peinlich war und das er sich als verheirateter Familienvater nicht eingestehen wollte. Dennoch war es für Hannah unverkennbar, dass es einen Grund gab, weshalb er immer wieder nach ihrer Hand griff. Sie nicht nur hielt, sondern mit dem Daumen streichelte. Was erklären würde, weswegen er sich zu der Aufnahme ihres Scheingeständnisses hatte überreden lassen.

»Wie konnte ich nur ein solches Risiko eingehen? Nicht

nur für mich. Ich hab auch dich in Gefahr gebracht, als ich Telda anlockte. Und meinen Vater … o Gott.«

Sie schlug sich die Hände vors Gesicht.

»Wir haben ihn bereits gefunden«, hörte sie Fadil traurig sagen. »Auch er ist Telda mit seinen Nachforschungen zu nahegekommen. Aber …«

»Aber?«

Hannah überkam eine bleierne Müdigkeit. Die Mittel begannen zu wirken.

»Aber dein Plan war nicht, dass der Täter *an*-, sondern dass er *hervor*gelockt wird. Der Fischermann sollte aus der Deckung kommen. Dich wähnte ich im Gefängnis sicher. Was für ein Irrtum. Scheiße, ich wusste, dass der Plan kaum eine Chance hatte. Dass es mit Blankenthal dann aber so aus dem Ruder lief …«

Der Chirurg. Lebensgefährlich verrückt. Dennoch der Einzige, der in dieser Nacht stets die Wahrheit gesagt und ihr am Ende sogar durch den Notruf das Leben gerettet hatte.

Hannah gähnte breit. Ein Detail kam ihr in den Sinn. »Hast du eine Ahnung, weshalb ich mein Zweithandy unter dem Sofa versteckt habe?«

»Ja. Du hast es eigentlich nur dazu benutzt, um die Termine deines Mannes zu koordinieren. Und um zu fotografieren. Hauptsächlich deine Familie. Du wusstest, wenn du operiert wirst, verlierst du dein Gedächtnis. Du wolltest nicht noch Gefahr laufen, alle kostbaren Fotos deiner Lieben zu verlieren, wenn die Spurensicherung das Handy auf den Kopf stellt und deine elektronischen Geräte konfisziert.«

Also hatte Telda zumindest in diesem Punkt nicht gelogen. Sie hatte kein Verhältnis mit Richard gehabt. Ihre Nachrichten auf dem Handy waren wirklich für Hannah selbst bestimmt gewesen.

»Gleich danach sind wir nach Moabit, und ich hab die ›Vernehmung‹«, Fadil malte mit den Fingern Gänsefüßchen in die Luft, »kurz vor der Verlegung in die Gefängnisklinik durchgeführt. Natürlich inoffiziell. Offiziell hätte niemand dieses Himmelfahrtskommando genehmigt.«

»Deswegen hast du ganz alleine versucht, Telda zum Reden zu bringen?«

Mit aller Gewalt!

Fadil erzählte ihr, wie Telda ihn angerufen und er sie aus dem Motelzimmer befreit hatte. Hannah musste sich immer mehr konzentrieren. Kämpfte gegen das Einschlafen.

»Was hat dich misstrauisch gemacht?«

»Einiges. Sie wusste zum Beispiel von deiner Stichwunde. Die haben wir den Medien gegenüber verschwiegen, und im Motel trugst du ein Nachthemd über dem Verband. Sie hatte also gar nichts sehen können, selbst wenn es hochgerutscht war, war da nur ein Druckverband.«

»Ich hab ihr eine Nachricht auf der Mailbox hinterlassen. Vielleicht hab ich es da erwähnt?«

»Möglich. Aber du hast mir auch davon erzählt, dass du Paulchen zu Telda geschickt hast.«

Zu seiner Mörderin.

»Davon erwähnte sie allerdings kein Wort, als ich sie befreit habe. Ihr erster Satz hätte sein müssen: ›Schauen Sie sofort nach Paul bei mir zu Hause. Ich hab ihn Stunden allein gelassen.‹ Stattdessen wollte sie mich sogar aufs Revier begleiten. Sie dachte wohl, du hättest mir nicht alles erzählt. Vielleicht war sie auch einfach zu ausgelaugt und zum logischen Denken nicht mehr in der Lage, nachdem sie Blankenthal bewusstlos getasert hatte und sie Stunden gefesselt im Bad ausharren musste.«

Hannahs Augenlider wurden noch schwerer, und sie

musste schon wieder gähnen. Sie durfte nun wirklich keine Zeit mehr verlieren. Lang genug war sie um den heißen Brei herumgeschlichen, jetzt konnte sie es nicht mehr aufschieben.

»Habt ihr sie gefunden?«

»Wen?«

»Die Leiche meines Jungen.«

Fadil nickte. »Ich dachte schon, du fragst nie.«

Er stand auf, humpelte auf Krücken zur Tür und öffnete sie.

Für den einzigen Menschen auf der Welt, für den Hannah sofort noch einmal töten würde.

Den, der früher immer so niedlich gegluckst hatte, wenn sie ihm den Bauchnabel kitzelte.

Der jetzt aber weinte, als er näher kam.

Paul. Zwölf Jahre alt.

Auch Paulchen genannt.

KAPITEL 76

In Romanen las man immer wieder davon, dass die Figuren sich zwickten, um zu überprüfen, ob sie nicht in einem Traum steckten. Hannah löste dafür kurz die Klemme auf ihrem Finger, mit der ihre Sauerstoffsättigung gemessen wurde, und hörte einen Warnton vom Monitor am Bett, der erst verstummte, als sie sie zurücksteckte.

»Bist du es wirklich?«, fragte Hannah, während sie aufzustehen versuchte, woran sie nicht zuletzt die vielen Kabel an ihrem Körper hinderten. Ihre Müdigkeit war für einen Moment wie weggeblasen.

»Bleib liegen, Mami«, sagte Paul schniefend. Wenn er eine Illusion war, dann eine perfekte. Seine Hand fühlte sich warm an, wie sein Kopf, der sich an sie drückte. Die Haare, durch die sie streichelte, rochen so, wie sie es kannte, vielleicht etwas staubiger und holziger als sonst.

So wie unten. Bei Telda.

Moment.

Ihr Herz tat einen Satz.

Die Stimme.

»Mama?«

War sie im Keller etwa real gewesen? Keine Halluzination, die ihr sterbendes Gehirn ihr vorgaukelte?

»Bitte, Mama, ich will hier nicht länger alleine sein.«

»Du lebst!«, keuchte sie.

»Zum Glück«, sagte Fadil. »Ich hätte nie gedacht, dass das die größte Schwachstelle deines Plans ist. Wenigstens Paulchen wähnte ich bei deiner besten Freundin in Sicherheit. Du kannst dir nicht vorstellen, wie ich mich gefühlt hatte, als ich gemerkt habe, was sie für ein falsches Spiel spielt.«

Ich hab es gesehen. Du hast versucht, aus ihr herauszuprügeln, wo sie meinen Jungen versteckt hielt.

»Du warst die ganze Zeit da unten?«, fragte sie Paulchen. »Bei Telda?«

»Du hast mich doch zu ihr geschickt«, sagte er unsicher, als habe er das Gefühl, sich verteidigen zu müssen, dabei war sie die Schuldige, die ihn in die Höhle des Löwen getrieben hatte. »Es tut mir leid. Es tut mir so leid.«

Sie drückte ihn an sich, so fest sie nur konnte. »Ich liebe dich. O Gott, wie sehr ich dich liebe.«

»Ich dich auch, Mami.«

»Ich geh dann mal«, hörte Hannah Fadil leise sagen. »Ich nehm mir eine Auszeit, du wirst eine Zeit lang nichts von mir hören, Hannah. Simone geht es ziemlich schlecht. Und ich hab sie mal wieder viel zu lange alleine gelassen.«

Der Ermittler nahm beim Hinausgehen sein Handy aus dem Kameraständer und schloss behutsam die Tür.

»Es tut mir so leid, Mama«, sagte Paul, der sich die Tränen abwischte.

»Nein, mir muss es leidtun. Ich hab dich in Gefahr gebracht.«

Sie strich ihm über die feuchte Wange. Spürte, wie der Schlaf sie wieder holen wollte.

»Ich bin so traurig«, sagte Paul.

»Das bin ich auch.«

Sie hielten sich eine Weile, dann sagte ihr kleiner Schatz: »Opa war so gemein.«

KAPITEL 77

Wach.

Opa. Gemein.

Zwei Worte, die – wenn auch nur für einen kurzen Moment – die Wirkung einer Koffeinspritze hatten.

»Wie?« Hannah schluckte. »Was meinst du, mein Schatz?«

Paul sah beschämt auf die Spitzen seiner zarten Finger. »Ich hatte mich so gefreut, bei ihm zu übernachten. Aber dann, also, na ja, ich finde, er ist schuld an allem.«

»Was hat er getan?«

Ihre Hände zitterten. Hannahs gesamter Körper vibrierte, als stünde er plötzlich unter Strom.

Was hat mein Vater dir angetan?

»Er war so wütend, weil ich meine Pillen nicht mehr nehme.«

»Welche …?«

»Paroxalon.«

Hannah musste an das Rezept denken, das sie in ihrem Erinnerungsheft gefunden hatte. Aber dieses Antidepressivum hatte Gottfried doch auf ihren Namen ausgestellt? Hannah Herbst. *Wobei …* Paul war über sie privat versichert. *Die Rechnungen, ergo auch die Rezepte, laufen also auf mich.*

»Er wollte mir aus einem Buch vorlesen, was alles passieren kann, wenn ich die Pillen so einfach absetze. Das wollte ich nicht hören. Da hab ich ihn geschubst.«

Das Zittern hörte auf. Die Vibration auch. Es war, als

hätte jemand bei Hannah den Stecker gezogen. All das, was sie eben noch an Liebe und Wärme gespürt hatte, war einer völligen Leere gewichen.

»Geschubst?«

»Von der Balustrade. In der Bibliothek.« Paul verzog die Mundwinkel. »Das war blöd. Er fiel auf meine Gitarre, die ich mitgenommen hatte. Um auch bei Opa zu üben.«

»Das war ein Unfall«, versuchte Hannah, sich selbst zu belügen.

»Ja, schon. Aber es war auch spannend. Ich hab ihm zugesehen.«

»Wobei?«

»Wie er immer leiser wurde. Erst hat er gezittert, die Hand nach mir ausgestreckt. Dann war da was in seinen Augen. Und plötzlich war es nicht mehr da. Einfach weg.«

Hannahs wieder wachsende Müdigkeit hatte etwas mit der Beichte ihres Sohnes gemein. Sie legte sich wie eine schwere Decke auf sie und drohte sie zu ersticken.

»Irgendwie war das toll. Hast du so was auch schon mal gesehen? Ich wollte das gleich noch mal erleben.«

Noch mal?

»Ich bin nach Hause gefahren, mit dem Bus. Meine kaputte Gitarre hab ich mitgenommen, aber die ist wohl nicht mehr hinzukriegen, oder, Mama?«

Nein. Nichts ist mehr hinzukriegen. Es ist alles zerstört.

»Mit dem Bus hat es voll lange gedauert, bis ich daheim war. Die haben alle schon geschlafen.«

Kyra, Richard.

»Was hast du getan?«, fragte Hannah, obwohl sie es längst wusste.

»Kyra war einfach. Sie hat sich gar nicht gewehrt. Anders als Papa. Bei ihm hörte es sich echt lustig an. Ähnlich wie bei Opa. Und bei dir, na ja, das tut mir leid. Ich hätte bei dir nicht so doll zustechen sollen. Da hatte ich eigentlich schon gar keine Lust mehr.«

Jetzt konnte Hannah die Augen endgültig nicht mehr offen halten. Das Letzte, was sie gesehen hatte, bevor sich ihre Lider senkten, war Pauls Handbewegung.

»Du legst dir …«, sie stammelte vor Müdigkeit, »… die Hand … aufs Herz!«

»Das mach ich doch immer, Mami«, hörte sie ihn sagen. »Das weißt du doch. Das hab ich sogar Telda beigebracht.«

Jedes Mal, wenn er »ich« gesagt hatte, hatte er auf sich gezeigt. Indem er sich die Hand auf die Brust legte. Wie bei einem Schwur, den er jetzt tatsächlich leistete: »Wenn Opa nicht so gemein zu mir gewesen wäre, dann wär das alles nicht passiert, Mama. Ich schwör dir, ich mach das nie wieder.« Er lächelte. »Also nicht bei dir. Das war eh dumm. Ich war schon müde. Mein letztes Ziel war mein Bett, da hab ich gehört, wie du nach Hause kommst. Ich hatte voll Angst, du wirst böse. Also bin ich wieder raus aus meinem Zimmer und hab mich angeschlichen.«

Der Schatten. In meinem Traum. Die Klinge.

Hannah dachte an die Handykamera auf dem Stativ, aber die hatte Fadil mitgenommen. Es gab keine Zeugen, weder atmende noch elektronische, und ihr selbst schwanden endgültig die Sinne.

Wenn das, was der Arzt oder Pfleger ihr gerade gegeben hatte, ein Diazepam war, dann würde sie ihr Bewusstsein schon vor der Anästhesie verlieren, so heftig, wie sie auf dieses Mittel immer reagierte.

»Tut mir leid. Bist du noch sauer? Du hast mich echt ganz doll angeschrien, als du mich erkannt hast. Kann ich aber verstehen. Ich bin halt etwas anders als die anderen.

Das hat Telda mir gesagt. Sie hat diese Tests gemacht, weißt du? Sie wollte es dir auch erzählen, Mami. Sie hat den Doktor gebeten, dir meine Bilder zu schicken. Damit du selbst siehst, was mit mir los ist.«

Sie spürte Pauls Hand nicht mehr, mit der er die ganze Zeit über ihre gehalten hatte. Dafür konnte sie einen anderen, schrecklichen Gedanken festhalten.

Natürlich.

Wer kommt im Anblick seines getöteten Ehemanns und seiner ermordeten Tochter auf die verrückte Idee, ein Scheingeständnis zu veröffentlichen? Nur eine verzweifelte Mutter, die sich für ihr Kind opfert. Allein das ergab Sinn. Hannah hatte gehofft, Pauls Taten dem Fischermann in die Schuhe schieben zu können.

Um mein Kind zu schützen. Um zu verhindern, dass Paulchen für immer in einer Psychiatrie weggesperrt wird.

Das erklärte auch die versteckte Mikroexpression, die sie in dem Geständnisvideo in ihrer Mimik entdeckt hatte. Sie hatte nicht um den Zustand der Welt getrauert, sondern um Paul, der für immer verloren war, wie sehr sie sich auch bemühte, seine schrecklichen Taten zu vertuschen.

Etwas, was ich nicht offen eingestehen will. Nicht der Öffentlichkeit. Vielleicht nicht einmal mir selbst.

Und es erklärte ihre bewusste »Achtung-Geste«, die Blankenthal in dem Geständnisvideo entdeckt hatte. Die Bewegung des linken Zeigefingers, wann immer sie »nein«, »nicht« oder »aufhören« gesagt hatte.

Um mich davor zu warnen, das Video zu analysieren und der Öffentlichkeit zu beweisen, dass ich nicht die Täterin sein kann.

Nicht nur, weil ihr Plan, den Fischermann anzulocken,

dann fehlgeschlagen wäre. Sondern weil damit die Gefahr bestanden hätte, den wahren Täter ans Messer zu liefern. *Paul.* Dessen Verhalten sie mit der Hand auf dem Herzen nachgeahmt hatte.

»Danke, dass du mir was Sauberes angezogen und mich zu Telda geschickt hast.« Paul lachte und riss sie damit aus der Erinnerung. »Du hattest Angst, ich könnte auch ihr was antun, aber ich hab dir geschworen, dass ich eh zu müde bin. Und du hast gesagt, du hättest keine andere Wahl. Sonst käme ich in eine geschlossene Anstalt für geisteskranke Kinder oder so.« Pauls Stimme klang auf einmal kindlich. Passend zu seinem Alter. Völlig unangemessen für das, was er sagte.

»Ich sollte ihr ja nichts erzählen, aber sie hat mich durchschaut. Also hab ich ihr gesagt, was ich getan habe. Telda war ziemlich verzweifelt, sie hat ja auch durch ihre Tests gewusst, was mit mir los ist. Aber sie hat dich eben auch so sehr geliebt, dass sie mir nichts antun wollte. Sie ist dann los, um dich zu suchen.«

Telda.

Ihre »Freundin« hatte die Wahrheit gesagt.

»Du bist der Fischermann!«

»Das habe ich nie geleugnet, Hannah!«

Aber sie hatte nichts mit den Morden an Richard, Kyra und ihrem Vater zu tun gehabt.

»Ich liebe dich, Hannah. Ich liebe deine Familie.«

Sie spürte einen Luftzug.

»Was für eine Nacht, was, Mami? Aber am Ende ist alles noch mal gut gegangen. Dein toller Plan hat funktioniert. Echt, du bist genial. Ohne dein Geständnis wäre ich jetzt in einem Heim oder so. Aber jetzt glauben die wirklich, Telda war das.«

Die Tür klackte.

»So, es geht los«, sagte der Arzt oder Pfleger, der vorhin schon einmal hereingeschaut hatte und jetzt wohl wieder im Zimmer stand. »Junger Mann, deine Mutter kommt in den OP. Du siehst sie in zwei Stunden wieder.«

Hannah spürte, wie ihr Bett bewegt wurde.

»Nein, nicht. Das geht jetzt nicht!«, wollte sie schreien. Oder sagen, wenigstens flüstern. Sie brachte kein Wort mehr hervor.

Sie hörte Rollen auf dem Linoleum quietschen. Spürte einen Atemhauch am rechten Ohr, als sie noch einmal kurz anhielten.

»Mach dir keine Sorgen, Mama«, flüsterte Paul. »Telda hat gesagt, du willst das gar nicht alles von mir wissen.«

O Gott.

Hannah hatte es immer direkt vor Augen gehabt und nie gesehen.

Paulchen, der »Wolle« in der Kita das Schnitzmesser in den Oberschenkel rammte. Der wahrscheinlich zuvor die Lügen über das übergriffige Verhalten des labilen Erziehers verbreitet hatte.

Und ich dachte, ich hätte mein Kind damals aus den Fängen eines Verrückten gerettet!

Was für eine Ironie. Hannah Herbst, die beste Mimikresonanz-Expertin Deutschlands, hatte bei dem einzigen Menschen, auf den es wirklich ankam, nicht richtig hingesehen. Nicht hinsehen wollen!

»Telda sagt, du verschließt die Augen davor, wie ich wirklich bin. Weil du mich so sehr liebst.«

Sie hörte ihn glucksen.

»Na ja, das Gute ist: Jetzt wirst du operiert, und wenn du aufwachst, ist eh alles vergessen.«

Nein, Moment mal. Bitte nicht. Hört mich jemand? Wartet noch, bitte, ich darf nicht operiert werden, bevor …

Aber da war niemand, der sie hörte. Niemand, der ihre um sich schlagende Hand fixierte. Weil sie nichts sagte. Und nicht um sich schlug.

Hannah Herbst war bereits auf dem Weg in ein dichtes Nebelfeld, in dem sich sämtliche Erinnerungen an die letzten Stunden verflüchtigen und immer undeutlicher werden sollten, bis sie am Ende gar nicht mehr wahrnehmbar waren – wie die Stimme ihres Sohnes, die sich weiter und weiter von ihr entfernte, während er sagte:

»Bald ist alles vergessen.«

Sie hörte ihn glucksend kichern.

»Vergessen und vergeben, Mami.«

ZUM BUCH & DANKSAGUNG

Wie gerne wäre ich in Ihrem Kopf, wenn Sie mein Buch lesen. Einfach, um zu »sehen«, ob die Bilder, die ich beim Schreiben habe, halbwegs mit denen übereinstimmen, die sich beim Lesen vor Ihrem geistigen Auge materialisieren. Mangels einer mir dazu zur Verfügung stehenden Gedankenbilder-Lesemaschine bleibt mir nur der oft verzweifelte Versuch, die Mimik von Leserinnen und Lesern während der Lektüre zu studieren. Schauen sie beim Umblättern der Seiten aufgeregt, angespannt, gelangweilt oder schockiert?

Meine Neugier diesbezüglich ist allerdings nicht ganz unproblematisch. Denn ich rücke natürlich keinem Fremden in der Öffentlichkeit auf die Pelle, den ich zufällig mit einem »Fitzek« in der Hand am Strand, in der Straßenbahn oder sonst wo erwische. Schon gar nicht, wenn dieses Sonstwo in Berlin liegt, wo in manchen Gegenden bereits ein flüchtiger Augenkontakt für Stalking gehalten wird und das hypnotische Anstarren von Unbekannten gerne mal mit einer Gesichtsladung Pfefferspray beantwortet wird.

Meine Analyseversuche beschränken sich daher auf mir bekannte Probeleser, die mitunter auch nicht wenig Lust hätten, mich mit Reizgas aus ihrer Nähe zu verscheuchen. Meine Frau Linda etwa kann ein unangenehm berührtes Lied davon singen, wie ich auf dem Sofa immer näher an sie heranrutsche, um ja kein Runzeln der Augenbrauen oder Zucken mit den Mundwinkeln zu verpassen, während sie sich durch meinen ersten Entwurf kämpft. Was immer ihre Gesichtsausdrücke dann auch zu bedeuten haben.

Womit wir beim nächsten Problem wären: Meine Fähigkeit, Gesichter zu »lesen«, liegt in etwa auf dem Niveau der Face-ID-Software meines Smartphones, die jeden Montagmorgen an meinem zerknautschten Gesicht scheitert, wenn ich das Handy freischalten will. Ich habe schon große Schwierigkeiten, Menschen wiederzuerkennen, geschweige denn in ihr Innerstes zu blicken, nur weil ich ihnen tief in die Augen schaue. Wobei ich ja gelernt habe, dass die Augenbrauen noch sehr viel verräterischer sein können. Ein Funfact, der es nicht ins Buch geschafft hat: Mit abrasierten Augenbrauen ist man manchmal schwerer wiederzuerkennen, als wenn man sich zur Maskerade eine Perücke aufsetzt. Nicht, dass ich das ausprobiert hätte. Hier vertraue ich dem Experten, der mich mit seinem phänomenalen Fachwissen auf dem Gebiet der Mimikresonanz und Körpersprache beim Schreiben dieses Buches so großartig unterstützt hat: Dirk Eilert.

Ich lernte Dirk bei einer TV-Show kennen, in der es darum ging, einen fiktiven Kriminalfall zu lösen. Dazu musste ein Panel, dem auch ich angehörte, Verdächtige vernehmen. Diese wurden von Improvisationsschauspielern verkörpert. Aber es gab auch echte Experten, die uns erklärten, worauf man bei Zeugenaussagen achten sollte – so wie Dirk Eilert, der sich wohltuend von so vielen Hokuspokus-Entertainern absetzt, die einem weismachen wollen, dass man immer lügt, wenn man nach links oben guckt und sich dabei die Schnürsenkel bindet, oder so ähnlich. Dirk hat auf seinem Fachgebiet der Mimikresonanz jahrzehntelang wissenschaftlich geforscht, leitet mit seiner wundervollen Frau Ute die führende Akademie auf diesem

Gebiet und berät unter anderem Richter und Polizisten, worauf sie bei Aussagen achten müssen. Und Schriftsteller wie mich, damit sie keinen fachlichen Murks schreiben.

Was mich in die glückliche Position bringt, dir, lieber Dirk, nicht nur für deine Anmerkungen und Verbesserungsvorschläge zu danken, ohne die ich *Mimik* nie hätte schreiben können, sondern auch dafür, dass du jetzt für sämtliche fachlichen Fehler in diesem Buch deinen Kopf hinhalten musst.

Vieles von dem, was ich von ihm gelernt habe, konnte ich gar nicht einbringen. Es ist aber so spannend, dass wir es Ihnen nicht vorenthalten wollen. Gehen Sie einfach mal auf www.fitzekmimik.de.

Keine Angst, den Link können Sie gefahrlos öffnen. Unmittelbar nach dem Kauf eines Laubbläsers sehen Sie vertiefende Hintergrundvideos mit, wie ich finde, hochinteressanten Informationen zu einigen Szenen in diesem Thriller.

Sie ahnen übrigens nicht, wie belastend es ist, einem Mimikresonanz-Experten gegenüberzusitzen. Am liebsten hätte ich mir bei unseren Treffen, die oft in einem Restaurant stattfanden, die Hände unter dem Tisch zusammengebunden, damit mich nicht ein unwillkürlicher Nasenkratzer als Scheinheiligen entlarvt – nur weil ich mich etwa nicht traue, dem Kellner auf die Frage »Und, schmeckt alles?« eine ehrliche Antwort zu geben. Dirk hat mir zwar versichert, dass er nicht permanent Menschen analysieren würde. Trotzdem habe ich sicherheitshalber irgendwann dann unsere Besprechungstermine ins Dunkelrestaurant verlegt.

Mein medizinischer Berater war dieses Mal vor allem mein Bruder, dessen Hinweise ich übrigens nicht alle übernommen habe. Stichwort: künstlerische Freiheit. Jaja, Clemens – ich weiß, OP-Hemden haben keine Taschen (in diesem Krankenhaus eben doch!), und ein venöser Zugang an der Hand stellt keine derart große Bedrohung für gewisse Körperteile dar, wie ich sie beschrieben habe.

Aber ich schreibe ja ganz bewusst keine Anleitungen für möglichst effektvolles gewalttätiges Verhalten. Die Frage, ob ich keine Angst hätte, dass jemand meine Bücher als Blaupause für eigene Taten nimmt, kann ich gewissensberuhigt verneinen. Denn einerseits gehe ich nicht davon aus, dass ein Psychopath sich durch 400 Seiten quält, um sich inspirieren zu lassen. Allein schon deshalb, weil ihm oder ihr mangels Empathie die Fähigkeit abgehen dürfte, sich in fiktive Welten hineinzuversetzen. Und außerdem habe ich die relevanten Passagen so abgeändert, dass deren Nachahmung im Zweifelsfall keinen »Erfolg« hätte. Das gilt übrigens auch für Suizid-Methoden, die – sofern sie in meinen Büchern beschrieben werden – allenfalls zu Unwohlsein führen.

Aufmerksamen Leserinnen und Lesern wird aufgefallen sein, dass ich mich auch in diesem Buch mal wieder nicht zurückhalten konnte, etwas Neues auszuprobieren. Schon seit der TV-Serie »24« (also schon seeeehr lange) habe ich mich gefragt, warum man nicht auch mal im Buch versucht, verschiedene Handlungsstränge simultan abzubilden. In *Mimik* endlich habe ich die »Splitpages« ausprobiert und hoffe, es war nicht verwirrender als der Rest des Thrillers.

Okay, kommen wir zum eigentlichen Kern dieser Danksagung. Und der ist ein Novum, passen doch erstmals die Namen all derer, die mich unterstützt haben, auf eine einzige Seite. Nicht etwa, weil ich von sämtlichen guten und helfenden Geistern verlassen wurde. Es sind weiterhin unglaublich viele, die diesem Buch und damit mir selbst ein »Gesicht« gegeben haben. Aber sehen Sie selbst …

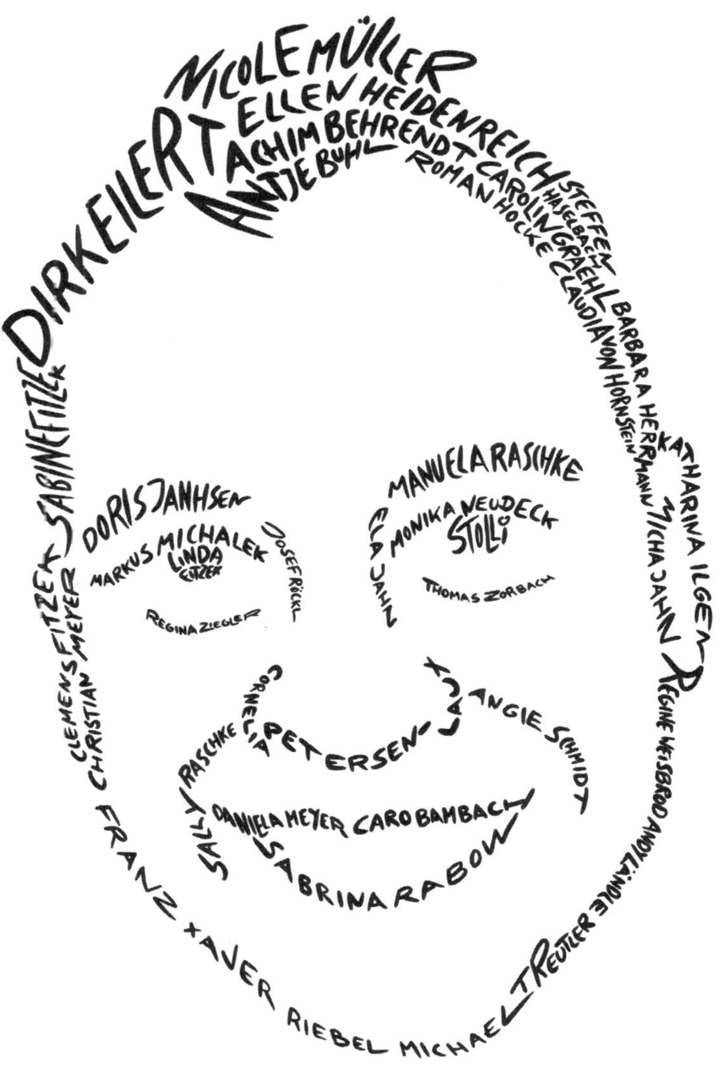

Für dieses Bild habe ich übrigens Jörn Stollmann Modell gesessen (tausend Dank für dieses Kunstwerk!). Eigentlich habe ich ja versucht, das Hinckley-Face zu imitieren – in diesem Buch u. a. auf S. 143 beschrieben. Doch irgendwie habe ich den »stechenden Blick« nicht hinbekommen, der einen unmittelbar bevorstehenden Angriff signalisiert. Egal, wie ich mich bemühe, ich muss irgendwann immer grinsen. (Muss man auch mal analysieren, was das zu bedeuten hat.)

So – wenn Sie jetzt bis hierhin durchgehalten haben, dann danke ich Ihnen umso mehr für Ihre Lebenszeit. Dieser Gedankenaustausch muss übrigens keine Einbahnstraße bleiben. Für Anmerkungen, Hinweise und die Ersatzteilanfragen für den Laubbläser steht Ihnen diese Adresse zur Verfügung: fitzek@sebastianfitzek.de.

Und ein kleiner Tipp: Wenn Sie mit diesem Thriller jetzt durch sind, dann gehen Sie am besten sofort in eine Buchhandlung Ihrer Wahl. Oder in eine Bibliothek. Am besten irgendwohin, wo echte Menschen arbeiten und beraten. Und dort holen Sie sich Nachschub. Ganz egal was, muss kein Fitzek sein. Hauptsache, Sie lesen. Aber wenn Sie schon mal vor Ort sind, könnten Sie mir einen Gefallen tun und Ihre Buchhändlerin oder Ihren Buchhändler von mir grüßen und ihnen einen dicken, fetten Dank von mir ausrichten – dafür, dass sie ihren Beruf mit so viel Leidenschaft ausüben. Das gilt natürlich auch für die Mitarbeitenden in den Bibliotheken und hinter den Kulissen von Festivals und anderen Buchkultur-Veranstaltungen. Diese Menschen halten für uns die Eingangstore zur Welt der Fantasie geöffnet. Was gibt es Schöneres?

Auf Wiedersehen
Ihr
Sebastian Fitzek
Berlin, 1. Mai 2022 (ein Feiertag, der auf einen
Sonntag fällt. Wer hat das denn geplant?)

LESEPROBE

DIRK EILERT

WAS DEIN GESICHT VERRÄT

Wie wir unsere Mimik und verborgenen Körpersignale entschlüsseln

Die Bühne der Emotionen: Mimik
Oder: Wie ein Gesichtsausdruck über
Leben und Tod entscheiden kann

Das Leben entscheidet sich manchmal in einem einzelnen Augenblick, und oft sind wir uns in einem solchen Moment dieser Tragweite gar nicht bewusst. Eine ganz alltägliche Situation kann dann sogar über existenzielle Fragen entscheiden. So wie an dem sonnigen Herbsttag im Oktober 2004, als Michelle vor mir stand und ich ihr eine Frage stellte, die wir alle schon tausendmal gestellt haben, und eine Antwort bekam, die wir alle schon tausendmal gegeben haben. Die Frage war: »Wie geht es Ihnen?«, und die Antwort: »Gut!«

Michelle war eine Traumapatientin von mir. Ihr war das Schlimmste widerfahren, das Eltern erleben können: Durch einen tragischen Autounfall hatte sie ihre zwölfjährige Tochter verloren. Als Therapeut sollte ich ihr dabei helfen, diese schreckliche Erfahrung emotional zu verarbeiten. In den ersten drei Sitzungen hatten wir bereits die furchtbarsten inneren Bilder bearbeitet, die sich ihr immer wieder aufdrängten. Als ich sie an diesem Morgen begrüßte, ahnte ich nicht, welchen Verlauf diese Sitzung nehmen sollte.

Wir setzen uns, und ich frage sie, wie es ihr geht. Sie antwortet: »Großartig, es geht mir schon viel besser!« Was mir in diesem Moment auffällt, ich aber fast übersehen hätte, war das kurze Zucken ihrer Augenbrauen-Innenseiten. Ich hake nach: »Geht es Ihnen wirklich gut?« – »Ja«, und ihre Augenbrauen huschen wieder nach oben. Jetzt bin ich mir sicher, dass das kurze Zucken keine Einbildung war. Ich nutze eine Technik, die ich *Resonanzaussage* nenne, um Michelles Wahrheit Raum zu geben: »Michelle, ich höre Ihre Worte, ich habe aber das Gefühl, dass Sie gerade tieftraurig sind«, schildere ich meine persönliche Wahrnehmung. Sie bricht daraufhin in Tränen aus und gesteht mir, dass sie in Wirklichkeit gerade darüber nachgedacht hat, sich das Leben zu nehmen.

Für Michelle war das der Schlüsselmoment ihrer Therapie. Er hat eine tiefe Heilung ermöglicht – und ihr wahrscheinlich das Leben gerettet. Mich hat dieser Augenblick für immer verändert. Ich hatte etwas in Michelles Gesicht gesehen, was ich zwar unbewusst richtig eingeordnet hatte, aber damals noch nicht voll verstand. Es war einer meiner ersten *Mimikresonanz-Momente.*

Die Entdeckung der Mikroexpressionen
Oder: Warum Mimik schneller als der Verstand ist

Doch was hatte ich in der Mimik meiner Patientin beobachtet? Diese Frage ließ mich nicht los. Noch am selben Abend durchforstete ich bis in die späte Nacht das Internet und Datenbanken wissenschaftlicher Studien. Ich fühlte mich wie ein Kind auf der Suche nach dem versteckten Osternest. Ich wusste, dass es irgendwo verborgen war. Aber wo genau? Was waren die richtigen Suchbegriffe? Ah, da wird es wärmer … Mist, doch wieder kalt. Ich war kurz vorm Aufgeben.

Um drei Uhr nachts stieß ich auf eine Studie aus dem Jahr 1966. Auf meinem Bildschirm flackerte der Begriff: Micromomentary Facial Expressions. Oder einfacher: *Mikroexpressionen.* Den amerikanischen Psychologen Ernest Haggard und Kenneth Isaacs war es Mitte der 1960er-Jahre ähnlich ergangen wie mir. Mehr durch Zufall als durch bewusste Absicht waren sie in einem Experiment auf subtile Gesichtsausdrücke aufmerksam geworden, die keine 500 Millisekunden lang über das Gesicht huschten. So unscheinbar diese Mikroexpressionen auch sind und so leicht sie von Laien übersehen werden können, so zuverlässig verraten sie die wahren Gefühle eines Menschen.

Körpersprache-Insight:
Was ist eine Mikroexpression?

Mikroexpressionen sind sehr kurze, limbisch – also emotional – ausgelöste und damit unwillentliche Gesichtsausdrücke, die sich nur für Sekundenbruchteile (< 500 Millisekunden) in Teilbereichen der Mimik zeigen. In der Regel enthüllen sie Emotionen, die der Betreffende verstecken möchte. Von Makroexpressionen (das sind die normalen Gesichtsausdrücke im Alltag, ein höfliches Lächeln zum Beispiel) unterscheiden sie sich dadurch, dass wir sie nicht bewusst kontrollieren können. Im Zeitfenster der ersten 500 Millisekunden gibt es also kein Pokerface.

Wie kommt es zu Mikroexpressionen? Dazu eine Anekdote aus meinem Leben. Im Jahr 2017 verbrachte ich die Sommerferien mit meiner Frau und meinen beiden Töchtern in Orlando, Florida. Die zwei Wochen waren eine emotional berührende Zeit für mich und meine Familie. Von der National Speakers Association, dem größten Rednerverband der USA, wurde ich in den Rang eines CSP (Certified Speaking Professional) erhoben, eine sehr hohe

Auszeichnung. Wir feierten mit unserer großen Tochter ihren zehnten Geburtstag in Disney World, schwammen mit Delfinen und genossen die gemeinsame Zeit. Kurzum: Es war der Wahnsinn. Und dann ging es zurück. Vor unserer Abreise aus Deutschland hatte ich für den Tag nach dem Rückflug einen Vortrag in München zugesagt, deshalb nahm ich einen anderen Flieger als meine Familie.

Als wir uns verabschieden mussten, kamen mir plötzlich die Tränen. Ich heulte einfach drauflos. Meine Kinder fingen auch an zu weinen, schließlich stimmte dann noch meine Frau mit ein. So standen wir alle gemeinsam heulend am Flughafen und lagen uns in den Armen. Der Abschied aber war unvermeidlich, und so lief ich mutterseelenallein durch den Flughafen, immer noch heulend. Eigentlich müsste ich sagen: Ich wurde geheult. Die Tränen flossen ganz von allein. Und meine Augenbrauen-Innenseiten zuckten einfach hoch – das gleiche Signal, das Michelle 13 Jahre zuvor in unserer Sitzung gezeigt hatte. Als mich eine sehr strenge Dame von der Security anpflaumte, ich stünde in der falschen Reihe, war es um mich geschehen – sie war für Mimik offenbar ganz unempfänglich. Eine nette Geste der Aufforderung hätte hier vollkommen genügt. Trauer gehört nämlich wie Schuld und Scham zu den sogenannten submissiven Emotionen, die uns eher zum Anpassen als zum Anecken motivieren.

Welche Erkenntnis steckt in diesem Erlebnis? Unsere Mimik wird zweifach gesteuert. Sie zuckt unwillkürlich, auch wenn wir es gar nicht wollen. Wir können das Gesicht aber auch bewusst verziehen, zum Beispiel gute Miene zum bösen Spiel machen und unseren Groll hinter einem Lächeln verstecken. Zu Ersterem kommt es, weil die Gesichtsmuskulatur direkt mit dem limbischen System verdrahtet ist, das ist vereinfacht gesagt das Emotionsnetzwerk im Gehirn. Eine bewusste Bewegung wird hingegen vom motorischen Cortex ausgelöst, der vom Verstand kontrolliert wird. Will unser Verstand eine Emotion – in meinem und auch damals in Michelles Fall die Trauer – nicht zeigen, versucht er den emotionalen Impuls zu unterdrücken. Der motorische Cortex kämpft gegen das limbische System an. Das schafft er aber nicht ganz, und so bahnt sich hinter der Maske des Lächelns die wahre Emotion in Form einer Mikroexpression den Weg nach außen – für den Laien unbemerkt, doch für den geschulten Beobachter im Gesicht des Gegenübers erkennbar.

Dieses Prinzip gilt nicht nur für unangenehme Emotionen, sondern auch für angenehme. Vielleicht kennen Sie das noch aus der Schulzeit: Der Klassenclown reißt einen Witz, und alle Kinder lachen – obwohl sie eigentlich wissen, dass es besser wäre, jetzt gerade nicht zu lachen, weil der Lehrer das überhaupt nicht lustig fand. Als Kind gelingt uns die emotionale Kontrolle noch nicht so gut wie in späteren Jahren. Das liegt daran, dass der präfrontale Cortex – der unter anderem für das Runterregulieren der Emotionen zuständig ist – erst nach der Pubertät seine volle Kraft entfaltet. Denken Sie nur mal an den Aprilscherz; hier entlarven sich unsere Kleinen meist selbst, weil sie plötzlich laut loslachen müssen oder zumindest bis über beide Ohren grinsen. Die Freude, jemanden an der Nase herumzuführen, zeigt sich bei Erwachsenen dann nicht mehr so deutlich, bei ihnen lachen meist nur noch subtil die Augen.

Von Augenbrauen-Innenseiten und dem Hundeblick
Oder: Wie man im Tierheim schneller adoptiert wird

Was bedeutet nun konkret das Hochziehen der Augenbrauen-Innenseiten? Dabei handelt es sich um ein zuverlässiges Zeichen für die Primäremotion Trauer, ein Gefühl, das wir im Alltag je nach Intensität mit Begriffen wie bedrückt, betroffen, desillusioniert, enttäuscht, niedergeschlagen, resigniert, unglücklich oder gar verzweifelt umschreiben. Es äußert sich vor allem darin, dass sich in der Stirnmitte waagerechte Falten bilden. Und wieso sage ich, dieses Signal sei zuverlässig? Schnappen Sie sich bitte kurz Ihr Handy, aktivieren Sie die Frontkamera und probieren Sie aus, ob Sie ganz bewusst die Innenseiten Ihrer Augenbrauen hochziehen können. Aber wirklich nur die Innenseiten. Die Falten auf der Stirn dürfen sich nur im Zentrum zeigen, nicht außen.

Wenn Sie das nicht schaffen, keine Sorge. Ein zuverlässiges Signal ist genau dadurch gekennzeichnet, dass man diese Bewegung gemeinhin nicht bewusst nachmachen kann, nur ca. 10 bis 20 Prozent der Menschen schaffen das. Das Spannende ist aber: Wenn wir traurig sind, zeigen wir ohne Training diese Bewegung trotzdem alle – nur eben nicht bewusst, sondern limbisch und damit unwillentlich ausgelöst. Der zweite Punkt, der »zuverlässig« definiert, ist, dass das Signal kulturübergreifend auf eine bestimmte Emotion hinweist. Und das ist beim Hochziehen der Augenbrauen-Innenseiten der Fall. Egal wohin Sie reisen, ob nach Paris, Sydney, Kapstadt oder Papua-Neuguinea: Ist ein Mensch traurig, zeigt er diesen Gesichtsausdruck – häufig kombiniert mit dem Runterziehen der Mundwinkel oder dem Zittern des Kinnbuckels.

Es ist sogar noch mehr als kulturübergreifend, wir teilen es mit dem besten Freund des Menschen – dem Hund. Jedes Frauchen und auch Herrchen weiß, wie schwer es ist, dem herzzerreißenden Hundeblick standzuhalten, ohne nachzugeben. Achtung, lieber Hundefreund, jetzt wird es hart. Ganz hart! Diesen Gesichtsausdruck setzen die Vierbeiner nämlich ganz »bewusst« ein, um uns zu manipulieren. Studien konnten belegen, dass der Hundeblick gar keine Trauer ausdrückt, sondern das Tier vielmehr versucht, seinen Menschen um den Finger zu wickeln. Mit Erfolg: Ein Experiment konnte zeigen, dass Hunde, die dieses Mienenspiel innerhalb von zwei Minuten fünfmal machten, im Durchschnitt nach 50 Tagen aus dem Tierheim adoptiert wurden. Zeigte der Vierbeiner den Hundeblick hingegen 15-mal in derselben Zeit, so dauerte es nur knapp halb so lang, nämlich 28 Tage. Hunde haben sich in den 15 000 Jahren, seit sie mit uns zusammenleben, offenbar wahnsinnig gut angepasst und eine Menge von uns abgeguckt. Sie haben sogar Hirnareale entwickelt, die auf die Verarbeitung menschlicher Gesichter spezialisiert sind.

Hat Ihnen diese Leseprobe gefallen?

Lesen Sie weiter in
Dirk Eilert: Was dein Gesicht verrät
Droemer Verlag 2022

Weitere Informationen und Videos finden Sie auf:
www.fitzekmimik.de.